WOLF S. DIETRICH
Friesisches Gift

Weitere Titel des Autors:

Friesisches Gold
Friesische Rache

Titel in der Regel auch als E-Book erhältlich.

Über den Autor:

Wolf S. Dietrich studierte Germanistik und Theologie und war als Lehrer tätig. Weitere berufliche Stationen bildeten die eines Wissenschaftlichen Mitarbeiters an der Universität Göttingen und die des Didaktischen Leiters einer Gesamtschule. Heute lebt und arbeitet er als freier Autor in Göttingen und an der Nordsee. Wolf S. Dietrich ist Mitglied im SYNDIKAT, der Autorengruppe deutschsprachiger Kriminalliteratur. Weitere Informationen finden Sie auf www.nordsee-krimi.de

Wolf S. Dietrich

FRIESISCHES GIFT

Rieke Bernsteins dritter Fall

Kriminalroman

lübbe

Dieser Titel ist auch als E-Book erschienen.

Originalausgabe

Copyright © 2019 by Bastei Lübbe AG, Köln
Textredaktion: Kerstin Ostendorf
Titelillustration: © shutterstock/evannovostro; © nuruddean/shutterstock;
© Torsten Reuter/shutterstock
Umschlaggestaltung: Massimo Peter-Bille
Satz: hanseatenSatz-bremen, Bremen
Gesetzt aus der Stempel Garamond LT Std
Druck und Verarbeitung: GGP Media GmbH, Pößneck
Printed in Germany
ISBN 978-3-404-17787-5

3 5 7 6 4

Sie finden uns im Internet unter
www.luebbe.de
Bitte beachten Sie auch: www.lesejury.de

Personenverzeichnis

Rieke Bernstein, Kriminalhauptkommissarin beim LKA
Uwe Pannebacker, Polizeioberkommissar
Mareike Cordes, Polizeikommissarin
Hinnerk Ubbenga, Polizeikommissar
Jan Eilers, Gerit Jensen, Kriminalbeamte
vom Festland (»Inselverstärkung«)

Swantje Petersen, Studentin mit
Elternhaus auf Langeoog
Florian Andresen, Volontär
Hannah Holthusen, Journalistin

Stefan Hilbrich, Immobilienunternehmer
Yvonne Hilbrich, geb. von Hahlen, seine Frau
Alexander Hilbrich, Sohn von Yvonne und Stefan Hilbrich
Tom Thieland, Elektriker, Freund von Alexander

Reto Steiner, Gast aus der Schweiz
Lisa Cordes, Serviererin
Oliver Sulfeld, Dealer

Reinhard Hilbrich, Geschäftsmann,
Vater von Stefan Hilbrich (1998)
Johannes von Hahlen, Vater von Yvonne (1998)
Frank Sörensen, Privatdetektiv (1998)

Prolog

Er hob die Kamera an, um Lichtverhältnisse und Bildaufteilung zu prüfen. Selbst für das Telezoom war die Entfernung noch zu groß. Super, dachte er, wenn der Bulldozer die Richtung beibehält, muss ich nicht so weit über den Strand marschieren. Probeweise veränderte er die Brennweite. Das knallgelbe Fahrzeug rollte auf Ketten, und aus der erhobenen Schaufel rieselte bei jedem Schwenk seitlich Sand heraus. »Perfekt«, murmelte er und drückte mehrfach auf den Auslöser. Ihm war, als habe die Maschine ihr Tempo erhöht. Das Objektiv sorgte für ein bildfüllendes Format und verstärkte den Eindruck, dass der Bulldozer direkt auf ihn zukam. Er hielt den Auslöser fest, um eine Serie zu schießen. Das elektronisch erzeugte Geräusch des Verschlusses war nicht mehr zu hören, so laut dröhnte der Motor.

Er ließ die Kamera sinken. Noch immer rollte das Raupenfahrzeug auf ihn zu. Aber der Fahrer musste ihn doch sehen! Vorsichtshalber trat er einige Schritte zur Seite. Das Fahrzeug änderte seinen Kurs und hielt wieder auf ihn zu. Ungläubig starrte er auf das dröhnende Ungetüm. Schließlich lief er los, versuchte, der Gefahr zu entgehen, indem er sich quer zur Fahrspur bewegte. Der Bulldozer stoppte. Erleichtert wandte er sich um. Doch dann beobachtete er entsetzt, wie das Kettenfahrzeug auf der Stelle drehte. In der nächsten Sekunde heulte der Motor auf, und die Raupe beschleunigte in seine Richtung. Der hat es auf mich abgesehen, erkannte er und rannte wieder los.

Er war trainiert, lief hundert Meter in weniger als dreizehn Sekunden. Der nachgiebige Sand machte ihm jedoch zu schaffen, kostete Kraft und Zeit. Schon atmete er schneller als bei einem Wettkampf. Lange würde er dem tödlichen Gefährt nicht ausweichen können. Die Verfolgung konnte nur einen einzigen Grund haben. Er wünschte sich verzweifelt, er hätte sich einfach herausgehalten. Doch dafür war es jetzt zu spät. Er tastete nach seinem Handy, zog es im Laufen aus der Tasche und tippte auf das Telefonsymbol. Ich muss jemanden anrufen, nein, den Notruf wählen. In dem Augenblick stieß sein rechter Fuß gegen ein Hindernis. Ein stechender Schmerz zuckte durch alle Zehen und schoss durch das Bein bis zur Hüfte. Er geriet aus dem Tritt, taumelte, drohte zu stürzen, fing sich wieder, stolperte weiter, obwohl ihm der Schmerz Tränen in die Augen trieb. Das Telefon entglitt ihm, bohrte sich in den Sand. Hastig hob er es auf und stürmte weiter.

Unaufhaltsam kam die Raupe näher. Die Maschine dröhnte in seinen Ohren, er spürte ihre Vibration, sogar der sandige Boden zitterte. Erneut schlug er einen Haken, rannte in Richtung Meer. Wenn er die Wellen der Nordsee erreichte – würde ihm der Bulldozer folgen? Oder war der nasse Untergrund zu weich?

Trotz der Verletzung hetzte er voran, versuchte gleichzeitig, auf der Tastatur seines Handys die Ziffern für den Notruf zu treffen. Hatte er überhaupt Empfang? Das Display verschwamm vor seinen Augen, ließ keine Einzelheiten erkennen. Auf gut Glück tippte er auf die Ziffern. Inzwischen hatte sich das Raupenfahrzeug auf wenige Meter genähert. Wenn er einen Blick über die Schulter warf, sah er den Fahrer, eine dunkle Gestalt, gesichtslos, eine Sturmhaube über dem Kopf.

Obwohl sein Atem rasselte, die Lunge von der Anstrengung schmerzte, ging es plötzlich leichter voran. Statt in den losen Sand trat er nun auf feuchten, aber festen Boden. Der Spülsaum der Wellen war nicht mehr weit. Noch zwanzig oder dreißig Meter bis zum Wasser. Vielleicht kann ich tauchen, dachte er, mich unsichtbar machen und so dem mörderischen Fahrzeug entkommen.

Das Motorengeräusch riss ihn in die Wirklichkeit zurück. Hörbar stieg die Drehzahl an, offenbar griffen die Ketten des Bulldozers auf dem stabilen Untergrund besser. Erneut verringerte sich der Abstand. Verzweifelt suchte er nach einem Ausweg, erwog, sich einfach fallen und zwischen den Ketten überrollen zu lassen. Vielleicht ließ der Unbekannte von ihm ab, wenn er sich ergab? Nein, ein Blick auf das brüllende Monstrum machte die Hoffnung zunichte. Nur die Nordsee kann mich retten, dachte er und rannte noch schneller.

1

2018

»Was willst du auf der Insel?« Hannah Holthusen verschränkte die Hände hinter dem Kopf und lehnte sich zurück. Aufmerksam betrachtete sie den jungen Volontär, der ihr gerade von der Schönheit Langeoogs vorgeschwärmt hatte. Sie saß an ihrem Schreibtisch, er stand vor ihr und zappelte herum wie ein aufgeregtes Kind.

Florian Andresen war noch keine zwei Wochen in der Redaktion, hatte aber schon fast alle Herzen erobert. Nur nicht das des Chefredakteurs, der vom jugendlichen Elan des Volontärs irritiert war. Zum einen behagte ihm die Sprache nicht, in der sich der Nachwuchs-Journalist ausdrückte, zum anderen war er von den Themenvorschlägen genervt, die Florian fast täglich in die Redaktionskonferenz rülpste, wie der Chef einmal säuerlich angemerkt hatte. Hannah dagegen gefiel seine unbekümmerte Art. Florian war groß und schlank, hatte ein hübsches Gesicht und trug eine wild wuchernde weißblonde Mähne. Obwohl er mit vierundzwanzig Jahren älter war, als sie ihn bei der ersten Begegnung geschätzt hatte, hätte er ihr Sohn sein können. Er wirkte wie siebzehn, aber das lag möglicherweise an Hannahs Unfähigkeit, deutlich jüngere Menschen altersmäßig richtig einzuschätzen.

Florian hob eine Hand mit ausgestrecktem Zeige- und Mittelfinger. »Zwei coole Themen«, verkündete er strahlend. »Vielleicht findet sich ein drittes. Dafür lohnt sich die

Reise allemal, meinst du nicht? Erstens gibt es eine gewaltige Sandaufspülung – mehr als eine halbe Million Kubikmeter Sand werden aus dem Meer an den Strand gespült. Küstenschutzmaßnahme. Da kommen kilometerlange Rohrleitungen zum Einsatz. Und schweres Gerät: Schaufellader, Bagger, Bulldozer und so'n Zeug. Das gibt schon mal imposante Bilder. Zweitens fehlt auf der Insel Wohnraum. Geldsäcke vom Festland zahlen astronomische Preise für Eigentumswohnungen. Eine halbe Million für fünfzig Quadratmeter, das kann sich kein Insulaner leisten. Familiengründung kannst du vergessen. Hotels, Restaurants und Geschäfte kriegen kein Personal, weil es für die Leute keinen bezahlbaren Wohnraum gibt. Wenn das so weitergeht, können eines Tages nur noch Camper die Insel besuchen.«

»Wieso Camper?«, fragte Hannah, obwohl sie die Antwort ahnte.

Florian hielt in seinen Bewegungen inne und breitete die Arme aus. »Ist doch klar. Wenn die Gastronomie im Arsch ist und du nichts kaufen kannst, musst du morgens deine Frühstücksbrötchen selber backen, mittags Ravioli aus der Dose essen und abends in die mitgebrachte Knackwurst beißen.«

Hannah lächelte. »Und du willst den kulinarischen und gastgewerblichen Niedergang der Insel verhindern?«

»Genau.« Der Volontär nickte ernsthaft. »Man muss die Leute aufrütteln, den Immobilienhaien das Handwerk legen, das Ruder herumreißen.«

»Aber warum auf Langeoog? Gilt das, was du gesagt hast, nicht für alle Ostfriesischen Inseln? Borkum, Juist, Norderney, Spiekeroog …«

»Natürlich. Und nicht nur für die. Auch für die Nordfriesischen. Auf Sylt zum Beispiel –«

»Okay.« Hannah hob abwehrend die Hände. »Du kannst nicht die ganze Welt retten. Hab schon verstanden, Langeoog ist nur ein Beispiel. Und nun soll ich dafür sorgen, dass dir der Chef die Reisekosten genehmigt?«

»Ich brauche nicht viel. Fahrkarten für die Bahn nach Esens, für den Bus nach Bensersiel und für die Fähre nach Langeoog. Und natürlich zurück.«

»Und wo willst du übernachten?«, fragte Hannah skeptisch. »Die Inseln sind nicht gerade billig. Wir haben Saison. Da sind Unterkünfte erst recht teuer.«

Florian zuckte mit den Schultern. »Jugendherberge. Oder irgendwo bei Leuten. Ich komm schon unter.«

»Daran zweifle ich nicht.« Hannah schmunzelte. »Reichen dir drei Tage? Einen streicht dir der Chef sowieso. Aus Prinzip. Also beantragen wir vier Tage, damit du drei bekommst. Okay?«

Florian Andresen hob beide Daumen, umrundete Hannahs Schreibtisch und drückte ihr einen Kuss auf die Wange. »Du bist die Beste! Danke!« Er wirbelte herum und stürmte zur Tür. »Ich bringe dir was mit«, rief er über die Schulter und verschwand.

Hannah seufzte und wandte sich wieder dem Monitor zu. Der Text, den sie über den Haushalt der Stadt Wittmund für das kommende Jahr verfasst hatte, passte nicht in den vorgegebenen Container des Seitenlayouts. Obwohl sie fünf Spalten zur Verfügung hatte, würde sie ihn kürzen müssen. Außerdem war ein Foto aus der Sitzung der Dezernenten unterzubringen. Und ein Kasten mit den Eckdaten: Aufwände, Erträge, Schuldenstand. Zahlen, die Außenstehenden wenig sagten, aber zur professionellen Berichterstattung gehörten. Der Stadt ging es finanziell nicht schlecht, so konnte Hannah über die Erschließung neuer Baugebiete, Fördermaßnahmen im sozialen Bereich und Zuwendungen für Schulgebäude, den Straßenbau und die Feuerwehr berichten. Trotzdem wäre ihr ein anderes Thema lieber gewesen. Auf Langeoog zu recherchieren war allemal spannender, als sich mit dem Zahlenwerk des Haushaltsentwurfs auseinanderzusetzen. Florian hatte wirklich gute Ideen. Mit seinen forschen Auftritten in der Redaktionskonferenz ärgerte er zwar den Chef, aber Hannah erinnerte er damit immer an ihre eigenen Erfahrungen während der ersten Jahre bei der Zeitung. Sie wandte sich vom Bildschirm ab und beobachtete gedankenverloren die Wolken, die unter dem blauen Himmel vorüberzogen.

Angefangen hatte sie bei der *Ostfriesen-Zeitung* in Leer. Von dort war sie zur *Emder Zeitung* gewechselt, wo sie durch ihre Recherchen auf Borkum an einen Kriminalfall geraten war, bei dem ein Vergewaltigungsopfer grausame Rache genommen hatte. Wegen ihrer Alkoholsucht hatte sie das Blatt verlassen müssen und war nach monatelanger Arbeitslosigkeit beim *Ostfriesischen Kurier* in Norden gelandet. Dessen Archiv war für sie eine Fundgrube für Recherchen gewesen, mit denen sie die Kriminalbeamtin Rieke Bernstein bei Ermittlungen auf Norderney unterstützt hatte.

Ich muss mich unbedingt bei Rieke melden, dachte Hannah. Sie weiß noch gar nicht, dass ich jetzt in Wittmund beim *Anzeiger für Harlingerland* bin.

Obwohl sie sich beim *Kurier* nichts hatte zuschulden kommen lassen, war eines Tages ihr Ruf beschädigt worden. Ein missgünstiger Kollege war aufgetaucht, der von ihren Abstürzen in der Vergangenheit wusste und ihr das Leben schwer gemacht hatte. Hannah war mit den Jahren dünnhäutiger geworden, und ihr hatte die Energie gefehlt, den Kampf aufzunehmen, darum hatte sie gekündigt. Beim *Anzeiger* war sie neben der Redaktionsarbeit für die Betreuung der Volontäre zuständig. Erfrischende junge Leute wie Florian Andresen brachten nicht nur Abwechslung in ihren Alltag, sondern auch Herausforderungen mit sich. Mal war mütterliche Fürsorge gefragt, mal Lebenserfahrung, mal journalistische Kenntnisse. Oft entwickelte sich ein freundschaftliches Verhältnis. Florian war ihr besonders ans Herz gewachsen.

Sie schüttelte den Kopf und versuchte, sich wieder auf ihren Text zu konzentrieren. Doch sie konnte nicht verhindern, dass Bilder von weißen Stränden unter blauem Himmel an der türkisfarbenen Nordsee vor ihrem inneren Auge erschienen. Am liebsten hätte sie den Volontär bei seinen Recherchen begleitet.

*

Der Anblick der *Langeoog III* erfüllte Florian mit einer Mischung aus freudiger Erregung und erwartungsvoller Neugier. Nicht zum ersten Mal würde er eine der weißen Fähren zu den Inseln nehmen, aber die Hochstimmung befiel ihn am Anleger jedes Mal, spätestens, wenn er das Schiffsdeck betrat. Bei jeder Überfahrt stellte sich dieses Gefühl von Freiheit und Abenteuer ein, das er schon als Kind empfunden hatte, zu Beginn der großen Ferien, beim Aufbruch zu einer der Ostfriesischen Inseln. In seiner Kindheit waren ihm die Wochen am Strand endlos vorgekommen. Später, als er mit Freunden unterwegs gewesen war, waren die Aufenthalte kürzer geworden. Sie hatten auf Juist und Norderney, Langeoog und Spiekeroog die Nächte durchgefeiert und die Tage verschlafen. Meistens hatten sie die Rückreise schneller als geplant antreten müssen, weil das Geld nicht gereicht hatte. Nach dem Abi am Auricher *Ulricianum* war er allein aufgebrochen, um die Inseln zu erkunden. Dabei hatte er erstmals Flora und Fauna wahrgenommen und die Schönheit der Inseln entdeckt. Seine Beobachtungen und Erlebnisse hatte er aufgeschrieben und in Videos dokumentiert und auf *Floris Inselblog* ins Netz gestellt. Dafür hatte er viel Beifall bekommen. So war sein Entschluss entstanden, Journalist zu werden.

Beim *Anzeiger für Harlingerland* hatte er es gut getroffen. Hannah Holthusen war zwar schon über vierzig, aber total in Ordnung. Mit ihr konnte er über alles reden. Auch über Privates. Sie hatte ihm mit Tipps und Tricks den Start in die Berufspraxis erleichtert und – als sich Antonia von ihm getrennt hatte – in einem langen Gespräch erklärt, warum es besser war, eine Beziehung zu beenden, als sich ohne Ende zu quälen.

An diesem Morgen gehörte er zu den ersten Fahrgästen, die an Bord gingen, nachdem Urlauber und Insulaner das Schiff verlassen hatten. Obwohl es noch recht kühl war, ließ er sich im Außenbereich auf dem Oberdeck nieder, verstaute seinen Rucksack unter der Bank und sah sich um. Hier leisteten ihm nur wenige Reisende Gesellschaft, die meisten drängten ins Innere der Fähre. Während die überwiegend erholt aussehenden und teilweise braun gebrannten Rückkehrer nicht unbedingt heiter wirkten, war in den Gesichtern der Mitreisenden der Ausdruck froher Erwartung zu lesen. Ihnen ging es wohl wie früher ihm, seiner Schwester und seinen Eltern, wenn sie voller Vorfreude auf dem Weg in die Sommerferien gewesen waren.

Noch grummelten die Schiffsdiesel im Leerlauf. Ein Blick auf die Uhr zeigte Florian, dass die *Langeoog III* gleich ablegen würde. Die Überfahrt dauerte eine Dreiviertelstunde. Nach der Fahrt mit der Inselbahn vom Anleger in die Stadt hätte er immer noch mehr als einen halben Tag zur Verfügung, um eine Unterkunft zu finden und sich nach Gesprächspartnern für die Recherche umzuhören.

Sein Smartphone meldete den Eingang einer WhatsApp-Nachricht. Sie kam von Hannah. *Hallo, Florian, morgen hast du eine Verabredung mit dem Bürgermeister von Langeoog. Im Rathaus, Hauptstraße 28. Um 11:30 Uhr. Du hast Glück, dass Uwe Garrels kurzfristig zu einem Interview bereit ist. Geh nicht zu spät hin und mach deine Sache gut!*

Florian spürte, wie ihm Hitze in die Ohren stieg. Termin beim Bürgermeister! Natürlich musste er ihn um eine Stellungnahme bitten. Immerhin ging es um wesentliche Belange seiner Gemeinde. Praktisch, dass Hannah Holthusen für ihn angefragt hatte. Eigentlich hätte er selbst daran denken müssen! Sie würde ihm das zwar nicht vorhalten, peinlich war es trotzdem. Rasch tippte er eine Antwort. *Danke, Hannah! Du bist die Beste!*

Zufrieden steckte er das Handy ein und beugte sich über die Reling. Die Einschiffung der Passagiere schien beendet zu sein. An der Gangway warteten zwei Matrosen auf Nachzügler. Oder darauf, dass der Uhrzeiger ihnen das Signal gab, die Brücke einzuziehen. Weiter vorn wurden letzte Pakete oder Gepäckstücke verladen. Aus einem Lautsprecher meldete sich eine Stimme, die den bevorstehenden Start der *Langeoog III* verkündete.

In diesem Augenblick tauchte vor dem Abfertigungsgebäude eine junge Frau in einer türkisfarbenen Jacke mit einem blauen Rucksack auf. Im Laufschritt näherte sie sich der Gangway und winkte den Matrosen zu. Ihre roten Haare wehten im Wind und leuchteten in der Morgensonne. Die Männer lachten, einer deutete auf die Uhr und rief seinem Kollegen etwas zu, das Florian nicht verstand. Sekunden später hastete die Rothaarige über die Brücke aufs Schiff. Unmittelbar hinter ihr zogen die Matrosen die Gangway ein, dann lösten sie die Taue von den Pollern. Der Schiffsführer ließ einen Signalton hören. Die Maschinen kamen nun hörbar auf Touren, unter seinen Füßen wurden die Vibrationen stärker. Langsam setzte sich die Fähre in Bewegung und glitt rückwärts am Anleger entlang aus dem Hafenbecken. Florian lehnte sich zurück, schloss die Augen und atmete tief ein. Der unverkennbare Charakter der Nordseeluft, ihr leicht salziger Geschmack, dazu das Geschrei der Möwen und das sanfte Schwanken der Fähre, die im freien Wasser den Bug in Richtung Norden drehte, riefen Erinnerungen wach. An unbeschwerte Ferientage am Strand mit zehn, verbotene Lagerfeuer in den Dünen mit fünfzehn und sexuelle Eskapaden auf dem Campingplatz mit achtzehn Jahren. Heute war er beruflich unterwegs, würde einen Bürgermeister interviewen und zwei Artikel schreiben, die unter seinem Namen im *Anzeiger für Harlingerland* erscheinen würden. Die Vorstellung gab seinem Selbstwertgefühl Auftrieb.

Schritte auf dem Deck, die sich ihm näherten, ließen ihn die Augen öffnen. Gerade zeigte die Fähre nach Osten, sodass ihn die Strahlen der Morgensonne trafen. Florian kniff die Augen zusammen, veränderte seine Position und blinzelte gegen das Licht. Die Rothaarige in der türkisfarbenen Jacke ging an ihm vorbei, ohne ihn zu beachten. Sie trug dunkelgrüne Jeans und passende Stiefeletten. Zwei Reihen hinter ihm nahm sie ihren Rucksack ab und ließ sich nieder. Unauffällig wandte er sich um, richtete den Blick aufs Meer und musterte sie aus den Augenwinkeln. Üppige Locken umrahmten ihr Gesicht. Die Haarfarbe schien echt zu sein, auch die kräftigen Augenbrauen leuchteten dunkelrot. Ihre Haut war von der typischen Blässe der Rothaarigen, und auf

Nase und Wangen entdeckte er Sommersprossen. Auffällig war ein großer Mund mit vollen Lippen. Die Farbe ihrer Augen lag irgendwo zwischen blaugrau und grün. Eine anziehende Frau, kaum älter als er. Sie nickte ihm zu und lächelte. »Moin.«

Florian fuhr zusammen. Er fühlte sich ertappt und beeilte sich zu antworten. »Moin. Moin.«

Sie lachte. »Sabbelmors.«

War das eine Abfuhr oder nur der lose Schnack einer Küstenbewohnerin? Unsicher senkte Florian den Blick, suchte fieberhaft nach einer Entgegnung. Doch ihm fiel nichts ein, was charmant oder intelligent genug war, um die Schöne zu beeindrucken oder wenigstens zu einem belanglosen Geplauder zu bewegen. Dabei war er selten um eine Antwort verlegen. Das erneute Signal aus dem Nebelhorn der Fähre lieferte ihm ein Stichwort. »Das war knapp.«

Sie hob lächelnd die Schultern. »Die Fährleute kennen das schon. Wenn ich mal pünktlich bin, wundern sie sich.«

»Also fährst du öfter nach Langeoog?«

»Ich wohne da. Manchmal besuche ich Leute auf dem Festland.« Sie sah ihn fragend an. »Und du?«

»Recherche. Ich bin ...« Journalist, wollte er sagen, besann sich aber. »... beim *Anzeiger für Harlingerland*.«

»Ach ja. Meine Eltern lesen die Zeitung.« Ihre Miene bekam, so schien es Florian, einen spöttischen Ausdruck. »Und was gibt's auf Langeoog Spannendes zu recherchieren?«

»Ich will ... Wir wollen über die Strandaufspülung berichten. Und über Probleme der Langeooger Einwohner, bezahlbaren Wohnraum zu finden.«

»Das ist allerdings ein Thema«, bestätigte sie ernst. »Wird bestimmt nicht einfach. Die meisten Neubauten sind teure Ferienwohnungen, die von den Eigentümern nur wenige

Wochen im Jahr bewohnt werden. Das Geschäft macht hauptsächlich einer. Und der lässt sich nicht in die Karten gucken.«

Florian sprang auf. »Kannst du mir was über ihn erzählen?«

Die Rothaarige neigte den Kopf. »Ich weiß nicht mehr als alle anderen. Es ist schwer, an den Typen ranzukommen. Und mit Presse hat der nichts am Hut.«

»Darf ich?« Florian deutete auf den freien Platz neben der Insulanerin.

Sie schob ihren Rucksack unter den Sitz und streckte die Hand aus. »Ich bin Swantje.«

»Danke!« Er setzte sich und drückte ihre Hand, die mit feinen Sommersprossen übersät war. »Florian. Freut mich.« Er strahlte sie an. »Du bist ein echter Glücksfall.«

Swantje lächelte spöttisch. »Vielleicht. Vielleicht auch nicht.«

»Doch, doch«, beeilte Florian sich zu versichern. »Als Insulanerin kennst du dich auf Langeoog aus, hast Kontakt zu vielen Leuten und kannst mir Tipps geben. Zum Beispiel, wie der Typ heißt, von dem du gesprochen hast, und wo ich ihn finde. Außerdem …« Er brach ab, weil ihm das Kompliment zu plump und zu dick aufgetragen erschien. Außerdem bist du eine schöne Frau, hatte er sagen wollen. Stattdessen fuhr er nach einer kleinen Pause fort: »… finde ich dich … echt nett.«

»Danke!« Aufmerksam betrachtete sie ihn. In ihren Augen sah er die Farben der Nordsee. Blau, Grau und Türkis. Für einen Augenblick verblasste sein journalistisches Interesse an der Insel. Es wurde überdeckt von dem Wunsch, ihren Blick festzuhalten, darin zu versinken und so bald nicht wieder aufzutauchen.

»Aber du willst dich jetzt nicht einschleimen, um an Informationen zu kommen. Oder?« Ihre Worte rissen ihn aus dem beginnenden Traum.

Erschrocken schüttelte er den Kopf. »Nein. Natürlich nicht. Ich will ... wollte ... nur ...« Der Satz blieb unvollendet, denn ihm wurde klar, wie fadenscheinig seine Erklärung wirken musste.

»Was wolltest du?« Ihr kritischer Blick ruhte noch immer auf ihm, so intensiv, dass ihm unbehaglich wurde.

»Ja«, gab er zu, »ich wollte dich ausfragen. Aber dann habe ich gemerkt, dass es nicht passt.«

»Es?«

»Das Berufliche und das Private. Ich muss Informationen sammeln, aber du ... bist so ... sympathisch.«

»Und das geht nicht zusammen?«

»Nein. Das ist mir gerade klar geworden. Du bringst mich irgendwie aus dem Konzept.«

»Dann mache ich dir einen Vorschlag.« Swantje berührte seinen Unterarm. »Du stellst keine Fragen. Und ich erzähle dir, was ich weiß.«

Vierzig Minuten später, als die Fähre am Langeooger Anleger festmachte, wusste Florian mehr über die Insel, als er bei früheren Besuchen oder aus dem Internet erfahren hatte. In Gedanken beriet er sich bereits mit Hannah Holthusen über die Frage, ob aus den geplanten Beiträgen nicht eine Artikelserie werden konnte. Swantje verfügte nicht nur über Informationen zur Geschichte und zu den aktuellen Problemen, sie hatte offenbar auch ein fotografisches Gedächtnis. Den Immobilienkönig von Langeoog hatte sie so genau beschrieben, dass Florian glaubte, ihn erkennen zu können, falls er ihm begegnete.

»Ihn zu treffen, wird nicht einfach sein«, schloss Swantje

ihren Bericht. »Er ist wie ein Phantom. Jeder kennt ihn, aber keiner sieht ihn. Ich habe ihn nur zweimal getroffen, einmal am Flugplatz, als er mit seinem Flugzeug gelandet ist, und einmal beim Richtfest einer Wohnanlage. Aber das ist schon etliche Jahre her. Heute lässt er sich nicht mehr oft blicken. Viele Langeooger sind nicht gut auf ihn zu sprechen. Vielleicht kannst du mit seinem Sohn reden. Alexander. Der ist in unserem Alter.«

»Alexander ...?«

»Hilbrich. Der Vater heißt Stefan.«

»Lebt der Sohn auch auf der Insel?«

Swantje nickte. »Ja, bei seiner Mutter. Der alte Hilbrich soll 'ne Neue haben, die dreißig Jahre jünger ist. Er ist wohl öfter bei ihr in Wilhelmshaven als hier bei seiner Familie.« Sie stand auf und griff nach ihrem Rucksack. »Wir müssen. Sonst landen wir wieder in Bensersiel.«

Zwischen lärmenden Urlaubern verließen sie die Fähre. Sie folgten dem Strom der Menschen zum Hafenbahnhof der Inselbahn, deren farbenfrohe Waggons bereits auf Feriengäste warteten.

Wenig später setzte sich der Zug in Bewegung und rollte ratternd, aber in gemächlichem Tempo in Richtung Ortschaft.

»Wo finde ich Alexander Hilbrich?«, fragte Florian, nachdem er und Swantje einen Stehplatz im Gedränge gefunden hatten. Das Fahrgeräusch des Zuges, Gespräche um sie herum und Kindergeschrei sorgten für einen gehörigen Lärmpegel. Sie schüttelte den Kopf. »Nicht hier.«

Schweigend sah Florian abwechselnd aus dem Fenster, hinter dem die grüne Insellandschaft vorbeizog, und auf seine Begleiterin, die den Blick nach draußen gerichtet hatte. Sie sah hinreißend aus, und es drängte ihn, sie nach persönlichen Dingen zu fragen. Nachname, Adresse, was sie machte, wenn sie nicht zu Besuchen aufs Festland fuhr. Wenigstens nach ihrer Handynummer. Doch im Augenblick schien sie sehr weit von ihm entfernt zu sein. Erst als der Zug langsamer wurde und in den Bahnhof einfuhr, wandte sie sich ihm wieder zu. »Wo wirst du wohnen?«

»Jugendherberge«, antwortete Florian und grinste verlegen. »Hoffe ich jedenfalls.«

Swantje nickte. »Domäne Melkhörn. Liegt ziemlich weit draußen. Mindestens fünf Kilometer. Du solltest dir ein Fahrrad mieten. Am Bahnhof gibt's einen Verleih. Einzelreisende kommen in der DJH fast immer unter. Wenn nicht, kannst du dich hier melden.« Sie zog einen Kugelschreiber aus der Jackentasche, griff nach seiner Hand und schrieb etwas in seine Handfläche. Beglückt sah er zu, wie sie eine Telefonnummer notierte. »Meine Tante. Sie hat eine Frühstückspension. Da geht bestimmt was. Wo auch immer du unterkommst – ich wünsche dir einen guten Schlaf. Für heute Nacht ist Sturm angesagt.«

»Danke!« Ratlos starrte Florian auf die Ziffern. Schließlich überwand er seine Hemmungen. »Und wie kann ich dich erreichen?«

»Wir müssen aussteigen«, antwortete Swantje lächelnd. »Unsere Wege trennen sich hier.«

2

2018

Zuerst war es nur ein dumpfes Grollen, das von irgendwoher in Swantjes Träume drang. Gerade hatte sie die Melkhörndüne erklommen, den höchsten Punkt der Insel, der seit frühester Kindheit oftmals Ziel ihrer Ausflüge war. Von dort war ihr Blick über die Insel gewandert, hatte die Jugendherberge gestreift und war, wie so oft, am Wasserturm hängen geblieben. Doch etwas war falsch. Von Norden her näherte sich eine bedrohlich düstere Wand, begleitet vom zunehmenden Getöse der Wellen. Das Bild verschwamm, wurde dann schwarz-weiß. Aufgewühlte graue See, ein heller Strand mit dunklen Flecken. Gegenstände. Holzteile, Kanister, Flaschen. Ein alter Mann stapfte von einem Gegenstand zum nächsten, hob ihn prüfend auf, ließ ihn fallen oder schob ihn in einen Sack, den er hinter sich durch den Sand zerrte. Sie kannte den Mann. Es war Leif Petersen, ihr Großvater. »Opa!« Sie wollte ihn warnen, denn die Flutwelle kam näher, drohte, den Strand und alles, was sich darauf befand, zu verschlingen. Doch sie bekam keinen Ton heraus. Ein Blitz löschte das Foto aus, erhellte für Sekundenbruchteile den Raum. Der Donnerschlag ließ Swantje aufschrecken.

Schwer atmend kam sie in die Realität zurück. Was für ein Traum! Sie warf die Bettdecke zur Seite, stand auf und ging zum Fenster. Regen peitschte gegen die Scheiben, Blitze zuckten über den Nachthimmel. Das Grollen schien schwächer zu werden. An der Nordsee kamen Gewitter oft überraschend, zogen aber schnell weiter. Sie wandte sich um, ging zur Tür, öffnete sie einen Spalt und lauschte. Im Haus war alles ruhig. Außer ihr hatte sich offenbar niemand aus dem Schlaf reißen lassen.

Sie kehrte ins Bett zurück und schloss die Augen. Das kommt von Opas Geschichten, dachte sie. »Strandgut gehört den Insulanern«, hatte er ihr erklärt. »So war es schon immer. Und der Kaiser hat es bestätigt.« Mit verschwörerischem Blick hatte er ihr von Funden berichtet, die nach dem Ende des Krieges zum Überleben der Familie Petersen beigetragen hatten. Brennholz, Schuhe, Kleidung, gelegentlich auch Schmuck oder eine wertvolle Uhr. Wie hatte er sich aufgeregt, als zu Weihnachten 2016 containerweise Bauholz angeschwemmt worden war und der Zoll das Material beschlagnahmt hatte! Ihren Einwand, dass des Kaisers Strandrecht nicht mehr gültig sei und heute das Fundrecht gelte, hatte er beiseite gewischt.

Wenn er könnte, dachte Swantje, würde er noch heute nach Strandgut suchen. Aber seit er auf einen Rollator angewiesen war, musste er auf das Vergnügen verzichten. Statt im Morgengrauen mit einem alten Seesack zum Weststrand und von dort aus um die halbe Insel zu wandern, unterhielt er die Familie mit Erzählungen aus vergangenen Zeiten. Für Abenteuergeschichten aus der Kindheit während des Krieges und aus der Nachkriegszeit hatte Swantje früher nicht viel übriggehabt. Erst in den letzten Jahren hatte sie Interesse an der Vergangenheit der Insel entwickelt und den Erzählungen des alten Herrn Aufmerksamkeit geschenkt. Sie nahm sich vor, am nächsten Morgen selbst einmal nach Strandgut suchen zu gehen. Mit diesem Vorsatz schlief sie ein.

Am frühen Morgen verließ Swantje Petersen das Haus am Branddünenweg, bog in die Hauptstraße ein, passierte das Lale-Andersen-Denkmal und den Wasserturm, folgte schließlich dem Westerweg zum Strand. Zu dieser Stunde war er menschenleer, gehörte allein den Möwen. Ihre heiseren Schreie waren die einzigen Hinweise auf lebende Wesen. Elegant schwebten sie über der Uferlinie, schossen hin und wieder pfeilschnell auf die Wasseroberfläche oder ließen sich am weißen Saum der Brandung nieder, um eilig hin und her zu tippeln. Swantje wandte sich nach Norden und fiel in einen leichten Trab.

Auf Langeoog war der Strand in verschiedene Zonen eingeteilt. Neben dem Badestrand gab es Sport-, Hunde-, Drachen-, Kite- und Surfabschnitte, sogar Nichtraucherbereiche. Während sie einen Abschnitt nach dem anderen hinter sich ließ, erinnerte sie sich an den nächtlichen Traum. Opa Petersen konnte nicht der einzige Insulaner gewesen sein, der im Morgengrauen nach einer stürmischen Nacht den Strand abgesucht hatte. Waren damals Dutzende oder gar Hunderte von Einheimischen mit Säcken unterwegs gewesen, um im Sand nach Schätzen zu suchen und wertlosen Plunder zu finden? Sie nahm sich vor, ihn danach zu fragen. Strandgut würde sie jedenfalls nicht mit nach Hause bringen. Außer dem üblichen Gewirr aus Treibholz und Seetang war ohnehin nichts zu entdecken.

Auf der Höhe des Pirolatals hielt sie inne, um zu verschnaufen und ein paar Dehnübungen zu machen. Sie warf einen Blick auf ihr Handy, erwog, umzukehren, schließlich war sie schon länger als dreißig Minuten unterwegs. Doch dann wurde ihr klar, dass schon bald die Sonne aufgehen würde. Im Osten färbte sich der Himmel orange, gelb und rot. Das Erlebnis würde sie sich nicht entgehen lassen. Bis zur Höhe der Melkhörndüne würde sie noch laufen. Das graue Dach der Jugendherberge war bereits zu sehen. Swantje dachte an die

Begegnung vom Vortag. Ob der junge Zeitungsreporter hier untergekommen war? Ein wenig bedauerte sie es, ihn nicht wiederzusehen. Ein sympathischer, gut aussehender Junge, dessen offener Blick ihr gefallen und dessen Verlegenheit sie gerührt hatte. Aber eine Verabredung wäre sinnlos gewesen, denn in zwei Tagen würde er die Insel wieder verlassen.

Swantje beendete das Stretching und setzte ihren Weg fort, den Blick auf den Horizont gerichtet, hinter dem schon bald die rote Scheibe der Sonne erscheinen würde. Nach einigen Schritten stieß ihr Fuß plötzlich gegen einen Widerstand, fast wäre sie gestolpert. Sie sah nach unten und entdeckte ein dunkles Päckchen in der Größe eines Taschenbuches. Weil es ordentlich eingeschweißt war, bückte sie sich und hob es auf. In dem Augenblick erkannte sie, dass ein Strandabschnitt von vielleicht zehn Metern mit solchen Päckchen übersät war. Sie lagen rund um eine zerfetzte Reisetasche. Einige wurden vom Wasser umspült, andere schaukelten auf den Wellen. Sie schätzte ihre Zahl auf zwanzig bis dreißig, vielleicht waren es auch mehr, denn etliche steckten im Sand und ragten nur zum Teil heraus. Unschlüssig betrachtete sie das Paket in ihren Händen. »Strandgut gehört den Insulanern«, hörte sie Opa Petersen sagen. Nein, dachte sie, Fundsachen gehören ins Fundbüro. Aber wie sollte sie die vielen Päckchen transportieren? Außerdem war das Rathaus um diese Zeit noch nicht geöffnet. Sie zog ihr Smartphone aus der Tasche und machte ein paar Aufnahmen, um zeigen zu können, was sie gefunden hatte. Dann konnte sich später jemand vom Fundbüro um die Abholung kümmern.

Damit das Meer sie nicht wieder zurückholen konnte, sammelte sie die Päckchen ein und trug sie in die Dünen. Mit den Händen grub sie eine Mulde, stapelte sie hinein und bedeckte sie mit Sand.

Auf dem Rückweg machte sie sich Gedanken über den Inhalt. Sie erinnerte sich an massenhaft angespülte Überraschungseier, die von glücklichen Kindern eingesammelt worden waren, aber auch an gefährliches Strandgut. Während der Kriegs- und Nachkriegszeit waren nach Opas Erzählungen gelegentlich verrostete Handgranaten, Schießwolle und Phosphorklumpen angeschwemmt worden, an denen sich Kinder und Jugendliche verbrannt hatten. Noch im vergangenen Jahr waren Urlauber verletzt worden, die gelb leuchtende Munitionsreste aus Brandbomben für Bernstein gehalten hatten.

Beim Einsammeln hatte sie festgestellt, dass die eingeschweißte Masse nachgab, wenn man darauf drückte. Sie fühlte sich an wie zu fest gewordener Teig, den man nicht mehr kneten, in den man aber mit dem Finger Mulden drücken konnte. Irgendwo hatte sie mal gesehen, dass jemand ein solches Päckchen vorgeführt hatte. Im Fernsehen. Auch damals war es an einem Nordseestrand angeschwemmt worden. In der Sendung ging es um ... Plötzlich wurde ihr heiß. Im NDR hatte ein Drogenexperte der Polizei über Rauschgiftfunde an den Küsten berichtet, ein ganz ähnliches Paket geöffnet und den Zuschauern den Inhalt gezeigt. Einige Kilo Heroin waren damals aufgetaucht. Der Marktwert betrug Millionen Euro. Hatte der Sturm der vergangenen Nacht eine Reisetasche mit mehreren Kilo Rauschmitteln an den Strand gespült? Ausgerechnet hier? Ihr Herz schlug noch schneller, als sie an die Jugendherberge dachte. Schon bald würde sie zum Leben erwachen. Wenn die jungen Gäste den Strand aufsuchten, konnten sie über das Versteck stolpern. Nicht auszudenken, was passieren würde, wenn sie erkannten, was dort nur unzureichend verborgen war. Swantje hielt inne, zog ihr Mobiltelefon aus der Tasche und wählte die Nummer der Langeooger Polizeidienststelle.

Während sie telefonierte, schleppten einige Hundert Meter weiter östlich zwei junge Männer ihre Surfbretter durch die Dünen. Bevor sie den Strand erreichten, blieben sie stehen. Einer zog ein kleines Fernglas aus der Tasche und richtete es auf Swantje, die davon nichts bemerkte.

*

Für Florian Andresen begann der Tag mit gemischten Gefühlen. Einerseits war er froh, eine Bleibe gefunden zu haben, die nicht weit von seinem ersten Ziel des Tages entfernt war. Andererseits hatte er nicht gut geschlafen. Ihm war die Begegnung mit der schönen Rothaarigen nicht aus dem Kopf gegangen. Obwohl sie so zugänglich gewesen war, war es ihm nicht gelungen, ihre Handynummer zu bekommen. Wenn er ihren Nachnamen wüsste, wäre es kein Kunststück, sie ausfindig zu machen. Sie lebte auf der Insel, also war sie vielen Leuten bekannt. Florian nahm sich vor, nach dem Interview mit dem Bürgermeister nach ihr zu suchen. Vorher musste er sich noch den Strandabschnitt ansehen, an dem die Aufspülungen vorgenommen wurden.

Er brachte das Frühstücksgeschirr zurück, warf sich den Rucksack über die Schulter und machte sich auf den Weg zum nahe gelegenen Pirolatal, vor dem der Strand aufgespült werden sollte. Der Sand kam über kilometerlange Rohrleitungen aus dem Riff des Seegatts Accumer Ee vor dem Flinthörn, das hatte er bereits im Netz gelesen.

Erwartungsvoll wanderte Florian durch die Dünen, erreichte den Strand und ließ den Blick schweifen. Ein frischer Nordwest blies ihm kühle Meeresluft entgegen. Vor ihm breitete sich das Panorama der Nordsee aus, davor ein schier endloser Strand. Gestört wurde die Postkartenansicht durch eine riesige rostbraune Rohrleitung, aus der sandiges Meerwasser strömte, und durch zwei schwere Baumaschinen, deren donnernde Motoren das Rauschen der Wellen übertönten. Mit ihren riesigen Stahlschilden schoben sie Berge von grauem Sand auseinander und verteilten ihn über den Grund. Rechts von ihm, nach Osten hin, zeigte sich der Strand in strahlendem, scheinbar unberührtem Weiß.

In einigen Hundert Metern Entfernung bewegten sich drei Gestalten. Eine schlanke, nach Frühsport treibender Urlauberin aussehende Frau mit rötlich schimmerndem Haarschopf, deren Begleiter von Kopf bis Fuß dunkel gekleidet waren. Alle drei vollführten einen bizarren Tanz. Sie stapften in die Dünen und wieder zurück, liefen ein paar Schritte, blieben stehen und gestikulierten.

Ein seltsames Trio, dachte Florian. Die Luft war noch kühl, aber klar. Bald würden die Sonnenstrahlen für zunehmende Wärme und unter dunkler Kleidung für Hitze sorgen. Wer lief an einem solchen Tag in dunklen Klamotten über den Strand? Florian schwankte einen Moment. Sollte er sein ursprüngliches Ziel verfolgen oder der Neugier nachgeben? Schließlich gab die verwegene Hoffnung den Ausschlag, bei der Frau könnte es sich um Swantje handeln. So schnell der sandige Untergrund es erlaubte, strebte er auf die Gruppe zu. Bis er die Polizeiuniformen erkannte. Unwillkürlich blieb er stehen und kniff die Augenlider zusammen. Die Beamten hatten ihre Bewegungen eingestellt, standen breitbeinig und mit in die Hüfte gestemmten Armen der Frau gegenüber, die mit ausholenden Bewegungen etwas zu erklären schien. Florians Herz machte einen Sprung. Sie hatte ihr üppiges Haar mit einem Tuch zusammengebunden, die Morgensonne brachte es dennoch zum Leuchten. Was mochte Swantje mit der Polizei zu schaffen haben? Am sonst menschenleeren Strand? Weder sie noch die Beamten hatten ihn bisher bemerkt. Instinktiv hastete er in die Dünen, schlich sich, stets in Deckung bleibend, langsam näher. Als er Stimmen vernahm und verstehen konnte, was sie sagten, ließ er sich auf die Knie sinken und kroch vorsichtig weiter. Bis er durch den Strandhafer die Köpfe der Akteure sehen und ihre Worte verstehen konnte.

»Ich kann es beschwören«, hörte er Swantje. »Hier lagen mindestens zwanzig Stück. Ich habe sie mit eigenen Augen gesehen, eingesammelt und dort in den Dünen versteckt.« Sie zog ihr Handy hervor. »Hier. Ich habe sie fotografiert.«

»Kann es vielleicht woanders gewesen sein?«, fragte einer der Polizisten, nahm seine Mütze ab und wischte sich mit dem Ärmel über die Stirn. Er war älter und ein wenig korpulent. »Ich meine, ein Stück weiter nach Osten.«

Swantje schüttelte den Kopf und deutete auf einen unförmigen Gegenstand am Saum der Wellen. »Die Päckchen müssen da drin gewesen sein. Sie waren rings um die Tasche verstreut.«

Die uniformierten Beamten sahen sich an, einer hob die Schultern. »Das Zeug ist verschwunden«, sagte der jüngere. »Wir können jetzt nichts weiter tun.«

»Aber wenn es jemand mitgenommen hat«, wandte Swantje erregt ein, »muss es noch auf der Insel sein. Man kann die Sache doch nicht auf sich beruhen lassen. Das waren bestimmt fünfzehn oder zwanzig Kilo Heroin. Damit können unzählige Menschen in Gefahr gebracht werden. Es kann Tote geben.«

Der ältere Polizist hob beide Hände. »Reg di nich up, mien Wicht! Wenn es sich wirklich um Rauschgift handelt, werden sich die zuständigen Dienststellen darum kümmern. Wir können nicht alle Flugzeuge und Fähren und die Boote im Hafen festhalten und durchsuchen. Wir informieren das Landeskriminalamt. Da gibt es Spezialisten, die kennen sich damit aus und wissen, was zu tun ist.« Er wandte sich an seinen Kollegen. »Komm, Hinnerk! Wir fahren zurück. Ich habe noch nicht gefrühstückt.«

Die beiden Uniformierten stapften durch den Sand davon. Nach einigen Schritten drehte sich der ältere Beamte noch einmal um. »Allerbest tohuus!«, rief er. »Ook vör dien Opa Petersen.«

Florian kroch aus seinem Versteck und stolperte aus den Dünen auf den Strand. »Moin, Swantje!«

Erschreckt fuhr sie herum und starrte ihn unwillig an. »Florian!« Ihre Miene entspannte sich. »Was machst du denn hier?«

»Recherche.« Er grinste und deutete hinter sich. »Eigentlich wollte ich zum Spülfeld vor dem Pirolatal. Fotos machen und mit den Leuten reden, die den Strand auffüllen und planieren. Aber dann habe ich dich gesehen. Und die Sheriffs. Wollten sie dich verhaften?«

»Ich habe sie angerufen, weil …« Sie winkte ab. »Ach, vergiss es! Hat sich erledigt. Außerdem muss ich mich auf den Rückweg machen.«

»Sehen wir uns wieder?«, fragte Florian rasch. Noch einmal wollte er die Chance nicht vergeben.

Sie musterte ihn nachdenklich. Schließlich schüttelte sie den Kopf. »Es hat keinen Zweck.« Sie wandte sich zum Gehen, fiel in einen lockeren Trab und verschwand in den Dünen, ohne sich noch einmal umzudrehen.

Florian zog sein Smartphone aus der Tasche, startete Google und tippte *Petersen, Langeoog* ein. Das Display zeigte drei Ergebnisse, eins gehörte zu einer Surfschule, ein weiteres zu einem Golfklub, das dritte zu einem Restaurant.

Die Suche im Internet-Telefonbuch erbrachte zwei weitere Einträge. *Petersen, Leif* und *Petersen, Peter*. Beide mit derselben Adresse. »Bingo!«, murmelte Florian. Dort, ahnte er, würde er Swantje finden. Mit den Polizisten hatte sie über fünfzehn oder zwanzig Kilo Heroin gesprochen. Florian kannte den Preis für das Rauschgift nicht. Es musste sich um Millionen handeln. Sollte diese Menge tatsächlich auf der Insel sein, wäre er einer Sensation auf der Spur. Dagegen waren Berichte über Strandaufspülung und Probleme mit bezahlbarem Wohnraum Kleinkram. In Gedanken formulierte er Schlagzeilen. *Friesisches Gift. Heroin auf Langeoog. Ostfriesische Insel als Umschlagplatz? Unser Reporter Florian Andresen deckt auf.* Sein Puls beschleunigte sich. An dieser Sache musste er dranbleiben. Zur Not würde er das Interview mit dem Bürgermeister sausen lassen.

Ich muss Hannah informieren, dachte er und scrollte durch die Liste seiner Kontakte. Doch dann entschied er sich anders. Wenn ich mit ihr spreche, sagte er sich, wird sie versuchen, mich davon abzubringen. Besser, ich schicke ihr später eine Nachricht.

*

»Wo lassen wir das Zeug, Alex?«, fragte Tom Thieland. Keuchend wischte er sich mit der freien Hand den Schweiß von der Stirn. Sie waren mit ihrer Ladung durch die Dünen gehastet und ins Schwitzen gekommen.

»Mach dir darüber keinen Kopp«, antwortete sein Freund. »Wir haben genug Platz. Am besten bringen wir es zu einem der Ferienhäuser in der neuen Geistersiedlung. Die haben Kellerräume. Da liegt es kühl und trocken. Verkauft werden die Hütten erst Anfang nächsten Jahres. Bis dahin haben wir den Deal erledigt. Oder wir finden einen anderen Ort für die Lagerung.«

»Geistersiedlung?«, fragte Tom irritiert. »Die neuen Häuser hat dein Vater gebaut. Ich dachte, das Wort benutzen nur seine Gegner.«

Alexander Hilbrich zuckte mit den Schultern. »Deswegen bleibt es trotzdem eine Geistersiedlung. Die Ferienwohnungen stehen nun mal elf Monate im Jahr leer. Ich find's auch scheiße. Aber mein Vater macht fett Kohle damit.«

»Hat er dir nicht das Betreten der Häuser verboten?«

Alexander winkte ab. »Ja, schon. Nach der letzten Party im Frühjahr, bei der ein paar Sachen zu Bruch gegangen sind. Aber er ist nur noch selten hier und kriegt das nicht mit. Wir bringen die Sachen nur rein und holen sie irgendwann wieder ab. Fertig.«

»Und wenn er die Pakete findet?« Tom blinzelte skeptisch.

Alex schüttelte den Kopf. »Der kriecht nicht in irgendwelchen Kellern herum. Wenn die Handwerker mit den Küchen fertig sind, wirft er vielleicht noch einen kurzen Blick in die ein oder andere Wohnung. Das ist alles.« Mit einer Kopfbewegung deutete er auf das Surfbrett, das sie durch die Dünen schleppten. »Hauptsache, wir kommen unbehelligt hin.«

»Sieht doch harmlos aus.« Grinsend bewegte Tom das Ende, an dem er trug. »Dafür, dass es so schnell gehen musste, haben wir das Zeug gut getarnt. Zwei Surfer mit einem Brett, auf dem sie ihre Ausrüstung transportieren. Schön eingewickelt in Segeltuch. Da kommt keiner auf dumme Gedanken.«

»Wie auch.« Alexander kicherte. »Wer sollte auf die Idee verfallen, dass auf unserer harmlos-schönen Ferieninsel ein Haufen Dope unterwegs ist. Selbst wenn einer die Päckchen sehen würde, hätte er keinen Schimmer, um was es sich handelt.«

»Gut, dass du gleich geschaltet hast, als wir die Ladung gesehen haben. Wer die wohl verloren hat?«

»Vielleicht hat sie niemand verloren. Könnte sein, dass jemand die Tasche über Bord geworfen hat, weil die Polizei aufs Schiff gekommen ist. Egal. Das Geschäft machen wir jetzt.«

»Was meinst du, was es bringt?«

Alex zuckte mit den Schultern. »Wird sich zeigen. Mindestens eine Million. Auf der Straße das Doppelte. Aber wir müssen zusehen, dass wir das Zeug im Paket loswerden. Einzelverkauf ist zu riskant.«

»Und du hast keine Angst, dass die Bullen anfangen rumzuschnüffeln, mit Spürhunden und so?«

»Unsere Dorfpolizisten doch nicht. Die haben nichts gesehen. Sie wissen ja nicht mal, was in den Päckchen drin ist.«

»Aber die Petersen könnte es ihnen gesagt haben«, wandte Tom ein.

Alexander schüttelte den Kopf. »Ich kenne Swantje. Die hat noch nie in ihrem Leben Dope aus der Nähe gesehen, schon gar nicht professionell verpackte Heroinpäckchen. Aber wenn es dich beruhigt, werde ich ihr mal auf den Zahn fühlen.«

»Und was ist mit dem Typen, den sie getroffen hat, nachdem die Bullen verschwunden sind?«

»Den habe ich noch nie gesehen. Aber ich glaube nicht, dass er was mitgekriegt hat. Ist ja erst aufgetaucht, nachdem wir das Zeug eingesammelt haben.«

»Und wenn doch?«

»Ich kümmere mich um ihn. Sah ja so aus, als ob Swantje ihn kennt.«

»Okay.« Tom nickte zufrieden und deutete mit einer Kopfbewegung zu den Fahrrädern, die sie hinter den Dünen am Weg abgestellt hatten. Beide Räder waren mit Anhängern zum Transport von Surfbrettern versehen. »Packen wir das Ding auf deinen Touring Transporter, der ist stabiler als mein selbst gebautes Gestell.«

Wenig später hatten sie die Ladung verstaut, das zweite Surfbrett vom Strand geholt und auf dem Anhänger befestigt.

»Los geht's!«, rief Alexander. »Auf zur Geistersiedlung!«

Eine gute Viertelstunde später erreichten sie den Ortsrand. Auf der Willrath-Dreesen-Straße kamen ihnen zwei uniformierte Radfahrer entgegen. »Lass dir nichts anmerken!«, zischte Alex. Doch Tom war so verunsichert, dass er eine Vollbremsung machte und beinahe gestürzt wäre.

3

1998

Aufgebracht nahm Stefan Hilbrich sein Bier von der Theke und trank einen großen Schluck. Kurz vor dem Ziel wurde er jäh gestoppt. Vom eigenen Vater! Stefan war der Erfüllung seiner Träume sehr nahegekommen. Auf Langeoog hatte er ein Mädchen kennengelernt, das sein Leben verändern würde. Plötzlich war das Bedürfnis nach immer neuen erotischen Abenteuern einer fast schmerzhaften Sehnsucht gewichen. Waren seine bisherigen Beziehungen von häufigen Wechseln bestimmt gewesen, sah er seine Zukunft nun in einer dauerhaften Verbindung. Er war, musste er sich eingestehen, bis über beide Ohren verliebt und wünschte sich nichts sehnlicher als genau das, was er bisher als *Ostfriesischen Dreisprung* verachtet und bei jeder sich bietenden Gelegenheit ins Lächerliche gezogen hatte: verliebt-verlobt-verheiratet.

Yvonne von Hahlen war nicht nur eine Schönheit, sie entsprach auch sonst seinen Vorstellungen von einer Partnerin. Sie sah zu ihm auf und besaß jene weiblichen Eigenschaften, die sich wohl die meisten Männer wünschten: erotische Anziehungskraft, Anschmiegsamkeit und Bereitschaft zur Hingabe. Und sie kam aus gutem Haus. Ihre Eltern besaßen Immobilien auf mehreren Ostfriesischen Inseln, die sie unter der Marke *Von-Hahlen-Residenzen* als Urlaubsdomizile vermieteten.

Die Familie bewohnte eine altertümliche Stadtvilla. Sie

mochte an die hundert Jahre alt sein und fügte sich in eine Reihe ähnlicher Häuser. Zur Straßenseite gab es einen kleinen Vorgarten, von dort zeigte die Villa über zwei Etagen schmale, hohe Fenster. Nur in der Farbe glich sie Stefans Elternhaus in Wilhelmshaven. Das alte Gemäuer leuchtete in frischem Weiß.

Neben der herrschaftlich anmutenden Wohnung hielt die Villa einen Trakt für eine weitere Familie bereit. Yvonne hatte ihn – heimlich, während ihre Eltern abwesend waren – durch die Räume geführt und voller Stolz erklärt: »Für mich, meinen Mann und meine Kinder.«

Das war, hatte er für sich entschieden, allenfalls eine vorübergehende Lösung. Doch noch gab es ein entscheidendes Hindernis. Sein eigenes Einkommen als angehender Bankkaufmann hielt sich in Grenzen; über ein Vermögen, das diesen Namen verdiente, verfügte er nicht. Dabei hatte er ein beträchtliches Erbe zu erwarten. Sein Vater besaß zwei Geschäftshäuser in der Innenstadt von Wilhelmshaven, und Stefan war selbstverständlich davon ausgegangen, schon jetzt davon profitieren zu können. Es gab immer wieder Anfragen von Konzernen, die seinen Vater mit lukrativen Angeboten zum Verkauf eines der beiden Häuser bewegen wollten. Doch der hatte sich stur gestellt. »Du würdest dein Erbe verscherbeln und damit alles, was dein Großvater und ich aufgebaut haben, in Gefahr bringen. Nur wenn der Familienbesitz erhalten bleibt, kannst du im Alter davon leben. Und später deine Kinder und deren Kinder. Und so weiter.«

Die Auseinandersetzung war eskaliert, und am Ende hatte sein Vater jenen Satz gebrüllt, der ihm seitdem nicht mehr aus dem Kopf ging. »Nur über meine Leiche!«

Wenn eine Einigung nicht möglich war, musste der Erbfall eben früher eintreten. Seit dem Streit mit seinem Vater dachte Stefan immer wieder über dessen vorzeitiges Ableben nach, fand aber keine überzeugende Lösung. Bis er einen Mann kennenlernte, der ihm einen Ausweg aus seinem Dilemma zeigte.

Er schien deutlich älter als Stefan zu sein, vielleicht Ende vierzig. Dabei spielte sicherlich seine ausgeprägte Halbglatze eine Rolle. Auch die etwas abgehoben wirkende Sprache verstärkte den Eindruck. Weder sein Äußeres, das auf ein eher unterdurchschnittliches Einkommen schließen ließ, noch die Umgebung – eine etwas heruntergekommene Kneipe, die Stefan gelegentlich aufsuchte, weil hier seine Musik gespielt wurde – passten zu dem Mann, der wie ein Oberlehrer dozieren und sich gewählt ausdrücken konnte. Er und Stefan schienen einen ähnlichen Musikgeschmack zu haben. Als aus der Musikanlage *You Want Love* von Mixed Emotions erklang, sangen sie gemeinsam leise mit.

Zu vorgerückter Stunde streckte Stefans Gesprächspartner ihm die Hand entgegen. »Frank Sörensen«, sagte er und bestellte eine Runde Jever Pils. »Für dich nur Frank.«

Stefan ergriff die Hand seines Thekennachbarn. »Stefan Hilbrich. Für dich nur Stefan.«

Sie brachen in Gelächter aus und stießen mit den Biergläsern an. »Den Namen habe ich schon mal gehört«, erklärte Frank. »Mit einem Reinhard Hilbrich hatte ich vor etlichen Jahren zu tun.«

Verblüfft setzte Stefan sein Glas ab. »So heißt mein Vater. Was hattest du mit dem zu schaffen?«

Frank winkte ab. »Das war in einem anderen Leben. Damals war ich noch Anwalt. In der Kanzlei *Leßing und Partner*. Die haben überall in Ostfriesland Niederlassungen, auch hier in Wilhelmshaven. Wahrscheinlich ging es um einen Kaufvertrag für eine Immobilie. Dafür war ich zuständig, durfte alles vorbereiten. Der Alte, also mein damaliger Chef, hat dann beurkundet und kassiert.«

»Warum bist du nicht mehr dort?«

»Eine lange Geschichte. Interessiert dich nicht wirklich. Jedenfalls hatte ich irgendwann die Schnauze voll. Vierzehn-Stunden-Tag in der Kanzlei, aber das Geld haben die Partner kassiert. Irgendwann wollte ich mein eigenes Ding drehen. Eine richtig große Nummer. Ist aber schiefgegangen, und ich habe meine Zulassung verloren.«

»Und jetzt ...?«

»... arbeite ich trotzdem auf eigene Rechnung.« Frank fummelte eine Visitenkarte aus der Tasche. »Als Privatdetektiv.«

Stefan starrte auf die Karte. »Ermittlungen aller Art«, las er halblaut. »Zuverlässig, professionell, diskret. Spezialgebiet Immobilien.« Er sah auf. »Was kann man im Immobiliensektor ermitteln?«

»Einiges.« Frank grinste. »Eigentumsverhältnisse zum Beispiel. Wenn du wissen willst, wem ein bestimmtes Haus gehört. Oder ob ein Grundstück belastet ist.« Er beugte sich zu Stefan herüber und senkte die Stimme. »Du glaubst ja gar nicht, was in der Branche alles läuft. Jeder bescheißt jeden, und alle bescheißen den Staat. Kaum eine Summe, die im Kaufvertrag steht, wird tatsächlich gezahlt. Meistens wechselt ein Teil schwarz den Besitzer. Oder einer, der sein Anwesen belastungsfrei anbietet, nimmt unmittelbar vor dem Verkauf noch schnell eine Hypothek auf. Die wird zwar irgendwann ins Grundbuch eingetragen, aber das geht nicht von heute auf morgen. Beim Notartermin liegt noch keine Eintragung vor, später wundert sich der Käufer.«

Stefan schoss ein verwegener Gedanke durch den Kopf. »Könnte man ein Haus verkaufen, ohne dass der Besitzer es mitkriegt?«

Frank wiegte den Kopf. »Man bräuchte eine entsprechende Vollmacht des Eigentümers. Schwierig, denn die muss notariell beglaubigt sein. Oder man müsste die Eintragung im Grundbuch manipulieren. Noch schwieriger.«

»Aber nicht unmöglich?«

»Nichts ist unmöglich.« Frank hob sein Glas. »Außer trinken, wenn die Gläser leer sind.«

An diesem Abend verließ Stefan die Kneipe früher als sonst. Auf dem Nachhauseweg kreisten seine Gedanken um das Geschäftshaus an der Marktstraße.

Das Haus seiner Eltern in Altengroden gehörte zu den wertvollsten Immobilien in diesem Stadtteil. Es war in den Achtzigerjahren auf einem der größten Grundstücke errichtet und mit aufwendigen Außenanlagen ausgestattet worden. Eine herrschaftliche Auffahrt, zwei Doppelgaragen und ein Gartenhaus. Im Gegensatz zu den roten Backsteinmauern, die in der Region weit verbreitet waren, hatte der Architekt das Gebäude ganz in Weiß gestaltet.

Die beleuchtete Fensterfront des Wohnzimmers und der flackernde Widerschein des Fernsehbildschirms signalisierten ihm, dass sich sein Vater dort aufhielt. Um diese Zeit verfolgte er gewöhnlich das *Aktuelle Sportstudio*, während seine Mutter in ihrem Zimmer las.

Damit sein Kommen nicht durch die aufflammende Außenbeleuchtung angekündigt wurde, schlich Stefan am Zaun entlang und näherte sich in geduckter Haltung der Rückseite des Hauses. Hier gab es einen verschlungenen Pfad, auf dem er nicht von den Infrarotsensoren erfasst werden konnte.

Lautlos betrat er den Flur, ohne die Beleuchtung einzuschalten. Das Arbeitszimmer seines Vaters lag in einem Seitentrakt, in dem auch das Apartment für die Haushaltshilfe untergebracht war. Seit seine Mutter ihren Mann dort einmal mit einer hübschen jungen Valentina aus Kasachstan in flagranti erwischt hatte, war sie es, die sich um die Einstellung des Personals kümmerte. Und sie achtete darauf, dass von den Mädchen keine Gefahr ausging. Gegenwärtig waren die Räume nicht belegt, denn die derzeitige Angestellte zog es vor, in ihrer eigenen Wohnung am Rande der Innenstadt zu bleiben und täglich mit dem Fahrrad zur Arbeit zu kommen. Anderenfalls hätte Stefans Mutter sie wohl nicht eingestellt. Sie hieß Cristina und stammte aus Rumänien, war aber ebenso hübsch wie Valentina und ausgesprochen anziehend. Stefan, der seinen Vater wegen der Sache mit Valentina moralisch verurteilt hatte, war von ihr derart hingerissen, dass er alles darangesetzt hatte, sie ins Bett zu bekommen.

Er schob die Erinnerung an die Eskapade beiseite, betrat das Arbeitszimmer seines Vaters, schaltete als Lichtquelle nur die Schreibtischlampe ein und konzentrierte sich auf die Suche nach dem Schlüssel für den Aktenschrank.

Er fand, was er suchte, und öffnete den Schrank. Die Akte mit den Angeboten war die einzige, die nicht beschriftet war. Darin stieß er auf das Schreiben eines internationalen Möbelhauses, das für das Geschäftshaus in der Fußgängerzone vor einem halben Jahr eineinhalb Millionen Mark geboten hatte. Ein Warenhauskonzern hatte ein Angebot von knapp zwei Millionen vorgelegt. Während er die Akte an ihren Platz zurückstellte, fragte er sich, warum sein Vater die Anfragen der Konzerne aufbewahrte. Wahrscheinlich genießt der Alte insgeheim die Höhe der Angebote, dachte er.

Bevor Stefan das Arbeitszimmer verließ, steckte er den Kopf durch die Tür und lauschte. Inzwischen musste seine Mutter ihr Zimmer verlassen haben, denn sie ging aus Prinzip nicht später als Mitternacht ins Bett. Sein Vater blieb regelmäßig noch ein oder zwei Stunden vor dem Fernseher sitzen.

Trotz der soliden Bauweise des Hauses kannte Stefan alle Geräusche und konnte sie dem jeweiligen Geschehen zuordnen. So wusste er immer, wer sich wo aufhielt. Jetzt vernahm er Töne, die aus dem unbewohnten Apartment der Hausangestellten zu kommen schienen. Er überquerte den Flur und legte ein Ohr an die Tür.

Dahinter hörte er Stimmen. Zweifelsfrei die seines Vaters und die von Cristina. Er unterdrückte den Impuls, die Tür zu öffnen, und horchte weiter. Die Unterhaltung wurde halblaut geführt, deswegen verstand er nicht alles. Doch aus den aufgeschnappten Worten wurde klar, dass es um eine gemeinsame Zukunft ging.

Mit zunehmender Fassungslosigkeit verfolgte Stefan ihr Gespräch. Sein fünfzigjähriger Vater wollte sich scheiden lassen, um mit der knapp halb so alten Rumänin zusammenzuleben. Als aus der Unterhaltung hinter der Tür verbale Liebkosungen wurden und eindeutige Geräusche hinzukamen, löste Stefan sein Ohr vom Türblatt, schlich lautlos davon und versuchte, die Szene aus dem Kopf zu bekommen, die sich zweifellos hinter der Tür abspielte. Sich seinen Vater beim Sex vorzustellen, war gruselig. In dem Alter – ging das überhaupt? Stefan schüttelte sich. Heftige Gefühle begleiteten ihn auf dem Weg in sein Zimmer. Abscheu, Eifersucht, Verachtung und – nicht zuletzt – Angst vor dem Verlust seines Erbes.

Nachdem die Welle der Empörung abgeklungen war, versuchte Stefan, die ungeahnte Perspektive sachlich zu betrachten. Seine Mutter würde vielleicht gar nicht so unglücklich sein und für sich eine angemessene Versorgung durchsetzen. Für ihn selbst konnte eine Liaison zwischen seinem Vater und Cristina allerdings riskant werden. Sollten die beiden tatsächlich heiraten, wäre sein Erbe gefährdet. Um seine eigene Zukunft mit einem angemessenen Vermögen zu sichern, musste er dieser Heirat zuvorkommen. Aber wie konnte er der drohenden Gefahr entgehen? Sollte er doch dafür sorgen, dass sein Vater vor der geplanten Eheschließung das Zeitliche segnete?

In dieser Nacht fand Stefan Hilbrich wenig Schlaf. Während er sich im Bett wälzte, durchlebte er unterschiedliche Szenarien. Eins davon endete mit einer Beerdigung auf dem Friedhof Aldenberg.

Am Morgen schob er die beunruhigenden Bilder und Fragen beiseite. Da er sonst niemanden hatte, den er ins Vertrauen ziehen konnte, erwog er, seinen neuen Bekannten aufzusuchen. Frank wusste vielleicht Rat. Andererseits zog es ihn zu Yvonne nach Langeoog. Natürlich konnte er seine Zwangslage nicht vor ihr ausbreiten. Aber die Sehnsucht nach Nähe und Zuwendung war stärker als das Bedürfnis, sofort eine Lösung zu finden. Frank hätte wahrscheinlich ohnehin so kurzfristig keine Zeit für ihn. Also rief er im Hause von Hahlen an. Zu seiner Erleichterung meldete sich Yvonne am Telefon.

»Moin, Yvonne. Stefan hier. Ich würde dich gern besuchen. Hast du Zeit?«

»Heute?«

»Ja. Ich fahre nach dem Frühstück los und bin am späten Vormittag bei dir.«

»Schön! Ich freue mich. Passt übrigens gut. Dann kannst du gleich mit uns zu Mittag essen. Meine Eltern möchten dich kennenlernen.«

»Okay.« Stefan unterdrückte einen Einwand. Ihm war nicht danach, sich seinen künftigen Schwiegereltern vorzustellen. Aber diese Begegnung war unausweichlich und früher oder später ohnehin fällig. Also würde er das Unvermeidliche heute hinter sich bringen.

4

2018

Irritiert öffnete Hannah Holthusen Florians E-Mail, die auf ihrem privaten Account eingegangen war. Warum schickte er keine WhatsApp-Mitteilung? Warum meldete er sich nicht in der Redaktion? Die jungen Leute waren manchmal wirklich etwas chaotisch. Sie überflog die Zeilen.

Hallo, Hannah,
wir müssen alles umschmeißen! Bin einem Sensationsfund auf der Spur! Heute Morgen wurde am Strand von Langeoog eine Ladung Heroin angeschwemmt. Eine Frau hat das Rauschgift gefunden und die Polizei verständigt. In der Zwischenzeit ist das Zeug wieder verschwunden. Vermute, jemand hat es sich unter den Nagel gerissen. Irgendwo muss es sein. Ich mache mich auf die Suche. Melde mich, wenn ich eine Spur gefunden habe. Bis dahin bitte kein Wort zu irgendjemandem! Ich will die Story exklusiv. Natürlich meine ich damit uns beide.
LG
Florian

Hannah war hin- und hergerissen. Einerseits war die Geschichte kaum zu glauben, andererseits konnte man nicht ausschließen, dass sie stimmte. Unter dem Strandgut ostfriesischer Küsten war schon manch seltsamer Fund gewesen. An den Stränden von Borkum, Baltrum und Norderney war vor einigen Jahren schon mal Heroin aufgetaucht. Größere Mengen waren in Belgien und Dänemark gefunden worden. Warum also nicht auf Langeoog? Trotzdem blieb sie skeptisch. Und sie war besorgt. Falls Florian sich in eine fixe Idee verrannte und nichts dabei herauskam, wäre im schlimmsten Fall sein ursprüngliches Thema gestorben. Sollte er dagegen tatsächlich einem Riesenfund Rauschgift auf die Spur kommen, konnte er in Bedrängnis geraten. Denn die Kriminellen, die hinter dem Drogentransport steckten, würden bestimmt versuchen, ihre verlorene Ware zurückzuholen. Schließlich hing daran ein Millionengeschäft.

In seiner jugendlichen Unbedarftheit würde Florian mögliche Gefahren ausblenden, um zu einer sensationellen Story zu kommen. Hannah fühlte sich für ihn verantwortlich, sie musste ihn bremsen und an das Risiko seiner Recherchen erinnern.

Moin, Florian,
deine Geschichte klingt spannend. Aber Rauschgifthändler sind gefährlich. Überlass die Ermittlungen der Polizei! Denk daran: Wir sind Beobachter und Berichterstatter, keine Drogenfahnder! Sei also vorsichtig, und pass gut auf dich auf! Das Interview mit dem Bürgermeister solltest du auf keinen Fall sausen lassen. Sonst kommst du womöglich mit leeren Händen zurück.
Herzliche Grüße
Hannah

Nachdem sie die Nachricht abgeschickt hatte, öffnete sie ein neues Fenster zum Verfassen einer zweiten E-Mail. Das Stichwort *Polizei* hatte sie daran erinnert, dass sie Rieke Bernstein schreiben wollte. Nun gab es sogar einen Anlass.

War ein Drogenfund dieser Größenordnung an Niedersachsens Nordseeküste nicht ein Fall für das Landeskriminalamt? Es konnte nicht schaden, die Freundin darauf aufmerksam zu machen. Vielleicht könnte sie Rieke auch bitten, sie später anzurufen. Sie begann erneut zu tippen.

*

Florian brauchte nur weniger als eine Stunde, um herauszufinden, wo Swantje Petersen wohnte und wo sie arbeitete. Nach der Begegnung am Strand war er ins Dorf zurückgekehrt, hatte das Fahrrad abgestellt und sich von Google Maps zum Restaurant *Störtebeker* führen lassen. Hier stieß er auf eine Kellnerin, die ihm nicht nur ein zweites Frühstück mit perfekt gebrühtem, aromatischem Kaffee auf der Sonnenterrasse servierte, sondern auch seine Bemühungen um persönliche Zuwendung honorierte. Sie hatte dünnes blondes Haar, das im Nacken zu einem Pferdeschwanz gebunden war, blaue Augen und eine freundliche Ausstrahlung. Nachdem er sich eine Weile nett mit ihr unterhalten hatte, fragte er sie nach ihrem Namen.

»Lisa«, verriet sie lächelnd. »Und du?«

»Florian.«

»Du bist nicht von hier. Machst du Urlaub auf Langeoog?«

Er schüttelte den Kopf und deutete dann auf die Kameratasche, die er auf dem Stuhl neben sich abgelegt hatte. »Bin beruflich unterwegs. Ich arbeite beim *Anzeiger für Harlingerland*.«

Lisa machte große Augen. »Reporter?«

»Kann man so sagen«, antwortete Florian ohne schlechtes Gewissen. Ihm schien der Augenblick gekommen zu sein, die Frage zu stellen, die ihn bewegte. Mit einer Kopfbewegung deutete er zum Haus. »Das Restaurant gehört doch der Familie Petersen. Kennst du Swantje?«

»Klar. Die Tochter vom Chef. In den Semesterferien hilft sie hier im Restaurant. Meistens im Service. Ihre Schicht beginnt aber erst um halb elf. Willst du hier auf sie warten?«

»Danke für das Angebot! Das wird mir zu knapp. Ich habe noch einen Termin beim Bürgermeister.«

»Bei Herrn Garrels?«, fragte Lisa staunend.

Florian nickte bedeutungsvoll und wandte sich seinem Frühstück zu. In Gedanken plante er die nächsten Schritte. Aufnahmen von der Strandaufspülung würde er auf den Nachmittag verschieben. Auch mit den Technikern konnte er später reden. Bis zu seinem Gesprächstermin mit dem Bürgermeister war genügend Zeit für eine Begegnung mit Swantje. Zu seinem persönlichen Interesse an der rothaarigen Schönen gesellte sich professionelle Neugier. Er sah die Szene wieder vor sich. Sie hatte so getan, als sei nichts gewesen. Dabei waren die Polizisten nicht zufällig aufgetaucht. Swantje hatte sie gerufen, weil sie auf das gefährliche Strandgut gestoßen war. Während sie auf die Beamten gewartet hatte, musste jemand die angeschwemmten Pakete abgeräumt haben. Aber wer? Zu der frühen Stunde war sonst kein Mensch am Strand gewesen. Nur zwei Windsurfer mit ihren Boards waren ihm begegnet. Hinter den Dünen, mit Fahrrädern und Anhängern, auf dem Weg ins Dorf. Am Ortsrand hatte er sie noch einmal gesehen, im Gespräch mit zwei Polizisten. Auch die könnte er befragen. Aber ob sie ihm den Fund bestätigen würden? Wohl kaum, denn sie konnten ihn nicht gesehen haben.

Also blieb nur Swantje. Vielleicht hatte sie doch jemanden bemerkt. Oder etwas gesehen, dem sie keine Bedeutung beigemessen hatte. Wenn er mit ihr die Morgenstunden durchging, ergab sich vielleicht ein Ansatzpunkt. Außerdem hatte er die Hoffnung noch nicht aufgegeben, sie näher kennenzulernen. Vielleicht gelang es ihm, sie für den Abend, nach ihrer Schicht im Restaurant, zu einem Drink einzuladen.

Er warf einen Blick auf die Uhr. Wahrscheinlich würde sie fünfzehn oder zwanzig Minuten vor Arbeitsbeginn das Haus verlassen. Florian nahm sich vor, ab zehn Uhr im Branddünenweg auf sie zu warten.

*

Die Reihe der neuen Häuser mit Feriendomizilen für gehobene Ansprüche passte sich perfekt an die Umgebung an. Versetzt angeordnete Reihenhäuser waren dem Stil norddeutscher Backsteinhäuser nachempfunden. Ihre Dächer waren tief herabgezogen, großzügige Gauben sorgten für Helligkeit im Obergeschoss. Die Mauern hatte man mit Wittmunder Klinker in dezent arrangierten Farbtönen verblendet. Trotz verhältnismäßig kleiner Grundstücke war es den Architekten gelungen, den Gebäuden den Anschein einer weitläufigen Anlage zu geben, die hohe Wertigkeit und gediegene Atmosphäre ausstrahlte.

Als Tom und Alexander mit ihrer Ladung eintrafen, waren nur wenige Handwerker an den Häusern beschäftigt. Deren Tätigkeiten schienen sich auf das zum Dorf hin gelegene Endhaus zu konzentrieren. »Wir gehen da rein.« Alexander deutete auf den Eingang eines der mittleren Häuser.

»Da gibt es keine Besichtigungen. Ich hole einen Schlüssel.«

»Wo kriegst du den her?«

»In den Haustüren sind noch provisorische Schlösser.« Alexander grinste und deutete zu einem Bauwagen. »Die Schlüssel sind da drin. Bin gleich zurück.«

»Okay.«

Als Alex wiederkam, hatte Tom das Segeltuch von Alexanders Surfbrett entfernt und die kleinen Pakete auf dem Anhänger bereitgelegt. »Und?«, fragte er. »Alles klar?«

Alexander nickte. »Bringen wir das Zeug rein.«

In einem der Kellerräume gab es eine kleine Nische, die sich mit einer metallenen Klappe verschließen ließ. Darin stapelten sie die Päckchen und verkeilten das Blech mit einem Stück Holz.

»Selbst bei einem Rundgang mit einem Kaufinteressenten fällt das Versteck nicht auf«, behauptete Alexander. »Aber die sehen sich sowieso nicht so genau um. Schon gar nicht im Keller. Du glaubst gar nicht, wie bekloppt die Leute sind. Manche kommen gar nicht erst her, sondern kaufen die Wohnungen blind. Nur aufgrund von Zeichnungen und Musterfotos hauen die mal eben eine halbe Million raus. Für drei Wochen Urlaub im Jahr. Oder als Geldanlage.«

Tom begann zu rechnen. »Wenn wir unsere ... *Ware* ... verkaufen, könnten wir uns zwei solche Wohnungen leisten und an Feriengäste vermieten. Hundertzwanzig Euro am Tag während der Hauptsaison, das macht schon zehn Mille für jeden. Dann noch mal sechzig Euro täglich während der Nebensaison. Sagen wir vier Monate, also hundertzwanzig Tage, ergeben weitere siebentausend. Bleiben fünf Monate, in denen wir –«

»Fang nicht an, Geld auszugeben, das wir noch gar nicht haben! Wir müssen erst unsere Ware loswerden.«

»Du hast recht«, räumte Tom ein. »Außerdem sollten wir aufpassen, dass uns keiner dazwischenkommt. Mir sitzt der Schock von vorhin noch in den Gliedern. Als die Bullen plötzlich vor uns aufgetaucht sind.«

»Wenn du nicht so schreckhaft reagiert hättest, wären die

vorbeigefahren. Von denen droht keine Gefahr, die wollen sich nur wichtigmachen.« Alexander verzog das Gesicht und imitierte die Stimme des älteren Polizisten. »Ihr wisst doch sicher, dass Surfen nur an den festgelegten Strandabschnitten erlaubt ist.«

»Kann sein, dass die keinen Schimmer haben. Aber Swantje ...«

Alexander nickte. »Um die kümmere ich mich. Und um den Typen, mit dem sie gesprochen hat. Ich bringe nur schnell den Schlüssel weg, dann fahre ich zu ihr.« Er deutete auf Toms Surfbrett. »Du musst allein aufs Wasser. Ich komme heute nicht mehr dazu.«

»Alles klar. Mach's gut!« Tom Thieland schwang sich auf sein Fahrrad und hob eine Hand. »Wenn du mich brauchst, ruf mich an!«

»Wird nicht nötig sein«, murmelte Alexander und sah seinem Freund nach, der in Richtung Hafenstraße verschwand. Als Tom außer Sichtweite war, zog er sein Mobiltelefon aus der Tasche und suchte in seinen Kontakten nach dem Mann, dessen Beziehungen zur Szene das Geschäft möglich machen würden. Oliver Sulfeld duzte sich mit den wichtigsten Hamburger Kiezgrößen und konnte einen Deal dieser Größenordnung vermitteln. Dass er dafür eine Provision kassieren würde, ließ sich nicht vermeiden. Von ihm bezog Alexander regelmäßig Gras und Kokain, um es auf der Insel an erlebnishungrige Urlauber zu verkaufen. Ein lohnendes Geschäft, das ihm erlaubte, seinen Lebensstil beizubehalten, nachdem sein Vater ihm die Zuwendungen gestrichen hatte.

»Hallo«, meldete sich Sulfeld nach dem fünften Rufzeichen.

»Hi, hier ist Alex. Langeoog.«

»Brauchst du was?«

»Nee, aber ich hab was. Ziemlich große Nummer. Brown sugar. Zwanzig Kilo. Im Paket.«

Sulfeld schwieg einen Moment. »Bist du sicher?«, fragte er vorsichtig.

»Würde ich dich sonst anrufen?«

»Okay.« Sein Gesprächspartner holte tief Luft. »Das übersteigt meine Möglichkeiten. Aber ich kann das Geschäft vermitteln, keine Frage. Wenn wir uns einig werden, musst du die Ware bringen. Oder ich hole sie ab. Gezahlt wird bei Übergabe an meinen Geschäftspartner in Hamburg. Nachdem wir die Qualität geprüft haben und abzüglich meiner Provision, versteht sich.«

Die Vorstellung, dass Sulfeld die Pakete abholen, er, Alexander, das Geld aber erst später bekommen würde, gefiel ihm nicht. Um die Zahlung bei Übergabe der Ware in Hamburg in Empfang zu nehmen, würde er selbst hinfahren müssen. »Also gut. Sag mir, wann und wo ich deinen Geschäftspartner treffen kann.«

»Ich melde mich bei dir. Bis dahin.« Sulfeld legte auf.

Zufrieden schob Alexander sein Smartphone in die Tasche und stieg auf sein Fahrrad, um sich auf den Weg zum Haus der Familie Petersen zu machen.

*

Florian hatte beobachtet, wie der schwarz gelockte Typ Swantje angesprochen hatte. Einen Moment war er unentschlossen gewesen. Sollte er Swantje zum Restaurant folgen oder den Typen im Auge behalten, der sie mit einem Fahrradgespann begleitet hatte? Nach den Worten, die er aufgeschnappt hatte, war der Windsurfer am Morgen am Strand gewesen.

Swantje kann ich später im Restaurant aufsuchen, hatte er sich gesagt. Nach dem Interview mit dem Bürgermeister. Möglich, dass der Gelockte das Heroin weggeschafft hat. Oder zumindest etwas über den Verbleib des Strandgutes weiß.

Er hatte sich aufs Rad geschwungen und war ihm in sicherem Abstand gefolgt.

Über die Hafenstraße ging es zu einem Neubaugebiet. Hier waren in den letzten Jahren offenbar vorwiegend Häuser der gehobenen Preisklasse entstanden. Die meisten von ihnen schienen unbewohnt. Am Ende der Straße, in die der Schwarzgelockte eingebogen war, befand sich noch eine Reihe im Bau. An einem Bauwagen hielt der Typ an und stellte sein Fahrrad ab. Er sah sich um, umrundete den Wagen, ging in die Knie, öffnete einen Kasten zwischen den Rädern und griff hinein. Über eine kleine Treppe erreichte er eine Tür, schloss auf und verschwand im Inneren. Florian stoppte ebenfalls und suchte Deckung hinter einem Lieferwagen. Nur wenige Augenblicke später kam der Windsurfer wieder heraus. Er verharrte einen Moment und sah sich erneut prüfend um. Dann hastete er zu einem der Reihenhäuser, öffnete eine Tür und betrat den Neubau.

Florian zog sein Handy aus der Tasche und fotografierte das Haus. Anschließend lehnte er sein Fahrrad gegen einen Zaun und ging zu Fuß weiter in Richtung Baustelle. Hier gab es keine Möglichkeit, sich zu verstecken. Er musste das Risiko, entdeckt zu werden, eingehen oder auf die weitere Verfolgung verzichten. Mit klopfendem Herzen näherte er sich dem Eingang, durch den der Typ verschwunden war. In dem Augenblick, in dem er die Hand nach dem Knauf ausstreckte, schwang die Tür auf.

*

»Vorhin war einer hier«, eröffnete ihr Lisa, während Swantje sich umzog. »Er hat Frühstück bestellt und nach dir gefragt.«

»Alexander Hilbrich?« Sie winkte ab. »Den habe ich inzwischen getroffen.«

»Nee. Der war's nicht.« Lisa zog die Nase kraus und schüttelte den Kopf. »Ziemlich lange, hellblonde Haare, blaue Augen, ein Gesicht wie ... Justin Bieber, nur sympathischer, Mitte zwanzig. Echt süß. Er heißt Florian und arbeitet bei der Zeitung. Also, ich würde den nicht –«

»Ach, der.« Swantje musste unwillkürlich lächeln. »Anscheinend gibt er nicht so schnell auf. Ich habe ihn gestern auf der Fähre getroffen. Und heute Morgen am Strand. Eigentlich wollte ich ihn nicht wiedersehen.« Sie drehte sich vor dem Spiegel, kontrollierte den Sitz des schwarzen Rocks und der weißen Bluse, die zum Outfit des Bedienungspersonals im *Störtebeker* gehörten. »Ich fand ihn auch ...« Sie brach ab und zuckte mit den Schultern. »Aber der ist morgen wieder weg.«

»Vielleicht bleibt er ja.« Lisa spitzte die Lippen. »Ich glaube, er steht auf dich. Ich habe ihm gesagt, dass du ab halb elf hier bist. Bestimmt kommt er noch mal vorbei.«

»Dann wirst du ihn bedienen«, entschied Swantje. »Ich will nichts mit ihm anfangen. Süß hin oder her.« Sie deutete zur Terrasse des Restaurants. »Da warten Gäste.«

Während Lisa nach draußen eilte, betrachtete sich Swantje im Spiegel. Sie hatte sich nie als Schönheit empfunden, zu Beginn der Pubertät sogar mit der blassen Haut und den roten Haaren gehadert. Inzwischen war sie mit ihrem Äußeren versöhnt, zumal sie erfahren hatte, dass es Männer gab, die ihren Typ besonders attraktiv fanden. Leider beschränkte sich deren Interesse überwiegend auf körperliche Eigenschaften. Mit der Zeit hatte sie ein Gespür dafür entwickelt, wer nur darauf aus war, mit ihr ins Bett zu gehen. In dieser Hinsicht hatte Florian anders gewirkt. Obwohl sie in seinen Augen so etwas wie Anerkennung, vielleicht sogar Bewunderung, gesehen hatte, war er an ihrem Leben auf der Insel, ihren Erfahrungen und Einschätzungen interessiert gewesen. *Echt süß,* hatte Lisa gesagt. Swantje würde es anders formulieren, aber ihre Freundin hatte nicht ganz unrecht. Die Erfahrungen mit Beziehungen zu Feriengästen hatten sie gelehrt, dass die keine Zukunft hatten. Andererseits ... Kopf oder Bauch? Worauf sollte sie hören?

Swantje streckte ihrem Spiegelbild die Zunge heraus und wandte sich ab. Wenn Florian noch mal im Restaurant auftaucht, sehe ich weiter, dachte sie. Sie folgte Lisa auf die Terrasse, wo sich gerade eine Rentnergruppe niederließ.

5

2018

Es dauerte eine Weile, bis Oliver Sulfeld den Mann erreichte, der für den Deal der geeignete Partner war. Seinen richtigen Namen kannte er nicht, in der Szene wurde er nur Georg genannt, weil er sein Geschäft vor Jahren im Hamburger Stadtteil St. Georg gegründet hatte, im Umfeld des *Drob Inn*, einer Beratungsstelle für Drogenabhängige mit Drogenkonsumräumen.

»Ich habe gehört«, sagte Sulfeld ohne Begrüßung, »dass ihr eine größere Ladung vermisst. Dass eine Tasche in der Nordsee gelandet ist. Vielleicht weiß ich, wo ihr sie finden könnt.«

»Sprich weiter.« Sein Gesprächspartner schien hellhörig geworden zu sein.

»Möglich, dass die Nordsee das Zeug wieder ausgespuckt hat. An der Küste werden manchmal Sachen angeschwemmt ... Du machst dir keine Vorstellung. Flaschen, Schuhe, Holz, Spielzeug. Strandgut nennen die Leute das. Mal schnappen sie sich das Zeug, mal kassiert der Zoll es ein.«

»Willst du damit sagen ...«

»Der Groschen ist gefallen.« Sulfeld lachte. »Ich weiß nicht, wie viel euch abhandengekommen ist. Aber irgendwo an der Nordsee liegen an die zwanzig Kilo herum.«

»Und du weißt, wo«, vermutete Georg.

»Könnte sein. Kommt auf meinen Anteil an. Sagen wir dreißig Prozent.«

»Fünfzehn. Vom Großhandelspreis. Wenn die Ware nicht beschädigt ist.«

»Fünfundzwanzig.«

»Zwanzig. Und du bringst sie nach Hamburg. Mein letztes Wort.«

»Einverstanden. Aber ich brauche einen kleinen Vorschuss. Zehn Hunnis. Reisekosten und so.«

»Ich schicke jemanden vorbei«, antwortete Georg und legte auf.

Oliver Sulfeld rieb sich zufrieden die Hände.

Eine knappe Stunde später klingelte es an seiner Wohnungstür.

Vorsichtig lugte er durch den Spion. Draußen stand ein Typ, der nach einem von Georgs Gorillas aussah. In der Hand trug er einen Umschlag. Er hob ihn auf Augenhöhe.

»Grüße vom Chef«, klang es dumpf durch die Tür.

Sulfeld legte die Sicherheitskette vor, öffnete einen Spalt und streckte die Hand nach draußen. »Gib her!«

In dem Augenblick riss der Gorilla am Knauf und quetschte sein Handgelenk zwischen Tür und Rahmen ein. Sulfeld schrie auf.

»Wer wird denn so misstrauisch sein«, knurrte der Typ. »Mach die Tür auf! Sonst fliegt sie dir gleich um die Ohren.«

Zitternd hakte Sulfeld die Kette aus und trat zur Seite, mit der linken Hand den rechten Arm haltend. »Du hast mich verletzt«, jammerte er.

Der Mann betrat die Wohnung, schloss die Tür hinter sich und machte eine abwertende Handbewegung. »Das gibt sich. Nordseeluft ist heilsam.« Er faltete den Umschlag zusammen und steckte ihn in Sulfelds Brusttasche. »Dreihundert. Keinen Cent mehr. Georg hat was gegen Leute, die versuchen, ihn abzuzocken. Ich soll dir ausrichten, du landest im Rollstuhl, wenn du auf dumme Gedanken kommst. Hast du das verstanden?«

Sulfeld nickte stumm und starrte auf sein Handgelenk, von dem ein höllischer Schmerz ausging. Er strahlte bis zum Ellbogen und bis in die Fingerspitzen. Ich brauche einen Verband, dachte er. Hoffentlich ist nichts gebrochen.

»Dann ist's ja gut.« Der Gorilla warf ihm einen abschätzenden Blick zu, nickte zufrieden, öffnete die Tür und verschwand.

Nachdem Sulfeld sich das Handgelenk notdürftig verbunden hatte, nahm er sein Mobiltelefon und wählte die Nummer seines Kunden auf Langeoog.

Statt Alex meldete sich die Mailbox. »Hallo! Nachrichten nach dem Piepton. Ich rufe zurück.«

»Olli hier«, sagte er. »Komme auf die Insel. Hole ... die Ware ... selbst ab. Ruf mich zurück oder schick eine SMS, damit ich weiß, wo ich dich treffen kann. Und halt eine Probe bereit!«

*

Überrascht starrte Florian den Schwarzgelockten an, der in jeder Hand ein dunkles Päckchen hielt. Nach einer Schrecksekunde ließ sein Gegenüber beide Päckchen fallen und stürzte sich auf Florian. Der stolperte rückwärts, fiel auf die Pflastersteine. Schon war der Typ über ihm, packte mit beiden Händen seinen Hals und drückte zu. Instinktiv zog Florian den Kopf zwischen die Schultern, tastete nach den Händen des Angreifers, streckte den Hals dann ruckartig in die Länge und griff im selben Augenblick nach den kleinen Fingern. Mit einer raschen Bewegung bog er sie um. Es knackte vernehmlich, und der Gelockte löste mit einem Aufschrei die

Umklammerung. Florian rollte zur Seite, stieß den anderen von sich, sprang auf und rannte los.

Außer Atem erreichte er sein Fahrrad, schwang sich auf den Sattel und trat kräftig in die Pedale. Erst dann wagte er einen Blick zurück. Der Typ, der ihn angegriffen hatte, hockte auf dem Boden und betrachtete seine Hände.

Florian drehte sich wieder um und fuhr schnurstracks zum *Störtebeker*.

»Wie siehst du denn aus?«, fragte Lisa, die gerade einen Tisch auf der Terrasse abräumte. Sie musterte ihn von oben bis unten. »Hast du dich mit dem Fahrrad auf die Klappe gelegt?«

»So ähnlich.« Florian grinste. »Ist Swantje da?«

»Ja.« Lisa stellte Teller aufeinander, sammelte Besteck und Gläser ein und platzierte alles auf einem Tablett. »Wie du siehst, haben wir gerade viel zu tun. Ich glaube nicht, dass sie jetzt Zeit für dich hat. Aber wenn du dich ein bisschen frisch machen willst, zeige ich dir den Personalraum. Da haben wir auch eine Bürste für deine staubigen Klamotten.«

Florian sah an sich hinunter und dann auf die Uhr. »Keine schlechte Idee. Vor dem Termin beim Bürgermeister schaffe ich es nicht mehr zur Jugendherberge.«

»Dann geh schon mal vor!« Mit einer Kopfbewegung deutete sie zur offenen Glastür, die von der Terrasse ins Restaurant führte.

»Danke! Und wo finde ich Swantje?«, fragte Florian.

»Auch da drin.« Lisa nahm das beladene Tablett hoch und balancierte es mit erstaunlicher Leichtigkeit auf einer Hand.

Swantje stand vor einer elektronischen Gastrofix-Kasse und tippte eine Bestellung ein. Florian berührte vorsichtig ihre Schulter.

»Moment«, murmelte sie, ohne ihre Arbeit zu unterbrechen. Dann wandte sie sich um. »Du schon wieder?« Ihre Miene war schwer zu deuten. »Tut mir leid, aber im Moment habe ich keine Zeit.«

»Ich weiß, ihr habt gerade viel zu tun.« Florian deutete auf seine Hose. »Lisa hat gesagt, dass ich mich bei euch ein bisschen säubern kann. Ich habe doch gleich das Interview mit dem Bürgermeister, und da sollte ich vielleicht nicht so ... unansehnlich auflaufen.«

»Was ist passiert?«

»Nichts Schlimmes. Kleiner Unfall. Ich würde gern mit dir sprechen. In Ruhe, später, wenn du Zeit hast.«

Swantje seufzte. »Es hat keinen Zweck, Florian. Ich will keine Beziehung anfangen, die keine Aussicht auf Bestand hat. Und jetzt muss ich arbeiten.«

»Es geht nicht um dich und mich.« Er trat näher an sie heran und senkte die Stimme. »Es geht um ein ... besonderes ... Strandgut.«

Swantje zuckte zusammen. »Strandgut? Was meinst du damit?«

Florian lächelte vielsagend. »Ich glaube, du weißt, was ich meine.«

»Und ich bin sicher, dass ich dir nicht helfen kann.«

»Vielleicht doch. Käme auf einen Versuch an.«

»Also gut«, gab Swantje seufzend nach. »Um vier habe ich Pause, um neun Feierabend.«

Florian strahlte. »Nach dem Gespräch mit dem Bürgermeister muss ich noch ein paar Fotos von der Strandaufspülung machen. Bin heute Vormittag nicht dazu gekommen. Falls ich es bis sechzehn Uhr nicht schaffe, sehen wir uns heute Abend. Okay?«

Sie nickte. »Aber jetzt muss ich wirklich weitermachen.«

»Alles klar. Bin schon weg.« Die Aussicht auf das Wiedersehen mit Swantje erfüllte ihn mit freudiger Erregung, fast hätte er vergessen, Lisas Angebot zu nutzen.

Nachdem er Jacke und Hose ausgebürstet und sich die Hände gewaschen hatte, machte er sich auf den Weg zum Rathaus.

*

Mit gemischten Gefühlen registrierte Hannah Holthusen den Eingang einer Nachricht von Florian. Auf ihre Ermahnung hatte er nicht reagiert. Inzwischen war er seit über vierundzwanzig Stunden auf der Insel und hatte nichts über den Fortschritt seiner Recherchen berichtet. Obwohl sie ihn darum gebeten hatte. Sie öffnete die E-Mail und überflog den Text.

Moin, Hannah,
bin jetzt im Rathaus für das Interview mit Bürgermeister Garrels. Muss noch ein bisschen im Vorzimmer warten. Fotos von der Strandaufspülung habe ich noch nicht aufnehmen können, mache ich am Nachmittag. Notfalls morgen. Heute treffe ich eine Informantin wegen der »Fundsache«. Inzwischen habe ich eine Spur und weiß, wo das Strandgut lagert. Den Namen des Typen, der es versteckt hat, muss ich noch herausfinden. Sollte nicht schwierig sein, hier kennt jeder jeden. Wenn ich ihn habe, gehe ich zur Polizei und führe sie zum Versteck. Danach wird der Typ todsicher festgenommen. Werde alles dokumentieren und dir die Fotos schicken. Könnte sein, dass ich einen Tag länger brauche.
Liebe Grüße
Florian

Hannah war erleichtert und alarmiert zugleich. Offenbar hatte Florian seinen Auftrag nicht aus den Augen verloren, weder das Interview noch den Bericht über die Strandaufspülung. Dieser Teil seiner Mitteilung war beruhigend, der andere eher beängstigend. Die Spur zu dem ominösen Strandgut konnte nicht nur zu einem interessanten Artikel führen, sondern ihn auch in Gefahr bringen. Sie warf einen Blick auf die Uhr und hoffte, dass Rieke Bernstein bald anrufen würde. Während Florian im Rathaus den Bürgermeister interviewte, war er in Sicherheit. Auch während der Aufnahmen am Strand konnte ihm nach menschlichem Ermessen nichts zustoßen. Bis dahin hätte Rieke sich gemeldet. Dann würde sie wissen, ob sich Beamte des Landeskriminalamts um den brisanten Fund kümmern würden.

*

Von den gebrochenen Fingern ging ein höllischer Schmerz aus. Jede Bewegung der Hände oder Arme löste elektrische Schläge aus, die durch seinen Körper zuckten. Mit einiger Anstrengung war es Alexander Hilbrich gelungen, die beiden Heroinpäckchen, die er hatte mitnehmen wollen, mit den Füßen die Treppe hinunter und in den Kellerraum zu schieben, in dem die übrigen Pakete lagerten. Das verkeilte Blech hatte er nicht lösen können. Nun lagen zwei der Päckchen offen auf dem Fußboden. Nicht gut, aber nicht zu ändern. Ohnehin musste er so schnell wie möglich ein neues Versteck finden. Schon wegen des Typen, der am Haus aufgetaucht war und ihm die Verletzungen verpasst hatte. In eines der Päckchen hatte er mit dem Taschenmesser eine kleine Öffnung geschnitten, eine Probe entnommen und in ein Innenfach seines Portemonnaies rieseln lassen.

Unter neuen Qualen schloss er die Tür des Neubaus ab. Er verzichtete darauf, den Schlüssel zum Bauwagen zurückzubringen, stattdessen ließ er ihn in die Hosentasche gleiten. Jemand musste seine gebrochenen Finger schienen, alles andere konnte warten.

Der Versuch, das Fahrrad zu benutzen, scheiterte an unerträglichen Schmerzen. Nur mühsam gelang es ihm, ein Schloss anzubringen. Seine Wut auf den Unbekannten, der ihm die Pein zugefügt hatte, wuchs von Minute zu Minute.

Mit angewinkelten Oberarmen, die Hände auf Hüfthöhe haltend, machte er sich auf den Weg nach Hause. Vorsichtig setzte er einen Fuß vor den anderen und haderte mit seinem Schicksal. Am Morgen hatte er sich noch auf einen erfolgreichen Tag mit besten Aussichten auf ein beträchtliches Vermögen gefreut, doch dann hatte ihn offenbar sein Glück verlassen. Immerhin wartete zu Hause ein Lichtblick auf ihn. Dort hatte er Gras deponiert. Ein Joint würde den Kopf klarer und die Schmerzen erträglicher machen.

Alexanders Elternhaus gehörte zu den größeren Neubauten auf der Insel. Architektonisch fiel es in seinem Umfeld aus dem Rahmen, weil der moderne Stil nicht zur Umgebung passte. Schon zweimal war die Familie umgezogen, weil sein Vater es nicht ertrug, wenn andere ein schickeres und größeres Haus bewohnten. Nun hatte Alexander zwar sein eigenes Apartment, das einigermaßen wohnlich war, weil niemand dort aufräumen durfte, aber die übrigen Räume empfand er als unpersönlich und kalt. Seine Mutter machte sich das Leben ohne ihren meist abwesenden Ehemann erträglich, indem sie sich sexuelle Eskapaden mit jungen Männern und öfter mal ein Glas Champagner gönnte.

Beim Betreten des Hauses beschlich Alexander die Befürchtung, sein Vater könnte anwesend sein. Seit er was mit dieser Samantha aus Wilhelmshaven hatte, benutzte er ein exklusives Herrenparfüm. *L'Œuvre Noire.* Nach dem Schriftzug auf der schwarzen Flasche, die er im Bad seines Vaters gesehen hatte, präsentierte es sich als *olfaktorisches Aphrodisiakum mit der narkotischen Anziehungskraft von Tabak.*

Einen Hauch davon glaubte er im Flur wahrgenommen zu haben. So rasch und geräuschlos wie möglich verzog er sich in sein Apartment. Mit einiger Mühe entledigte er sich der verschmutzten Kleidungsstücke, ließ Jacke und Hose auf den Fußboden fallen und kramte das Gras aus seinem Versteck. Mehr schlecht als recht drehte er einen Joint, zündete ihn an und legte sich auf die Couch.

Während er inhalierte, kehrten seine Gedanken zu dem Unbekannten zurück, der ihm die Finger gebrochen hatte. Alexander war sicher, dass es sich um den Typen handelte, den er am Morgen mit Swantje am Strand gesehen hatte. Welche Verbindung konnte es zwischen den beiden geben? Sehr vertraut waren sie nicht miteinander gewesen. Eine Zufallsbekanntschaft? Was hatte er von ihr gewollt? Warum war er bei den neuen Häusern aufgetaucht? Konnte er mitbekommen haben, dass Tom und er das Strandgut eingesammelt hatten? Swantje hatte nichts über ihn oder die Päckchen gesagt, als Alexander sie angesprochen hatte. Er glaubte nicht, dass ihr klar war, um was es sich bei dem Strandgut handelte. Bei dem Unbekannten war er sich nun nicht mehr so sicher.

Er muss mir gefolgt sein, dachte Alexander. Ich muss noch mal mit Swantje reden, rauskriegen, wer der Typ ist. Und dann brauche ich eine Idee, wie wir ihn loswerden. Möglichst für immer. Olli muss sich darum kümmern. Der weiß, wie man so was macht. Schließlich ist der Deal gefährdet, wenn der Unbekannte Wind von der Sache bekommen hat. Und er kommt ja ohnehin nach Langeoog, um die Pakete abzuholen.

Der Gedanke an Oliver Sulfeld und dessen Verbindungen beruhigte ihn. Vielleicht tat auch das Gras seine Wirkung. Alexander entspannte sich ein wenig. Wenn nur die Schmerzen in den Händen nicht wären! Auch dafür brauchte er eine Lösung. Tabletten würde er im Badezimmer seiner Mutter finden. Trotzdem mussten die Finger behandelt werden.

Zug um Zug genoss er das Dope, spürte dessen lindernde Wirkung und dachte darüber nach, was er über die Entstehung seiner Verletzungen erzählen konnte. Schließlich zerdrückte er den Rest des Joints im Aschenbecher. In diesem Augenblick sprang die Tür auf.

Erschreckt fuhr Alexander auf und starrte den Eindringling wütend an. Stefan Hilbrich war groß und kräftig, auf den ersten Blick hätte man den fast Sechzigjährigen auf Ende vierzig schätzen können. Das volle dunkle Haar war nur an den Schläfen grau, die Haut gebräunt. Blaue Augen über einer kräftigen Nase und ein großer Mund gaben ihm ein markantes Aussehen. Der Blick, mit dem er seinen Sohn fixierte, war hart und kalt. Alexander spürte, dass sein Vater verärgert war. Trotzdem sprach er gedämpft, fast leise.

»Was hast du auf der Baustelle gemacht?«

»Ich? Wieso?« Alexander versuchte, ahnungslos zu wirken.

»Ich? Wieso?«, äffte sein Vater ihn nach. »Antworte gefälligst, wenn ich frage!«

»Nichts.«

»Du warst im Bauwagen. Man hat dich gesehen. Also, was wolltest du da?«

»Ich brauchte … Werkzeug. Für meinen Fahrradanhänger. Da hatte sich was verklemmt.«

Es war offensichtlich, dass sein Vater ihm nicht glaubte. Sein Blick wanderte durch den Raum. »Hier stinkt es«, knurrte er und deutete nach unten. »Und deine Klamotten schmeißt du auf den Boden wie ein Zwölfjähriger.« Er bückte sich, hob Alexanders Hose auf und schüttelte sie. Etwas fiel metallisch klirrend heraus. Empört starrte Stefan Hilbrich auf den Boden. Schließlich beugte er sich hinab, hob den Schlüssel auf und hielt ihn in die Höhe. »Und was ist das? Der gehört zu einem Bauschloss. Was hast du in den neuen Häusern gemacht?« Er trat ein paar Schritte auf seinen Sohn zu, packte seinen Oberarm und schüttelte ihn. »Du hast da nichts verloren.« Alexander schrie auf und hob seine Hände mit den unnatürlich abstehenden kleinen Fingern.

»Was ist damit?«, zischte sein Vater.

»Gebrochen«, wimmerte Alexander. »Unfall. Beim Surfen.«

Stefan Hilbrich ergriff Alexanders Handgelenk, betrachtete den seltsam abstehenden Finger und schüttelte den Kopf. »Da ist nichts gebrochen«, murmelte er. »Nur ausgerenkt. Aber wenn du Pech hast, ist eine Sehne gerissen. Dann muss es operiert werden.« Er verstärkte seinen Griff und zog die Hand näher zu sich heran. »Und jetzt will ich wissen, was du im Neubau gemacht hast. Und wer dir die Finger umgeknickt hat. Beim Surfen passiert so was nicht.«

Alexander biss die Zähne zusammen und schüttelte stumm den Kopf. Doch dann schrie er auf. Sein Vater hatte den geschwollenen Finger am Gelenk berührt. »Spinnst du?«, stieß er atemlos hervor.

»Wenn hier einer spinnt«, entgegnete Stefan Hilbrich kühl, »dann bist du das. Also?«

»Da lief ein Typ rum. Der wollte einen Blick in eins der Häuser werfen. Darum habe ich den Schlüssel geholt. Aber dann hat er mich angegriffen. Keine Ahnung, wer er ist, aber Swantje Petersen kennt ihn.«

Skeptisch kniff Alexanders Vater die Lider zusammen. Er glaubt mir nicht, dachte Alexander und schob rasch eine weitere Information nach. »Ich habe gesehen, wie sie miteinander gesprochen haben. Heute Morgen am Strand. Tom war dabei.«

Langsam lockerte Stefan Hilbrich den Griff um Alexanders Handgelenk. »Ich kümmere mich darum«, knurrte er. »Und du solltest einen Arzt aufsuchen.«

*

Nach dem Schlusswort des LKA-Präsidenten strebte Kriminaldirektor Robert Feindt eilig seinem Büro zu. Diese Dienstbesprechungen, die seit einigen Jahren *Meeting* genannt wurden, empfand er zunehmend als anstrengend. Sonderlich ergiebig waren sie auch nicht. Die jährlich wiederkehrende Statistik über aufgeklärte Verbrechen aller Art, die per PowerPoint mit einem Dutzend Folien dargestellt worden war, hatte wieder einmal gegenüber dem Vorjahr höhere Aufklärungsquoten belegt. Das ging nun schon seit Jahren so, und Feindt beschlich der Verdacht, dass es keine andere als positive Statistiken zur Verbrechensaufklärung geben durfte.

Neben der Pflichtübung war es bei der Besprechung um die Arbeit des relativ jungen Dezernats Achtunddreißig gegangen. Im Behördendeutsch hieß der Bereich Informations- und Kommunikations-Kriminalität. Die sogenannten sozialen Netzwerke waren Feindt ein Graus und weitgehend rätselhaft. Dort wurde nun also auch gefahndet, Kollegen waren auf Facebook und Twitter unterwegs. Er bezweifelte, dass das dort angesprochene Publikum wusste, was die beiden Großbuchstaben in der Bezeichnung *Polizei NI Fahndung* bedeuteten. Vielleicht war er einfach zu alt, um an der technischen Entwicklung Freude zu haben. Darunter zu leiden lag ihm allerdings fern. In einigen Monaten würde er den Ruhestand erreichen, dann gedachte er ein Leben ohne ständiges Gebimmel von Smartphones und nervtötende Fluten überflüssiger E-Mails zu führen.

Schnelle Schritte von Schuhen mit Absätzen veranlassten ihn, einen Blick über die Schulter zu werfen. Rieke Bernstein. Sie winkte ihm zu. Auch das noch. Die Hauptkommissarin gehörte zu den Mysterien seiner Dienstzeit. Als sie ihm ins Dezernat gesetzt worden war, hatte er befürchtet, sie könnte als Quotenfrau ohne allzu große Anstrengung Karriere machen und ihn von seiner Position als Dezernatsleiter verdrängen wollen. Doch dann hatte sich herausgestellt, dass ihr Ehrgeiz in eine andere Richtung zielte. Statt an ihrer Karriere arbeitete sie lieber an Kriminalfällen. Sie war eine hervorragende Ermittlerin, das musste man ihr lassen. Und weil sie klug und eloquent war und auch noch gut aussah, hatte der Präsident sie zum Gesicht des LKA erklärt. Wenn es darum ging, Polizeiarbeit oder aktuelle Fahndungsmaßnahmen in einer Fernsehtalkshow darzustellen, wurde die Bernstein hingeschickt. Inzwischen hatte Feindt ihre Qualitäten und ihre Leistungen akzeptiert. Und weil sie ihm ohnehin nicht mehr gefährlich werden konnte, war er in seinem Urteil milder geworden. Nur ihre Garderobe entsprach nach wie vor nicht seinen Vorstellungen. Für Auftritte im Fernsehen mochte farbenfrohe Kleidung erwünscht sein, im Alltag einer Polizeibeamtin empfand er Türkis-, Grün- und Blautöne ebenso wenig angemessen wie offenherzige Blusen, ausgeschnittene Pullover und enge Hosen. Immerhin färbte die Bernstein ihr Haar nicht mehr so aufreizend blond.

»Herr Kriminaldirektor«, rief sie, »darf ich Sie einen Moment aufhalten? Ich würde gern etwas mit Ihnen besprechen. Dauert nur ein paar Minuten.«

Feindt seufzte unhörbar, nickte und deutete auf die Tür seines Büros. »Bitte, Frau Kollegin, nach Ihnen!«

Statt sie zur Sitzgruppe zu bitten, verkroch er sich hinter seinem Schreibtisch. Rieke Bernstein nahm unaufgefordert auf einem der Besucherstühle Platz.

»Worum geht es?«, fragte der Kriminaldirektor.

»Um dezernatsübergreifende Kooperation.« Sie lächelte gewinnend.

Aha. Feindt beschlich eine ungute Ahnung. Die Bernstein war schlau. Sie benutzte einen Begriff des Polizeipräsidenten, der bei seinen abschließenden Worten des gerade überstandenen *Meetings* dafür geworben hatte. Die Dezernate sollten nicht nur enger zusammenarbeiten, sondern sich auch gegenseitig aushelfen, wenn es einmal knapp wurde. Feindt sah darin eine Verschleierung des Personalmangels. Man täte besser daran, mehr Leute einzustellen.

»Ich habe gerade mit dem Kollegen Gropengießer vom Drogendezernat gesprochen«, fuhr sie fort. »Die haben einen Engpass. Urlaubszeit, eine Frühpensionierung, mehrere Erkrankungen. Sie könnten jemanden gebrauchen, der eine Untersuchung leitet. Wenn die vorliegenden Informationen zutreffen, ist damit zu rechnen, dass das Dezernat personell überfordert ist, zumal sich die Ermittlungen ausweiten könnten.«

»Wir sind auch nicht viel besser dran«, knurrte Feindt. »Woher soll ich eine Ermittlungsgruppe nehmen? Wenn es nur um einen Beamten ginge ...«

»Dazu möchte ich einen Vorschlag machen, Herr Kriminaldirektor. Sie würden den Kollegen ohne nennenswerten Personaleinsatz helfen, wenn ich die Aufgabe allein übernehme und ein paar Leute von der örtlichen Kripo hinzuziehe. In diesem Fall wäre das gut möglich.«

»So?« Feindt verzog skeptisch das Gesicht. »Woher nehmen Sie Ihren Optimismus?«

»Es geht um einen Drogenfund auf einer der Ostfriesischen Inseln. Die Polizeistationen dort werden jedes Jahr während der Hauptsaison durch Kolleginnen und Kollegen aus ganz Niedersachsen verstärkt. Nicht nur durch die Schutzpolizei, auch Kripobeamte können für diesen Dienst eingesetzt werden. Ich habe schon zweimal erfolgreich mit zwei Kollegen aus dem Bereich der Direktion Osnabrück zusammengearbeitet. Einmal auf Borkum und einmal auf Norderney. Damals ging es um –«

»Ich weiß«, unterbrach Feindt seine Kollegin. Beide Fälle waren ihm in lebhafter Erinnerung, denn er hatte Bernsteins Einsatz in der Hoffnung genehmigt, dass sie scheitern würde. Stattdessen hatten die Ermittlungsergebnisse ihre Karriere als Repräsentantin des LKA befördert. Immerhin war ein wenig von dem Glanz auch auf sein Dezernat gefallen.

»Dann wissen Sie auch«, fuhr die Bernstein fort, »dass ich kein zusätzliches Personal unseres Dezernats in Anspruch genommen habe.«

»Also gut.« Feindt nickte. »Wohin soll's denn gehen?«

»Nach Langeoog. Dort ist eine größere Menge –«

»Danke«, unterbrach er sie rasch und hob abwehrend die Hände. »So genau will ich gar nicht wissen, worauf Sie sich einlassen. Sie arbeiten schließlich fürs Dezernat Dreiunddreißig.«

6

1998

»Papa, das ist Stefan Hilbrich. Ich wollte ihn dir noch vor dem Essen vorstellen. Ihr könnt euch ja ein bisschen unterhalten, ich gehe schon mal zu Mama.«

Von Hahlen musterte Stefan aus blauen Augen. Sein Ausdruck wurde etwas milder, er streckte die Hand aus. »Wenn Yvonnes Lobpreisungen nur zur Hälfte zutreffen, sind Sie willkommen.« Er deutete auf einen der Sessel. »Bitte nehmen Sie Platz!«

Stefan setzte sich vorsichtig, während Yvonne das Zimmer verließ. Die ungewohnte Umgebung und das steife Auftreten von Yvonnes Vater verunsicherten ihn. Er war nicht auf den Mund gefallen und konnte mit Kunden und Kollegen in der Sparkasse flotte Unterhaltungen führen, doch jetzt wusste er nicht, ob er das Gespräch beginnen oder abwarten sollte. Für eine Weile herrschte Schweigen. Von Hahlen setzte sich ihm gegenüber, legte die Zeitung beiseite und sah ihn aufmerksam an. Sein Blick war keineswegs abweisend, dennoch blieb Stefan unklar, was er von ihm erwartete.

»Freut mich, Sie kennenzulernen«, sagte von Hahlen schließlich. »Yvonne hat mehrfach von Ihnen gesprochen und angedeutet, dass Sie beide mehr als nur eine Liebelei verbindet. Sehen Sie das auch so?«

»Selbstverständlich«, beeilte sich Stefan zu versichern. »Wir lieben uns und wollen … zusammenbleiben. Also … für länger.«

»Für länger?« Von Hahlen zog kaum merklich die Augenbrauen zusammen. »Das erscheint mir etwas vage und klingt eher nach *vorübergehend*.«

»Nein.« Stefan gab sich einen Ruck. »Nicht vorübergehend, sondern für immer. Wir wollen heiraten.«

Wieder entstand eine Pause. Nervös knetete Stefan seine Hände. Plötzlich beugte Yvonnes Vater sich vor und sah ihm in die Augen. »Sie scheinen mir noch *sehr* jung zu sein. Können Sie eine Familie ernähren?«

»Ja, nein«, stammelte Stefan. »Noch nicht. Aber das ist nur eine Frage der Zeit. In drei Monaten werde ich … mich beruflich verändern. Danach dürften meine finanziellen Verhältnisse deutlich solider aussehen.«

Von Hahlen nickte. »Sie sind im Bankgewerbe?«

Stefan wusste nicht, was Yvonne ihrem Vater erzählt hatte. Seine Frage traf ihn unvorbereitet. Wäre sie anders formuliert worden, hätte er antworten müssen, dass er eine Lehre bei der Sparkasse Wilhelmshaven absolvierte, die er in einem Vierteljahr beenden würde. Doch der Begriff Bankgewerbe war nicht falsch, und so fiel ihm die Antwort nicht schwer. »So ist es.«

Die Auskunft schien von Hahlen zu gefallen. Er nickte zufrieden. »Und wo sehen Sie Ihren künftigen Schwerpunkt?«

»Im Immobiliensektor«, antwortete Stefan und wusste in dem Augenblick, dass er ins Schwarze getroffen hatte. Bisher hatte er sich weniger von der Frage nach seiner konkreten beruflichen Zukunft leiten lassen als vom Bestreben nach Unabhängigkeit von seinem Vater. Ihm gefiel die Vorstellung, sein Geld wie Yvonnes Vater mit der Vermietung von Ferienimmobilien zu verdienen und im Übrigen ein stilvolles Leben zu führen. Gleichzeitig wurde ihm bewusst, wie dringend er dafür Startkapital brauchte.

Von Hahlen schien den gleichen Gedanken zu haben. Sein Blick ruhte auf Stefan. »Dazu gehört ein solides Fundament. Wenn Sie verstehen, was ich meine.«

»Selbstverständlich. Aber auch das ist nur eine Frage der Zeit. Ich rechne in naher Zukunft mit einem nicht unerheblichen Vermögenszuwachs.«

»Ich sehe, Sie haben Ihr Leben im Griff und die Zukunft im Blick. Viele junge Männer haben das nicht.« Er lehnte sich zurück und verschränkte die Arme. »Was macht eigentlich Ihr Vater?«

Stefans Auskunft über den Immobilienbesitz in Wilhelmshaven schien von Hahlen endgültig zu einem positiven Urteil kommen zu lassen. Sein strenger Ausdruck wich einem wohlwollenden Lächeln. Er nickte Stefan zu und erhob sich. »Wir sollten die Damen nicht warten lassen.«

Yvonnes Mutter erwies sich als eine lebhafte und fröhliche Frau, die während des Mittagessens den größten Teil der Unterhaltung bestritt. Obwohl sie etwas rundlicher war als Yvonne, spiegelten ihre Züge die Schönheit ihrer Tochter wider. An deren Glück schien ihr viel zu liegen, denn sie vergewisserte sich mehr als einmal, dass Stefan es ernst meinte.

Yvonne strahlte und war sichtlich erleichtert, dass die erste Begegnung zwischen ihm und ihren Eltern so harmonisch verlief. Auch Stefan atmete innerlich auf. Doch gleichzeitig drängte sich die Angst um sein Erbe in sein Bewusstsein. Bevor sein Vater die Pläne für die Scheidung und für eine neue Ehe mit Cristina umsetzen konnte, musste etwas geschehen. Der Gedanke hinderte ihn an einer unbefangenen Beteiligung am Gespräch, sodass Yvonne ihm hin und wieder einen forschenden Blick zuwarf. Ihre Eltern schienen seine Zurückhaltung nicht zu erkennen oder der Situation zuzuschreiben, jedenfalls ließen sie sich nichts anmerken.

Nach Dessert und Espresso erlöste Yvonne ihn, indem sie einen Strandspaziergang vorschlug. Stefan stimmte freudig zu, bedankte sich höflich bei ihren Eltern und verabschiedete sich.

»Und?«, fragte Yvonne, nachdem sie die Villa verlassen hatten. »War's schlimm? Oder hast du's dir schlimmer vorgestellt?«

Stefan hob die Schultern. »Ehrlich gesagt, hatte ich überhaupt keine Vorstellung. Am Anfang war ich etwas ... befangen. Aber dann ging's eigentlich. Dein Vater ist ja schon ziemlich ... Ich meine, ich hätte nicht erwartet, dass er so ... aufgeschlossen ist.«

»*Es ging*?« Yvonne lachte. »Du bist der Champion! Du hast meinen Vater beeindruckt. Dazu gehört schon etwas. Bisher hat er meine Freunde immer abgelehnt.« Sie warf einen Blick über die Schulter, dann küsste sie ihn. »Wenn du mit deiner Ausbildung fertig bist, heiraten wir. Und danach steigst du ins Geschäft meines Vaters ein.«

»Ich soll ...?«

»Klar! Papa ist über sechzig. Er braucht einen Nachfolger. Dich wird er akzeptieren. Dafür sorge ich. Lass mich nur machen!«

7

2018

Eilig strebte Rieke Bernstein ihrem Büro zu. Sie hatte nicht damit gerechnet, dass Robert Feindt ihrem Anliegen so schnell zustimmen würde. In der Vergangenheit hatte sich der Kriminaldirektor eher unwillig gezeigt, wenn sie mit unkonventionellen Vorschlägen gekommen war. War er altersmilde geworden? Wie auch immer, sie freute sich über den kleinen Sieg und auf die Aussicht, die Nordsee zu sehen, zu hören und zu riechen. Langeoog gehörte zu den Inseln ohne Kraftfahrzeugverkehr, ein Merkmal, das sie zusätzlich als reizvoll empfand.

Vor ihrem inneren Auge tauchten Gesichter von Menschen auf, die sie während ihrer Ermittlungen auf Borkum und Norderney kennengelernt hatte. Sie freute sich darauf, Hannah Holthusen wiederzusehen. Da sie jetzt in Wittmund arbeitete, konnten sie sich bestimmt auf Langeoog treffen. Oder wenigstens in Bensersiel.

Vielleicht würde sie auch Staatsanwalt Rasmussen begegnen. Er hatte seinerzeit die Ermittlungen geleitet und würde ihr auch in diesem Fall helfen. Von ihm hing es ab, ob sie wieder mit den Kollegen von damals zusammenarbeiten konnte. Er musste seinen Einfluss geltend machen und dafür sorgen, dass Jan Eilers und Gerit Jensen, Kriminalbeamte aus der Polizeiinspektion Emden/Leer, als Inselverstärkung nach Langeoog kamen. Die beiden hatten auf Borkum gute Arbeit geleistet und sich zwei Jahre später für den Dienst während der Hauptsaison auf Norderney gemeldet.

Rieke war nicht sicher, ob die beiden Kollegen von ihrer Bitte begeistert sein würden, hoffte aber, sie mit Rasmussens Hilfe gewinnen zu können. Schließlich hatten sie sich nach anfänglichen Animositäten als loyale Mitarbeiter gezeigt. Jan Eilers war ein besonnener und ruhiger Norddeutscher mittleren Alters. Sein auffälligstes Merkmal war die Stimme. Sie glich verblüffend der eines deutschen Synchronsprechers. Wenn Eilers sprach, hörte Rieke Robert De Niro reden. Den jüngeren Gerit Jensen, der ständig auf der Suche nach einer attraktiven Frau war, hatte sie schwer enttäuscht, als Julia nach Norderney gekommen war, und er hatte erkennen müssen, dass er bei ihr, Rieke, keine Chance hatte.

Mit ihrer Freundin würde sie das Vorhaben heute Abend besprechen. Auch sie würde nicht gerade in Jubel ausbrechen, sie aber trotzdem unterstützen. Julia hatte die Fähigkeit, zu erkennen, wenn Rieke an einer Sache lag, und die Größe, sie ihr von Herzen zu gönnen.

Zuerst würde sie Hannah Holthusen anrufen. Deren Nachricht hatte besorgt geklungen. Die erfahrene Journalistin hätte sich kaum wegen eines Kollegen an sie gewandt, der einem Gerücht auf der Spur war, wenn sie nicht sehr beunruhigt wäre.

Rieke schloss die Bürotür hinter sich, ging zum Fenster und zog ihr Smartphone aus der Tasche. Während sie auf das Rufzeichen lauschte, schaute sie auf den Waterlooplatz. Gewohnheitsgemäß begrüßte sie die *Victoria* auf ihrer Säule. Dann verharrte ihr Blick kurz auf dem nicht abreißenden Verkehrsstrom auf der Lavesallee und blieb schließlich an einem Autocorso hängen, der auf dem gegenüberliegenden Parkstreifen gestoppt hatte. Offensichtlich handelte es sich um eine Hochzeitsgesellschaft, die sich auf dem Weg zur Trauung ihrer Vollständigkeit vergewissern wollte. Braut und Bräutigam wurden in einem Cabriolet chauffiert, auf dessen Rückbank sie die Köpfe zusammensteckten. Seit in Deutschland auch gleichgeschlechtlichen Paaren das Heiraten ermöglicht worden war, hatten Julia und sie gelegentlich erwogen, diesen Schritt zu gehen, waren aber noch nicht zu einem Entschluss gekommen. Julia war eher dafür, Rieke noch skeptisch. Sie hielt die staatlich sanktionierte Ehe für ein Auslaufmodell und fragte sich, was – neben möglichen finanziellen Vorteilen und dem Recht auf Scheidung – der eigentliche Gewinn für die Partnerschaft war.

Hannah meldete sich nicht, also hinterließ sie eine Nachricht auf der Mailbox. »Hallo, Hannah, ich habe mit der Polizeidienststelle auf Langeoog telefoniert. Sie haben den Drogenfund bestätigt und sind anscheinend dankbar, wenn wir die Ermittlungen übernehmen. Die Rücksprache mit dem zuständigen Kollegen vom Drogendezernat hat ergeben, dass sie zurzeit nicht genug Leute haben und ich für sie einspringe. Ich fahre so bald wie möglich nach Langeoog, wahrscheinlich schon morgen. Vielleicht können wir uns bei der Gelegenheit ja sehen. Das wäre schön. Bis dahin!«

Rieke kehrte zum Schreibtisch zurück und griff nach dem Diensttelefon, um Staatsanwalt Rasmussen in Aurich anzurufen.

Statt Fokko Rasmussen meldete sich das Geschäftszimmer der Staatsanwaltschaft Aurich. »Herr Rasmussen ist in einer Verhandlung«, erfuhr sie von einer Mitarbeiterin. »Heute Nachmittag können Sie ihn erreichen. Wollen Sie ihm eine Nachricht hinterlassen?«

»Ja«, antwortete Rieke. »Ich müsste ihn dringend sprechen und wäre für einen Rückruf dankbar. Mein Name ist Bernstein. Kriminalhauptkommissarin beim Landeskriminalamt. Herr Rasmussen und ich kennen uns von Ermittlungen auf Borkum und Norderney. Er wird sich an mich erinnern.«

Nachdem sie aufgelegt hatte, startete sie den Computer und gab ins Google-Suchfeld *Langeoog Hotel* ein. Die Polizeidienststellen auf den Inseln verfügten über Unterbringungsmöglichkeiten für die Kollegen der Inselverstärkung. Fast überall gab es über der Polizeistation Zimmer mit Gemeinschaftsraum, Küche und Bad. Aber selbst wenn etwas frei wäre, würde sie dort nicht wohnen wollen. Über die Höhe der Reisekosten musste sie noch mit dem Leiter des Drogendezernats verhandeln, ohnehin musste sie die Differenz zum Zimmerpreis eines guten Hotels selbst übernehmen. Schon wegen Julia. Sie würde darauf bestehen, dass Rieke erstklassig untergebracht wäre. Zum einen, weil ihr daran lag, sie in angenehmer Umgebung zu wissen, zum anderen, weil sie ihre Freundin besuchen würde, wenn der Aufenthalt auf der Insel länger als zwei oder drei Tage dauern sollte.

Die Auswahl war nicht überwältigend, Rieke entschied sich schließlich für ein Hotel mit ökologischem Anspruch. Es bot eine geräumige Suite an, die ihr auf Anhieb zusagte. Wenige Minuten später hatte sie das Apartment für drei Nächte gebucht und die Option auf Verlängerung bis zu einer Woche erhalten. Spontan beschloss sie, Julia doch sofort von ihrer Dienstreise zu erzählen. Sie kopierte den Link und schickte ihn an ihre Freundin. *Liebste Julia, wie gefällt dir das? Muss dienstlich für einige Tage nach Langeoog. Kommst du mich am Wochenende besuchen, wenn ich länger bleibe?*

*

Zufrieden verließ Florian Andresen das Rathaus. Das Gespräch mit dem Bürgermeister war angenehm verlaufen und hatte interessante Aspekte für seinen Artikel geliefert. Unerwartet deutlich hatte der erste Mann der Inselgemeinde auf die Probleme hingewiesen, die durch fehlenden oder überteuerten Wohnraum verursacht wurden. Natürlich kannte er Stefan Hilbrich. Dessen rücksichtsloses Vorgehen beim Bau neuer Ferienwohnungen hatte er scharf kritisiert, ohne den Namen des Unternehmers zu nennen. »Leider«, hatte er gesagt, »gibt es auch den ein oder anderen Einheimischen, der versucht, mit Luxusunterkünften Geld zu machen.«

Eigentlich hatte Florian vor, den Artikel noch am Abend zu formulieren und an Hannah zu schicken. Bis dahin sollte er auch die Fotos von der Strandaufspülung im Kasten haben. Die gewaltigen Rohrleitungen, durch die der Sand gespült wurde, wollte er ebenso im Betrieb zeigen wie die Baumaschinen, mit denen der Sand verteilt und der Strand planiert wurde. Es war höchste Zeit, sich auf den Weg zu machen, denn sonst wäre womöglich schon Feierabend.

Andererseits zog es ihn zum *Störtebeker*. In einer halben Stunde hätte Swantje ihre Pause. Danach wäre es für die Aufnahmen möglicherweise zu spät.

Dann mache ich die Fotos morgen, beschloss er. Mit der letzten Fähre bin ich früh genug in Bensersiel, um noch nach Wittmund zu kommen. Notfalls bleibe ich einen Tag länger.

Gut gelaunt begrüßte Florian kurz danach auf der Terrasse des Restaurants Lisa, die gerade einen Tisch abräumte. Sie unterbrach ihre Arbeit und sah ihn neugierig an. »Bei dir alles in Ordnung?«

»Alles bestens. Ist Swantje da?«

»Sie wartet schon auf dich.«

Erfreut sah Florian sich um. »Wo?«

»Im Persoraum. Sie ist ein bisschen durch den Wind.«
Lisa näherte sich Florians Ohr, sodass er ihren Atem spürte. »Wir hatten einen Anruf«, flüsterte sie. »Von Hilbrich. Er hat sich nach dir erkundigt. Erst war ich am Telefon. Habe mir nichts dabei gedacht.«

»Hilbrich?«, fragte Florian. »Der Immobilienmensch? Wobei hast du dir nichts gedacht?«

»Ja, der. Er wollte wissen, wer der unbekannte junge Mann ist, mit dem Swantje am Strand geredet hat. Angeblich hätte er – hättest du – seinen Sohn Alexander verletzt. Ich habe ihm nur gesagt, dass du Florian heißt und von der Zeitung bist. Er hat auch noch mit Swantje gesprochen. Die ist seitdem ziemlich durcheinander.«

»Das ist unglaublich«, staunte Florian. »Der Typ hat mich angegriffen. Wenn ich mich nicht befreit hätte … Danke, Lisa.« Er wandte sich ab. »Ich muss mit ihr sprechen. Den Weg kenne ich ja.«

Swantje sah ihm mit großen Augen entgegen. Ihr Blick war schwer zu deuten. »Was bist du für ein Mensch?«, fragte sie. »Habe ich mich in dir getäuscht?«

»Nein, hast du nicht.« Florian schüttelte energisch den Kopf. »Ich weiß nicht, was dieser Hilbrich dir erzählt hat. Aber sein Sohn hätte mich erwürgt, wenn ich ihm nicht die Finger ausgerenkt hätte. Dass der anders sein soll als sein Vater, finde ich schwer vorstellbar. Der hat übrigens das Rauschgift vom Strand.«

»Alexander?« Swantje starrte ihn ungläubig an. »Woher willst du das wissen?«

»Ich habe es gesehen. Ich habe *ihn* gesehen. Mit dem Heroin. Deshalb hat er mich angegriffen.«

*

Julia hatte nicht sofort geantwortet. Doch dann meldete sie sich mit einer Überraschung. *Selbstverständlich besuche ich dich! Was kann es Schöneres geben, als bei Sommerwetter ein paar Tage auf einer Nordseeinsel zu verbringen? Schade, dass du arbeiten musst. Aber ich werde mich schon vergnügen. Und ich bringe dich natürlich hin. Wann willst du da sein? Ich kann heute früher weg. Oder mir morgen Vormittag freinehmen.*

Was für eine Schnapsidee, dachte Rieke im ersten Moment. Julia wäre einen halben Tag unterwegs, wenn sie Rieke nach Langeoog fuhr. Das wäre viel zu aufwendig. Doch dann fiel der Groschen. Ihre Freundin wollte sie mit dem *Flugzeug* auf die Insel bringen. Nachdem Julia mit einem Geschäftsfreund ihres Vaters nach Norderney geflogen war, hatte sie Begeisterung für die Fliegerei entwickelt und sich schließlich selbst zur Pilotin ausbilden lassen. Seit über einem Jahr war sie Inhaberin einer Privatpilotenlizenz.

Anfangs hatte Rieke sich gesträubt, zu ihrer Freundin in die wacklige kleine Maschine zu steigen. Doch die grandiose Sicht von oben auf die Welt hatte ihr gefallen. Und sie bewunderte die Souveränität, mit der Julia die Cessna in die Luft brachte, den Funkverkehr bewältigte und schließlich sicher am Zielort landete. Sylt und Föhr, Flensburg und Kiel hatten sie auf diese Weise gemeinsam erkundet. Die Ostfriesischen Inseln sollten als Nächstes angesteuert werden. Insofern war der Gedanke nicht abwegig. Statt drei Stunden im Auto zu sitzen, auf die nächste Fähre zu warten und überzusetzen, würden sie nach weniger als der Hälfte der Zeit auf Langeoog in einem Restaurant sitzen und Nordseescholle essen oder in einem Café bei Vanilleeis mit heißen Himbeeren die Abendsonne genießen. Eine verlockende Vorstellung. Aber vorher waren noch ein paar Dinge zu erledigen. Staatsanwalt Rasmussen anrufen. Ihren Besuch in der Polizeistation Langeoog ankündigen. Mit Hannah Holthusen reden. Ein paar Sachen packen.

Rasch schrieb sie Julia. *Am liebsten noch heute. Wann könnten wir starten?*

Julia antwortete umgehend. *Der Flugplatz Langeoog schließt um 19 Uhr. Wir sollten also nicht später als 17 Uhr abheben. Von mir aus gern früher. Wie wäre es mit 15 Uhr? Dann können wir auf der Insel noch zusammen Kaffee trinken. Schaffst du das?*

In den nächsten Stunden beeilte Rieke sich mit den restlichen Vorbereitungen und schaffte es tatsächlich. Um Viertel nach drei rollte die Cessna 172 auf dem Flughafen Hannover zur Startbahn 27C. Über die Kopfhörer der Intercom-Anlage hörte Rieke den Funkverkehr mit, verstand aber nur die Hälfte. Nachdem von der benachbarten Piste ein Verkehrsflugzeug abgehoben hatte, mussten sie noch einige Minuten warten, dann kam die Startfreigabe. Julia bestätigte, ließ die Maschine auf die Bahn rollen und schob den Gashebel bis zum Anschlag. Die Cessna nahm rasch Fahrt auf, wenig später hob sie ab. Julia flog eine Kurve und deutete nach vorn. »Da ist der erste Meldepunkt.«

Starts und Landungen empfand Rieke als besonders aufregend. Inzwischen wusste sie, dass es für die Pilotin nicht anders war. Erst nachdem sie die Kontrollzone verlassen und ihre Reiseflughöhe von zweitausend Fuß erreicht hatten, konnte sie sich entspannt zurücklehnen und den Blick auf die Landschaft unter ihr genießen. Es herrschte gute Sicht, sodass auf dem Steinhuder Meer jedes einzelne Boot zu erkennen war.

»Was treibt dich so kurzfristig nach Langeoog?«, fragte Julia.

Da Rieke noch keine Gelegenheit hatte, ausführlich mit

ihrer Freundin zu reden, berichtete sie von Hannah Holthusens Anruf, dem überraschenden Angebot des Drogendezernates, ihr die Ermittlungen zu überlassen, und von der ebenso überraschenden Bereitwilligkeit ihres Chefs, dem zuzustimmen. »Stell dir vor«, schloss sie, »ich kann mit dem Team zusammenarbeiten, das ich schon auf Borkum und Norderney hatte. Der zuständige Staatsanwalt hat's möglich gemacht.«

»Ich erinnere mich.« Julia grinste. »War nicht einer von denen an dir interessiert? Wie heißt er noch?«

»Gerit Jensen. Der Kollege befand sich im sexuellen Notstand, glaube ich. Er tat mir fast schon leid.«

»Wenn du in der Drogenszene ermittelst«, fragte Julia weiter, »ist das nicht gefährlich?«

Rieke hob die Schultern. »Mörder sind auch gefährlich. Aber davon mal abgesehen, glaube ich nicht, dass es auf Langeoog so etwas wie eine Drogenszene gibt. Außer den Urlaubsdealern, die überall an der Küste unterwegs sind. Es geht wohl eher darum, das Heroin aufzuspüren. Auf so einer kleinen Insel, wo jeder jeden kennt, sind Vernehmungen für die Kollegen vor Ort schwierig.«

»Hauptsache, du klärst den Fall nicht gleich heute Abend auf. Ich würde schon ganz gern am Freitag kommen und das Wochenende mit dir auf Langeoog verbringen.«

»Heute Abend passiert nicht mehr viel«, versprach Rieke. »Ich werde im Hotel einchecken und die örtlichen Kollegen und ihre Dienststelle kennenlernen. Um den Fall kümmere ich mich morgen früh. Jensen und Eilers treffen auch erst im Lauf des Vormittags ein.«

»Ich wünsche euch jedenfalls viel Erfolg.« Julia deutete zum Horizont. »Da drüben kannst du die Silhouette von Bremen erkennen.«

Riekes Herz schlug schneller, als sie sich der Küstenlinie

näherten und sich die Kette der Ostfriesischen Inseln von Minute zu Minute deutlicher abzeichnete. Über der Nordsee war die Luft ein wenig diesiger als über dem Festland, aber die Sicht reichte aus, um im Osten Wangerooge erkennen und im Westen Borkum noch erahnen zu können. Der Anblick war atemberaubend. Weiße Strände umgrenzten jedes Eiland und bildeten einen scharfen Kontrast zum türkisfarbenen Meer. Die lange Insel, auf die sie zusteuerten, schien zusätzlich von einer blauen Umrandung eingerahmt. Sie war überraschend grün, und der Ort mit seinen roten Dächern wirkte als Kontrast und erinnerte an eine Spielzeugstadt.

Julia meldete sich bei der Luftaufsicht, bekam eine Landebahn zugewiesen und leitete den Sinkflug ein. Kurz darauf rollte die Cessna auf das Abfertigungsgebäude zu und ordnete sich schließlich in die Reihe der geparkten Maschinen ein. Die Pilotin tippte auf die Uhr in der Instrumententafel. »Eine Stunde und zwanzig Minuten. Wir haben reichlich Zeit für unseren Eiskaffee.« Sie deutete nach draußen. »Hier gibt es ein italienisches Restaurant. Soll gut sein. Wollen wir gleich hierbleiben?«

Eine halbe Stunde später war die Maschine gesichert, und Julia hatte die Landegebühr bezahlt. Die beiden Frauen fanden einen Platz unter einem der ausladenden weißen Sonnenschirme des Restaurants, bestellten Eiskaffee und studierten die Speisekarte des *La Perla*. »Verlockend«, murmelte Julia. »Vielleicht essen wir noch eine Kleinigkeit, bevor ich zurückfliege.«

»Ich wäre nicht abgeneigt.« Rieke löffelte ihr Eis und beobachtete ein landendes Flugzeug, das größer war als die Cessna 172 und über zwei Motoren verfügte.

»Piper Seneca«, erklärte Julia, die ihrem Blick gefolgt war. »Weit verbreitetes Geschäftsflugzeug.«

»Wer kann sich so etwas leisten?«, fragte Rieke kopfschüttelnd. »Wenn diese Maschine weit verbreitet ist – wie viele davon mag es geben?«

»Keine Ahnung. Aber diese Art Flieger gehört in der Regel Firmen, laufen also steuermindernd auf Geschäftskosten.« Julia grinste. »Du, ich, alle Steuerzahler zahlen mit.«

Rieke nickte stumm und folgte mit ihrem Blick den Männern, die das Flugzeug verließen. Den Piloten schätzte sie auf Anfang bis Mitte fünfzig, er war groß und kräftig, hatte volles dunkles Haar, das an den Schläfen grau war. Er trug eine dunkle Hose und ein weißes Hemd. In entsprechender Uniform hätte man ihn für einen Flugkapitän halten können. Dazu passte auch das dezent gebräunte Gesicht.

Sein Begleiter wirkte deutlich jünger. Er hatte ebenfalls dunkle Haare, die sehr kurz geschnitten waren, und war mit Jeans und blauem Blouson gekleidet. Die Augen wurden von einer Sonnenbrille verdeckt. Einem Fach hinter der Tür entnahm er einen Business-Trolley. Während der Ältere dem Tower zustrebte, schlenderte er zur Terrasse des Restaurants, nickte Rieke und Julia kaum wahrnehmbar zu und ließ sich am entgegengesetzten Ende nieder. Im Gegensatz zum Piloten der *Piper* war der Mann für die Jahreszeit auffallend blass.

»Ein Paar sind die jedenfalls nicht«, erkannte Rieke mit sicherem Blick.

Julia grinste. »Du hast recht, die sehen eher nach geschäftlicher Beziehung aus.«

Als der Ältere kurz darauf erschien, musterte er die Frauen ungeniert. Taxiert er unsere Körper, dachte Rieke, oder den sozialen Status? Wahrscheinlich beides. Sie stellte ihren Eiskaffee ab und griff nach Julias Hand. Das Ergebnis seiner Prüfung schien trotzdem positiv auszufallen. Er ließ ein bemüht gewinnendes Lächeln erkennen und deutete eine Verbeugung an. »Willkommen auf unserer Insel! So schöne Damen trifft man hier eher selten. Ich wünsche Ihnen einen angenehmen Aufenthalt. Falls Sie erwägen, sich dauerhaft zu etablieren, bin ich der richtige Ansprechpartner.« Er legte eine Visitenkarte auf den Tisch, verbeugte sich erneut und eilte zum Tisch seines Begleiters.

Rieke beugte sich vor und las, ohne die Karte zu berühren. »Hilbrich Holidays. Urlaubsimmobilien mit Niveau.«

Julia deutete mit einer Kopfbewegung zu der zweimotorigen *Piper*. »Scheint ein einträgliches Geschäft zu sein.«

8

2018

Entgegen der Berechnung seines Navis hatte Oliver Sulfeld für die Fahrt nach Bensersiel fast vier Stunden gebraucht. Schlecht gelaunt hatte er seinen Wagen auf einem der Inselparkplätze abgestellt und in letzter Minute die Fähre erreicht. Er bemühte sich, zu verbergen, dass sein Koffer leer war.

Seine Laune verschlechterte sich weiter, als er die Massen von Urlaubern registrierte, die sich um ihn herum auf dem Schiff drängten und einen gehörigen Lärmpegel erzeugten. Zwar beachtete ihn niemand, aber ihm wurde rasch klar, dass er während der Überfahrt keine Gelegenheit haben würde, eine Nase zu nehmen, ohne aufzufallen. Die Toilette mochte er nicht aufsuchen, weil er seinen Koffer weder dorthin mitnehmen noch unbeaufsichtigt im Fahrgastraum zurücklassen konnte. Also begnügte er sich damit, einen angefeuchteten Finger in die Kokstüte in seiner Hosentasche zu schieben und den Stoff anschließend unauffällig unter die Oberlippe zu reiben.

Immerhin konnte er sich auf diese Weise so weit entspannen, dass ihm das Tohuwabohu um ihn herum weniger auf die Nerven ging und er sich Gedanken über das machen konnte, was Alex als »kleines Problem« bezeichnet hatte. Offenbar gab es einen Mitwisser, der aus dem Verkehr gezogen werden musste. Sulfeld schüttelte unbewusst den Kopf über Alex' Unfähigkeit. Als er bemerkte, wie befremdet er von einer jungen Mutter und deren Kind angestarrt wurde, streckte er dem Kind die Zunge heraus. Das kleine Mädchen wies mit dem Finger auf ihn. »Blödmann«, krähte es und zeigte ihm ebenfalls die Zunge.

Hastig zog die Mutter das Kind fort. Sulfeld lachte leise und zwang seine Gedanken zu Alexanders Problem zurück. Natürlich würde er sich für den Hobbydealer nicht die Finger schmutzig machen. Wenn allerdings das Geschäft auf dem Spiel stünde, müsste etwas geschehen. Es würde genügen, den Mitwisser für einige Tage kaltzustellen. Dafür musste er sich etwas einfallen lassen. Wenn er die Ware nach Hamburg gebracht hätte, konnte ihm herzlich egal sein, was auf der Insel vor sich ging. Sicherheitshalber würde er die SIM-Karte seines Handys erneuern. Dann gäbe es keine Spur von Alex zu ihm.

Der Gedanke erinnerte ihn daran, dass es Zeit wurde, seine Ankunft anzukündigen und einen Treffpunkt zu verabreden. Er zog sein Telefon aus der Tasche und tippte eine SMS. *Bin auf der Fähre. Wann und wo treffen wir uns?*

Die Antwort ließ länger als eine Minute auf sich warten. Sulfeld grinste, als er sich vorstellte, wie Alex mit zwei verbundenen Händen sein Smartphone bediente.

Vom Fähranleger fährst du mit der Inselbahn in den Ort. Dauert ungefähr sieben Minuten. Komme zum Bahnhof.

Um dem Gedränge zu entgehen, wartete Sulfeld, nachdem die *Langeoog III* festgemacht hatte, bis die meisten Passagiere das Schiff verlassen hatten. Dann folgte er dem Strom der Menschen zu den farbenfrohen Waggons der Inselbahn. Der Zug war hoffnungslos überfüllt, und er befand sich zu seinem Verdruss erneut im Gewühl lärmender Touristen. Er musste der Versuchung widerstehen, seinen leeren Koffer über den Kopf zu heben. Unglücklicherweise war er in dem

Wagen gelandet, in dem auch das unerzogene Mädchen von der Fähre mit seiner Mutter saß. Die Kleine stieß ihrer Mutter die Ellbogen in die Seite. »Der Blödmann«, flüsterte sie vernehmlich und trat mit dem Fuß gegen sein Gepäckstück. »Lass das, Leonie!«, fauchte ihre Mutter und warf ihm einen bösen Blick zu. Als hätte er das Kind belästigt und nicht umgekehrt. »Warum ist dein Koffer leer?«, fragte das Mädchen. Statt zu antworten, schnitt Sulfeld eine Grimasse.

Kaum hatte die Inselbahn gestoppt, quollen die Massen aus den Waggons. Immer noch umgab ihn fröhlicher Lärm. Auf dem Bahnsteig sah er sich suchend um. Alex hatte er nur einmal gesehen, vor einigen Jahren, und er erinnerte sich nur noch vage. Ein schmaler Junge mit schwarzen Locken, einem dünnen Oberlippenbärtchen und kurzem Kinnbart.

Er entdeckte ihn vor dem Bahnhofsgebäude, nachdem sich die Massen verlaufen hatten.

Zaghaft, so schien es, hob Alex einen bandagierten Unterarm. »Moin! Wie war die Reise?«

Sulfeld winkte ab. »Wär gut, wenn ich mich bald wieder auf den Weg machen könnte.«

»Das wird schwierig.« Alex warf einen Blick auf die Uhr. »Die letzte Fähre nach Bensersiel geht in einer Stunde. Du wirst hier übernachten müssen. Aber nicht bei mir, mein Vater ist gerade da. Besser, du schläfst bei einem Kumpel von mir. Wir müssen ja nicht nur das Zeug einpacken, sondern auch noch eine Lösung für mein Problem finden.«

»Kriegen wir hin. Dazu mache ich dir morgen einen Vorschlag.« Sulfeld hob den Koffer an. »Aber vorher will ich die Ware sehen, am besten auch morgen früh, dann kann ich sie gleich mitnehmen. Wenn ich die Insel verlassen habe, hast du genug Zeit, dein kleines Problem zu lösen.«

»Okay«, entgegnete Alex zögernd. »Bevor ich dir das

Zeug zeige, wüsste ich gern, wie es mit der Bezahlung aussieht.«

Sulfeld deutete auf Alexanders bandagierte Hand. »Mein Geschäftspartner zahlt natürlich erst bei Übergabe. Und nachdem er die Ware geprüft hat. Wenn du sie nach Hamburg gebracht hättest, könntest du vielleicht schon die Scheine zählen. Jetzt läuft es ein bisschen anders. Ich liefere die Ware ab und kriege das Geld. Das kannst du dir dann bei mir abholen. Oder du kommst mit und nimmst es selbst in Empfang.«

Alex kniff die Augenlider zusammen. »Wie viel kommt dabei raus?«

»Der Großhandelspreis liegt zurzeit bei fünfzig bis sechzig Mille das Kilo. Wenn das Zeug sauber ist.« Sulfeld hob die Schultern. »Was mein Geschäftspartner bietet, kann ich dir nicht sagen.«

»Wir haben zwanzig Kilo. Macht einskommazwei Millionen.«

»Nee, mein Junge. So einfach ist das nicht. Erstens musst du von der unteren Preisgrenze ausgehen. Die könnte morgen schon bei fünfundvierzig liegen. Zweitens musst du Provisionen abziehen.«

»Was für Provisionen? Du kriegst selbstverständlich für die Vermittlung –«

»Zwanzig Prozent«, ergänzte Sulfeld.

»So viel?« Ungläubig starrte Alex ihn an. »Ich dachte an fünf oder zehn.«

»Du lebst wohl auf einer Insel?« Sulfeld stieß einen spöttischen Lacher aus. »Keine Ahnung vom Geschäft. Also gut. Weil du es bist – sagen wir … fünfzehn. Für mich. Mein Geschäftspartner zieht für den Ankauf zwanzig ab.«

»Noch mal zwanzig Prozent? Dann bleibt für mich nur

etwas mehr als die Hälfte?« Er rechnete nach. »Siebenhundertfünfzig Mille?«

»Geh besser von fünfhundert aus«, riet Sulfeld. »Dann bist du hinterher nicht enttäuscht. Eine halbe Million Euro ist sehr viel Geld für einen Jungspund wie dich. Und du kannst froh sein, dass du mich kennst. Würdest du versuchen, die Ware auf eigene Faust auf den Markt zu bringen, hättest du in Nullkommanichts kriminelle Typen an der Backe, die versuchen würden, dich übers Ohr zu hauen. Je schneller du das Zeug los bist, desto besser für dich.« Erneut hob er den leeren Koffer in die Höhe. »Fahren wir?«

Geistesabwesend schüttelte Alexander den Kopf. »Wir gehen. Autos gibt's hier nicht.« Er hob seine bandagierten Hände. »Und Radfahren kann ich zurzeit nicht.«

Er musste Sulfelds entsetzte Miene gesehen haben, denn er fügte hinzu: »Ist nicht weit. Höchstens zehn Minuten.«

Während das ungleiche Paar die Hafenstraße entlangwanderte, schien Alexander in Gedanken verloren.

»Sag mal«, wandte er sich schließlich an Sulfeld. »Was wolltest du eigentlich für einen Vorschlag machen? Ich meine wegen des Typen, der von der Sache weiß. Könnte sein, es gibt noch einen zweiten.«

»Das ist kein Problem. Was bei einem funktioniert, geht auch bei zwei Leuten. Hauptsache, die Info verbreitet sich nicht weiter. Wenn du mehr als drei Mitwisser hast, wissen es bald alle. Dann kannst du den Deal vergessen.«

»Es sind nur zwei«, versicherte Alexander. »Aber was können wir mit denen machen?«

»Wir müssen sie vorübergehend aus dem Verkehr ziehen. Das ist nicht so schwer, wie es sich anhört.«

»Und was genau machen wir?«

»Das erkläre ich dir, wenn ich die Ware gesehen und eingepackt habe. Übrigens, morgen Vormittag brauchen wir ein Transportmittel. Ich habe keine Lust, den ganzen Weg zum Bahnhof zwanzig Kilo oder mehr zu schleppen.«

»Kein Problem«, versicherte Alex. »Ich besorg 'nen Fahrradanhänger.«

»Okay.« Sulfeld nickte zufrieden. »Und was machen wir jetzt?«

»Ich zeige dir dein Quartier. Du kannst bei einem Bekannten pennen. Anschließend gehen wir einen trinken. Einverstanden?«

★

Auf dem Weg von der Jugendherberge zum Strand vor dem Pirolatal ging Florian das Gespräch mit Swantje durch den Kopf. Es war nicht leicht gewesen, sie zu überzeugen.

Sie mochte nicht glauben, dass Alexander Hilbrich, den sie seit der Schulzeit kannte, das Heroin an sich genommen hatte. »Alex ist ein lockerer Typ«, sagte sie. »Mein Vater nennt ihn Hallodri, Opa sagt Taugenichts. Aber ich kann mir nicht vorstellen, dass er ...« Sie vollendete den Satz nicht, und Florian sah ihr an, dass sie an ihren eigenen Worten zweifelte. »Wenn es so ist«, stellte sie schließlich fest, »müssen wir die Polizei informieren.«

»Morgen, Swantje. Morgen gehe ich zur Polizei. Vorher muss ich noch ein paar Aufnahmen von der Strandspülung machen.«

»Aber es geht auch andersherum«, wandte sie ein. »Erst die Polizei, dann der Strand. Fotografieren kannst du später noch genug.«

»Das wird ein Ereignis! Wenn das Zeug bei Alexander Hilbrich gefunden wird, möchte ich Leute vom Fernsehen dabeihaben. Und Kollegen von den großen Zeitungen. Das ist meine Chance, die kann ich mir nicht entgehen lassen. Wenn die anderen Medien heute schon Wind von der Sache kriegen, schnappt mir womöglich einer die Sensation weg. Morgen früh können sie aber noch nicht hier sein. Also muss es in der Mittagszeit passieren.«

Das hatte sie schließlich seufzend akzeptiert und ihm dann ihre Handynummer gegeben. »Wenn du zur Polizei gehst, komme ich mit. Ich kenne Uwe Pannebacker. Der war auch mit dabei, als ich denen die angeschwemmten Päckchen zeigen wollte.«

Der Gedanke, Swantje jederzeit anrufen zu können, beflügelte ihn. Am liebsten hätte er jetzt schon ihre Nummer gewählt. Aber sie würden ja später zusammen zur Polizeistation gehen.

Auch wenn die Verabredung kein Date war – die Aussicht, Swantje zu treffen, ließ sein Herz höherschlagen.

Als er am Strand ankam, traf er auf einen Mann, der ihn aufgeregt gestikulierend aus dem abgesperrten Bereich vertreiben wollte. Doch nachdem Florian sich ausgewiesen und ihm sein Anliegen erklärt hatte, zeigte er eine freundliche Miene und streckte die Hand aus. »Magnus Hansen, Ingenieur der Firma Rohde-Nielsen. Wir haben den Auftrag vom Niedersächsischen Landesbetrieb für Wasserwirtschaft, Küsten- und Naturschutz.«

Florian schlug ein und diktierte die umständliche Bezeichnung der Behörde, den Namen der Firma und ihres Vertreters in sein Smartphone. Dann fragte er Hansen nach dem Ablauf der Arbeiten.

»Bei früheren Aufspülungen hat man Rohre vom Westen der Insel bis vor das Pirolatal verlegt«, erklärte der Mann mit sympathischem dänischen Akzent. »Die mussten den Badestrand überqueren. Diesmal machen wir es anders. Spezielle Bagger nehmen den Sand in der *Accumer Ee* auf und bringen ihn zur Nordseite der Insel. Von dort pumpen wir ihn mit Meerwasser an den Strand.« Er deutete auf ein Rohr, aus dessen Öffnung ein Wasser-Sand-Gemisch sprudelte. Dann wandte er sich um und deutete mit einem Kopfnicken in die Richtung der Bulldozer, die Florian schon am Morgen gesehen hatte. »Die Maschinen verteilen dann den Sand so, dass der Strandabschnitt wieder nutzbar wird.«

Florian bedankte sich für die Auskunft und hielt seine Kamera in die Höhe. »Ich würde gern ein paar Aufnahmen machen.«

»Selbstverständlich.« Der Däne nickte verständnisvoll und deutete auf seine Armbanduhr. »Ich muss an den Schreibtisch, ein paar Berechnungen durchführen. Wenn Sie Fragen haben, finden Sie mich im Nordseehotel.« Er wandte sich zum Gehen, hielt aber noch einmal inne und drehte sich um. »Bitte seien Sie in der Nähe der Raupenfahrzeuge vorsichtig! Die Fahrer rechnen hier nicht mit Personen.«

Florian nickte und winkte ihm zu. »Danke! Ich passe auf.« Er schlug die Richtung zur Rohrleitung ein und nahm die Schutzkappe vom Objektiv der Digitalkamera.

Um die Mündung des Endrohres fotografieren zu können, musste er mit den Füßen durchs Wasser waten. Also schlüpfte er aus den Schuhen, zog die Socken aus und krempelte die Hosenbeine hoch. Das ausströmende Wasser-Sand-Gemisch ins rechte Bild zu bekommen, nahm einige Zeit in Anspruch. Zwischendurch erstarb der Motorenlärm des Bulldozers, der in Sichtweite arbeitete. Eine Schrecksekunde lang befürchtete Florian, für den Fahrer sei Feierabend und seine Arbeit für heute beendet. Ein stehendes Baufahrzeug ablichten war nicht gerade das, was er wollte. Doch wenig später setzte das Dröhnen des Motors wieder ein, und er konnte beobachten, wie es in seine Richtung rollte. Er schoss ein letztes Foto von der Rohrleitung und stapfte der Maschine entgegen. Seine Schuhe würde er später holen. Jetzt wollte er die Gelegenheit nutzen, zu dynamischen Bildern zu kommen, ohne lange durch den Sand zu laufen.

Er hob die Kamera an, um Lichtverhältnisse und Bildaufteilung zu prüfen. Selbst für das Telezoom war die Entfernung noch zu groß. Super, dachte er, wenn der Bulldozer die Richtung beibehält, muss ich nicht so weit über den Strand marschieren. Probeweise veränderte er die Brennweite. Das knallgelbe Fahrzeug rollte auf Ketten, seine Schaufel stand weit oben. Wenn sie in dieser Position bliebe, würde er die Fotos bekommen, die er haben wollte. *Schwere Laderaupe im Einsatz.* Aus der erhobenen Schaufel rieselte bei jedem Schwenk seitlich Sand heraus. »Perfekt«, murmelte er und drückte mehrfach auf den Auslöser. Das Objektiv sorgte für ein bildfüllendes Format und verstärkte den Eindruck, dass der Bulldozer direkt auf ihn zukam. Er hielt den Auslöser fest, um eine Serie zu schießen. Das elektronisch erzeugte Geräusch des Verschlusses war nicht mehr zu hören, so laut dröhnte der Motor.

Er ließ die Kamera sinken. Noch immer rollte das Raupenfahrzeug auf ihn zu. Die Warnung von Magnus Hansen schoss ihm durch den Kopf. Aber der Fahrer musste ihn doch sehen! Ungläubig starrte er auf das dröhnende Ungetüm. Schließlich begann er zu laufen, beobachtete entsetzt, wie das Kettenfahrzeug seinen Kurs anpasste und in seine Richtung beschleunigte.

Der hat es auf mich abgesehen, erkannte Florian und rannte wieder los. Barfuß im losen Sand kam er nicht schnell genug voran, der Abstand zwischen ihm und dem Fahrzeug verringerte sich. Er hastete weiter, hielt verzweifelt Ausschau nach anderen Menschen. Aber auf dem abgesperrten Strandabschnitt war niemand zu sehen.

Er war trainiert, lief hundert Meter in weniger als dreizehn Sekunden. Der nachgiebige Sand machte ihm jedoch zu schaffen, kostete Kraft und Zeit. Schon atmete er schneller als bei einem Wettkampf. Wieder kam der Bulldozer näher, wieder schlug er einen Haken. Lange würde er dem tödlichen Gefährt nicht ausweichen können. Die Verfolgung konnte nur einen einzigen Grund haben. Das Heroin. Er wünschte sich verzweifelt, er hätte auf Hannah gehört und sich herausgehalten. Wäre bei seinem ursprünglichen Thema geblieben. Doch dafür war es jetzt zu spät. Er tastete nach seinem Handy, zog es im Laufen aus der Tasche und tippte auf das Telefonsymbol. Ich muss jemanden anrufen, nein, den Notruf wählen. In dem Augenblick stieß sein rechter Fuß gegen ein Hindernis. Ein stechender Schmerz zuckte durch alle Zehen und schoss durch das Bein bis zur Hüfte. Er geriet aus dem Tritt, taumelte, drohte zu stürzen, fing sich wieder, stolperte weiter, obwohl ihm der Schmerz Tränen in die Augen trieb. Das Telefon entglitt ihm, bohrte sich in den Sand. Hastig hob er es auf und stürmte weiter.

Unaufhaltsam kam die Raupe näher, die Maschine dröhnte in seinen Ohren, er spürte ihre Vibration in Brustkorb und Zwerchfell, sogar der sandige Boden zitterte. Erneut schlug Florian einen Haken, rannte in Richtung Meer. Vielleicht war das Wasser seine Rettung. Wenn er die Wellen der Nordsee erreichte – würde ihm der Bulldozer folgen? Oder war der nasse Untergrund zu weich? Wieder drehte das Fahrzeug auf der Stelle und folgte seiner Spur.

Trotz der Verletzung hetzte er voran, versuchte gleichzeitig, auf der Tastatur seines Handys die Ziffern für den Notruf zu treffen. Hatte er überhaupt Empfang? Das Display verschwamm vor seinen Augen, ließ keine Einzelheiten erkennen. Auf gut Glück tippte er auf die Ziffern.

Obwohl sein Atem rasselte, die Lunge schmerzte, ging es plötzlich leichter voran. Statt in losen Sand trat er nun auf feuchten, aber festen Boden. Der Spülsaum der Wellen war nicht mehr weit. Noch zwanzig oder dreißig Meter bis zum Wasser. Vielleicht kann ich tauchen, dachte er, mich unsichtbar machen und so dem mörderischen Fahrzeug entkommen.

Das Motorengeräusch riss ihn in die Wirklichkeit zurück. Hörbar stieg die Drehzahl an, offenbar griffen die Ketten des Bulldozers auf dem stabilen Untergrund besser. Verzweifelt suchte er nach einem Ausweg, erwog, sich einfach fallen und zwischen den Ketten überrollen zu lassen. Vielleicht ließ der Unbekannte von ihm ab, wenn er sich ergab? Nein, ein Blick auf das brüllende Monstrum machte die Hoffnung zunichte. Nur die Nordsee kann mich retten, dachte er. Tieferes Wasser. Da kann ich eintauchen. Und die Maschine säuft vielleicht ab, wenn sie ins Salzwasser gerät.

Noch einmal nahm Florian seine Kräfte zusammen, sprang mehr, als er lief, platschte mit den Füßen auf die Wasseroberfläche, registrierte den steigenden Pegel, erreichte kniehohe Wellen, die noch immer viel zu flach zum Abtauchen waren. Der Widerstand des Wassers ließ seine Kräfte erlahmen. Das tosende Monstrum kam näher, schien zu wachsen, seine Fangarme nach ihm auszustrecken. Seine Knie gaben nach, Tränen der Verzweiflung schossen ihm in die Augen, der Horizont verschwamm. Keuchend sackte er vornüber.

Plötzlich stoppte das Raupenfahrzeug. Direkt vor ihm. Fast hätte er es mit einer ausgestreckten Hand berühren können. Die Maschine dröhnte nicht mehr, lief in mäßiger Umdrehungszahl, geradezu harmlos erscheinend, vor sich hin. Ein anderes Geräusch kam hinzu. Sirrend, nach hydraulischen Pumpen klingend. Von oben. Florian hob das Gesicht.

Feine Körner rieselten ihm entgegen, kaum spürbar. Doch dann stürzte eine Lawine aus Sand auf ihn nieder, drang in Mund, Nase und Ohren. Er wollte aufspringen, aber Arme und Beine ließen sich nicht bewegen. Sekunden später wurde es dunkel. Er wollte den Kopf schütteln, die Augen befreien. Knirschend verweigerte der Hals die Drehung. Er wollte schreien, doch die Flut der feinen Körner drückte gegen Zunge und Gaumen und verschloss die Atemwege.

Rauschgift auf Langeoog. Die Sensation. Mein Artikel, war Florian Andresens letzter Gedanke.

9

1998

Der unerwartet erfolgreiche Besuch bei Yvonnes Eltern hatte Stefans Stimmung nur vorübergehend gebessert. Daran hatte auch das Liebesspiel in Langeoogs Dünen nichts geändert. Je weiter er auf der Rückfahrt die Insel hinter sich gelassen hatte, desto stärker waren die Gedanken an das Erbe in sein Bewusstsein gedrungen und hatten Bilder und Gefühle aus den zurückliegenden Stunden auf der Insel verdrängt. Bis zu seiner Ankunft im Elternhaus war er einer Entscheidung nicht näher gekommen. Deswegen hatte er sich für den Abend mit Frank Sörensen verabredet. Wenn es überhaupt jemanden gab, der ihm helfen konnte, dann er.

Frank empfing ihn in einem kleinen Büro an der Weserstraße. An den Wänden des Raumes waren Ikea-Regale aufgereiht, die mit juristischer Fachliteratur, Aktenstapeln, Zeitungen und allerlei Krimskrams gefüllt waren. Mitten im Raum standen ein Schreibtisch und ein Bürostuhl, davor zwei schmale Sessel für Besucher.

»Wer hätte gedacht«, begann Frank, »dass wir uns so schnell wiedersehen? Anscheinend drückt der Schuh ziemlich heftig.« Er ließ sich auf seinen Stuhl fallen und deutete auf die Besuchersessel. »Setz dich! Erzähl mir von deinem Problem! Geht's um deinen alten Herrn?«

»Wie kommst du darauf?« Verblüfft sah Stefan den Privatdetektiv an und nahm auf einem der Sitzmöbel Platz.

»Es geht fast immer um Familie. Ehevertrag, Scheidung,

Sorgerecht, Testament, Erbauseinandersetzung sind die Stichworte. Streit um Geld oder Immobilien. Der Mensch ist habgierig. Jeder will behalten, was er hat, oder mehr dazubekommen. Je wertvoller der Zankapfel ist, desto heftiger sind die Auseinandersetzungen.«

»Zankapfel?«

»Das strittige Vermögen. Wenn sich Kinder und Enkel um Omas Siedlungshäuschen streiten, geht's schon heftig zur Sache. Daran zerbrechen Familien, Geschwister werden zu Feinden. Aber bei der Scheidung eines Einkommensmillionärs oder bei Erbschaftsstreitigkeiten zwischen Geschwistern, denen der Erblasser eine Werft, ein Kaufhaus oder eine Supermarktkette hinterlassen hat, wird's oft kriminell.«

Bei Franks letztem Wort zuckte Stefan zusammen. Zielten seine Absichten nicht ebenfalls auf eine kriminelle Tat?

Der Privatdetektiv schien seine Gedanken zu erahnen. »Was wir hier besprechen, bleibt unter uns. Also raus mit der Sprache!«

Stefan überwand seine Hemmungen, berichtete von seinen eigenen Heiratsplänen und kam dann auf die mögliche neue Eheschließung seines Vaters zu sprechen, die sein künftiges Erbe bedrohte.

»Das muss ich verhindern«, schloss er, »weiß aber nicht wie. Nach meiner Hochzeit will ich ins Immobiliengeschäft einsteigen. Ferienwohnungen auf den Ostfriesischen Inseln. Dafür brauche ich Startkapital.«

Frank Sörensen nickte. »Ist denn Vermögen in entsprechender Höhe vorhanden?«

»Für ein Geschäftshaus meines Vaters in der Marktstraße liegt das Angebot einer Handelskette vor. Zwei Millionen Mark. Die Summe würde mir reichen.«

Frank ließ sich nicht anmerken, ob ihn der Betrag beeindruckt hatte.»Nicht schlecht. Jetzt verstehe ich, was du willst. Die Immobilie muss verkauft werden, damit du an dein Grundkapital kommst.«

»So ist es. Eigentlich ganz einfach. Aber mein Vater ist dagegen und verfolgt andere Pläne.«

»Scheidung und Neuvermählung wirst du nicht verhindern können«, vermutete Frank. »Männer in seinem Alter handeln in diesem Punkt nicht rational. Theoretisch ist es sogar möglich, dass du noch Halbgeschwister bekommst. Vielleicht erhältst du nur den Pflichtteil. Bestenfalls macht er mit der Neuen einen Ehevertrag und sichert dir per Testament dein volles Erbe. Meinst du, er lässt sich dazu bewegen?«

»Ausgeschlossen.« Stefan schüttelte den Kopf. »Er muss ja meiner Mutter Unterhalt zahlen. Also wird er sich seinen finanziellen Spielraum bewahren wollen. Außerdem hat er strenge Prinzipien. Er verlangt, dass ich für meinen Lebensunterhalt selbst sorge, sobald ich die Ausbildung abgeschlossen habe.«

Frank breitete die Arme aus. »Dann gibt es nur zwei Möglichkeiten. Entweder deinem alten Herrn stößt vor der geplanten Eheschließung etwas zu, oder du machst dein potenzielles Erbe gegen seinen Willen zu Geld.«

»So weit war ich auch schon«, bestätigte Stefan. »Die Frage ist, ob du mir helfen kannst.«

»Bei der ersten Variante sicher nicht.« Der Privatdetektiv schüttelte den Kopf. »Dafür müsstest du dir selbst etwas einfallen lassen. Es gibt verschiedene Möglichkeiten, aber du möchtest ja nicht im Knast landen. Also ist Fantasie gefragt. Wie ist es um seine Gesundheit bestellt? Hat er ein potenziell gefährliches Hobby, bei dem es einen Unfall geben könnte? Reist er manchmal in ferne Länder? Gängige Tötungsarten wie Erschießen, Erwürgen oder Erstechen ziehen zwangsläufig eine Obduktion und damit ein Ermittlungsverfahren nach sich, das in den meisten Fällen erfolgreich ist. Über so etwas solltest du gar nicht erst nachdenken.«

»Und die zweite Möglichkeit?«

»Ist kompliziert. Aber weniger riskant. Und in deinem Fall vielleicht sogar empfehlenswert. Durchführen musst du die Sache selbst. Ich kann dir nur erklären, wie es geht.«

»Schieß los!« Stefan lehnte sich zurück und verschränkte die Arme.

»Eine Immobilie«, begann Frank, »gehört in Deutschland demjenigen, der im Grundbuch als Eigentümer eingetragen ist. Unter Juristen heißt es: *Die Eintragung im Grundbuch ist richtig, auch wenn sie falsch ist.* Darum muss man für die richtige Eintragung sorgen. Kurz: Wenn dein Name dort steht, bist du Eigentümer und kannst Haus und Grundstück verkaufen.«

Stefan blieb skeptisch. »Und wie soll das gehen?«

»Als Erstes brauchst du eine entsprechende Ausstattung. Dafür müsstest du ein paar Märker lockermachen.«

»Okay. Wie viel?«

»Zehntausend.«

Stefan schluckte, ließ sich aber nicht anmerken, dass ihn die Summe erschreckt hatte. Den Betrag würde er irgendwie aufbringen. »Was bekomme ich dafür?«

»Ein paar leere Formulare, einen Schlüssel und einen Code.«

»Und was mache ich damit?«

»Das erkläre ich dir.« Frank hob den Zeigefinger. »Hör zu. Grundbücher bestehen aus großen Blättern, die sich in stabilen Aktenordnern befinden und mit einer speziellen Lochung versehen sind. Dazu gehört ein Code, anhand dessen man die Löcher zuordnen kann. Wenn du ein Blatt austauschen willst, musst du zuvor herausfinden, wie die Löcher angeordnet sind, damit sie zur Heftmechanik passen. Das funktioniert über den Code. Der besteht aus zwei Ziffern und ist meistens auf der letzten Seite des jeweiligen Bandes zu finden. Wenn du ihn hast, kannst du mit einer entsprechenden Schablone die Lochreihen auszählen und so die Positionen für die Löcher finden. Du musst also zweimal ins Amtsgericht. Das sollte kein Problem sein, denn du könntest ja im Auftrag deines Vaters Einsicht nehmen.«

»Ich weiß nicht, ob ich das System verstanden habe. Außerdem – diese Blätter, von denen du gesprochen hast, liegen doch sicher nicht irgendwo herum.«

»Richtig.« Frank grinste. »Sie befinden sich in stabilen Aktenordnern. Die sind abgeschlossen. Um ein Blatt austauschen zu können, brauchst du einen Schlüssel. Aber den kann man ebenso käuflich erwerben wie die Blätter. Gehört zum Ausstattungspaket und ist im Preis inbegriffen. Wenn die Sachen da sind, erkläre ich alles noch einmal.«

Ungläubig schüttelte Stefan den Kopf. »Wo soll man so was kaufen können?

»Natürlich nicht auf dem freien Markt.« Franks Grinsen wurde breiter. »Genau genommen handelt es sich um Originale. Sie kommen aus den Werkstätten, die auch die Gerichte beliefern. Druckerei und Schlosserei einer deutschen Strafanstalt.«

»Und wie kommen die da raus?«

»Das ist nun wirklich keine Kunst«, erklärte Sörensen. »So wie Handys und Rauschgift hineinkommen, verlassen den Knast Produkte, die draußen begehrt sind. Die Knackis sind erfinderisch und teilweise gut ausgebildet. Sie machen ja auch Geschäfte mit Eintrittskarten für Fußballspiele oder Popkonzerte in bester Qualität.«

»Ich hatte keine Ahnung.« Stefan war beeindruckt. »Wie lange dauert es, bis ich die ... Ausrüstung bekomme?«

»Fünf bis sechs Tage. Das Geld musst du allerdings vorher abliefern.«

»Okay.« Stefan erhob sich. »Ich weiß noch nicht genau, wie, aber die zehntausend bekomme ich innerhalb von drei Tagen zusammen.«

»Setz dich wieder hin!«, verlangte Frank. »Auf den Geschäftsabschluss stoßen wir an. Ich habe noch ein paar Flaschen Pils im Kühlschrank.«

10

2018

Als Rieke erwachte, brauchte sie ein paar Sekunden, um sich zurechtzufinden. Sie richtete sich auf und sah sich um. Das Apartment war elegant und trotzdem freundlich eingerichtet. Schlichte Möbel im Bauhaus-Stil, weiße Wände mit großen, aber farblich dezenten Fotografien maritimer Motive, sandfarbene Möbel, helles Eichenparkett, große Fenster. Durch das gekippte Oberlicht des Schlafzimmers drangen heisere Möwenschreie und sanftes Meeresrauschen herein. Es waren die einzigen Geräusche. Rieke schloss die Augen und genoss die beruhigende Wirkung der Umgebung. Gegenüber dem Grundrauschen des Verkehrs, das sie in Hannover fast rund um die Uhr begleitete, kam ihr die Ruhe auf der Insel geradezu paradiesisch vor.

Vor ihrem inneren Auge lief der Tag noch einmal ab, der sie aus dem Alltag der Großstadt in eine idyllische Urlaubswelt katapultiert hatte. Hannahs Anruf, die Dienstbesprechung, Kriminaldirektor Feindt, der Flug mit Julia, das Essen unter schattigen Schirmen eines italienischen Restaurants. Die zweieinhalb Stunden mit ihrer Freundin hatten sich fast wie ein ganzer Tag angefühlt.

Nach Julias Abflug war sie zu Fuß in den Ort gewandert, hatte das Hotel gefunden und eingecheckt. Sie war früh ins Bett gegangen und musste sofort eingeschlafen sein, nachdem Julia ihr per WhatsApp ihre Ankunft in Hannover gemeldet hatte. Ihr war, als hätte sie lange nicht mehr so ausgiebig und so tief geschlafen. Sie fühlte sich wunderbar ausgeruht.

Allerdings war sie nicht zur Erholung auf Langeoog. Draußen wartete Ermittlungsarbeit auf sie. Direkt nach dem Frühstück würde sie zur Polizeistation gehen. Zwar hatte sie ihr Kommen telefonisch angekündigt, wollte aber die Kollegen vor Ort so schnell wie möglich persönlich kennenlernen und in Erfahrung bringen, wann Jan Eilers und Gerit Jensen eintreffen würden. Außerdem lag ihr daran, mit den örtlichen Beamten konstruktiv zusammenzuarbeiten. Aus ihren Erfahrungen von Borkum und Norderney wusste sie, wie kritisch das LKA bei Schutzpolizei und Kripo der Provinz gesehen wurde. Die meisten gaben nicht viel auf Leute, die sich – so das gängige Vorurteil – für etwas Besseres hielten, und bezeichneten Riekes Dienststelle gern als Landeskopieranstalt.

Ein Blick auf den Radiowecker am Bett zeigte ihr, dass es noch nicht einmal sieben Uhr war. Der frühe Vogel fängt den Wurm, dachte sie, schlug die Decke zurück und sprang aus dem Bett. Frühstück gab es erst ab acht. Bis dahin würde sie eine Runde laufen und duschen.

Rieke band sich die Haare im Nacken zusammen und verließ das Hotel in einem leichten Jogginganzug. Die Luft war noch frisch, aber die Sonnenstrahlen wärmten bereits. Auf Google Maps hatte sie sich über den Ort, die Lage des Hotels und mögliche Wege zum Strand informiert. Sie folgte der Mittelstraße ein Stück, bog dann in den Rudolf-Eucken-Weg ein und orientierte sich am Langeooger Wahrzeichen, dem Wasserturm. Die weißen Mauern des achteckigen Gebäudes mit dem roten Dach strahlten im Morgenlicht. Sobald die Ermittlungen abgeschlossen wären, würde sie den über hundert Jahre alten Turm besichtigen. Vielleicht zusammen mit Julia.

Am Strand wandte sie sich nach Nordosten, in Richtung Sonne. Es war Ebbe, die Nordsee hatte sich so weit zurückgezogen, dass Rieke am Strand auf festem Grund laufen konnte. Nach zwanzig Minuten kehrte sie um, bog am Wasserturm rechts ab und nahm den Weg durch die Straße *An der Kaapdüne*, in der auch die Polizeistation lag.

Rieke hatte vom morgendlichen Joggen in der Seeluft Appetit mitgebracht und musste sich beherrschen, den Verlockungen des Frühstücksbuffets nicht allzu sehr nachzugeben. Sie genoss die Auswahl, beschränkte sich aber im Vergleich zu den Urlaubern an den Nachbartischen auf kleinere Kostproben von Fisch und Meeresfrüchten, Rührei und Schinken, Käse und Obst.

Die für Hotelgäste ausliegenden Zeitungen waren vom Vortag, darunter ein Exemplar des *Anzeiger für Harlingerland*. Interessiert blätterte sie durch die Seiten, fand einen Beitrag von Hannah Holthusen über den Finanzhaushalt der Stadt Wittmund, den sie rasch überflog. In einem weiteren Beitrag befasste sie sich mit den Folgen des Klimawandels für die deutsche Nordseeküste. Zunehmende Abbrüche an den Stränden durch Sturmfluten, Gefährdung der Trinkwasserversorgung durch Versalzung und Zerstörung der Naturlandschaft Wattenmeer durch den Anstieg des Meeresspiegels bedrohen die Zukunft der Ostfriesischen Inseln als Urlaubsgebiet und langfristig auch als Lebensraum.

Rieke beunruhigte die Vorstellung, dass die grünen Inseln mit ihren weißen Stränden, die sich – von oben betrachtet – wie Paradiese präsentiert hatten, eines Tages verschwunden sein könnten. Ihr eigener Lebensstil, wusste sie, trug dazu bei, das Klima zu verändern. Andererseits bezweifelte sie, die Entwicklung mit privaten Einschränkungen aufhalten zu können. Wie schon oft, schob sie den Gedanken an die Folgen der von Menschen verursachten Erderwärmung beiseite, faltete die Zeitung zusammen und warf einen Blick auf die Uhr. Inzwischen sollte zumindest einer der ortsansässigen Kollegen in der Polizeistation eingetroffen sein. Sie kontrollierte ihr Smartphone, das sie für die Dauer ihres Frühstücks stumm geschaltet hatte, auf eingegangene Nachrichten. Es zeigte ihr eine ungelesene E-Mail und zwei WhatsApp-Meldungen an.

Erfreut registrierte sie die Information von Jan Eilers, wonach er und Gerit Jensen früh aufgebrochen waren und noch während des Vormittags auf der Insel eintreffen würden.

Eine der WhatsApp-Nachrichten kam von Julia. *Die Flugwettervorhersage für die nächsten Tage ist super. Beeil dich mit deinen Ermittlungen!*

Die zweite stammte von Hannah Holthusen. *Moin, Rieke, bist du gut auf Langeoog angekommen? Vielleicht kannst du mich anrufen, wenn du Zeit hast. Bin etwas in Sorge wegen unseres Volontärs. Kann ihn nicht erreichen.*

Sie antwortete sofort. *Hallo, Hannah, ich bin auf Langeoog, muss jetzt aber erst mal zu den Kollegen. Rufe dich am späten Vormittag an.*

Dann verließ sie den Frühstücksraum und machte sich auf den Weg.

In der Polizeistation an der Kaapdüne wurde sie von einem rundlichen Herrn um die fünfzig mit kräftigem Händedruck begrüßt. »Moin, Frau Kollegin. Willkommen auf Langeoog! Ich bin Oberkommissar Pannebacker. Aber hier sagen alle Uwe zu mir.« Sein Haupthaar war ergraut, und auch der dunkle Bart war von silbergrauen Haaren durchzogen. Durch eine randlose Brille sah er Rieke offen und aufmerksam an. Es war ihr, als wollte er ergründen, ob sie dem verbreiteten Vorurteil über LKA-Beamte entsprach. Gleichzeitig wirkten seine Augen freundlich, fast schalkhaft.

»Ich bin Rieke«, sagte sie. »Freut mich, Sie kennenzulernen.«

»Jo.« Pannebacker schien auf weitere Ausführungen zu warten. Schließlich deutete er mit dem Daumen hinter sich. »Meine Kollegin kommt gleich. Wir sind heute nur zu zweit. Aber es sollen ja noch zwei Leute von der Inspektion Emden-Leer kommen.«

»Stimmt. Jan Eilers und Gerit Jensen. Mit den beiden habe ich schon zusammengearbeitet. Und es bot sich an, sie als Inselverstärkung anzufordern.«

Pannebacker nickte. »Das ist für uns eine große Erleichterung. Wir sind nämlich ziemlich ausgelastet. Die beiden Kollegen haben wir im *Haus Seenixe* untergebracht.« Mit einem Zeigefinger deutete er zur Zimmerdecke. »Leider stehen uns die Räume oben nicht mehr zur Verfügung. Wo wir Sie unterbringen können, weiß ich noch nicht.«

»Die Kollegin kann bei mir übernachten«, rief eine Stimme aus dem Hintergrund, bevor Rieke antworten konnte. Durch die Tür, hinter der Rieke Büro, Aufenthaltsraum und Toilette vermutete, betrat eine junge blonde Frau in dunkelblauer Uniform den Raum. »Moin. Ich bin Mareike Cordes. Polizeikommissarin.« Sie ging auf Rieke zu und streckte die Hand aus. »Wir haben ein Gästezimmer, das gerade frei geworden ist, weil ein Feriengast abgesagt hat.«

Rieke ergriff die Hand. »Danke. Das ist sehr freundlich. Aber ich bin schon untergekommen. Nicht weit von hier, in der Mittelstraße.«

Die Kommissarin machte große Augen. »Aber nicht im *Logierhus*, oder?«

»Doch, so heißt es. Angenehmes Hotel.«

»Das LKA hat offenbar andere Reisekostensätze als wir«, mutmaßte Uwe Pannebacker.

»Nein«, entgegnete Rieke. »Die Differenz trage ich selbst. Meine Freundin verdient gut.«

Mareike grinste, ihr Kollege öffnete den Mund und schloss ihn wieder, ohne ein Wort hervorgebracht zu haben. »Na«, murmelte er schließlich, »denn man tau!« Mit einer Kopfbewegung deutete er zu der Tür, durch die Mareike Cordes gekommen war. »Gehen wir nach hinten. Mareike hält hier solange die Stellung.«

Das Büro hinter der Wache war klein, aber gemütlich. Neben zwei Schreibtischen mit Computerbildschirm und Telefon gab es eine Sitzgruppe aus abgewetztem Leder, die schon bessere Tage gesehen haben musste. Darüber hing ein Ölgemälde von beachtlichen Ausmaßen. Es zeigte einen Fischkutter auf See, der mit hohen Wellen zu kämpfen hatte. In zwei Fensterbänken standen Buddelschiffe, auf einer weiteren grünte Bogenhanf.

»Also.« Uwe Pannebacker räusperte sich. »Es geht ja um diesen angeblichen Rauschgiftfund. Wir haben bisher nichts weiter als die Aussage einer jungen Frau, die am Strand etliche Pakete mit Heroin gesehen haben will.«

»Ist sie glaubwürdig?«, fragte Rieke.

Pannebacker nickte. »Eigentlich schon. Swantje Petersen kenne ich seit der Grundschule. Sie studiert in Oldenburg. Ihre Eltern haben hier ein Restaurant. *Störtebeker*. In der Saison hilft sie mit aus.«

»Inwiefern *eigentlich*?«

»Als wir uns die Fundstelle angesehen haben, war nichts zu sehen. Es gab auch keine Spuren. Nur eine zerfetzte Reisetasche, die im Wasser schwamm. Und ein Foto, das uns

Swantje zur Verfügung gestellt hat. Man erkennt darauf aber nicht, was das für Päckchen waren.«

Rieke machte sich Notizen. »Wo ist die Tasche jetzt?«

»Die Tasche? Wieso?« Pannebacker hob die Schultern. »Vielleicht dümpelt sie noch irgendwo herum. Wahrscheinlich hat die nächste Tide sie mitgenommen, und sie ist in der Nordsee versunken. Keine Ahnung.«

»Sie hätte uns eine Ahnung geben können.« Rieke bemühte sich um einen neutralen Tonfall. »Zum Beispiel davon, was darin transportiert wurde, wo sie hergestellt oder verkauft worden ist.«

»Soll ich noch mal jemanden hinschicken?« Pannebacker wirkte bestürzt.

»Das könnte hilfreich sein«, bekräftigte Rieke und fuhr fort: »Und an der Stelle, die euch die Zeugin gezeigt hat, gab es keinen Hinweis? Keine Fußspuren? Nichts?«

Der Polizeioberkommissar hob bedauernd die Schultern und schüttelte den Kopf. »Da ist nichts als Sand. Fußabdrücke gibt's nicht. Nur diese kleinen Kuhlen, die jeder Tritt hinterlässt, egal ob jemand in schweren Schuhen, Strandlatschen oder barfuß unterwegs ist. Tut mir leid.«

»Okay. Ich kann's mir vorstellen.« Rieke nickte. »Trotzdem möchte ich mir die Stelle ansehen. Bringen Sie mich hin?«

»Wir müssten Fahrräder nehmen. Dienstwagen haben wir nicht.«

»Darin sehe ich kein Problem.« Rieke lächelte. »Bevor wir uns auf die Räder schwingen, würde ich allerdings gern mit dieser Swantje ... Petersen sprechen.«

»Da kann ich gleich anrufen. Soll ich sie hierherbestellen, oder wollen wir auf dem Weg zur Fundstelle beim *Störtebeker* vorbeifahren?«

»Ich glaube, es ist besser, sie kommt her. Wenn im Restaurant Polizei auftaucht, wundern sich Personal und Gäste, und es gibt vermutlich Gerede. Das können wir vermeiden.«

»Gute Idee«, brummte der Oberkommissar, warf Rieke einen anerkennenden Blick zu und griff zum Telefonhörer.

★

Der Anruf aus der Polizeistation hatte Swantje in Unruhe versetzt. »Hier ist eine Kriminalhauptkommissarin vom Landeskriminalamt, die sich mit dir unterhalten möchte«, hatte Uwe Pannebacker ihr eröffnet. Nichts weiter. Trotzdem war ihr natürlich klar, worum es gehen würde.

Nun kreisten die Erinnerungen an den Fund in ihrem Kopf. Und das Gesicht von Florian Andresen. Und das von Alexander. Bis zu dem Telefongespräch hatte sie versucht, die Geschichte zu verdrängen, und sich eingeredet, alles müsse ein großer Irrtum sein. Jetzt waren die Bilder wieder da. Die eingesammelten Päckchen. Die Begegnung mit Alex, der sich nach ihrer Unterhaltung mit den Inselsheriffs erkundigt hatte. Florians Worte über ihn. *Der hat übrigens das Rauschgift vom Strand.* Das hatte sie nicht glauben können.

Andererseits wollte sie ihm glauben. Er hatte ehrliche Augen. Und warum sollte er sie belügen? Unwillkürlich schüttelte sie den Kopf. Wie konnte sie sicher sein? Sie kannte ihn kaum. Alex dagegen war ihr seit Kindertagen vertraut, gehörte genauso zur Inselgemeinde wie sie. »Wir Insulaner halten zusammen«, hatte ihr Großvater schon oft gesagt. »Bei uns hängt keiner den anderen hin.« Würde sie Alex belasten müssen? Was sollte sie tun, wenn die Polizei sie nach dem Verbleib des Strandguts fragte? Sie kannte die Antwort nur aus zweiter Hand und wusste nicht, ob sie zutreffend war. Eigentlich musste Florian die Frage beantworten. War auch er zur Polizei bestellt worden?

Das konnte sie herausfinden. Sie zog ihr Smartphone hervor. Hastig durchsuchte sie die Liste der letzten Anrufer und tippte auf die Ziffernfolge des ersten Telefongesprächs am Morgen. Mit klopfendem Herzen lauschte sie auf das Rufzeichen. Nach dem siebten Ton meldete sich die Mailbox. *Moin, Moin und Hallo, hier ist Floris Quatschkiste. Leg einfach los nach dem Piep!*

Swantje seufzte und beendete die Verbindung. Es half nichts. Sie musste sich auf den Weg zur Polizeistation machen. Vielleicht war Florian schon da und hatte sein Handy stumm geschaltet.

Sie schickte Lisa eine WhatsApp-Nachricht. *Komme vielleicht später.* Dann band sie ihre Haare zusammen und schwang sich aufs Fahrrad.

Mit einem mulmigen Gefühl betrat sie kurze Zeit später das Polizeirevier.

»Moin, Swantje.« Mareike Cordes lächelte ihr aufmunternd zu. »Jetzt sehen wir uns schon wieder. Uwe und die Kollegin warten hinten im Büro auf dich. Geh einfach durch!«

»Moin, mien Wicht«, empfing Uwe Pannebacker sie, als sie zögernd durch die Tür trat. »Kumm rin!«

»Is Florian Andresen ook hier?«, fragte Swantje rasch.

Der Polizist schüttelte den Kopf. »Kenn ik nich, wer sall dat wesen?«

»Een … Reporter van't Blaatje ut Wittmund.«

»Warum sollte der hier sein?« Erst jetzt bemerkte sie die auffallend gut aussehende, lässig, aber teuer gekleidete Frau mit langem kastanienbraunem Haar, die sie aufmerksam ansah. »Sie sind Frau Petersen?«

Swantje nickte stumm.

»Kriminalhauptkommissarin Bernstein«, stellte sich die Frau vor. »Landeskriminalamt.« Sie deutete auf einen freien Ledersessel. »Nehmen Sie Platz! Wir müssen uns unterhalten.«

Vorsichtig ließ Swantje sich nieder.

»Warum sollte dieser Journalist hier sein?«, wiederholte die Polizeibeamtin.

»Ich dachte nur ... Weil er sich für das ... Strandgut interessiert. Und darüber berichten will.«

»Aber gefunden haben Sie es, nicht?«, hakte die Hauptkommissarin nach und warf Uwe Pannebacker einen Blick zu.

Er nickte. »Sie hat uns angerufen, weil sie meinte, es könne sich um Heroin handeln. Aber als wir zur Fundstelle kamen ... Nun, das wissen Sie ja schon.«

Die Bernstein wandte sich wieder Swantje zu. »Und Sie haben keine Idee, wo die Pakete abgeblieben sein könnten?«

»Nein. Nicht die geringste. Ich habe die verstreuten Päckchen zu einer Mulde in den Dünen getragen und mit Sand bedeckt. Die Jugendherberge ist ganz in der Nähe, und ich wollte nicht, dass Jugendliche mit dem Zeug in Kontakt kommen.«

»Das war sehr umsichtig, Frau Petersen. Dann haben Sie in der Polizeistation angerufen und auf die Kollegen gewartet. Richtig?«

»Ja.« Swantje nickte. »Es hat eine Weile gedauert, bis Uwe und Hinnerk, ich meine, die Kommissare, gekommen sind. In der Zeit bin ich ein Stück gelaufen. Der Wind war noch etwas frisch, darum musste ich mich bewegen.«

»Gemeinsam mit den Kollegen sind Sie dann zur Fundstelle zurückgekehrt. Beziehungsweise zu dem Versteck, das Sie angelegt hatten?«

»Genau. Aber da war nichts mehr.«

»Haben Sie in der Umgebung irgendwelche Personen bemerkt?«

»Nein. Ja. Also ... nur eine Person. Florian Andresen. Er war aus der Jugendherberge gekommen und muss uns wohl gesehen haben. Uwe, Hinnerk und mich. Er hat mich angesprochen und gefragt, was los war. Wegen der Polizisten.«

»Und?« Die Hauptkommissarin beugte sich vor und sah Swantje aufmerksam an. »Haben Sie ihm von dem Fund erzählt?«

»Nein. Ich habe mit niemandem darüber gesprochen. Allerdings ...« Sie brach ab, weil ihr bewusst wurde, dass Alex in Schwierigkeiten kommen konnte, wenn sie Florians Behauptung erwähnte.

»Allerdings ...?«

»Florian weiß vielleicht, wo das Heroin geblieben ist. Er hat so eine Andeutung gemacht.«

»Andeutung? Was genau hat er gesagt?«

Swantje holte tief Luft. »Ich weiß, was du am Strand gefunden hast, hat er gesagt. Und ich weiß, wer es hat.«

»Das ist mehr als eine Andeutung«, stellte die Kriminalbeamtin fest. Sie wandte sich an Uwe Pannebacker. »Wir brauchen diesen Florian Andresen. So schnell wie möglich.« Sie zog ihr Smartphone aus der Tasche und wählte. »Ich rufe eine Freundin an. Sie arbeitet bei derselben Zeitung wie Andresen und steht mit ihm in Kontakt. Sie hat die Ermittlungen ausgelöst, weil sie mir von seinen Recherchen berichtet hat. Der Reporter muss von dem Heroinfund erfahren haben. Er hat ihr jedenfalls davon erzählt.«

»Moin, Hannah«, sprach sie dann ins Handy. »Hast du inzwischen etwas von deinem Kollegen gehört? Nicht? Geht nicht ans Handy? Okay. Falls er sich meldet, soll er sich mit mir in Verbindung setzen. Ich brauche seine Aussage. In der Zwischenzeit werden wir ihn suchen. Weißt du, wo er übernachtet hat? In der Jugendherberge? Okay. Danke, Hannah! Ich melde mich wieder.«

Sie beendete die Verbindung und sah Swantje an. »Er wollte in der Jugendherberge unterkommen. Das deckt sich mit Ihrer Beobachtung.«

»Ich frage gleich mal nach.« Uwe streckte die Hand nach dem Telefon aus. In dem Augenblick klingelte es.

»Von der KGO.« Der Oberkommissar deutete auf das Display. »Muss ein Notruf sein.« Er nahm ab, meldete sich und hörte seinem Gesprächspartner wortlos zu.

»Jo«, sagte er schließlich, »ich notiere.« Auf ein Blatt kritzelte er eine Zeile aus Zahlen und Buchstaben. »Danke. Wir kümmern uns.« Er legte auf, nahm wieder ab und drückte eine Kurzwahltaste. »Einsatz!«, rief er kurz darauf ins Telefon. »Nordstrand. Höhe Pirolatal. Ich schicke dir die Koordinaten aufs Handy. Nein, wir wissen nicht, was passiert ist. Jo, wir kommen raus.« Er wandte sich an die LKA-Beamtin. »Notrufe aus der Region landen bei der Kooperativen Großleitstelle Oldenburg. Die informieren uns dann. Der Anrufer hat eins-eins-null gewählt, aber nichts gesagt. Hoffentlich ist es nicht wieder so ein Idiot, der nur mal die Nummer testen wollte. Wir müssen da jetzt hin. Die Nachfrage bei der Jugendherberge muss warten.«

Die Bernstein nickte. »Ich übernehme das.«

Uwe Pannebackers Worte hatten Swantje in Unruhe versetzt. Ein Notfall am Strand vor dem Pirolatal. Dort wollte Florian seine Fotos machen. Nervös rutschte sie auf dem Ledersessel hin und her. Die Kriminalbeamtin schien ihre Erregung zu bemerken. »Was beschäftigt Sie, Frau Petersen?«, fragte sie.

»Wenn Florian weiß, wo sich das Heroin befindet – ist er dann nicht vielleicht in Gefahr?«

»Allerdings. Auch deshalb liegt mir daran, dass wir ihn so schnell wie möglich finden. Sie wissen nicht zufällig, wo er sich aufhalten könnte?«

»Er wollte heute noch mal zum Strand. Dahin, wo die Aufspülungen gemacht werden. Mit den Leuten reden, die da arbeiten, und Fotos machen. Rohre, Maschinen und so.« Sie deutete zur Tür, durch die Pannebacker verschwunden war. »Und jetzt dieser Notruf. Das könnte Florian gewesen sein.«

»Nicht unbedingt wahrscheinlich, aber möglich.« Die Polizistin sah Swantje nachdenklich an. »Normalerweise würde ich Sie nicht mitnehmen. Aber in diesem Fall könnten Sie uns vielleicht helfen.« Sie erhob sich. »Kommen Sie! Wir schauen uns das an. Dann können wir auch gleich in der Jugendherberge nachfragen. Die ist doch dort in der Nähe, richtig?«

*

Oliver Sulfeld hatte auf der Luftmatratze bei Alexanders Bekanntem überraschend gut geschlafen. Bier und Friesengeist hatten für die nötige Schwere gesorgt. An den letzten Teil des Abends erinnerte er sich nur undeutlich. Trotzdem war er ziemlich sicher, dass er sich mit Alex für halb zehn in einem Café verabredet hatte. Darum saß er bereits um neun Uhr dort beim Frühstück, trank starken schwarzen Kaffee und begrüßte den Tag mit einer Prise aus seiner Kokstüte. Der Stoff und die Aussicht, in wenigen Stunden mit millionenschwerem Gepäck auf dem Rückweg nach Hamburg zu sein, verschafften ihm beste Laune.

Offensichtlich weniger gut gelaunt war Alexander Hilbrich, der mit einer viertelstündigen Verspätung eintraf. Sulfelds Einladung zum Frühstück oder wenigstens zu einem Kaffee schlug er aus.

»Alles in Ordnung?«, erkundigte Sulfeld sich. »Du siehst ein bisschen mitgenommen aus.«

Alex hob seine bandagierten Hände. »Scheiße, wenn du nichts machen kannst. Wenn ich das Arschloch erwische, das mir das eingebrockt hat, zertrete ich ihm die Eier.«

Sulfeld lachte. »Ist das einer von den Typen, die von der Ware wissen?«

»Genau. Und du hast gesagt –«

»Sutje, immer sutje mit den jungen Pferden!« Er winkte der Bedienung. »Zahlen!« Dann beugte er sich zu Alex und senkte die Stimme. »Das machen wir später. Jetzt möchte ich die Pakete sehen.« Er deutete auf seinen Koffer unter dem Tisch. »Hast du was zum Transportieren?«

Alex nickte. »Um die Ecke steht mein Fahrrad mit Anhänger.« Erneut zeigte er seine Hände. »Aber schieben musst du.«

Knapp zwanzig Minuten später erreichten sie die Neubausiedlung. »Warte hier«, sagte Alex und deutete auf einen Hauseingang. »Ich bin gleich wieder da.«

Sulfeld beobachtete Alex, als er zum Bauwagen ging und ihn öffnete. Seine Bewegungen wirkten plötzlich fahrig. Verlor er die Nerven? Sulfeld wollte gerade zu ihm gehen, als Alex sich umdrehte, zurückkehrte und ihm den Schlüssel in die Hand drückte. »Schließ du auf!«

Erleichtert, dass es anscheinend doch keine Probleme gab, stieß er die Haustür auf.

»Wir müssen in den Keller«, wies Alex an. Er ging voraus, Sulfeld folgte ihm mit dem Koffer die Treppe hinab. Als die

Männer durch die Tür in den Kellerraum traten, griff Alex plötzlich nach Sulfelds Arm. »Scheiße! Ich glaub', mir wird schlecht.«

Sulfeld grinste. »Hättest doch was frühstücken sollen.«

Alexander schüttelte den Kopf und deutete auf eine kleine Nische in der Wand. »Alles weg«, rief er. »Die ganzen zwanzig Kilo – verschwunden!« Wütend trat er gegen die Klappe. »Tom, die alte Ratte!«

»Wer ist Tom?«, fragte Sulfeld.

»Das ist der Kumpel, mit dem ich das Zeug vom Strand geholt habe. Einer der beiden Mitwisser.«

»Wir holen uns alles zurück, das schwöre ich dir. Wo finden wir den Arsch jetzt?«

»Wahrscheinlich ist er zu Hause. Hat gerade Urlaub.«

»Okay.« Sulfeld nickte. »Den knöpfen wir uns vor. Vorher müssen wir noch was besorgen. Gibt's hier 'ne Apotheke?«

»Die Inselapotheke. In der Nähe vom Wasserturm. Was brauchst du denn?«

»Das willst du nicht wirklich wissen. Aber du kannst in der Zwischenzeit auch was besorgen. Zahnstocher und ein Feuerzeug. Oder Streichhölzer. Und ein paar Seile oder Lederriemen.« Sulfeld deutete in Richtung Ortsmitte. »Da lang?«

11

2018

Innerhalb des abgesperrten Strandabschnitts wartete einer der Langeooger Rettungswagen mit rotierendem Blaulicht. Die Hecktüren standen offen, im Innenraum bewegten sich zwei Gestalten. Uwe Pannebacker erreichte das Fahrzeug als Erster. Rieke sah, wie der Polizist in den Wagen schaute und mit den Leuten sprach, die sich im Inneren aufhielten.

»Ob sie Florian gefunden haben?«, fragte Swantje und beschleunigte ihren Schritt. »Was mag ihm passiert sein?«

»Das werden wir gleich wissen«, antwortete Rieke. »Vielleicht hat er Nordseewasser geschluckt.«

Der Mann, der halb liegend, halb sitzend im Inneren des Rettungswagens von orangefarben gekleideten Sanitätern behandelt wurde, war nicht Florian Andresen.

»Das ist Magnus Hansen«, erklärte Oberkommissar Pannebacker. »Er gehört zur Firma Rohde-Nielsen, die die Strandaufspülung vornimmt. Jemand hat ihn überfallen, als er mit dem Bulldozer unterwegs war, um zu planieren. Er wurde betäubt und aus der Maschine gezerrt. Dann hat man ihn gefesselt und in den Dünen abgelegt. Die Mannschaft des Rettungswagens hat ihn dort entdeckt.«

»Hat er das Notrufsignal abgegeben?«, fragte Rieke.

Pannebacker schüttelte den Kopf. »Nein, das kam nicht von ihm.« Er breitete die Arme aus. »Aber es muss hier irgendwo abgesetzt worden sein. Wir haben ja die Koordinaten von der KGO.«

»Hat Hansen eine Erklärung für den Überfall? Kann er den Täter beschreiben?«

»Zweimal nein. Er trug einen Ohrenschutz. Der Unbekannte war maskiert. Er ist plötzlich aufgetaucht und hat ihm ein feuchtes Tuch vor Mund und Nase gehalten. Als er wieder zu sich kam, war der Mann weg, die Maschine aber noch da. In der Zwischenzeit ist sie bewegt worden. Der Unbekannte muss damit Sand transportiert haben, denn es befanden sich Reste in der Schaufel. Vorher war sie leer. Und sie stand ein gutes Stück vom ursprünglichen Standort entfernt.«

Swantje sah sich suchend um, und Rieke tat es ihr nach. Der überwiegende Teil des Strandes war planiert. Nur in der Nähe des Rohres, aus dem das Sand-Wasser-Gemisch sprudelte, gab es Senken und Erhebungen.

»Wir müssen suchen«, sagte Swantje. »Da drüben könnte ... jemand liegen.«

Rieke sah sie mitfühlend an. »Sie befürchten tatsächlich, dass Herrn Andresen etwas zugestoßen ist? Haben Sie dafür einen Anlass?«

»Nein. Ja. Weiß nicht.« Swantje hob unsicher die Schultern. »Nichts Konkretes. Aber ein ungutes Gefühl. Wegen des Heroins. Er ist ja Reporter, und ... ich glaube, er wollte unbedingt herausfinden, wo das Rauschgift abgeblieben ist.«

»Und Sie meinen, er könnte demjenigen, der es in seinem Besitz hat, zu nahe gekommen sein?« Rieke fixierte Swantje. »Wissen Sie vielleicht doch mehr, als Sie bisher gesagt haben?«

»Ich weiß nur, dass Florian glaubte, den Besitzer gefunden zu haben. Ob er dabei richtiglag, kann ich nicht beurteilen. Jedenfalls wollte er heute zur Polizei gehen.«

Die Türen des Rettungswagens wurden zugeklappt. »Wir bringen den Mann zum Arzt«, sagte einer der Sanitäter. »Er scheint zwar nichts Ernstes zu haben, aber trotzdem sollte der Doc ihn mal anschauen.« Er wandte sich an Uwe Pannebacker. »Oder braucht ihr uns noch?«

Der Polizist schüttelte den Kopf. »Ich hoffe nicht. Falls doch, rufe ich an. Haltet euch bereit, nachdem ihr den Dänen abgeliefert habt.«

»Ich muss eigentlich zum Dienst«, murmelte Swantje mit einem Blick auf die Uhr. Aber dann hob sie den Kopf und forderte energisch: »Wir sollten uns da drüben umsehen. Dort, wo der Boden so wellig ist.«

Rieke und Uwe Pannebacker wechselten einen Blick. »Okay«, bestimmte die Hauptkommissarin, »wir schauen uns das an.«

Zu dritt wanderten sie über den Strand. Nach ungefähr zweihundert Metern stieß Swantje einen leisen Schreckenslaut aus und begann zu laufen. Sie steuerte auf einen dunklen Gegenstand zu, der am Fuß einer kleinen Erhebung im Sand steckte. Dort bückte sie sich und hielt etwas hoch, das nach einer Fototasche aussah. »Hier!«, rief sie. »Florians Kamera.«

»Sind Sie sicher?« Rieke erreichte Swantje und streckte die Hand nach dem Gegenstand aus.

»Ganz bestimmt gehört sie ihm. Ich erkenne sie wieder. Auf der Fähre habe ich sie bei ihm gesehen.«

Rieke untersuchte die Tasche. »Wenn die Kamera Herrn Andresen gehört, könnte er unmittelbar, bevor er sie verloren hat, Aufnahmen gemacht haben. Hoffentlich funktioniert sie noch, sie ist ziemlich versandet.« Sie nahm den Apparat aus der Hülle, schüttelte ihn und blies den Sand von den Bedienungselementen. Sekunden später leuchtete das Display auf.

Zu dritt beugten sie sich darüber, Rieke fand den Knopf für die Wiedergabe und ließ die zuletzt aufgenommenen Bilder erscheinen.

*

Obwohl Alex davor gewarnt hatte, Geld auszugeben, bevor es wirklich da war, träumte Tom Thieland von einem eigenen Boot. Surfen vor weißen Sandstränden war eine schöne Sache, aber nicht mit einem Segeltörn von Insel zu Insel zu vergleichen. Als Basis für Bootstouren bot Langeoogs Yachthafen beste Voraussetzungen, denn er gehörte zu den wenigen Häfen an der Nordseeküste, die tideunabhängig zu erreichen waren. Den Sportküstenschifferschein, ohne den man kein Segelboot chartern konnte, hatte er längst. Aber Chartern war mit Kosten, Wartezeiten und Beschränkungen verbunden, die einem Bootseigner erspart blieben.

Seit Alex und er auf dieses wertvolle Strandgut gestoßen waren, sah er sich als Skipper mit einer *Sirius 35 DS* auf der Nordsee. Um diesem Traum näher zu kommen, saß er vor seinem Notebook und suchte nach Angeboten. Keins der gebrauchten Boote aus den Siebziger- und Achtzigerjahren, die für wenige Tausend Euro angeboten wurden, sondern fabrikneu, mit allen Extras wie Heckverlängerung mit Badeplattform. Und mit der neuesten Technik. Hundert Mille würde er sich das Ding kosten lassen. Schon sah er vor sich, wie sein Segelboot im Langeooger Yachthafen zu Wasser gelassen wurde.

Dann würde er Lisa Cordes zu einem Törn einladen. Nach Borkum im Westen, Wangerooge im Osten oder Sylt im Norden. Von einer echten Beziehung zu Lisa träumte er schon länger. Obwohl sie nicht abgeneigt schien, sich mit ihm einzulassen, waren sie über eine freundschaftliche Annäherung nicht hinausgekommen. Im Gegensatz zu seinem Surfkumpel Alex, der schon viele Mädchen rumgekriegt hatte, fehlte Tom das nötige Selbstbewusstsein.

Das hing auch mit Geld zusammen. Während Alexander Hilbrich sich mit der Kohle seines Vaters teure Geschenke und Einladungen leisten konnte, kam Tom gerade so über die Runden. Von seinem Lohn als Elektriker hätte er auf dem Festland gut leben können, aber auf Langeoog verschlang allein die Miete für die kleine Wohnung die Hälfte seines Einkommens. Seine Eltern steckten ihm zwar stets ein paar Scheine zu, wenn er sie besuchte, aber mehr konnte er von ihnen nicht erwarten. Ihr Fachgeschäft für Lampen und Elektroartikel in Aurich warf immer weniger ab, weil die Kunden zu den großen Elektronikmärkten und Versandhändlern im Internet abwanderten.

Aufs Festland zurückkehren mochte Tom nicht. Zu sehr hatte ihn die Leidenschaft für die Nordsee und den Wassersport im Griff. Einen Job auf einer der benachbarten Inseln würde er annehmen, wenn Bezahlung und Arbeitsbedingungen stimmten. Aber für einen Wechsel gab es keinen Grund. Sein Chef war in Ordnung, zahlte gut und ließ ihm viel Freiheit. Wegen des unverhofften Geldsegens würde er seinen Arbeitsplatz nicht aufgeben. Trotzdem wäre in Zukunft einiges anders. Er könnte mit den anderen Gesellen mithalten, wenn es um Kneipenbesuche, Ausflüge oder um Frauen ging. Wieder erschien Lisa vor seinem inneren Auge. Diesmal lag sie ausgestreckt auf dem Deck der *Sirius*, hatte ihr Bikini-Oberteil abgelegt und winkte ihm zu.

Seine Wunschbilder konnten bald Wirklichkeit werden. Der Typ, den Alex erwähnt hatte, würde die Ware nach Hamburg bringen, und schon wenige Tage später stünde ihnen das Geld zur Verfügung. Um den Preis von Heroin herauszufinden, hatte er im Netz nach Informationen gesucht. Für zwanzig Kilo konnten sie mit einer halben bis einer Million Euro rechnen. Man muss im Leben auch mal Glück haben, dachte er, seufzte und wandte sich wieder dem Monitor zu. Er schloss die Seiten mit den Segelyachten und begann, nach Fotos zu suchen. Von blonden Mädchen, die Lisa ähnelten und nichts trugen als nackte Haut.

Er zuckte zusammen, als die Haustürklingel schnarrte. Hastig klappte er den Deckel des Notebooks zu und stand auf, um nachzusehen, wer um diese Zeit bei ihm klingelte.

Vor der Tür standen Alex und ein fremder Typ. Das musste dieser Oliver Sulfeld aus Hamburg sein. Tom öffnete und machte eine einladende Bewegung. »Kommt rein!«

Wortlos folgten ihm die beiden Männer in die Einzimmerwohnung.

»Wollt ihr 'n Bier?«, fragte Tom, öffnete den Kühlschrank seiner Küchenzeile und nahm drei Flaschen heraus.

»Nein«, antwortete Alex. »Wir wollen etwas ganz anderes.«

Tom stellte zwei Flaschen zurück, öffnete die dritte mit den Zähnen, spuckte den Kronkorken aus und wandte sich an Sulfeld. »Ich dachte, du bist mit dem Zeug unterwegs nach Hamburg.« Dann setzte er die Flasche an und trank.

»Wäre ich gern«, giftete der zurück. »Das kannst du mir glauben. Aber dafür brauche ich die Ware.« Er machte einen schnellen Schritt auf Tom zu und schlug mit der Faust unter den Boden der Bierflasche. »Wo ist das Heroin?«

Der Schlag brachte Tom aus dem Gleichgewicht. Er taumelte, würgte und spuckte. Bier schäumte aus seinem Mund und mischte sich mit Blut.

»Was soll der Scheiß?«, stieß er schließlich undeutlich

hervor und wischte sich mit dem Ärmel über den Mund. »Alex hat es. Ich doch nicht.«

Wieder schlug Sulfeld zu. Diesmal in die Magengegend. Tom ließ die Flasche fallen, kippte vornüber und sackte in die schaumige Lache, die sich auf dem Fußboden ausbreitete.

»Du hast das Zeug geklaut, Verräter!« Alexander trat ihm in die Nieren. »Nur du hast von dem Versteck gewusst.«

»Ich hab es nicht!« Er stöhnte. »Ich würde doch niemals ...« Ein weiterer Tritt schnürte ihm die Luft ab.

Sulfeld zog einen Stuhl mit Armlehnen heran. »Da drauf mit ihm!«, kommandierte er. Gemeinsam hievten sie ihn auf die Sitzfläche.

»Hände und Unterarme festbinden!«, lautete die nächste Anweisung, die Alexander wegen seiner Verbände nur mühsam befolgen konnte. Schließlich war Tom so auf dem Stuhl fixiert, dass er zwar Beine und Unterkörper bewegen, sich aber nicht von der Sitzfläche lösen konnte. Sulfeld leerte seine Taschen und breitete auf dem Tisch vor Tom seinen Einkauf aus der Apotheke aus: Verbandmaterial, Schmerztabletten und Desinfektionsmittel. Dann streckte er die Hand aus. »Zahnstocher!«

*

»Das sieht aus, als hätte der Typ mit dem Bulldozer Sand über Florian abgekippt.« Swantjes Stimme zitterte.

»Allerdings.« Rieke Bernstein reichte die Kamera an Uwe Pannebacker weiter. »Können ... kannst du veranlassen, dass die Aufnahmen auf den Rechner in der Polizeistation übertragen werden? Ich würde sie mir später gern genauer ansehen und auf mein Handy ziehen.«

»Jo«, antwortete der Oberkommissar. »Die Mareike kann

das.« Er machte eine vage Handbewegung, die den Strandabschnitt umfasste. »Und wir? Sollen wir nach dem jungen Mann suchen?«

»Dafür brauchen wir mehr Leute. Und Personenspürhunde. Habt ihr so was?«

Pannebacker schüttelte den Kopf. »Polizeihunde haben wir nicht. Aber ich könnte die Freiwillige Feuerwehr bitten. Wir würden an die zwanzig Mann zusammenkriegen.«

»Okay.« Rieke nickte. »Das ist besser als nichts. Aber bevor hier ein Suchtrupp alles zertrampelt, möchte ich mir die Spuren ansehen.« Sie warf einen Blick auf die Uhr. »Vielleicht sind Jan Eilers und Gerit Jensen inzwischen eingetroffen. Kannst du mal nachfragen?« Dann wandte sie sich an Swantje. »Sie gehen jetzt bitte nach Hause. Beziehungsweise zu Ihrem Dienst.«

»Aber es geht doch um Florian! Kann ich nicht helfen, ihn zu finden?«

Rieke lächelte nachsichtig. »Hier findet jetzt eine Polizeiaktion statt. Daran kann ich Sie nicht beteiligen. Aber Sie können mir verraten, welche Kleidung er trug, als Sie ihn zuletzt gesehen haben.«

Swantje nickte. »Blaue Jeans, schwarzes Hemd, rote Jacke. Und Turnschuhe.«

»Danke, Frau Petersen. Ich informiere Sie, wenn wir ihn finden. Geben Sie Kommissar Pannebacker Ihre Handynummer!«

Der Polizeihauptkommissar hatte sich zum Telefonieren einige Schritte entfernt. Nun kam er zurück. »Die Kollegen Eilers und Jensen sind da. Mareike hat sie schon losgeschickt.« Er hob die Kamera. »Soll ich dann erst mal ...?«

»Das sind gute Nachrichten«, sagte Rieke erfreut. »Und ja, bring die Kamera zur Dienststelle! Möglicherweise ist

Feuchtigkeit eingedrungen und legt sie irgendwann lahm. Wäre schön, wenn wir die Aufnahmen vorher gesichert hätten.« Mit einer Kopfbewegung deutete sie auf Swantje. »Nimm Frau Petersen mit! Sie kann uns hier nicht helfen und ist zu Hause oder bei ihrer Arbeit besser aufgehoben.«

Nachdem Uwe Pannebacker und Swantje Petersen zwischen den Dünen verschwunden waren, zog Rieke ihr Smartphone aus der Tasche und wählte die Nummer von Hannah Holthusen.

Die Journalistin meldete sich sofort. »Moin, Rieke. Schön, dass du anrufst! Ich mache mir Sorgen um Florian.«

»Möglicherweise nicht ganz zu Unrecht, Hannah. Wir haben einen Hinweis gefunden, wonach dein junger Kollege einem fiesen Anschlag zum Opfer gefallen sein könnte.«

»Anschlag?« Hannah klang entsetzt. »Auf Langeoog?«

»Ja. Am Strand. Wir haben seine Kamera gefunden. Auf den Fotos sieht es so aus, als hätte ihn jemand mit Sand zugeschüttet.«

»Mein Gott«, stöhnte Hannah. »Das klingt ja entsetzlich.« Nach einer Pause fügte sie leise hinzu: »Gibt es noch Hoffnung?«

»Wenn ich ehrlich sein soll, bin ich mir nicht sicher. Florian Andresen ist verschwunden, aber es gibt keine Leiche. Wir wissen nicht, was passiert ist.«

»Kann ich die Fotos von seiner Kamera bekommen?«, fragte Hannah.

»Ich schicke sie dir, sobald wir sie überspielt und gesichtet haben. Kann aber sein, dass ich sie mit einer Sperrfrist belegen muss.«

»Das ist klar. Wir werden ohnehin nichts veröffentlichen, solange wir nicht wissen, was Florian zugestoßen ist. Hältst du mich auf dem Laufenden?«

»Das mache ich, Hannah. Erst einmal möchte ich aber von dir erfahren, was genau du über die Recherchen deines Kollegen weißt. Außerdem hätte ich gern ein Foto von ihm. Hast du eins, das du mir schicken kannst?«

»Selbstverständlich. Ich sende dir sein Passbild aus den Bewerbungsunterlagen.«

»Das wäre hilfreich. Aber nun zu dem, was er vorhatte. Wann war euer letzter Kontakt?«

Systematisch und chronologisch berichtete Hannah von Florians Plänen und seinen Nachrichten. »Das ist alles«, schloss sie. »Er wollte sich ja noch mal melden.«

»Danke, Hannah!« Rieke erkannte die Silhouetten von zwei Männern, die aus den Dünen kamen, ihr zuwinkten und ihre Richtung einschlugen. »Ich glaube, meine Kollegen kommen. Wir sprechen später weiter. Vielleicht gibt es dann schon etwas Neues.« Sie verabschiedete sich von Hannah und sah den Ankömmlingen entgegen. Ohne Zweifel, es waren Jan Eilers und Gerit Jensen, die sich ihr näherten. Gerit trug einen seltsam geformten Rucksack.

»Moin, Rieke«, riefen sie fast gleichzeitig. »Schön, dich wiederzusehen«, ergänzte Jan mit seiner Robert-De-Niro-Stimme. »Was ist hier passiert?«

In wenigen Worten erläuterte Rieke die Sachlage.

»Wir müssen versuchen, anhand der Spuren des Bulldozers herauszufinden, welche Wege er zurückgelegt und wo er Sand zusammengeschoben hat«, schlug Jan Eilers vor.

»Kann man erkennen«, fragte Rieke, »in welche Richtung die Maschine gefahren ist?«

»Ja«, antwortete Gerit Jensen. »Man kann.« Er deutete nach unten. »Siehst du das Muster, das die Ketten hinterlassen haben? Dort, wo die Ränder etwas höher sind, ist hinten.«

»Okay.« Rieke deutete auf Jensens Rucksack. »Was schleppst du da mit dir herum?«

»Das ist *Oktopussy*. Meine Drohne. Es gibt kein besseres Trainingsgelände für Zielabwürfe als den Strand einer Ostfriesischen Insel.«

Jan Eilers grinste. »Gerit ist seit einem Jahr Drohnenpilot. Man könnte auch sagen, er ist ein bisschen verrückt.«

*

Sorgfältig prüfte Oliver Sulfeld einige der Zahnstocher, wählte drei aus und reichte die anderen an Alexander zurück. Dann beugte er sich vor, packte mit der linken Hand einen von Toms Fingern und schob in einer blitzartigen Bewegung den Zahnstocher unter den Nagel.

Tom stieß einen Schrei aus und bäumte sich auf. Tränen traten ihm in die Augen. »Was soll das?« Seine Stimme ging in ein Wimmern über. »Ich kann euch nichts sagen, weil ich nichts weiß.«

Schon hatte Sulfeld den zweiten Zahnstocher unter den nächsten Fingernagel gestoßen. Und ohne innezuhalten trieb er das dritte Stück Holz unter den Nagel eines weiteren Fingers.

Heulend wand sich Tom in seinem Stuhl und zerrte an seinen Fesseln. »Alex«, rief er schluchzend, »hilf mir! Wir sind doch Freunde. Warum machst du das mit?«

»Hier geht's um ziemlich viel Kohle«, antwortete Alexander. »Du weißt doch, bei Geld hört die Freundschaft auf. Außerdem habe ich mit dir noch eine Rechnung offen. Wegen der Sache mit meiner Mutter. Als mein Freund hättest du niemals …«

»Das ging von ihr aus«, jammerte Tom. »Ich hatte was

getrunken und konnte mich nicht ... kam nicht dagegen an.«

»Kann passieren«, gab Alexander düster zu. »Aber nur einmal. Ihr habt aber mindestens –«

»Schluss jetzt! Wir machen hier keine Erzählstunde.« Sulfeld streckte die Hand aus. »Feuerzeug!«

Alexander warf es ihm zu. »Jetzt gibt es ein paar kleine Brandwunden«, verkündete Sulfeld und ließ das Zippo mehrmals auf- und zuschnappen. »Aber wir sind gut gerüstet.« Er deutete auf die Utensilien aus der Apotheke. »Sobald du den Mund aufgemacht hast, kriegst du eine erstklassige Behandlung. Wenn du weiter schweigst ... In der Packung sind genug Zahnstocher für sämtliche Finger- und Zehennägel.« Erneut schnappte das Feuerzeug auf. Sulfeld stellte die Flamme auf maximale Höhe und näherte sich den Holzstäbchen, die aus den Fingerspitzen des Opfers ragten. »Gleich wird es unangenehm riechen.«

Wieder wand sich Tom auf dem Stuhl und zerrte an seinen Fesseln. Doch Unterarme und Hände waren fest mit den Stuhllehnen verbunden und ließen sich keinen Zentimeter bewegen. Als die Flammen an seinen Fingerspitzen züngelten, spuckte er in ihre Richtung, traf jedoch nur den eigenen Handrücken. Und den Fußboden. »Aufhören!«, wimmerte er. »Ich weiß wirklich nichts. Sonst würde ich es euch sagen. Ganz bestimmt. Ich schwöre.«

»Du sollst nicht schwören!«, zischte Alexander. »Du sollst die Wahrheit ausspucken, anstatt deinen Rotz zu verteilen!«

Als die Glut die Fingernägel erreichte, erstarben die Flammen. Gleichzeitig verbreitete sich der Geruch von versengtem Fleisch. Tom heulte auf. »Ihr Arschlöcher!«, schrie er. »Ihr macht einen Fehler. Ich hab das Zeug nicht. Jemand anders muss es sich geholt haben.«

Oliver Sulfeld und Alexander Hilbrich sahen sich an. »Was meinst du?«, fragte Sulfeld.

Alex hob die Schultern. »Vielleicht hat er recht. Vielleicht war es doch der andere Typ, von dem ich erzählt habe. Aber der ist nicht von hier und kann von der Ware nichts wissen. Außer ...«

»Außer was?« Misstrauisch sah Sulfeld ihn an und deutete auf Tom Thielands Hände. »Pass auf, dass du nicht der Nächste bist.«

»Eine Person hat was von dem Strandgut mitgekriegt. Aber dann müsste er sie kennen, und sie müsste ihm davon erzählt haben. Das ist ziemlich unwahrscheinlich.«

»Und wer ist jetzt *sie*?« In Sulfelds Stimme schwang ein drohender Unterton mit.

»Eine ... Bekannte. Sie war in der Nähe der Fundstelle. Aber sie weiß garantiert nicht, um was es sich handelt.«

»Und damit kommst du erst jetzt raus? Bist du total bescheuert? Wer ist die Frau?«

»Sie heißt Swantje Petersen. Wir sind zusammen zur Schule gegangen.«

»Und wo finden wir die?«

Alexander warf einen Blick auf die Uhr. »Wahrscheinlich im Restaurant *Störtebeker*.«

»Also los! Nehmen wir uns die Tussi vor!« Sulfeld deutete mit einem Kopfnicken auf Tom Thieland. »Der ist anscheinend der falsche Kandidat. Mach ihn los!« Er wandte sich an den Gefesselten. »Du hältst die Klappe! Sonst kommen wir wieder und setzen die Behandlung fort. Verstanden?«

12

1998

Auf dem Rückweg nach Altengroden schossen Stefan verwegene Bilder durch den Kopf. Er sah sich als Chef der Von-Hahlen-Residenzen, Yvonnes Vater hatte sich in den Ruhestand zurückgezogen und ihm das Geschäft überlassen. Natürlich würde er das Unternehmen umbenennen. *Hilbrich-Residenzen* wäre nicht schlecht, aber wenig originell. Der Bezug zu den Ostfriesischen Inseln fehlte. Vielleicht *Ooge-Residenzen*. Aber *Residenz* klang irgendwie altbacken. Besser mit seinem Namen? *Stefan-Hilbrich-Villen* war gut. *Hilbrich-Holidays* noch besser.

Wie auch immer die Firma heißen würde – sein Ziel war zum Greifen nahe. Zwar hatte ihn Franks Darstellung zur Änderung der Grundbucheintragung verwirrt, aber sie hatte sich überzeugend angehört. Nun musste er die zehntausend Mark auftreiben. Der Gedanke, das Geld irgendwo besorgen zu müssen, obwohl sein Vater den Betrag aus der Portokasse zahlen könnte, ließ seine Wut erneut aufflammen. Vor seinem inneren Auge erschien die Szene, die sich hinter der Tür zum Apartment der Haushaltshilfe abgespielt haben musste. Wie war es möglich, dass ein fünfzigjähriger, wenig attraktiver Mann eine hübsche junge Frau wie Cristina für sich gewinnen konnte? Und warum ließ sie sich mit dem alten Sack ein? Stefan fiel es schwer, die Bilder zu verbannen, die beim Gedanken an das ungleiche Paar erneut in ihm aufstiegen. Wütend trat er gegen eine Mülltonne, die am Straßenrand auf

Leerung wartete. Das Gepolter und der Anblick des Abfalls, der sich auf der Fahrbahn verteilte, hatten eine entlastende Wirkung.

Vielleicht sollte er nicht bei seinem Vater ansetzen, sondern bei der Rumänin. Es musste doch möglich sein, sie von der unseligen Verbindung abzubringen. Immerhin hatte er es geschafft, sie ins Bett zu bekommen. An die gemeinsame Nacht konnte er anknüpfen. Schließlich hatte sie sich nicht beklagt. In die Erinnerung an die Eskapade schob sich das Bild von Yvonne.

Der Gedanke an seine neue Liebe brachte ihn zur Frage nach den zehntausend Mark für die Grundbuch-Aktion zurück. Die von Hahlens waren nicht ganz so vermögend wie seine eigenen Eltern. Aber Yvonnes Vater vergötterte seine Tochter, er würde sie wohl kaum finanziell so kurzhalten wie sein Vater ihn. Das Geld war eine Investition in die gemeinsame Zukunft. Also konnte er sie bitten, die Summe vorzuschießen. Noch heute Abend würde er sie anrufen.

Bevor Stefan das Haus betrat, warf er einen Blick in die Garage, in der Cristina täglich ihr Fahrrad abstellte. Obwohl es bereits dämmerte und ihr Arbeitstag beendet war, lehnte es am gewohnten Platz an der Wand. Unentschlossen starrte er auf das Zweirad. Vergnügte sich sein Vater schon wieder mit dem Mädchen? Oder übernachtete sie im Apartment, weil sie in der Dunkelheit nicht mehr nach Hause fahren wollte? Um mit Cristina zu reden, müsste er sie dort aufsuchen, aber noch einmal dem Liebesspiel seines alten Herrn lauschen mochte er nicht. Er verschob die Antwort auf später und schloss die Haustür auf. Zuerst würde er mit Yvonne telefonieren.

Das Gespräch gab Stefan Auftrieb. Er würde das Geld von ihr bekommen. Damit konnte er in Ruhe alle weiteren

Schritte einleiten. Bis die Scheidung seines Vaters durch war, konnten sowieso Wochen vergehen. Ob er trotzdem schon einen Termin für die Eheschließung mit der Rumänin festgelegt hatte? Ihn konnte er nicht fragen. Aber Cristina würde ihm das Datum nennen. Er schwankte zwischen dem Bedürfnis, sie danach zu fragen, und dem Widerwillen, sie beim Liebesspiel mit seinem Vater anzutreffen. Um die peinliche Begegnung zu vermeiden, schlich er sich zum Wohnzimmer und lauschte an der Tür. Zu seiner Überraschung vernahm er die Stimmen seiner Eltern. Was mochte seine Mutter an diesem Abend bewogen haben, sich nicht in ihr Zimmer zurückzuziehen? Die Worte waren nicht zu verstehen, aber der Klang der Stimmen ließ auf eine Auseinandersetzung schließen. Hatte er ihr seine Pläne bereits eröffnet?

Heute Abend würde sein Vater – wenn überhaupt – nicht so bald zu seiner Geliebten ins Bett schlüpfen können. Stefan beschloss, die Gelegenheit zu nutzen, und schlich weiter durchs Haus in Richtung Personalwohnung. Ein schwacher Lichtschein unter der Tür signalisierte ihm, dass jemand im Apartment war. Wahrscheinlich wartete Cristina auf ihren zukünftigen Ehemann.

Stefan zögerte kurz, dann klopfte er leise.

Die Tür wurde gerade so weit geöffnet, dass er hindurchschlüpfen konnte. »Warte eine Sekunde, Reini!«, flüsterte Cristina. Stefan trat vorsichtig ein und drückte die Tür hinter sich ins Schloss. Von dem winzigen Flur führte eine Tür zum Bad, die andere zum Wohn- und Schlafraum. Sie stand halb offen. Dahinter herrschte Dämmerung, nur ein schwaches rötliches Licht schien dort zu leuchten. Darin sah er undeutlich eine Bewegung. Im nächsten Augenblick setzte leise Musik ein. Eine bekannte Melodie, die er jedoch im Augenblick nicht zuordnen konnte. Er ließ die Tür vollständig aufschwingen. Cristina stieß einen gedämpften Schrei aus, und Stefan starrte mit offenem Mund auf das Bild, das sich ihm bot.

*

Yvonne war nicht sicher, was sie von Stefans Anruf am Vortag halten sollte. Mit zwei Millionen Mark wollte er ins Geschäft ihres Vaters einsteigen. Um diesen Betrag aufbringen zu können, brauchte er sofort zehntausend Mark. Das entsprach ziemlich genau der Summe, die sie von ihrem Vater zum Abitur bekommen hatte. Das Geld lag seitdem auf einem Anlagekonto bei der Sparkasse LeerWittmund. Bisher hatte sie dafür keine rechte Verwendung gehabt. Sie war unschlüssig, ob sie studieren oder auf Langeoog eine Boutique eröffnen sollte.

Weil sie sich nicht entscheiden konnte, hatte sie begonnen, sich mit dem Vermietungsgeschäft ihrer Eltern zu befassen. Nach und nach war die Betreuung der Gäste auf Langeoog zu ihrer Aufgabe geworden. Ihr Vater kümmerte sich um die Wohnungen auf Spiekeroog, ihre Mutter um die auf Baltrum. Wenn Stefan tatsächlich mit zwei Millionen in die Firma einstieg, würde ihrem Vater nichts anderes übrig bleiben, als ihm eine gleichberechtigte Partnerschaft anzubieten. Ihr war nicht klar, wie das konkret aussehen konnte, aber der Gedanke gefiel ihr. Sie würde dafür den Boden bereiten und nahm sich vor, noch an diesem Morgen mit ihrem Vater zu sprechen. Danach würde sie zur Sparkassenfiliale gehen, um das Anlagekonto aufzulösen. Stefan sollte so bald wie möglich das Geld bekommen, damit er die Weichen für die gemeinsame Zukunft stellen konnte.

Beim Frühstück umschmeichelte sie ihren Vater, lobte seinen fairen Umgang mit Stefan und bedankte sich für die herzliche Aufnahme ihres zukünftigen Verlobten. Dann sprach sie das Thema an, das sie bewegte. Ihr Vater schien überrascht, als er die Summe hörte, mit der Stefan in sein Geschäft einsteigen wollte. Er ging nicht darauf ein, sondern bestrich ruhig und systematisch eine Brötchenhälfte mit Butter. Yvonnes Mutter warf ihr einen zuversichtlichen Blick zu. Schließlich legte ihr Vater Messer und Frühstücksbrötchen beiseite und sah sie an.

»Dein neuer Freund scheint ein tüchtiger Mann zu sein. Allerdings ist er noch *sehr* jung. Ich werde mir die Sache durch den Kopf gehen lassen. Eins steht für mich allerdings schon fest. Wenn du ihn tatsächlich heiratest, wirst du einen Ehevertrag schließen, der dir finanzielle Unabhängigkeit sichert. Denn du wirst unsere Immobilien erben. Auch wenn dein künftiger Ehemann in die Residenzen investiert.«

»Investieren ist ein gutes Stichwort«, mischte sich Yvonnes Mutter ein. »Wir müssen modernisieren. Unsere Häuser sind solide und wertvoll. Aber die Ausstattung ist teilweise zu alt. Unsere Stammgäste sind durchweg deutlich älter als sechzig. Wenn die nicht mehr kommen, wird's schwierig. Junge Leute brauchen große Flachbildfernseher und WLAN, Wäschetrockner und Kaffeeautomaten.«

»Das stimmt«, bekräftigte Yvonne. »Ich hatte neulich in der *Villa Wattläufer* eine Familie –«

»Ich weiß, dass wir modernisieren müssen«, unterbrach ihr Vater sie. »Mit unserem Steuerberater habe ich ein Konzept für die nächsten fünf Jahre entworfen. Wir besitzen genügend Immobilien, die wir beleihen können. Der Kredit ist kein Problem, und die Zinsen sind niedrig. Fast eine Million Mark können wir in Renovierung und Ausstattung der Ferienwohnungen stecken. Damit sind wir dann überall auf dem neuesten Stand.«

»Wäre es nicht besser ohne Schulden?«, wandte Yvonnes Mutter ein. »Ich meine, wenn Stefan tatsächlich mit zwei Millionen einsteigt ...«

Ihr Vater lächelte. »Nicht unbedingt. Ein Kredit ist steuerlich günstiger.« Er wandte sich Yvonne zu. »Außerdem möchte dein zukünftiger Verlobter mit Sicherheit bei weiteren Investitionen mitbestimmen, wenn er zwei Millionen einbringt. Wir könnten damit zum Beispiel Grundstücke kaufen und neu bauen. Das würde unseren Bestand verjüngen.«

»Das klingt, als hättest du dich schon entschieden, Stefan in die Firma aufzunehmen«, sagte Yvonne freudig.

»Entschieden ist noch gar nichts«, wehrte ihr Vater ab. »Erst wird ein Vertrag ausgearbeitet, über dessen Inhalt wir uns einigen müssen. Dann sehen wir weiter. Außerdem möchte ich dem jungen Mann vorher noch ein wenig auf den Zahn fühlen. Eine abgeschlossene Banklehre ist eine gute Voraussetzung für unser Geschäft, aber es gehört mehr dazu. Übrigens muss auch klar sein, dass ihr, wenn ihr tatsächlich heiratet, auf einer der Ostfriesischen Inseln wohnt, am besten hier auf Langeoog. Dein zukünftiger Verlobter kommt aus der Stadt. Wahrscheinlich kennt er unsere Insel nur als Urlaubsparadies. Das ganze Jahr hier zu leben ist etwas völlig anderes.«

»Natürlich«, antwortete Yvonne. »Wem sagst du das! Schließlich bin ich hier aufgewachsen. Stefan kann also aus erster Hand erfahren, was das bedeutet.«

»Hast du darüber schon mit ihm gesprochen?«, fragte ihre Mutter.

Yvonne schüttelte zaghaft den Kopf. »Das war bisher kein Thema. Für uns steht fest, dass wir zusammenbleiben. Wo das sein wird – darüber haben wir uns noch keine Gedanken gemacht.«

»Hat ja auch noch Zeit«, lenkte ihre Mutter ein. »Mindestens ein halbes Jahr.«

Yvonne erschien der Zeitraum viel zu lang. »Aber zusammenziehen können wir doch schon vorher.«

Ihre Eltern sahen sich an. Schließlich ergriff ihr Vater das Wort. »Grundsätzlich ist dagegen nichts einzuwenden. Aber hier auf Langeoog geht das nicht. Jedenfalls nicht in unseren Kreisen. Man kennt sich, man respektiert sich, aber man beobachtet sich auch. In der Stadt ist das anders. Auch auf Borkum oder Norderney wäre ein Zusammenleben ohne Trauschein kein Problem. Aber hier kämen wir ins Gerede.«

In Yvonne arbeitete es. Den Einwand hatte sie geahnt, aber verdrängt. Auch jetzt mochte sie ihn nicht akzeptieren. Er war lächerlich, beruhte auf Moralvorstellungen von vorgestern und hatte wenig mit der Realität auf Langeoog zu tun.

»Dann ziehe ich nach Wilhelmshaven«, fauchte sie trotzig und stand vom Tisch auf.

Nach dem Frühstück nutzte Yvonne den Tag und suchte die Sparkassenfiliale in der Kirchstraße auf, um sich um ihre Konten zu kümmern. Dort hatte sich mehr Geld angesammelt, als ihr bewusst gewesen war. Dennoch konnte sie Stefan nur einen Teil des Betrages, den er benötigte, zur Verfügung stellen, denn die angelegten Summen standen nicht von heute auf morgen zur Verfügung. Um auf zehntausend Mark zu kommen, würde sie mehr als einen Monat warten müssen. Knapp die Hälfte hatte sie an ihn überweisen lassen, der Rest würde am nächsten Ersten frei werden und dann zum überwiegenden Teil auf Stefans Konto landen. Ihr blieben dann noch über tausend Mark. Damit würde sie einen Umzug nach Wilhelmshaven und das Nötigste für eine Wohnungseinrichtung bezahlen können.

Da sie Stefan an seinem Arbeitsplatz in der Wilhelmshavener Sparkasse nicht anrufen sollte, schickte sie ihm eine SMS. *Konnte leider nur 5000 Mark überweisen. Rest kommt im nächsten Monat. ILD Yvonne.* Seit sie ihn kennengelernt hatte, war sie besonders froh, ein Handy zu besitzen, mit dem man Textnachrichten verschicken konnte. Ihr nagelneues Nokia 5110 hatte zwar kein Farbdisplay wie Stefans Siemens S 10, war aber klein und leicht und ließ sich gut bedienen.

13

2018

Auf dem Weg zum Restaurant überschlugen sich in Swantjes Kopf Fragen und Gedanken. Wäre Florian noch am Leben, wenn sie der Polizistin ihr Wissen anvertraut hätte? Er ist nicht tot, schalt sie sich, er ist nur verschwunden. Vielleicht taucht er wieder auf. Wenn nicht – trug sie die Schuld? Wäre alles gut, wenn die Polizei das Heroin beschlagnahmte? Nein, ein Mensch war verschwunden. Sie musste der Polizei alles sagen, was sie wusste. Andererseits war sie sich sicher, dass Alex damit nichts zu tun hatte. Sie würde ihn in riesige Schwierigkeiten bringen, und auf einer Insel sprach sich alles rum. Musste sie ihn wirklich verraten? Ein Insulaner tut das nicht, hörte sie ihren Großvater sagen. Aber in diesem Fall? Rauschgift konnte Menschen töten. War es nicht auch ihre Pflicht, dafür zu sorgen, dass es verschwand? Gab es einen Weg ohne Verrat? Ohne Alex an die Polizei auszuliefern? Sie musste erst mal mit ihm reden. Vielleicht hat Florian sich geirrt, dachte sie. Vielleicht ist Alexander gar nicht im Besitz des Heroins, vielleicht wird doch noch alles gut.

Lisa empfing sie mit einem kritischen Blick. »Was ist los? Hast du geweint?«

Swantje schüttelte energisch den Kopf. »Die Sonne, der Wind. Meine Augen sind etwas gereizt.«

Doch Lisa gab nicht nach. »Das hast du doch sonst nicht. Geht es um Florian? Was ist mit ihm?«

Swantje ging nicht darauf ein. Wortlos zog sie sich um.

Erst nachdem sie fertig war und vor dem Spiegel routinemäßig ihr Aussehen kontrolliert hatte, sah sie ihre Kollegin an. »Entschuldige bitte, dass ich so spät komme. Ich musste ... dringend ... noch etwas erledigen.«

Lisa nickte, doch Swantje sah die Zweifel in ihrem Blick. »Ich übernehme die Terrasse«, sagte sie rasch. »Du kannst Pause machen, wenn du willst.«

»Okay. Fünf Minuten. Wir reden später weiter.«

Während Swantje routinemäßig Bestellungen aufnahm, Getränke und Speisen servierte und kassierte, kreisten ihre Gedanken weiter um Alexander Hilbrich. Ihn kannte sie seit der Grundschule. Gemeinsam mit anderen hatten sie die Insel erkundet und heimliche Ausflüge zum Festland unternommen. Mit fünfzehn oder sechzehn waren sie sogar für kurze Zeit ein Paar gewesen. Alex war immer ein bisschen anders als die anderen Jungen gewesen, hatte einerseits mit dem Geld seines Vaters Freundschaften erkaufen und Mädchen beeindrucken wollen, andererseits großzügig geteilt und andere Kinder zum Eis, als Jugendliche zur Pizza, später in teure Clubs eingeladen. Auch ihr gegenüber hatte er sich spendabel gezeigt. Für ein paar Wochen hatte sie sich davon beeindrucken lassen. Erst als ihr klar geworden war, dass er darauf aus war, sich vor den anderen Jungen mit der sexuellen Eroberung der Petersen-Tochter brüsten zu können, hatte sie ihm den Laufpass gegeben.

War Alex damals nur der jugendliche Draufgänger oder schon ein berechnender, auf seinen Vorteil bedachter Verführer gewesen? War ihm zuzutrauen, mit dem Strandgut kriminelle Geschäft zu machen?

Lisa riss sie aus ihren Gedanken. »Ich muss mal kurz weg«, flüsterte sie hektisch, als sie sich an der Kasse trafen. »Tom hat angerufen. Das macht er sonst nie. Er war so komisch am Telefon. Da muss was passiert sein. Kann ich dich eine halbe Stunde allein lassen?«

»Klar.« Swantje blickte auf die Terrasse. »So viele Gäste sind's gerade nicht. Ich komme eine Weile alleine zurecht.«

Sie sah ihrer Kollegin nach, als diese durch die Touristenströme auf der Hauptstraße in Richtung Bahnhof eilte. Als sie gerade den Blick abwenden wollte, entdeckte sie ein bekanntes Gesicht. Alexander Hilbrich. Er war in Begleitung eines Mannes, den Swantje noch nie gesehen hatte. Seine Hände waren verbunden. Mit einer von ihnen deutete er in ihre Richtung. Wollte er zu ihr? Falls er hier auftaucht, dachte sie, plötzlich entschlossen, stelle ich ihn zur Rede.

Kurz darauf kam er ins Restaurant, ging aber wortlos an ihr vorbei und ließ sich mit seinem Begleiter an einem der Tische auf der Terrasse nieder.

Swantje ließ sich Zeit, bis sie zu den Männern trat. »Moin, Alex. Was kann ich für euch tun?«

»Zwei Pils, zwei Jubi«, antwortete der Unbekannte. Er war groß, kräftig, mindestens zehn Jahre älter als Alex und wirkte ein wenig heruntergekommen. Nicht abgerissen oder ärmlich, eher wie jemand, der die vergangene Nacht durchgemacht oder in seinen Klamotten geschlafen und auf die Morgentoilette verzichtet hatte. Das Gesicht wirkte verlebt, die Miene undurchschaubar – ein unsympathischer Gast. Er sah sie an. »Wir haben was mit dir zu besprechen.«

»Ich habe auch was zu besprechen«, erwiderte sie. »Aber nicht mit Ihnen.« Sie wandte sich an Alexander. »Sondern mit dir. Nicht jetzt und nicht in Gegenwart dieses Herrn. Heute um sechzehn Uhr habe ich Pause. Dann reden wir. Oder ich lasse dich hochgehen. Du kannst es dir aussuchen.«

*

Nachdem sie zu dritt den Strandabschnitt mehrmals abgegangen und die Wege des Bulldozers ohne konkretes Ergebnis rekonstruiert hatten, wollte Rieke die Aktion beenden und Oberkommissar Pannebacker anrufen, damit der seine Helfer in Bewegung setzte. Doch plötzlich kniete sich Gerit Jensen in den Sand und winkte ihr zu. »Hier ist eine Erhebung, die beim Planieren eigentlich nicht entstehen dürfte«, rief er. Mit den Fingern begann er, Sand zur Seite zur schieben.

Jan Eilers gesellte sich zu ihm und schaufelte mit hohlen Händen ein Loch. »Hier ist nichts«, stellte er fest, rückte aber ein Stück weiter und begann erneut zu graben.

Skeptisch sah Rieke den Männern zu. »Ich fürchte, wir müssen Uwe Pannebacker bitten, mit seinen Leuten den Strand abzusuchen. Oder Spürhunde anfordern.«

»Der Spürhund bin ich«, entgegnete Gerit Jensen und deutete auf die Mulde, die unter seinen Händen entstanden war. »Ich fresse einen Besen, wenn das nicht zu einer Jacke gehört.«

Rieke hockte sich zu ihm und betrachtete den roten Zipfel, der aus dem Sand ragte. »Andresen besaß ein Kleidungsstück dieser Farbe«, stellte sie fest. »Natürlich kann irgendjemand hier seine Jacke verloren oder vergessen haben. Aber ich fürchte, wir haben es nicht mit einem Zufallsfund zu tun.«

»Wir brauchen ein paar Leute mit Schaufeln«, stellte Jan Eilers fest. »Mit bloßen Händen können wir den nicht ausbuddeln.«

»Du hast recht.« Rieke stand auf und zog ihr Mobiltelefon aus der Tasche. »Ich rufe Pannebacker an.«

Knapp zwei Stunden später hatten der Langeooger Oberkommissar und seine Männer einen leblosen Körper freigelegt.

Mit Handschuhen entfernte Rieke vorsichtig den Sand

vom Gesicht des Toten. Sie verglich es mit dem Foto auf ihrem Handy, das Hannah Holthusen ihr geschickt hatte. »Ich hab's geahnt«, murmelte sie. »Er ist es.« Sie wandte sich an Pannebacker. »Der Leichnam muss zur Obduktion zur Rechtsmedizin nach Oldenburg. Kannst du den Transport veranlassen? Ich rufe den Staatsanwalt an.«

»Jo, mach ich. Und wer informiert die Angehörigen?« Mit einer Kopfbewegung deutete der Polizist auf den Toten. »Der ist nicht von hier.«

»Darum kümmere ich mich.« Rieke seufzte. Sie würde Hannah anrufen müssen, um an Namen und Adresse der Familie zu kommen. Der Verlust würde auch der Journalistin zu schaffen machen. Nachdenklich zog sie ihr Smartphone hervor und wählte.

Hannah meldete sich sofort. »Habt ihr etwas herausbekommen?«, fragte sie ohne Begrüßung.

Rieke holte tief Luft. »Es tut mir sehr leid, Hannah. Wir haben Florian Andresen gefunden. Jemand hat ihn mit Sand zugeschüttet und wahrscheinlich auf diese Weise erstickt. Mit Sicherheit können wir das natürlich erst nach der Obduktion –«

»Nein!«, tönte es aus dem Telefon. Ein paar Sekunden herrschte Stille. Dann vernahm Rieke ein leises Schluchzen. »Ich hätte ihn nicht gehen lassen dürfen. Es ist meine Schuld. Er war so jung. Und hatte unendlich viel vor.«

»Du kannst nichts dafür, Hannah.« Rieke sprach laut und betonte jedes Wort. »Niemand außer dem Täter ist schuld, wenn jemand getötet wird. Also rede dir das nicht ein!«

»Aber ich hätte verhindern können, dass er nach Langeoog fährt«, flüsterte Hannah. »Dann wäre ihm nichts passiert, und er könnte –«

»Hätte, wäre, könnte«, unterbrach Rieke die Freundin.

»Es hat keinen Sinn, über Schicksalsschläge zu grübeln, die nicht rückgängig zu machen sind. Wir müssen jetzt zusehen, dass wir den oder die Täter finden. Dabei zähle ich auch auf dich. Kann sein, dass ich deine Hilfe brauche.«

»Aber was soll ich denn tun können?«, fragte Hannah zaghaft.

»Du kannst mir die Adresse und Telefonnummer von Florian Andresens Eltern schicken, damit wir ihnen die Nachricht überbringen können. Was du zu den Ermittlungen beitragen kannst, weiß ich noch nicht. Aber du hast mir schon zweimal sehr geholfen. Ohne dich hätte ich die Fälle auf Borkum und Norderney nicht lösen können. Wer weiß, welche Fragen noch auf mich zukommen. Du kennst vielleicht Leute, über die oder von denen ich Informationen brauche.«

»Also gut.« Hannahs Stimme gewann wieder an Kraft. »Ich schicke dir alles, was du brauchst. Und bin jederzeit für dich da.«

»Das hört sich gut an.« Erleichtert verabschiedete sich Rieke und atmete tief durch. Man konnte nie wissen, wann emotionaler Stress einen Menschen in Gefahr brachte. Hannah war in dieser Hinsicht zweifellos gefährdet. Wenn sie in einem schwachen Moment zu Alkohol griff, würde sie abstürzen. Aber vielleicht hatte sie den Gedanken in ihrem Bewusstsein verankern können, dass sie bei der Aufklärung des Todesfalls gebraucht wird. Und das würde sie hoffentlich davon abhalten, der Versuchung nachzugeben. Rieke nahm sich vor, täglich mit ihr zu telefonieren. Sie sah auf die Uhr. Staatsanwalt Rasmussen würde sie später von der Dienststelle aus anrufen.

✱

Nachdem das Gespräch mit Rieke Bernstein beendet war, starrte Hannah Holthusen auf den Monitor und versuchte, sich auf den Text zu konzentrieren. Doch die Buchstaben verschwammen. Statt des Artikels erschien das Bild von Florian vor ihren Augen. Er sah sie an, lachte und hob Zeige- und Mittelfinger. »Zwei coole Themen. Vielleicht findet sich ein drittes. Dafür lohnt sich die Reise allemal.«

»Warum habe ich dich nicht aufgehalten?«, murmelte sie.

»Du bist die Beste!«, antwortete das Trugbild. »Ich bringe dir was mit.«

Hannah angelte in einer Schublade ihres Schreibtischs nach der Marlboro-Schachtel, zog sie hervor, klopfte eine Zigarette heraus und schob sie sich zwischen die Lippen. Beinahe hätte sie den Glimmstängel im Büro angezündet. Doch bevor die Flamme des Feuerzeugs den Tabak erreichte, wurde ihr bewusst, wo sie war. Sie stand auf, verließ den Raum und eilte die Treppe hinab, um zur Raucherecke auf dem Hinterhof zu gelangen. Ihr war klar, dass sie auf dem Weg zu einer Ersatzhandlung war, dass sie weder in Ruhe noch mit Genuss rauchen, sondern hastig und tief inhalieren würde, um den Drang nach einem stärkeren Betäubungsmittel zu bekämpfen.

Erleichtert stellte Hannah fest, dass sich keiner der anderen Raucher aus der Redaktion auf dem Hof aufhielt. Während sie ihre Zigarette anzündete, schoss ihr die Frage durch den Kopf, wie sie mit Riekes Information umgehen sollte. Noch gab es keine offizielle Mitteilung der Polizei über den Tod des jungen Volontärs. Bis eine entsprechende Nachricht als polizeiliche Pressemitteilung erscheinen würde, konnte ein Tag vergehen, mindestens ein halber. Sollte sie den Chef vorab informieren? Der würde eine nichtssagende Rundmail im Haus versenden. »Zu meinem Bedauern muss ich Sie davon in Kenntnis setzen ...« Unwillkürlich schüttelte Hannah den Kopf. Nein. Florians Tod musste auf eine andere, würdevollere Art bekannt gegeben werden. Wie genau, wusste sie nicht. Jedenfalls nicht durch den Chefredakteur und nicht jetzt. Erst nachdem die Polizei die Eltern informiert hatte.

Die Eltern! Sie hatte Rieke versprochen, ihr deren Adresse zu senden. Hannah inhalierte den Rauch bis in die äußersten Spitzen ihrer Lunge und zog ihr Handy aus der Tasche. Hatte sie Florians Adresse in den Kontakten gespeichert? Oder musste sie im Personalbüro nachfragen? Gedankenverloren tippte sie auf sein WhatsApp-Profil. Strahlend lachte Florian ihr entgegen. Der Anblick versetzte Hannah einen Stich, wieder verschwamm das Bild vor ihren Augen.

»Alles in Ordnung?«, fragte eine männliche Stimme. Hannah fuhr herum. Hinter ihr stand Malte Haußmann von der Sportredaktion und grinste schief. »Schlechte Nachrichten? Oder hast du was im Auge?«

Wortlos schüttelte Hannah den Kopf und ließ ihr Mobiltelefon verschwinden. Der hatte ihr gerade noch gefehlt. In ihrer Zeit beim *Anzeiger* hatte sie nach und nach die meisten Kollegen schätzen gelernt. Haußmann gehörte nicht dazu. Seine anzüglichen Sprüche stießen sie ab, und nachdem sie erlebt hatte, wie er nach reichlich Alkoholgenuss Kolleginnen angemacht hatte, war sie ihm aus dem Weg gegangen. Möglicherweise war er Alkoholiker, und sie hätte solidarisch sein und ihm Hilfe anbieten müssen. Schließlich kannte sie sich aus, hatte selbst eine erfolgreiche Therapie hinter sich. Aber es war ihr nicht gelungen, ihre Abneigung zu überwinden.

»Ja«, gab Haußmann sich verständnisvoll. »Manchmal ist diese Welt zum Heulen.« Er griente verschwörerisch, zog zwei Miniflaschen aus der Tasche und drückte ihr eine davon in die Hand. »Aber zum Glück gibt es Gegenmittel.

Friesengeist.« Rasch drehte er den Verschluss ab und hob sein Fläschchen. »Wie Irrlicht im Moor, flackert's empor«, zitierte er unvollständig den Trinkspruch, legte den Kopf in den Nacken und ließ den Schnaps in die Kehle rinnen.

Ein Hauch von Friesengeist wehte Hannah an. Wie gebannt starrte sie auf die Flasche. Sie brannte wie glühendes Eisen in ihrer Hand.

*

»Wenn die was weiß, kann sie uns gefährlich werden.« Oliver Sulfeld warf einen Blick in die Richtung, in der Swantje verschwunden war. »Du musst herauskriegen, was sie weiß. Vielleicht müssen wir sie aus dem Verkehr ziehen.«

Alexander erschrak. Langsam wurde ihm sein Bekannter unheimlich. Was er mit Tom veranstaltet hatte, war schon grenzwertig gewesen. Unvermeidlich, aber schwer zu ertragen. Wollte er Swantje umbringen? Entsetzt sah er sein Gegenüber an. »Was meinst du damit?«

Sulfeld lachte und beugte sich vor. »Keine Sorge, ich will sie nicht kaltmachen. Aber wenn sie zu viel weiß, bleibt uns nichts anderes übrig, als sie irgendwo festzusetzen. Vorübergehend natürlich. Bis wir die Ware zurückbekommen haben. Du kannst dir schon mal überlegen, wo wir sie eine Weile unterbringen können, ohne dass es auffällt.«

»Unterbringen?« Alexander schüttelte unwillig den Kopf. »Du willst sie einsperren?«

»Nenn es, wie du willst. Wenn sie etwas weiß, mit dem sie unser Geschäft gefährden kann, müssen wir sie daran hindern, von ihrem Wissen Gebrauch zu machen. So einfach ist das. Im Übrigen, lieber Freund, geht es nicht mehr nur um den Deal. Falls die Bullen von der Sache Wind bekommen, bist du am Arsch. Und glaub ja nicht, dass mein Partner auf das Geschäft verzichtet. Wenn ich mit leeren Händen nach Hamburg zurückkomme, schickt der seine Gorillas los.« Er rieb sein bandagiertes Handgelenk. »Und die sind nicht zimperlich, das kann ich dir flüstern.«

»Wenn wir Swantje einsperren«, wandte Alexander ein, »wird sie von der Polizei gesucht. Dann kann es auch für uns ungemütlich werden.«

Sulfeld schüttelte den Kopf. »Die fangen frühestens nach vierundzwanzig Stunden an zu suchen. Bis die mit dem ganz großen Besteck kommen, vergehen ein paar Tage. Dann haben wir unsere Aktion längst abgeschlossen, und keiner kann uns was nachweisen. Also mach dir keinen Kopp und sich zu, dass du einen geeigneten Ort findest.«

»Und wie ... Ich meine, wie soll das Ganze vor sich gehen? Wir können sie doch nicht einfach hier rausschleppen.«

Begleitet von einem vertraulichen Zwinkern rückte Sulfeld näher an Alex heran und senkte die Stimme. »Sie will heute Nachmittag mit dir sprechen. Du erzählst ihr, was sie hören will, damit sie für heute Ruhe gibt. Am Abend, wenn sie Feierabend hat, schnappen wir sie uns. Bis dahin musst du ein gutes Versteck gefunden haben.« Er grinste vielsagend. »Und ich werde mich mit der blonden Kollegin befassen.« Er nahm den Kassenbon, der unter einem Teller klemmte, malte ein Herz auf die Rückseite, schrieb daneben *Olli* und seine Handynummer.

*

»Willkommen in unserem Haus.« Interessiert musterte Yvonne Hilbrich den Besucher, den ihr Mann als Reto Steiner, Geschäftsfreund aus der Schweiz, vorgestellt hatte. Der

Enddreißiger war ausgesprochen attraktiv. Sportliche Figur, gut geschnittenes Gesicht, volle Lippen. Ein kleines Muttermal unterhalb des linken Mundwinkels störte den Gesamteindruck nicht. Sie lächelte warmherzig. »Mein Mann hat Sie nicht angekündigt. Sonst wäre ich besser vorbereitet. Sie haben sicher eine lange Reise hinter sich. Kann ich Ihnen etwas zu trinken anbieten? Oder soll ich Ihnen eine Kleinigkeit zu essen zubereiten lassen?«

»Danke, Yvonne«, antwortete Stefan Hilbrich anstelle des Gastes. »Herr Steiner hat wenig Zeit. Wir müssen dringend etwas besprechen.« Er wandte sich an den Schweizer und deutete auf die offene Tür seines Arbeitszimmers. »Wenn Sie bitte schon einmal vorausgehen würden ... Ich komme gleich nach.«

»Seit wann machst du Geschäfte mit der Schweiz?«, fragte Yvonne, nachdem Steiner die Tür hinter sich zugezogen hatte.

»Du weißt, welche Probleme wir haben. Es ist fünf Minuten vor zwölf. Wenn die Banken weiter stur bleiben, kann ich im nächstem Quartal keine Rechnung bezahlen. Jetzt hat sich eine Möglichkeit ergeben, unseren finanziellen Spielraum zu erweitern.« Er warf einen Blick zur Tür, hinter der der Schweizer auf ihn wartete, und senkte die Stimme. »Steiner hat uns ein Problem vom Hals geschafft. Und er wird mir bei einer finanziellen Transaktion behilflich sein.«

»Du sprichst in Rätseln. Was soll er ausrichten können, wenn die Banken die Kreditlinie zusammenstreichen?«

»Manchmal braucht man unkonventionelle Lösungen.« Hilbrich breitete die Arme aus. »Es geht um einen vorübergehenden Engpass. Wenn die neuen Wohnungen verkauft sind, stehen wir besser da. Dann ziehen auch die Banken wieder mit. Diese Probleme hätten wir übrigens nicht, wenn du auch etwas getan hättest.«

»Die Hälfte meines Vermögens steckt in der Firma. Wenn du in die Insolvenz gehst, sind meine Anteile verloren. Du glaubst doch nicht, dass ich dir mein gutes Geld nachwerfe, damit du dich mit deinem Wilhelmshavener Flittchen amüsieren kannst. Verkauf dein Flugzeug und die Yacht, dann bist du wieder flüssig!«

Wütend starrte Hilbrich seine Frau an. »Den Flieger brauche ich fürs Geschäft«, knurrte er. »Das weißt du genau. Die Inseln kann ich nicht anders erreichen, wenn ich Bauvorhaben betreuen muss. Du solltest weniger Champagner trinken und dich mehr um deinen Sohn kümmern.«

»Was hat Alexander damit zu tun?«, zischte Yvonne. »Lass den Jungen aus dem Spiel!«

»Spiel?« Hilbrich stieß ein böses Lachen aus. »Ja, dein kiffender Sprössling ist ein risikofreudiger Zocker. Lässt sich auf höchst gefährliche Abenteuer ein. Gerade hätte er sich beinahe ins Aus gespielt. Und uns gleich mit. Zum Glück bin ich ihm auf die Schliche gekommen.« Er wandte sich zum Gehen. »In der nächsten halben Stunde will ich nicht gestört werden.«

»Was ist mit Alex?«, rief Yvonne ihrem Mann nach. Doch der reagierte nur mit einer wegwerfenden Handbewegung und verschwand in seinem Arbeitszimmer.

Yvonne Hilbrich eilte in ihr Zimmer und griff nach dem Telefon.

*

»Meine Mutter«, murmelte Alexander und drückte den Anruf weg. »Die kann ich gerade nicht gebrauchen.«

Sulfeld zuckte mit den Schultern und winkte der Bedienung. »Zahlen!« Dann wandte er sich an Alex. »Hast du schon eine Idee wegen der Rothaarigen?«

»Ich glaube schon.« Alex wartete, bis Lisa kassiert und sich wieder entfernt hatte. »Mir ist das perfekte Versteck eingefallen: das Boot meines Vaters. Es liegt hier im Hafen und wird kaum benutzt.«

»Und dein Vater könnte nicht auf die Idee kommen, morgen oder übermorgen zu einem Segeltörn aufzubrechen?«

»Segeln sowieso nicht.« Alexander lachte. »Es ist eine Motoryacht. Die ist ziemlich groß, sodass man schon einige Zeit braucht, um sie seeklar zu machen. Die Zeit hat er nicht. Seit er eine Geliebte hat, ist er ohnehin mehr in Wilhelmshaven als auf Langeoog. Die *Amazone* läuft höchstens zweimal im Jahr aus. Einmal vor der Saison, einmal nach der Saison. Jetzt jedenfalls nicht. Es sei denn, ich fahre mit ein paar Kumpels raus.« Er hob grinsend beide Hände. »Aber das geht zurzeit nicht.«

Nachdenklich sah Sulfeld ihn an. »Ein Boot«, murmelte er. »Das ist gut. Sogar sehr gut. Ich habe einen Bootsführerschein. Ist zwar nur für Binnengewässer, aber ich komme schon zurecht.«

*

In der Polizeistation hatten Uwe Pannebacker und Mareike Cordes ein paar Möbel umgeräumt, sodass ein Tisch für sechs Personen zur Verfügung stand. Auf einer Seite saßen die Langeooger Polizisten, ihnen gegenüber Jan Eilers und Gerit Jensen. Rieke Bernstein hatte an der Stirnseite Platz genommen und breitete einige Blätter auf dem Tisch aus. Provisorisch auf Papier gedruckte Fotos aus Florian Andresens Kamera. »Er hat eine Serie geschossen. Man sieht deutlich, wie der Bulldozer näherkommt. Nur auf der letzten Aufnahme lässt sich nicht viel erkennen. Da muss schon Sand aus der Schaufel gefallen sein.«

»Unglaublich.« Mareike Cordes schüttelte den Kopf. »Jemanden umzubringen, indem man ihn zuschüttet ... Das ist ... abartig.« Gerit Jensen nickte ihr zu und lächelte sie an. Rieke unterdrückte ein Schmunzeln. Anscheinend hatte der Oberkommissar noch immer keine dauerhafte Beziehung und war – wie seinerzeit auf Borkum und auf Norderney – auf der Suche nach weiblicher Zuwendung. Hoffentlich gibt das hier nicht noch ein Beziehungsdrama, dachte sie. Mareike war ein nordisches Mädchen wie aus dem Bilderbuch. Groß, schlank, lange blonde Haare, meerblaue Augen, eine Stupsnase und einen großen Mund mit formvollendet geschwungenen Lippen. Ihr Lächeln war hinreißend und gab ihr eine liebenswerte Ausstrahlung. Schwer vorstellbar, dass sie keinen Partner hatte. Rieke nahm sich vor, Gerit im Auge zu behalten.

Jan Eilers schien von der Schwäche seines Kollegen für Mareike Cordes nichts zu bemerken. Er beugte sich vor und zog eines der Fotos zu sich heran. »Erkennt man wenigstens ein bisschen was vom Fahrer?« Seine Frage beantwortete er gleich selbst. »Nur eine schwarze Silhouette. Damit können wir nichts anfangen. Außerdem trägt der Typ Handschuhe. Da wird die Spusi wenig finden. Es gibt auch keine Tatwaffe, die wir jemandem zuordnen können. Wenn man mal vom Bulldozer absieht.«

»Wir müssen uns fragen«, warf Rieke ein, »wer ein Motiv haben könnte, den jungen Reporter vom Festland aus dem Weg zu räumen. Florian Andresen hatte auf der Insel weder Familie noch Freundin oder Freunde. Eine Beziehungstat erscheint nicht wahrscheinlich, also können wir davon ausgehen, dass seine beruflichen Aktivitäten den unbekannten Täter herausgefordert haben.« Sie wandte sich an Uwe Pannebacker. »Auch wenn du alles schon mal erzählt hast – was wissen wir konkret über diesen angeblichen oder tatsächlichen Heroinfund?«

Der Oberkommissar breitete die Arme aus. »Außer Swantje Petersen gibt es keine Zeugen. Sie hat die Pakete am Strand gefunden, zur Seite geräumt und uns informiert. Ob darin wirklich Rauschgift war, hat sie nicht gewusst, sondern nur vermutet. Aber weder wir noch sonst jemand hat das Zeug gesehen.«

»Außer den Leuten, die es weggeschafft haben«, ergänzte Mareike.

»Ihr kennt die junge Frau«, sagte Rieke. »Uwe, hältst du es für möglich, dass sie – aus welchen Gründen auch immer – nicht die Wahrheit sagt?«

Uwe Pannebacker schüttelte den Kopf. »Wie ich schon sagte, Swantje kenne ich seit ihrer Kindheit. Sie ist ein vernünftiges Mädchen. Die erfindet keine Geschichten. Schon gar keine derart abenteuerlichen.«

Mareike nickte nachdrücklich. »Kann ich bestätigen. Während der Saison arbeitet sie mit meiner Schwester zusammen. Als Bedienung im Restaurant *Störtebeker*. Für Lisa ist sie wie eine Freundin, die beiden verstehen sich gut. Wenn Swantje mehr weiß, als sie bisher gesagt hat, vertraut sie sich vielleicht Lisa an.«

»Das ist immerhin eine Chance«, stellte Rieke fest. »Kannst du bei Gelegenheit mit deiner Schwester reden? Vielleicht hat sie tatsächlich etwas mitbekommen, von dem wir noch nichts erfahren haben.«

»Klar. Ich spreche mit Lisa. Aber das ist nur ein Strohhalm – was machen wir sonst?«

»Wir suchen nach Zeugen«, antwortete Rieke und nickte Gerit Jensen zu. »Das wäre eine Aufgabe für euch. Uwe kann euch sagen, welche Möglichkeiten es auf der Insel gibt, Einheimische und Gäste zu erreichen. Trotz der frühen Stunde könnte schon jemand am Strand unterwegs gewesen sein. Und fragt auch nach eventuellen Beobachtungen im Bereich der Strandaufspülungen!«

»Verdammt!« Uwe Pannebacker schlug mit der flachen Hand auf den Tisch. »Es gibt vielleicht zwei Zeugen. Dass ich nicht gleich daran gedacht habe! An dem Morgen sind Hinnerk und mir zwei Surfer begegnet. Tom Thieland und Alexander Hilbrich. Das war zwar hier am Ortsrand, aber sie kamen aus Richtung Melkhörn. Ich habe sie noch ermahnt. Surfen ist nur an einem bestimmten Strandabschnitt erlaubt. Die beiden vergessen gern, sich daran zu halten.«

Rieke notierte die Namen. Dann sah sie auf. »Wer bringt die beiden Surfer her?«

14

2018

»Kannst du dich um Herrn Steiner kümmern?« Stefan Hilbrichs Frage klang eher nach einer Aufforderung, die keinen Widerspruch duldete. »Ich muss dringend nach Wangerooge. Da gibt's Probleme, ich wurde gerade informiert. Der Landkreis Wittmund will eine Baustelle stilllegen. Angeblich stimmt mit der Genehmigung was nicht.«

Normalerweise hätte Yvonne ihrem Mann etwas gepfiffen. *Du kannst ihn ja so lange bei Samantha abgeben*, lag ihr auf der Zunge. Aber dann besann sie sich. Steiner war ein attraktiver Mann, geschätzte fünf Jahre jünger als sie und damit im besten Alter für ein erotisches Abenteuer.

»Was ist? Kümmerst du dich um unseren Gast? Du müsstest ihn zum Hafen bringen und ihm das Boot zeigen.«

Der aggressive Ton riss Yvonne aus ihren Gedanken. Natürlich würde sie sich mit Steiner befassen. Auf ihre Weise. Vielleicht würde er ihr auch verraten, was sein Auftrag mit Alexander zu tun hatte. Doch sie genoss es, ihren Mann noch ein wenig im Ungewissen zu lassen. »Das Boot?«, fragte sie gedehnt. »Ich verstehe nicht.«

»Was gibt's da zu verstehen?«, knurrte Hilbrich. »Steiner bringt die Yacht nach Hamburg. Er kennt sich aus, braucht nur die Schlüssel. Gib sie ihm und zeig ihm den Liegeplatz!«

»Jetzt gleich?«

»Heute ist es zu spät. Morgen früh.«

»Du kommst also nicht mehr nach Hause?«

Stefan antwortete nicht, schüttelte nur den Kopf und sah sie durchdringend an. »Alles klar? Es ist wichtig.«

»Also gut.« Yvonne seufzte. »Flieg du nach Wangerooge! Ich kümmere mich um deinen Gast.« Von der Insel nach Wilhelmshaven war es mit dem Flugzeug nur ein Katzensprung. Ihr war klar, wo ihr Mann übernachten würde. Aber das kümmerte sie wenig. Solange ihr Lebensstil gesichert war und sie ihren Vergnügungen nachgehen konnte, sollte ihr Mann die Nächte ihretwegen ruhig bei wem auch immer verbringen. Und in diesem Fall erwartete sie mit einer gewissen Wahrscheinlichkeit ohnehin eine Entschädigung.

Schon bevor Stefan sich mit der jungen Dame aus Wilhelmshaven eingelassen hatte, war ihr gemeinsames Liebesleben auf den Gefrierpunkt abgekühlt. Darum hatte sie sich, anfangs häufiger, später nur noch gelegentlich, junge Männer ins Bett geholt, die in der Lage waren, ihre Bedürfnisse zu befriedigen. Die meisten Handwerker, die auf den Baustellen ihres Mannes arbeiteten, kamen vom Festland, verbrachten die Nächte auf Langeoog und waren nur zu gern bereit, sich auf ein Abenteuer einzulassen. Einmal hatte sie etwas mit einem jungen Elektriker gehabt, der nicht nur vorübergehend auf der Insel war. Gern hätte sie länger von dessen Leistungsfähigkeit profitiert, doch er war mit Alexander befreundet. Deswegen hatte sie die Beziehung beendet, bevor es zu einem emotionalen Drama hatte kommen können.

»Schöne Grüße!«, rief sie ihrem Mann nach, als er davoneilte. Sie ließ bewusst offen, ob die Vertreter der Baubehörde oder Samantha gemeint waren. Dann wandte sie sich ihrem Kleiderschrank zu. Es galt ein passendes Outfit für die nächsten Stunden zu finden.

*

»Was war mit Tom?«, fragte Swantje. Sie half Lisa beim Abräumen, obwohl sie Pause gehabt hätte. Da sie unterschiedliche Zeiten hatten, nutzten sie die Gelegenheit zum Klönen, wenn gerade kein Gast auf Bedienung wartete.

»Es muss etwas passiert sein, das ihn sehr mitgenommen hat. Seine Hand war verbunden, es roch nach Bier in der Wohnung, und ich hatte das Gefühl, dass er vor irgendetwas oder irgendjemandem Angst hatte. Aber er wollte mir nicht sagen, was los war. Er wollte nur wissen, ob bei mir alles in Ordnung ist. Angeblich hat er sich beim Surfen verletzt. Deshalb der Verband. Und ihm war eine Flasche umgekippt.«

»Kann doch sein«, vermutete Swantje. »Mit einer verbundenen Hand wirft man schon mal versehentlich etwas um.«

»Natürlich. Aber da muss noch irgendwas anderes gewesen sein. Er war erleichtert, als ich kam. Das habe ich ihm angesehen. Nachdem ich ihm gesagt habe, dass es mir gut geht und dass ich dich im *Störtebeker* allein gelassen habe, hat er sich entschuldigt, dass er mich während der Arbeit angerufen hat, und wollte mich so schnell wie möglich wieder loswerden.« Lisa schüttelte den Kopf. »Normal ist das jedenfalls nicht.«

»Du solltest dir keinen Kopf machen. Es hat keinen Sinn, jetzt darüber zu spekulieren, was Tom erlebt hat. Irgendwann wird er es dir erzählen. Bis dahin kannst du nichts weiter tun, als für ihn da zu sein, wenn er dich braucht. Sein Anruf hat immerhin gezeigt, dass du ihm wichtig bist. Das ist doch was, oder?«

Lisa lächelte dankbar. »Vielleicht hast du recht. Ich mache mir zu viele Gedanken.«

Swantje folgte ihrem Blick. Keiner der Gäste sah sich suchend nach Bedienung um. Doch am äußersten Ende tauchte ein bekanntes Gesicht auf. Alexander Hilbrich.

»Du bekommst Besuch«, bemerkte Lisa. »Ihr könnt euch im Persoraum in Ruhe unterhalten. Ich gehe nach draußen.«

»Danke, Lisa.« Sie wandte sich um. »Sagst du ihm, wo ich bin?«

Als Alex kurz darauf den Personalraum betrat, sah Swantje ihn fragend an. »Ist es modern, einen Verband an der Hand zu tragen? Oder ist Tom auch mit der falschen Person aneinandergeraten?«

Alexander kniff die Lider zusammen. »Aneinandergeraten? Wie meinst du das?« Seine Miene drückte Argwohn aus.

Swantje deutete auf seine verbundenen Hände. »Weil dein Surfkumpel auch so einen Verband trägt. Allerdings nur an einer Hand. Schon verdächtig.«

Ihr war, als sei Alex bei ihren letzten Worten zusammengezuckt. Aufmerksam musterte sie ihn. »Was ist denn bei Tom passiert? Finger gebrochen?«

Er zuckte mit den Schultern. »Keine Ahnung, wir haben uns länger nicht gesprochen. Aber du wolltest nicht mit mir über seine Verletzung reden, oder?«

»Nein.« Swantje sah Alexander in die Augen. »Es geht um ein ganz anderes Problem. Sagt dir der Name Florian Andresen etwas?«

»Nie gehört. Wer soll das sein?«

»Ein Zeitungsreporter. Vom Festland. Arbeitet für den *Anzeiger für Harlinger Land*. Das ist der Typ, der dir die Finger ausgerenkt hat. Er ist ... verschwunden.«

Alex schnaubte. »Oh, der! Na und? Ich bin froh, wenn der Spinner wieder auf dem Festland ist. Je weiter er von mir weg ist, desto besser.« Er grinste, wirkte fast erleichtert. Doch als er Swantjes Gesichtsausdruck sah, wurde er wieder ernst. »Leute kommen und gehen. Das ist auf Langeoog ganz normal.«

»In diesem Fall aber nicht.« Swantje hob die Stimme.

»Florian hatte hier zu tun und war mit seiner Arbeit noch nicht fertig. Es sieht so aus, als wäre er bei seinen Recherchen jemandem in die Quere gekommen. Und dieser Jemand hat ihn aus dem Weg geräumt.«

»Und was habe ich damit zu tun?« Alex wirkte jetzt ehrlich irritiert.

»Florian hat mir gegenüber angedeutet, dass du das Strandgut beiseitegeschafft hast, das ich gefunden habe.« Swantje trat einen Schritt auf Alexander zu und senkte die Stimme. »Du weißt schon, jede Menge Heroin. Wenn du es hast, musst du die Polizei informieren. Rauschgift heißt Gift, weil es Menschen tötet. Uwe Pannebacker hat Unterstützung vom Landeskriminalamt angefordert. Eine Kommissarin ist hier und untersucht den Fall. Früher oder später nimmt die dich unter die Lupe. Und dann bist du dran, Alex.«

»Aber ich habe das Zeug nicht. Ich weiß auch nicht, wo es sein könnte. Und nachdem dieser Typ mir die Finger ausgerenkt hat, habe ich ihn nicht mehr gesehen.« Er hob eine bandagierte Hand. »Ich schwöre.«

Swantje musterte ihn skeptisch. »Ich weiß ehrlich gesagt nicht, ob ich dir glauben kann, Alexander Hilbrich. Für dich hoffe ich, dass du die Wahrheit sagst. Aber wenn du etwas weißt, musst du mit der Kommissarin reden. Oder wenigstens mit Uwe Pannebacker.«

»Klar.« Alex wirkte erleichtert. »War's das, was du von mir wolltest?«

Swantje nickte. »Danke, dass du gekommen bist. Mir lag sehr daran, diese Sache zu klären. Wenn du etwas mit dem Rauschgift zu tun hättest, wäre das ein Problem für mich. Wir waren schließlich mal … Ich meine, wir sind doch irgendwie befreundet, oder?«

Alexander nickte stumm und wandte sich zum Gehen.

»Eine Frage noch«, hielt Swantje ihn zurück. »Wer ist der Typ, mit dem du auf der Terrasse gesessen hast? Der macht keinen seriösen Eindruck.«

»Mach dir über den keine Gedanken«, antwortete Alex. »Ein Bekannter aus Hamburg, der ein paar Tage Urlaub macht. Völlig harmlos.« Er hob eine Hand und verließ den Raum.

»Hoffentlich«, murmelte Swantje und sah Alexander nach, der Lisa im Hinausgehen zunickte und über die Terrasse das Restaurant verließ. Ein seltsam zwiespältiges Gefühl blieb zurück. Sie fragte sich, was sie von Alexanders Darstellung zu halten hatte und ob sie mit der Kommissarin darüber sprechen sollte.

*

Schweißnass kehrte Hannah Holthusen in die Redaktion zurück. Um Haaresbreite hätte sie die Begegnung im Hof nicht überstanden. Zitternd hatte sie die Miniflasche umklammert, die Faust wieder geöffnet, den Friesengeist angestarrt und gegen den Drang angekämpft, sich den Schnaps in den Rachen zu schütten. Malte Haußmann hatte etwas gesagt oder gefragt, das nur undeutlich bis zu ihr vorgedrungen war. Sie hätte nicht sagen können, wie lange sie das Fläschchen angesehen hatte. Die Vibration ihres Handys in der Hosentasche hatte sie zusammenzucken lassen, ein Beben war durch ihren Körper gegangen, die Flasche war von der Handfläche gerutscht und auf dem Boden zerschellt.

»Mensch, Hannah«, hatte Haußmann gemault. »Der gute Friesengeist. Jetzt saufen ihn die Ameisen.«

Sie hatte entschuldigend die Arme ausgebreitet, das Mobiltelefon aus der Tasche gezogen und sich gemeldet.

»Hallo, Hannah. Wie geht es dir?«

Rieke Bernstein. Hannah hatte tief durchgeatmet. »Moin, Rieke. Kann ich dich zurückrufen? In fünf Minuten?«

»Klar. Bis gleich.«

Sie hatte das Telefon eingesteckt und Haußmann einen entschuldigenden Blick zugeworfen. »Tut mir leid wegen der Flasche. Um die Scherben kümmere ich mich später.«

Nun eilte sie an den Redaktionsräumen vorbei zur Toilette und drehte den Kaltwasserhahn auf. Nacheinander hielt sie Unterarme und Nacken in den Strahl, spritzte sich Wasser ins Gesicht und starrte schließlich ihr Spiegelbild an. Rieke hat mich gerettet, dachte sie, trocknete sich ab und atmete mehrmals tief durch, bevor sie in ihr Büro zurückkehrte.

Dort zog sie ihr Mobiltelefon wieder aus der Tasche und wählte.

»Hallo, Hannah. Ist bei dir alles in Ordnung?« Rieke klang besorgt.

»Ich glaube, ja«, antwortete Hannah wahrheitsgemäß. »Soweit es einem gut gehen kann, wenn man sich schuldig fühlt. Ich muss ständig an Florian denken.«

»Das tun wir auch. Im Vordergrund steht jetzt allerdings die Aufklärung der Tat. Wir haben einen Hinweis auf mögliche Zeugen. Der hiesige Dienststellenleiter ist gerade mit Jan Eilers und Gerit Jensen unterwegs, um sie zu mir zu bringen.«

Der Gedanke, dass Rieke Bernstein bereits dem Täter auf der Spur sein könnte, elektrisierte Hannah und dämpfte ihre Trauer ein wenig. Plötzlich verspürte sie den Drang, bei der Suche zu helfen. Für Florian konnte sie nichts mehr tun. Aber wenn sie zur Aufklärung des Verbrechens beitragen konnte ... »Ich komme nach Langeoog«, sagte sie unvermittelt, überrascht von ihrem eigenen Entschluss. »Ich will hier nicht rumsitzen und nichts tun. Vielleicht kann ich euch helfen.«

»Ich weiß nicht, ob das realistisch ist«, antwortete Rieke zögernd. »Dich zu sehen, würde mich freuen. Aber versprich dir nicht zu viel. Möglicherweise bist du uns eine größere Hilfe, wenn du in der Redaktion Informationen beschaffen kannst, an die wir so schnell nicht herankommen.«

»Das kann ich auch von dort aus. Mit Notebook oder Tablet-PC kann ich übers Internet auf unser Archiv zugreifen. Und auf der Insel kenne ich viele Leute. In meinem ersten Jahr beim Anzeiger habe ich eine Serie über Langeoog gemacht.«

»Wenn das so ist und du dich freimachen kannst, freuen wir uns«, lenkte Rieke ein. »Könnte allerdings schwierig werden, eine Unterkunft zu finden. Du könntest bei mir im Hotel schlafen. Ich habe eine geräumige Suite.«

»Julia wird dich besuchen wollen.« Hannah schüttelte unbewusst den Kopf. »Wir sollten ihr nicht noch einmal zumuten, im Hotel auf mich zu treffen. Ich meine, als Frau, die mit ihrer Freundin in einem Bett … Du weißt schon. Wie damals auf Norderney.«

Rieke lachte leise. »Ich glaube nicht, dass das ein Problem für sie wäre. Aber vielleicht kannst du bei Mareike Cordes unterkommen. Das ist eine junge Polizistin von der Insel. Ihre Familie vermietet Zimmer. Sie hat erwähnt, dass eins frei geworden ist.«

»Das ist doch wunderbar! Da wäre ich ganz dicht dran.« Hannah spürte, wie die Aussicht auf Mitwirkung bei den polizeilichen Ermittlungen ihre Stimmung veränderte. »Ich rede gleich mit meinem Chef. Und wenn klar ist, wann ich komme, schicke ich dir eine Nachricht. Okay?«

»Alles klar. Ich freue mich, wenn's klappt. Bis dahin!«

»Ich freue mich auch. Tschüss, Rieke.«

Hannah beendete die Verbindung, steckte das Telefon ein und lächelte. Der depressive Anflug hatte sich verflüchtigt, stattdessen verspürte sie nun einen Tatendrang, der ihr neue Energie verlieh.

*

Zu den Grundsätzen seiner beruflichen Existenz gehörten Diskretion und Zurückhaltung bei persönlichen Beziehungen. Reto Steiners Auftraggeber aus ganz Europa gehörten zur Oberschicht, zumindest in finanzieller Hinsicht. Unter den Reichen und Schönen zwischen Oslo und Rom, Warschau und Lissabon hatte es schon hin und wieder eine Versuchung gegeben. Die Entscheidung, auf welche er sich einließ, fiel immer in seinem Kopf. Nach rationalen Kriterien, die den jeweiligen Auftrag betrafen, der in keinem Fall gefährdet werden durfte. Auch Komplikationen, die sich auf sein Honorar auswirken könnten, mussten vermieden werden.

Yvonne Hilbrich war in dieser Hinsicht schwer einzuschätzen. Sie war mehr als attraktiv, ihr Anblick und die Art, wie sie ihn ansah und wie sie sich bewegte, lösten körperliche Reaktionen bei ihm aus. Und es war nicht zu übersehen, dass sie an einem Abenteuer interessiert war. Ihr Mann schien dabei kein Hindernis zu sein. Aus dieser Richtung würde es keine Probleme geben. Da sie mit dem Auftrag nichts zu tun hatte, kein Interesse an Einzelheiten zeigte und nicht einmal zu ahnen schien, weshalb ihr Mann ihn engagiert hatte, war auch in dieser Hinsicht nichts zu befürchten. Er beschloss, dem sich abzeichnenden Verlauf der nächsten Stunden keinen Widerstand entgegenzusetzen.

Als Yvonne auf der Terrasse erschien, war sie barfuß, trug eine lässig geknöpfte weiße Hemdbluse, durch die dunkle Brustwarzen schimmerten, und hielt in jeder Hand einen Gin-Fizz. »Hier kommt die Erfrischung«, verkündete sie strahlend. Zwischen der Terrassentür und dem großen Schirm trat sie für zwei oder drei Sekunden in den Schein der Sonne. Deren Strahlen leuchteten durch den dünnen Stoff und ließen Reto erkennen, dass die Bluse in diesem Moment Yvonnes einziges Kleidungsstück war.

»Danke!« Er nahm das Glas entgegen, das sie ihm reichte, und lächelte anerkennend. »Erfrischend und entspannend.«

Yvonne rückte den Sessel ein wenig zur Seite, sodass sie ihren Platz ihm gegenüber einnehmen konnte, ließ sich nieder und schlug betont langsam die Beine übereinander. »Für einen sommerlichen Nachmittag durchaus angebracht.« Sie hob ihr Glas. »Auf die ... Entspannung!«

Nachdem sie ihren Gin-Fizz zur Hälfte geleert hatte, fixierte sie Reto mit herausforderndem Blick. »Ein treffendes Stichwort. Neben dem kühlen Getränk könnte ich mir noch eine andere Art von Entspannung vorstellen.«

»Ich mir auch.« Reto leerte sein Glas und sah sich um. »Ich weiß nur nicht, ob hier die passende Umgebung dafür ist.«

Yvonne lachte, erhob sich und streckte die Hand aus. »Komm! Ich zeige dir eine passende Umgebung.«

15

1998

Stefans Arbeitstag ließ wenig Raum für ein Abschweifen der Gedanken. Trotzdem drängte sich die Erinnerung an den Vorabend immer wieder in sein Bewusstsein. Dann sah er Bilder von Cristina vor sich, die er mehr oder weniger erfolgreich beiseiteschob.

Auf dem Weg von der Sparkasse nach Altengroden lief das Geschehen noch einmal vor seinem inneren Auge ab.

Ihr langes dunkelblondes Haar hatte sie in der Mitte geteilt und rechts und links zu Zöpfen geflochten, in denen rote Schleifchen prangten. Sie trug eine weiße Bluse, die bis zum Hals zugeknöpft und ein wenig zu eng war, sodass sie über ihren Brüsten spannte. Der dünne Stoff steckte in einem sehr kurzen dunkelblauen Rock, dessen Saum sie mit spitzen Fingern angehoben hatte und den sie sofort fallen ließ, als sie Stefan erkannte. Doch da hatte er schon ihre vollständig rasierte Scham zwischen schwarzen Strapsen gesehen. Die Strapse hielten Nylonstrümpfe, die mit weißen Söckchen in silbernen Sandaletten endeten. Kein Zweifel, Cristina hatte sich als Schulmädchen verkleidet.

»Was willst du?«, stieß sie hervor und blitzte ihn wütend an. »Bitte geh weg! Wenn kommt dein Vater, es gibt Tod und Mordschlag.«

Trotz der absurden Situation musste Stefan lachen. »Es heißt Mord und Totschlag.«

»Ist mir egal«, zischte Cristina und zerrte an ihrem Rock,

der sich jedoch keinen Millimeter verlängern ließ. »Du besser verschwindest. Reini ... ist verabredet mit mir.«

»Reini?« Stefan hatte Mühe, nicht in lautes Gelächter auszubrechen. Reinhard Hilbrich, der stadtbekannte kühle Geschäftsmann, stand auf kleine Mädchen, die ihn mit lächerlichen Kosenamen bezeichneten? »*Reini* diskutiert gerade mit meiner Mutter. Ich glaube nicht, dass er heute noch kommt.«

»Doch.« Passend zu ihrem Outfit stampfte Cristina mit dem Fuß auf. »Reini und ich hochzeiten. Irgendwann musst du wissen sowieso. Jetzt du weißt.«

Stefan schüttelte den Kopf. »Was willst du mit dem alten Sack?« Er deutete auf ihren Rock. »In zehn Jahren gehst du nicht mehr als kleines Mädchen durch. Und *Reini* ist auf dem Weg zum Pflegefall. Dann kannst du dich als Krankenschwester verkleiden und ihm die Bettpfanne bringen.«

Cristina verzog das Gesicht. »Du nicht verstehst. Reini und ich Liebespaar.« Sie legte eine Hand unter den linken Busen. »Ist Wille von Herz. Darum Hochzeit.«

»Heiraten, ja, ja. Das habe ich verstanden. Aber das ist nicht so einfach. Erst muss sich mein Vater scheiden lassen. Das kann lange dauern. Finanzielle Fragen müssen geklärt werden. Unterhalt für meine Mutter. Mein Erbe. Ob er danach immer noch –«

»Finanzielle Fragen?«, unterbrach Cristina ihn. »Was ist das? Geld? Ich will nicht Geld. Nur ... Liebe.«

»Das glaubst du doch selber nicht«, zischte Stefan. »Du willst dich hier ins gemachte Nest setzen, treu sorgende Gattin spielen und vom Hausmädchen in die Rolle der Hausherrin wechseln. Daraus wird nichts. Du machst dir etwas vor, wenn du glaubst, dass mein Vater dich heiratet.« Stefans Blick wanderte von Cristinas Kopf bis zu ihren Füßen. »Im Moment braucht er das hier vielleicht. Aber wie lange noch?

Ein paar Wochen? Monate? Irgendwann hat er genug von dir und sucht sich eine neue Gespielin.«

Widerspenstig schüttelte Cristina den Kopf. Plötzlich hielt sie inne. Ihre abweisende Miene wurde weicher, und sie lächelte hintergründig. »Moment!«, rief sie, eilte in den Flur, schloss die Tür ab und kehrte zu Stefan zurück. »Jetzt ich weiß.«

»Was weißt du?«, fragte er irritiert.

Mit flinken Fingern öffnete Cristina die Knöpfe ihrer Bluse und strahlte ihn an. »Du eifersüchtig bist.« Im nächsten Augenblick fiel ihr Rock zu Boden. Sie streckte die Arme aus. »Komm!«

Stefan wollte sich abwenden und gehen, doch er zögerte einen Augenblick zu lange.

Die Erinnerung an den weiteren Verlauf des Abends ließ sich nicht ausblenden, sie löste widersprüchliche Empfindungen in ihm aus. Die Gedanken an Cristinas Körper, ihre Bewegungen und das Gefühl ihrer Berührungen ließen Hitze in seinen Nacken steigen. Im Gegensatz zu Yvonne war sie in der Kunst der Liebe erfahren, kannte keine Hemmungen und brachte ihn fast um den Verstand.

Ein berauschendes Erlebnis, das er einerseits als Niederlage gegenüber seinem Vorsatz wahrnahm, Yvonne treu zu bleiben, andererseits als Sieg über seinen Vater empfand.

Der Lösung seines Problems war er allerdings noch immer nicht nähergekommen. Ihm blieben zwei Möglichkeiten. Das vorzeitige Ableben seines Vaters oder die Sache mit dem Grundbuch. Frank Sörensen hatte vermutlich recht, wenn er auf die Vorteile der letzteren Variante verwies. Doch Stefan wusste nicht, ob ihm dafür genügend Zeit blieb. Da Yvonne kurzfristig nur einen Teil der Summe aufbringen konnte, würde er mit Frank verhandeln müssen, ob die

Hälfte der zehntausend Mark auch später gezahlt werden konnte.

Gleichzeitig gingen Stefan die Worte des Privatdetektivs über gängige Todesarten nicht aus dem Kopf. Bis dahin hatte er sich noch keine Gedanken darüber gemacht, wie man jemanden vom Leben in den Tod befördern konnte, ohne anschließend wegen Mordes im Gefängnis zu landen. Erst nach dem Gespräch hatte er sich informiert und herausgefunden, worauf es ankam. Frank hatte recht, ein gewaltsamer Tod zog nicht nur polizeiliche Ermittlungen nach sich, Angehörige wurden zudem von vornherein als Verdächtige angesehen. Deshalb musste alles nach einem natürlichen Tod aussehen, den ein Arzt zu bescheinigen hatte. Herzinfarkt wäre ideal. Immerhin hatte sein Vater schon einmal einen kleineren Infarkt gehabt. Aber wie löste man ihn aus? Ob er darüber Informationen im Internet finden würde? Er würde es gleich mal probieren.

Zu Hause setzte er sich an den Computer und recherchierte. Irgendwann stieß er auf Medikamente, die den Herztod herbeiführen konnten. *Flecainid, Paracetamol* und *Nembutal*. Doch stellte sich die Frage, woher er sie beziehen und wie er sie seinem Vater verabreichen sollte. Paracetamol war leicht zu bekommen, aber das am wenigsten effektive Mittel, die anderen – wenn überhaupt – nur schwer erreichbar. Stefan seufzte und schaltete den Rechner aus. Seine Gedanken wanderten nach Langeoog. Diesmal sah er nicht nur Yvonne vor sich, sondern auch ihre Eltern. Er spürte Johannes von Hahlens aufmerksamen Blick auf sich gerichtet, und in ihm erwachte der Wunsch, sich gegen diesen Mann durchzusetzen. Eines Tages wäre er, Stefan, bei *Von-Hahlen-Residenzen* gleichberechtigter Partner. Mindestens.

Vor der Heirat mit Yvonne würde sich ihr Vater nicht auf

eine Beteiligung einlassen. Und an Hochzeit war vor dem Abschluss seiner Ausbildung nicht zu denken. Aber der Termin war in greifbarer Nähe. Also wurde es Zeit, entsprechende Pläne zu machen. Gleichzeitig musste er sich darüber klar werden, wie genau er seinen Einstieg in die Ferienwohnungsvermietung auf den Ostfriesischen Inseln finanzieren würde.

Er stand auf und holte sein Handy aus der Jacke, um Yvonne wegen der Terminplanung anzurufen. In dem Augenblick klopfte es. Er legte das Telefon auf den Tisch und öffnete.

»Ich muss mit dir reden«, sagte sein Vater, trat unaufgefordert ein und schloss die Tür hinter sich.

Stefan schoss die Frage durch den Kopf, ob es um seinen Besuch bei Cristina ging. Hatte sie ihm gesagt, dass er mit ihr … sie mit ihm …? Oder hatte er doch etwas mitbekommen?

»Was willst du?«, fragte er. »Ich wollte eigentlich gerade –«

»Es dauert nicht lang.« Sein Vater ließ sich in einen Sessel fallen. »Ich habe dir etwas mitzuteilen. Setz dich!«

Erkennbar unwillig ließ Stefan sich nieder. »Also gut. Ich höre.« Die Vorhaltung, mit Cristina geschlafen zu haben, wäre ihm unangenehm, würde ihn aber nicht wirklich treffen. In Gedanken formulierte er einen Gegenvorwurf.

»Deine Mutter und ich«, begann sein Vater, »sind übereingekommen, uns zu trennen. Sie bekommt eine Wohnung in der Innenstadt und angemessene Unterhaltszahlungen.« Mit dem Zeigefinger deutete er auf Stefan. »Du schließt demnächst deine Berufsausbildung ab und bist alt genug, um auf eigenen Füßen zu stehen.«

»Und was ist mit dir?«

»Was soll mit mir sein?« Sein Vater schüttelte den Kopf. »Jedenfalls nichts, was dich betreffen könnte.«

»Dann kann ich ja auch hierbleiben. Hier wohnen, meine ich.«

Sein Vater zuckte mit den Schultern. »Das kannst du halten, wie du willst.« Er stand auf und ging zur Tür. »Allerdings musst du dich darauf einstellen, dass es demnächst eine ... andere Frau an meiner Seite geben wird.« Er legte eine Hand auf die Türklinke. »Ich erwarte, dass du dich ihr gegenüber respektvoll verhältst.«

»Cristina?«, stieß Stefan hervor. »Willst du sie etwa wirklich heiraten?«

»Falls es so wäre«, entgegnete sein Vater kühl, »ginge dich das nichts an.«

»Doch«, widersprach Stefan heftig. »Es geht mich etwas an, wenn du meine Mutter in die Wüste schickst und mein Erbe an ein rumänisches Hausmädchen verschwendest. Ich will nicht erleben, wie –«

»Was du willst oder nicht, spielt in diesem Zusammenhang keine Rolle. Für deine Mutter wird alles geregelt. Und was dein Erbe betrifft, wiederhole ich mich ungern, aber du musst dir selbst etwas aufbauen, bevor du daran denken kannst, vom Lebenswerk deines Vaters und deines Großvaters zu profitieren.« Er öffnete die Tür, drehte sich aber noch einmal um. »Vielleicht solltest du schon mal überlegen, wo in Zukunft dein Lebensmittelpunkt sein soll. Es wird Zeit, dass du auf eigene Füße kommst. Dazu gehört auch eine eigene Wohnung.«

»Darauf kannst du Gift nehmen«, zischte Stefan verärgert und sprang auf. »Ich werde heiraten und zu meiner Frau nach Langeoog ziehen.«

In der Miene seines Vaters spiegelte sich Überraschung.

»Heiraten? Du? Nach Langeoog? Hast du eine Eingeborene geschwängert?«

Stefan spürte, wie seine Wut anschwoll. »Im Gegensatz zu dir«, antwortete er laut, »ist es bei mir Liebe, nichts anderes.« Cristinas Verkleidung erschien vor seinem inneren Auge. »Ich brauche kein Sexspielzeug, das sich als Schulmädchen herrichtet.«

Sein Vater drückte die Tür hinter sich ins Schloss, trat einen schnellen Schritt auf Stefan zu und schlug ihm mit der flachen Hand so heftig ins Gesicht, dass er das Gleichgewicht verlor und zu Boden ging. Während er sich benommen aufrappelte, verließ sein Vater wortlos das Zimmer.

In Stefan brodelte es. Die demütigende Ohrfeige brannte gleichermaßen auf seiner Wange und in seiner Seele. Alles in ihm schrie nach Vergeltung. Doch gleichzeitig wurde ihm klar, dass er nicht übereilt reagieren durfte. Er unterdrückte den Impuls, seinem Vater nachzulaufen, um ihm wehzutun. All jene Todesarten, die Frank Sörensen aufgezählt hatte, erschienen in Stefans Kopf. Aus den abstrakten Worten wurden Szenen, in denen Reinhard Hilbrich vom Leben zum Tode befördert wurde. Aber kam dieser Weg wirklich in Betracht? Er musste einen kühlen Kopf bewahren und alles daransetzen, das Geschäftshaus in der Marktstraße an sich zu bringen. Auf das Geld aus Yvonnes Sparverträgen würde er nicht warten. Jemand anders musste einspringen, damit er die zehntausend Mark zusammenbekam. Er wusste auch schon, wer ihm die fehlenden Mittel zur Verfügung stellen würde.

Stefans Blick fiel auf das Handy. Er war zu aufgewühlt, um mit Yvonne über Termine zu reden, und verschob den Anruf auf den nächsten Tag.

16
2018

Schneller, als sie erwartet hatte, kehrte Uwe Pannebacker mit einem der Zeugen zurück. »Das ist Tom Thieland.« Er schob einen großen und kräftigen, sportlich wirkenden Mann ins Hinterzimmer der Polizeistation. »Elektriker, zweiundzwanzig Jahre, alleinstehend, wohnhaft auf Langeoog.«

Rieke bedankte sich und deutete auf einen Stuhl. »Guten Tag, Herr Thieland. Bitte setzen Sie sich! Mein Name ist Bernstein. Ich bin vom Landeskriminalamt und untersuche einen Fall, in dem es um eine größere Menge Heroin geht.« Die Todesfallermittlung erwähnte sie nicht. Eine intuitive Entscheidung, mit der sie die Hoffnung verband, Thieland könne eher bereit zu einer Aussage sein, wenn er nicht gleich mit einem Mord konfrontiert wurde.

Vorsichtig ließ sich der junge Mann nieder, zeigte aber keine Reaktion.

Rieke deutete auf seinen Verband. »Sie sind Surfer. Das hörte ich von Polizeioberkommissar Pannebacker. Haben Sie sich beim Sport verletzt?«

Thieland antwortete nicht, schüttelte nur kaum merklich den Kopf.

»Können Sie sich vorstellen, aus welchem Grund wir Sie hergebeten haben?«, fragte Rieke weiter.

Wieder gab er keine Antwort, zuckte nur mit den Schultern.

Rieke warf einen Blick in ihre Aufzeichnungen. »Sie

waren gestern Morgen zu früher Stunde mit Alexander Hilbrich und Ihrer Ausrüstung unterwegs. Herr Pannebacker und sein Kollege sind Ihnen am Ortsrand begegnet, als Sie mit Fahrrädern und Anhängern aus Richtung der Melkhörndüne kamen. Ist das richtig?«

Thieland nickte.

»Wo genau waren Sie zuvor gewesen?«

»Am Strand. Eigentlich wollten wir aufs Wasser. Aber der Wind stand ungünstig. Darum sind wir umgekehrt.«

»Der Strand dieser Insel ist lang. Geht's vielleicht etwas genauer?«

»Das war ... ungefähr in Höhe der Melkhörndüne.«

»Kennen Sie Swantje Petersen?«, fragte Rieke unvermittelt. Ihr war, als sei Tom Thieland kaum merklich zusammengezuckt.

Er schob die Unterlippe vor und richtete den Blick aus dem Fenster. »Hier kennt eigentlich jeder jeden.«

»Frau Petersen war zur selben Zeit wie Sie am Strand vor der Melkhörndüne unterwegs. Sie müssten sie getroffen haben.«

Stumm schüttelte Tom Thieland den Kopf.

»Haben Sie sonst jemanden gesehen? Nach unseren Erkenntnissen ist dort um diese Zeit mindestens eine weitere Person unterwegs gewesen.«

»Nee, da war keiner. Wir haben uns ja auch nicht aufgehalten. Sind nur hin, haben den Wind geprüft und sind wieder umgekehrt.«

»Um an einer anderen Stelle zu surfen?«

Rieke zog eine Karte von Langeoog hervor, die sie sich von Uwe Pannebacker hatte geben lassen. »Zeigen Sie mir bitte die Stelle, an der Sie dann mit Ihren Surfboards ins Wasser gegangen sind.«

Tom Thieland beugte sich vor und tippte mit dem Zeigefinger seiner unverletzten Hand auf einen Strandabschnitt, der als *Kite-, Surf-, Hunde- und Kinderstrand* gekennzeichnet war.

»Danke.« Rieke nickte ihm freundlich zu. »Das war's fürs Erste. Kann sein, dass wir Sie noch einmal brauchen. Haben Sie vor, Langeoog in den nächsten Tagen zu verlassen?«

»Nein«, murmelte er und erhob sich zögernd. »Kann ich gehen?«

»Selbstverständlich.« Rieke deutete zur Tür. »Auf Wiedersehen.«

Thieland schien erleichtert. Als er die Tür erreichte, hielt sie ihn zurück. »Eine Frage noch. Was haben Sie denn nun mit Ihrer Hand gemacht?«

Der junge Elektriker betrachtete seinen Verband, als bemerke er ihn gerade zum ersten Mal. »Finger geklemmt«, murmelte er schließlich. »In einer Tür.«

»So ein Pech. Dann seien Sie vorsichtig, wenn Sie hinausgehen!« Rieke lächelte vieldeutig. »Jedenfalls wünsche ich Ihnen rasche Genesung.«

Als Thieland die Tür öffnete, wäre er fast mit Uwe Pannebacker zusammengeprallt, der einen anderen jungen Mann am Oberarm führte. »Hier ist der Zweite«, rief er. »Alexander Hilbrich, fünfundzwanzig Jahre, Student, ebenfalls wohnhaft auf Langeoog.«

Ein ungeübter Beobachter hätte vielleicht nicht wahrgenommen, was Rieke mit Interesse registrierte. Die beiden Freunde drückten sich mit starrem Blick aneinander vorbei. Tom Thieland hastete wortlos hinaus, während Alexander Hilbrich an der Tür verharrte und Rieke misstrauisch beäugte. Er war kleiner und schmaler als Thieland und trug seine schwarzen Locken ein wenig zu lang. Auf der Oberlippe prangte ein schmales Bärtchen. Zwei schon äußerlich sehr unterschiedliche Typen, dachte sie und fragte sich, ob die beiden echte Freundschaft oder nur der Wassersport verband. Sie verkniff sich ein Schmunzeln, als sie sah, dass Hilbrich *beide* Hände verbunden hatte.

»Bitte nehmen Sie Platz!« Mit einem Kopfnicken deutete die Kommissarin auf den freien Stuhl. »Mein Name ist Bernstein, Landeskriminalamt. Ich ermittle in einem Fall, in dem es um eine größere Menge Heroin geht.«

*

Die Begegnung mit Tom Thieland hatte Alexander aus dem Konzept gebracht. Er war ziemlich sicher gewesen, mit der Kommissarin, die Pannebacker erwähnt hatte, fertigzuwerden. Schließlich kannte er Mareike Cordes. Die war auch Polizistin, ihm aber nicht wirklich gewachsen. Trotzdem musste er auf der Hut sein, denn er wusste nicht, was Tom erzählt hatte.

Er musterte die Frau auf der anderen Seite des Tisches. Wie eine Polizeibeamtin sah sie nicht aus. Sie musste schon über dreißig sein. Trotzdem war sie ungewöhnlich attraktiv. Mit dem Gesicht und der Figur hätte sie Schauspielerin sein können. Oder Model. Wahrscheinlich hatte sie nur wegen ihres Aussehens Karriere gemacht, und man hatte sie geschickt, weil man die Angelegenheit im Landeskriminalamt nicht so wichtig nahm. Lässig schlug er die Beine übereinander und lehnte sich zurück.

Doch unter ihrem prüfenden Blick wurde Alexander zunehmend unbehaglich. Warum sagte sie nichts? Uwe Pannebacker hatte von Fragen gesprochen, die er der Kriminalhauptkommissarin beantworten sollte.

»Was wollen Sie eigentlich von mir?«, fragte er schließlich in herausforderndem Ton.

Die Polizistin schlug einen Aktenordner auf und lächelte. »Können Sie sich das nicht denken?«

»Nee.« Alexander schüttelte den Kopf. »Mit Heroin habe ich nichts zu tun.«

»Auch nicht seit gestern Morgen? Am Strand sind etliche Kilo des Rauschgifts angeschwemmt worden. Jemand hat sie eingesackt und abtransportiert. Uns liegen Zeugenaussagen vor, denen zufolge außer Ihnen und Herrn Thieland zu der Zeit niemand in dem Bereich unterwegs war.«

»Zeugen? Wer soll das sein? Tom und ich waren nur kurz am Strand. Da war weit und breit kein Mensch. Wir haben die Windverhältnisse geprüft und sind gleich wieder zurückgefahren.«

»Um dann an anderer Stelle zu surfen?« Die Kommissarin verschränkte die Arme und fixierte ihn. Alexander spürte Schweiß auf der Stirn. Wenn Toms und seine Aussagen nicht übereinstimmten, machten sie sich verdächtig. Was mochte Tom gesagt haben? Auf dem Rückweg vom Strand waren sie Uwe Pannebacker und dessen Kollegen begegnet. Hatten die Beamten beobachtet, welchen Weg Tom und er eingeschlagen hatten? Konnte die Polizei herausfinden, dass sie nicht zum Strand, sondern zur Geistersiedlung gefahren waren? Im Zweifel war es sicherer, bei der Wahrheit zu bleiben. Hoffentlich hatte Tom diesen Grundsatz ebenfalls beachtet.

»Sie werden doch wissen, was Sie nach der Rückkehr vom Strand gemacht haben«, sagte die Frau. »Ist ja noch nicht so lange her.«

Alexander nickte. »Wir wollten eigentlich zum Surf-Strand, haben es uns dann aber anders überlegt. Ich hatte auf einer Baustelle noch etwas zu erledigen. Tom hat mir geholfen.«

»Was genau haben Sie dort gemacht?«

»Ich musste ... ein Bauschloss auswechseln.«

»Und dabei haben Sie sich verletzt?« Die Kommissarin richtete ihren Blick auf Alexanders Verbände.

»Ja. Ich bin gestolpert, wollte mich im Fallen mit den Händen abstützen. Dabei habe ich mir die kleinen Finger ausgerenkt.«

»Sie sind ja zwei Pechvögel«, kommentierte die Polizistin trocken. »Zwei ausgerenkte und ein eingeklemmter Finger. Mit Surfen ist damit wohl bis auf Weiteres nichts.« In Alexanders Ohren klang die Bemerkung ironisch. Sie fixierte ihn wieder. »Sagt Ihnen der Name Florian Andresen etwas?«

Alexander erschrak. Brachte die Kommissarin ihn mit dem Reporter in Verbindung? Er bemühte sich um einen möglichst neutralen Tonfall. »Nein. Wer soll das sein?«

»Ein junger Mann in Ihrem Alter. Etwas größer als Sie, hellblond. Mitarbeiter einer Wittmunder Zeitung. Er wurde umgebracht.«

Alexander richtete sich auf und winkelte die Beine an. In seinen Eingeweiden rumorte es, als drückte eine Faust den Magen zusammen. Übelkeit und Schwindel stiegen in ihm auf und weckten das dringende Bedürfnis nach frischer Luft. »Ich dachte, es geht um ... Heroin«, stieß er heiser hervor.

»Auch.« Die Kommissarin nickte. »Aber nun ist ein Tötungsdelikt hinzugekommen. Beide Fälle hängen zusammen.«

»Aber ... ich ... kann weder zur Aufklärung des einen noch des anderen etwas beitragen. Mit Rauschgift habe ich nichts zu tun, und natürlich habe ich auch niemanden umgebracht.«

»Sie werden nicht beschuldigt, Herr Hilbrich«, stellte die Polizistin klar. »Ich führe Gespräche mit allen Menschen, die Beobachtungen gemacht haben könnten, und sammle Erkenntnisse, die sich daraus möglicherweise ergeben. Es ist Aufgabe der Staatsanwaltschaft, gegen einen oder mehrere Verdächtige Anklage zu erheben. So weit sind wir aber noch nicht. Meine Kollegen und ich ermitteln, wie es so schön heißt, in alle Richtungen. Falls ich Sie als Zeugen vernehmen will, werde ich es Ihnen mitteilen. Sie sind dann zur Wahrheit verpflichtet. Als Angeklagter wären Sie das nicht.«

Erleichtert lehnte Alexander sich zurück und streckte die Beine wieder aus. Die schöne Kommissarin stochert im Nebel, dachte er. Da ist wohl nichts zu befürchten.

Doch ihre nächste Frage irritierte ihn erneut. »Kollege Pannebacker sagte, Sie seien Student. Was machen Sie eigentlich in den Semesterferien, wenn Sie nicht surfen?«

»Ich arbeite ... in der Firma meines Vaters. Passt gut zu meinem Architekturstudium.«

»Ihr Vater ist der Bauunternehmer Stefan Hilbrich?«

Alexander nickte wortlos. Das Verhältnis zu seinem Vater mochte er ungern mit der Kommissarin erörtern. Zu seiner Erleichterung klappte sie den Aktenordner zu. »Vorläufig war's das, Herr Hilbrich. Höchstwahrscheinlich werden wir Sie noch benötigen. Bitte informieren Sie Kommissar Pannebacker, falls Sie beabsichtigen, die Insel zu verlassen.«

*

»Ich wünsche dir einen schönen Feierabend.« Gerit Jensen hielt Mareike Cordes die Tür auf und strahlte sie an, als die Polizistin ihre Mütze vom Haken nahm.

Mareike lächelte verhalten. »Vielen Dank. Das wünsche

ich dir auch. Ich hoffe, dass es euch trotz des ... schrecklichen Ereignisses auf unserer Insel gefällt.«

Gerit hob die Schultern. »Außer Sandstrand und Nordseebrandung, frischer Luft und einer überaus reizenden Kollegin habe ich noch nicht viel von Langeoog gesehen. Der erste Eindruck lässt jedenfalls nichts zu wünschen übrig.« Er gab sich einen Ruck. »Wir werden wohl heute Abend noch essen gehen. Vielleicht kannst du uns was empfehlen?«

Mareike nickte. »Klar. Wenn ihr gut essen wollt, geht ins Restaurant *Störtebeker*. Außerdem gibt's noch das *Steakhaus Blied*, die *Strandhalle*, den *Seekrug*, die *Alte Post* und etliche andere. Alle empfehlenswert. Für ein Bier oder 'nen Absacker habt ihr die *Lütje Lounge*, die *Kaapstube* oder die *Düne 13*.«

»Wie wär's, wenn du uns die ein oder andere Empfehlung zeigen würdest?«, fragte Gerit. »Ich meine, weil wir uns nicht auskennen. Mit dir als Fachfrau für Langeoogs kulinarische Spezialitäten –«

»Plant ihr schon das Abendprogramm?« Rieke Bernstein stand plötzlich in der Tür. »Wir haben noch einiges zu besprechen, Gerit.«

Er hob beide Arme. »Ich bin sofort bei euch. Habe mir nur ein paar Tipps von Mareike geben lassen. Irgendwann müssen wir ja mal was essen.«

»Ihr werdet schon was finden.« Mareike zwinkerte Rieke zu. »Ich gehe jetzt ins *Störtebeker*. Aber nicht zum Essen, sondern um mit meiner Schwester Lisa zu reden. Wegen Swantje Petersen.«

Rieke nickte. »Das ist gut. Danke.« Nachdem Mareike Cordes gegangen war, wandte sie sich an Gerit. »Eine sympathische Kollegin. Und hübsch dazu. Schwer vorstellbar, dass sie keinen Partner hat.«

»Hab schon verstanden«, grummelte er. »Aber ein bisschen ... flirten wird man noch dürfen, oder?«

»Gegen *ein bisschen* ist nichts einzuwenden.« Rieke schmunzelte. »Ich möchte nur nicht, dass unsere Arbeit unter ... einer mehr als freundschaftlichen Annäherung unter Kollegen leidet.«

Jensen seufzte. »Du hast ja recht. Aber ...« Er sah Rieke bekümmert an. »Irgendwie habe ich kein Glück mit den Frauen. Wenn ich schon mal –«

»Gerit«, unterbrach Rieke ihn. »Wenn dein Dienst auf Langeoog zu Ende ist, kannst du Urlaub anhängen und dich um deine Herzensdame bemühen.« Sie warf ihm einen spöttischen Blick zu. »Oder mit deiner Drohne den Strand unsicher machen.«

Mit einem stummen Nicken folgte Gerit der Hauptkommissarin in den Raum hinter der Wache, wo Jan Eilers und Uwe Pannebacker bereits warteten. Auf einem Flipchart waren die Namen der Personen aufgelistet, mit denen sie es im Fall des verschwundenen Heroins und des Tötungsdelikts zu tun bekommen hatten.

Der Handschrift nach war es Rieke Bernstein gewesen, die nicht nur die Namen aufgeschrieben, sondern auch die jeweiligen Beziehungen mit Pfeilen dargestellt hatte.

Sie nickte Gerit aufmunternd zu und deutete auf die Liste. »Viel haben wir nicht. Nach meinem Eindruck haben Tom Thieland und Alexander Hilbrich etwas mit dem Heroin zu tun. Ihre Aussagen sind in einem Punkt widersprüchlich. Dazu komme ich gleich noch. Für den Tod von Florian Andresen dürften sie allerdings nicht verantwortlich sein. Hilbrich hatte zu dem Zeitpunkt bereits die Hände verbunden und konnte nur Daumen und Zeigefinger bewegen. Thieland ist als Elektriker technisch versiert, könnte also den

Bulldozer gekapert und bedient haben. Seine Verletzung hat er sich, jedenfalls nach seinen Angaben, erst später zugezogen. Für die Tatzeit hat er kein Alibi. Allerdings traue ich ihm keinen Mord zu.«

»Aber hätte er nicht ein Motiv?«, warf Jan Eilers ein. »Nehmen wir an, er und Hilbrich haben das Heroin beiseitegeschafft. Wenn Andresen, auf welchem Wege auch immer, davon erfahren hat, war er eine Gefahr für die beiden.«

»Das sehe ich auch so«, pflichtete Gerit ihm bei. »Was auch immer Andresen mit der Information gemacht hätte – am Ende wären Hilbrich und Thieland nicht nur leer ausgegangen, sie hätten sich auch der Strafverfolgung ausgesetzt.«

»Das ist richtig.« Rieke nickte zustimmend. »Tom Thieland bleibt verdächtig. Ich halte ihn nicht für einen Mörder, aber ich kann mich irren. Wenn wir uns allerdings auf ihn als Verdächtigen konzentrieren, laufen wir Gefahr, andere Möglichkeiten auszublenden. Wir werden weiter nach Tatverdächtigen suchen müssen.«

»Was für einen Widerspruch hat die Befragung von Tom und Alexander ergeben?«, fragte Uwe Pannebacker.

Rieke warf einen Blick in ihre Notizen. »Ihr seid den beiden doch begegnet. Du und dein Kollege Hinnerk. Habt ihr gesehen, welchen Weg sie danach eingeschlagen haben?«

Pannebacker hob die Schultern. »Darauf habe ich nicht geachtet. Hinnerk ist morgen wieder im Dienst, ich kann ihn fragen, ob er sich daran erinnert.«

»Das wäre nicht uninteressant.« Mit dem Zeigefinger tippte sie auf ein Blatt. »Thieland hat nämlich behauptet, sie seien zum Surfstrand gefahren, während Hilbrich gesagt hat, dass sie zwar ursprünglich dorthin wollten, aber stattdessen einen Neubau im südlichen Bereich des Dorfes aufgesucht hätten, weil er dort noch etwas zu tun gehabt habe.«

Jan Eilers schlug mit der flachen Hand auf die Tischplatte. »Das ist es! Die haben das Heroin da versteckt. Du hast von *fahren* gesprochen. Autos gibt's hier ja nicht. Womit waren die unterwegs?«

»Fahrräder mit Anhängern für Surfboards«, antwortete Uwe Pannebacker. »Du hast recht. Damit kann man alles Mögliche transportieren.«

»Wir brauchen einen Durchsuchungsbeschluss«, stellte Gerit fest. »Damit wir uns in dem Haus umsehen können. Wenn wir da das Heroin finden, haben wir auch den Mörder. Dann sind es doch die beiden gewesen. Oder einer von ihnen.«

Rieke lächelte. »Deswegen habe ich mit Staatsanwalt Rasmussen telefoniert. Er kümmert sich darum und rechnet noch heute mit dem Beschluss. Spätestens morgen früh gibt er uns Nachricht. Dann erfahren wir auch, wann der Hundeführer eintrifft.«

»Perfekt«, kommentierte Jan Eilers. »Dann können wir die Räume des Neubaus direkt vom Drogenspürhund beschnüffeln lassen.«

»So ist es«, bestätigte Rieke. »Ich hoffe, dass Hund und Hundeführer morgen hier sein können. Die kommen aus Oldenburg. Der Kollege, mit dem ich gesprochen habe, konnte mir noch nicht sagen, ob es klappt.«

»Also geht's für uns mit dem Fall erst morgen weiter«, vermutete Gerit und warf einen sehnsüchtigen Blick zur Tür.

»Richtig, Gerit.« Rieke schmunzelte. »Ich kann mir vorstellen, dass ihr jetzt auch hungrig seid. Ich bin es jedenfalls.« Sie warf einen Blick auf ihre Uhr. »Wollen wir uns in einer halben Stunde irgendwo zum Essen treffen? Uwe hat bestimmt einen Tipp für uns. Allerdings sollten wir uns nicht gerade im Restaurant *Störtebeker* versammeln.«

Pannebacker nickte. »Für den ersten gemeinsamen Abend

auf Langeoog würde ich euch die *Strandhalle* empfehlen. Da gibt es alles, was das Herz begehrt. Von vegetarisch über Fisch bis zum Steak, und ihr habt die beste Aussicht aufs Meer und den Sonnenuntergang. Man muss allerdings reservieren. Soll ich euch einen Tisch bestellen?«

»Kommst du nicht mit?«, fragte Rieke.

Der Oberkommissar neigte den Kopf. »Ich würde ja gerne. Aber erstens rechnet meine Frau mit mir, und zweitens ...« Er brach ab und klopfte mit beiden Händen auf seinen ansehnlichen Bauch. »... müsste ich eigentlich ein paar Kilo abspecken.«

»Da gibt's bestimmt auch einen kleinen Salat«, vermutete Jan Eilers grinsend. »Oder einen Seniorenteller.«

Pannebacker verzog das Gesicht. »Wenn ich schon ins Restaurant gehe«, murmelte er, »will ich natürlich auch richtig essen.«

»Vielleicht klärst du das mit deiner Frau und deinem Gewissen«, schlug Rieke vor. »Einstweilen könntest du einen Tisch für vier bis sechs Personen reservieren, und du entscheidest später, ob du dazukommst.« Sie warf Gerit einen warnenden Blick zu. »Mareike Cordes und Hinnerk Ubbenga möchten vielleicht auch mitkommen.«

»Jo.« Pannebacker strahlte. »Das ist natürlich etwas anderes. Wenn wir alle zusammen gehen ... Dann bin ich selbstverständlich dabei.« Er stand auf. »Ich rufe Mareike und Hinnerk an und bestelle einen Tisch.«

*

Am Abend spielte sich der Betrieb überwiegend in den Innenräumen des Restaurants ab. Man konnte nicht behaupten, dass die Luft im *Störtebeker* besonders schlecht war, doch ältere Gäste waren empfindlich gegen Zug, und so hielt sich die Frischluftzufuhr in Grenzen. Wenn Swantje in den Abendstunden das Lokal verließ und den Heimweg antrat, genoss sie die kühle Abendluft, die nicht mehr mit Gerüchen von Restaurantküchen, Imbissen und Süßwarenständen geschwängert war, sondern nach Nordsee roch. Sie atmete tief durch, warf gewohnheitsgemäß einen Blick zum Wasserturm und lenkte dann ihre Schritte in die entgegengesetzte Richtung. Trotz der Dunkelheit wirkte die Hauptstraße geräumiger als tagsüber. Die Geschäfte hatten Postkarten- und Andenkenständer hereingeholt, Kundenstopper abgebaut und Markisen eingefahren. Außerdem waren weniger Leute unterwegs. Statt der bunten Geräuschkulisse aus Gesprächen und Kinderlachen, Fahrradklingeln und Musikfetzen herrschte eine geradezu gespenstische Ruhe, die nur hin und wieder von Rufen und Gelächter aus den Kehlen junger Leute unterbrochen wurde. Gelegentlich auch vom trunkenen Versuch, ein Lied anzustimmen, der augenblicklich scheiterte. Mehr als ein paar Takte von *An der Nordseeküste* oder *Westerland* kamen gewöhnlich nicht zustande. In der Ferne krakeelten ein paar heisere Stimmen, deren Äußerungen kaum als Gesang bezeichnet werden konnten. Swantjes Gedanken waren ohnehin woanders.

Abwechselnd erschienen die Gesichter von Florian Andresen, Tom Thieland und Alexander Hilbrich vor ihrem inneren Auge. Wieder einmal fragte sie sich, was mit dem Strandgut passiert sein mochte, das so schnell verschwunden war, nachdem sie es entdeckt hatte. Hing Florians Verschwinden mit seiner Vermutung darüber zusammen, wer das Rauschgift in Besitz genommen hatte? Hatte Alex etwas damit zu tun? Konnte sie sich so in ihrem ehemaligen Schulkameraden täuschen? Ihm war sicher einiges zuzutrauen, aber kein Gewaltverbrechen. Selbst wenn er das Heroin beiseitegeschafft hatte, hätte er Florian sicher nichts angetan.

Vom Turm der Inselkirche schlug es halb zwölf. Swantje wurde bewusst, seit wie vielen Stunden Florian vermisst wurde, und sie ahnte, dass sie sich etwas vormachte, wenn sie noch immer glaubte, er würde wieder auftauchen. Ohne Not hätte er seine Kamera nicht aus der Hand gegeben. Die Fotos, die er gemacht hatte, sprachen eine eindeutige Sprache. Jemand hatte ihn mit dem Bulldozer verfolgt und versucht, Sand über ihn zu schütten. Konnte ein sportlicher Junge einem solchen Anschlag nicht entkommen? War eine Ladung Sand überhaupt lebensgefährlich? Als Kinder hatten sie sich manchmal am Strand eingraben lassen, waren jedoch immer wieder rausgekommen. Aber wo steckte Florian? Die Kriminalkommissarin wollte den Strand absuchen lassen. Hatte Uwe Pannebacker die Leute dafür zusammenbekommen? Plötzlich wurde Swantje heiß. Womöglich wussten er und die anderen Polizeibeamten längst, was mit Florian geschehen war. Gleich morgen früh würde sie Uwe anrufen. Und sie würde mit Frau Bernstein sprechen. Wenn Florian es nicht selbst tun konnte, musste sie ihr von seinem Verdacht berichten. Vielleicht war es sogar mehr als ein Verdacht. *Ich weiß, wer es hat.* Er hatte überzeugend geklungen.

Kurz vor dem Branddünenweg beschlich Swantje das Gefühl, verfolgt zu werden.

Sie sah sich um, entdeckte aber niemanden. Hier war die Straßenbeleuchtung schwächer, und es gab keine zusätzlichen Lichtquellen aus Schaufenstern oder Gartenlampen. An der Ecke, von der aus man bereits das Anwesen ihrer Familie erkennen konnte, verharrte sie kurz und lauschte. Die Häuser und Vorgärten der Umgebung strahlten Ruhe und

Frieden aus. Nur wenige Schritte trennten sie von der Straße, an der ihr Elternhaus lag.

Unwillig schüttelte sie den Kopf. Die Geschichte mit Florian und Alex macht mich nervös, dachte sie. Ich muss mit Frau Bernstein reden, damit ich die Sache aus dem Kopf kriege.

Plötzlich hörte sie Schritte. Ohne sich umzudrehen, beschleunigte sie ihren Gang. Trotzdem kam der Verfolger näher. Swantje fiel in einen gemäßigten Laufschritt. Sie war gut trainiert, zur Not würde sie ihr Elternhaus mit einem Sprint erreichen.

Vor ihr trat eine dunkle Gestalt aus dem Schatten einer Einfahrt und verstellte ihr den Weg. Das Gesicht war durch eine Sonnenbrille, eine schwarze Kappe und einen Schal verdeckt. »Was soll das?«, schrie sie wütend, wich zur Seite aus. Doch der Unbekannte packte ihren Oberarm, hielt ihn mit festem Griff umklammert, riss sie zu sich heran und packte auch den zweiten Arm.

In diesem Augenblick besann sie sich auf das, was sie vor Jahren in einem Selbstverteidigungskurs für Mädchen gelernt hatte. Blitzschnell rammte sie ihrem Gegenüber ein Knie zwischen die Beine. Der Angreifer stöhnte auf, krümmte sich und lockerte seinen Griff. Ruckartig riss Swantje die Arme nach oben und befreite sich aus der Umklammerung. Sie stieß den Mann von sich, sodass er in eine Hecke taumelte, und rannte los. Bis zum Haus waren es nur wenige Hundert Meter. Schon sah sie die erleuchteten Fenster.

Doch nach wenigen Schritten blieb ihr Fuß an einem Hindernis hängen. Wegen des hohen Tempos gelang es ihr nicht, sich abzurollen, sie fiel der Länge nach auf den Gehweg und schlug mit dem Kopf auf die Pflastersteine. Trotz ihrer Benommenheit nahm sie das dünne Seil wahr, das jemand zwischen einem Verkehrsschild und einem schmiedeeisernen Zaun über den Bürgersteig gespannt hatte. Schlagartig wurde ihr klar, dass die nächtliche Begegnung kein Zufall war. Gegen rasenden Kopfschmerz und Schwindelgefühl ankämpfend, kam sie mühsam auf die Füße, wandte sich zum Gehen, um die rettenden letzten Meter zum Haus zurückzulegen. Doch schon war der Mann wieder bei ihr, umklammerte sie und drückte ihr etwas Feuchtes auf Mund und Nase. Sie versuchte zu schreien, schlug und trat um sich, doch ihre Kräfte ließen schlagartig nach. Sie spürte, wie ihre Beine nachgaben und jemand Hand- und Fußgelenke umwickelte. Ich muss die Kommissarin sprechen, war ihr letzter Gedanke. Dann erlosch ihr Bewusstsein.

17

2018

Im Hafen war alles ruhig. In der *Kajüte* brannte noch irgendwo ein Licht, aber das Restaurant hatte längst geschlossen. Weder von hier noch von den Stegen drohte Gefahr. Sanft schaukelten die Boote nebeneinander, auf keinem war ein Skipper oder sonst jemand zu erkennen. Auch auf dem Wasser war zu dieser Stunde niemand mehr unterwegs. Unbehelligt schob Oliver Sulfeld das Fahrrad mit Anhänger zu einem der Stege. Er löste die Kupplung, lehnte das Rad an einen Lampenmast und zog die Ladung auf den Steg. Trotz der kühlen Nachtluft schwitzte er. Es wurde Zeit für eine Nase Koks. Oder wenigstens ein Bier.

Hoffentlich ist die Yacht ordentlich ausgestattet, dachte er. Ein Kühlschrank mit ausreichend Getränken und etwas zu essen müsste in dieser Bootsklasse an Bord sein. Ungeduldig reckte er den Hals. Wo blieb Alex mit den Schlüsseln?

Seufzend wandte er sich seiner Ladung zu. Sie schlief noch. Er prüfte die Fesseln an Händen und Beinen und kontrollierte den Knebel, der zwischen ihren Zähnen steckte. Sie würde keinen Ärger machen können, wenn sie zu sich kam.

*

Yvonne Hilbrich war beschwingt wie lange nicht. Die nachmittägliche Entspannung mit Reto Steiner hatte ihre Erwartungen mehr als erfüllt. Er wusste, worauf es ankam, besaß

Einfühlungsvermögen und war von bemerkenswerter Ausdauer. Mit einer für sie ungewohnten Zärtlichkeit hatte er sie zu höchsten Gipfeln der Ekstase geführt wie kaum ein Mann zuvor. Ein tiefes Gefühl satten Wohlbehagens erfüllte sie.

Später hatte sie vom besten Restaurant der Insel ein Abendessen aus gebratenen Edelfischen, Austern und Garnelen kommen lassen und mit Champagner *Moët & Chandon Brut Imperial* serviert.

Gegen Mitternacht, nach einem weiteren sanften, geradezu gemächlichen Liebesspiel, lehnte Yvonne auf der weißen Ledercouch an Retos Schulter und fragte sich, was sie tun konnte, um auf die Erlebnisse des Tages in Zukunft nicht verzichten zu müssen. »Wie lange bleibst du noch hier?«, fragte sie.

»Morgen muss ich weiter, um meinen Auftrag auszuführen.«

Yvonne legte eine Hand auf seine Brust. »Womit kann ich dich bewegen, länger zu bleiben?«

Reto lächelte hintergründig. »Das wird schwierig. Ich bin ziemlich teuer. Für meinen nächsten Auftrag muss ich nach Rom, vorher habe ich in Zürich etwas zu tun. Selbst wenn ich wollte, könnte ich mich nicht länger hier aufhalten.«

»Was will Stefan eigentlich von dir?«

»Ich habe etwas für ihn erledigt, das er nicht selbst machen konnte. Und ich werde eure Yacht nach Hamburg bringen. Damit ist mein Auftrag erfüllt. Von dort fliege ich zurück in die Schweiz. Mehr kann ich dir nicht sagen. Wir haben Verschwiegenheit vereinbart. Wenn ich dagegen verstoße, ist er berechtigt, mein Honorar um bis zu fünfzig Prozent zu kürzen.«

»Und wenn ich einen Teil übernähme?«

Reto Steiner schüttelte den Kopf. »Wenn das bekannt

würde, wäre meine Existenz ruiniert. Meine Auftraggeber verlassen sich auf absolute Diskretion. Es würde auch nichts ändern. Ich muss nach Hamburg.«

Yvonne seufzte. »Wann willst du aufbrechen?«

»Eure Yacht macht fünfzehn Knoten. Bis Hamburg sind es ungefähr hundert Seemeilen. Also brauche ich sieben bis acht Stunden. Da ich erst übermorgen nach Zürich fliege, darf es ruhig etwas später werden. Trotzdem muss ich mich im Lauf des Vormittags auf den Weg machen.«

Mit einem weiteren, diesmal wohligen Seufzer kuschelte Yvonne sich an Reto. »Dann haben wir ja morgen früh noch Zeit.«

»Ein ordentliches Frühstück«, murmelte Steiner, »sollte aber auch noch drin sein.«

*

Wie ein Dieb schlich Alexander durchs Haus, öffnete die Schublade im Schreibtisch seines Vaters, in dem er die Schlüssel für die Yacht gewöhnlich aufbewahrte. Sie waren nicht an ihrem Platz. Er durchsuchte den gesamten Schreibtisch seines Vaters. Ohne Erfolg. Schließlich lief er in die Küche und kippte dort die Schublade um, die zur Lagerung von allerlei Krimskrams diente. Nichts. Zwischendurch hielt er inne und lauschte auf Geräusche.

Im Erdgeschoss war alles still. Aus der oberen Etage, wo seine Mutter ihre Räume hatte, hatte er ihre Stimme gehört und zuerst vermutet, dass sie telefonierte. Doch dann hatte es von dort Laute gegeben, die eindeutig nicht zu einem Telefongespräch gehörten.

Alexander wusste, wie sich seine Mutter vergnügte, wenn ihr Ehemann abwesend war. Aber was vorhin in seine Ohren gedrungen war, war so schmerzhaft eindeutig gewesen, dass ihm fast schlecht geworden war. Hastig hatte er seine Suchaktion fortgesetzt.

Im Flur entdeckte er die Schlüssel schließlich in der Schale aus weißem Muranoglas, die auf dem Eileen-Grey-Tisch neben dem Telefon stand und gewöhnlich für ein dekoratives Arrangement mit frischem Obst diente.

Eilig angelte er den Schlüsselbund heraus und verließ fluchtartig das Haus. Die längst verklungenen Lustschreie seiner Mutter hallten in seinen Ohren nach, bis er den Hafen erreichte.

»Endlich!«, knurrte Oliver Sulfeld, als Alex auf dem Bootssteg erschien. »Wird auch Zeit.« Er deutete auf den Fahrradanhänger. »Deine Mitwisserin ist zu sich gekommen und zappelt rum. Allein kriege ich die da nicht raus.«

Alexander schreckte zurück. »Verbinde ihr die Augen!«, flüsterte er. »Sie darf mich nicht sehen.«

»Hast du die Schlüssel?« Sulfeld streckte die Hand aus.

»Gleich.« Alex blieb in drei Schritten Entfernung stehen. »Erst die Augenbinde.«

*

Obwohl sie mit den Ermittlungsergebnissen des Tages zufrieden sein konnte, lag Rieke Bernstein in ihrer zweiten Nacht auf Langeoog noch lange wach. Sie hatte eine Spur zu dem verschwundenen Heroin, und wenn der Drogenspürhund das Lager finden würde, kämen sie der Aufklärung dieses Falles noch näher. Für den Mord an Florian Andresen gab es noch keinen wirklich Verdächtigen, aber das war zu Beginn einer Todesfallermittlung normal. Sie hatte keinen Grund, beunruhigt zu sein. Der Abend mit den Kollegen war in angenehmer Atmosphäre verlaufen. Sie war froh, auf die Idee zu einem gemeinsamen Essen gekommen zu sein. Trotz des bestürzenden Falles, den alle im Hinterkopf hatten, war eine fröhliche Runde entstanden. Mit Freude und Genugtuung war Rieke zu der Einschätzung gelangt, dass die Zusammenarbeit in diesem kurzfristig zusammengewürfelten Team funktionieren würde. Nebenbei hatte sie von Mareike Cordes erfahren, dass deren Schwester Lisa und Tom Thieland miteinander befreundet waren. Lisa war durch Toms Verhalten beunruhigt gewesen, hatte aber nicht sagen können, was mit ihrem Freund los war. Das würde Mareike sicher noch herausfinden. Über Swantje hatte sie nichts Neues erfahren.

Die Bilanz des Tages war nicht schlecht, trotzdem kreisten Gedanken in ihrem Kopf, die sich nicht verbannen ließen. Sie drehten sich um Florian Andresen, Swantje Petersen, Alexander Hilbrich und Tom Thieland. Letzterer hatte offensichtlich gelogen, als er behauptet hatte, er und sein Freund hätten den Surfstrand aufgesucht. Im Gegensatz zu Uwe Pannebacker hatte dessen Kollege Hinnerk Ubbenga registriert, dass die Jungen nicht der Straße zum Strand gefolgt, sondern in den Polderweg eingebogen waren, der zum südlichen Teil des Dorfes führte. Hier, hatten die Langeooger Kollegen bestätigt, lag jene Neubausiedlung, die von Hilbrichs Firma gebaut wurde.

Rieke seufzte, schlug die Decke zurück und wälzte sich aus dem Bett. Vielleicht habe ich zu viel gegessen, dachte sie. Und getrunken. Schon wieder meldete sich ihre Blase.

Nachdem sie aus dem Bad zurückgekehrt war, öffnete sie die Balkontür, trat hinaus und inhalierte tief die frische Meeresluft. Im Gegensatz zum hell erleuchteten nächtlichen Großstadtumfeld war die Insel zu dieser Zeit fast in völlige Dunkelheit getaucht. Umso deutlicher waren Mond und

Sterne zu sehen. Als breites, helles Band zog sich die Milchstraße über den Himmel. Rieke erkannte den Großen und den Kleinen Wagen und ihr eigenes Sternbild, das der Fische. In der Ruhe, die sie umgab, vernahm sie in ihrem Inneren Julias Stimme. *Fische gelten als sensibel und feinfühlig, haben Mitgefühl und ein offenes Ohr für andere Menschen.*

Ihre Freundin war überzeugt, dass diese Charakterisierung zutraf. »Das gehört zu deinen Stärken«, sagte sie gelegentlich. Rieke selbst wünschte sich manchmal, weniger sensibel zu sein. »Wahrscheinlich ist meine Stärke gleichzeitig meine Schwäche«, murmelte sie, kehrte ins Zimmer zurück und schloss die Tür. Trotz der späten Stunde kontrollierte sie noch einmal ihr Handy. Julia war am frühen Abend nicht zu erreichen gewesen. Später hatte sie ihr eine WhatsApp-Nachricht geschickt, um sie nicht mit einem Anruf zu stören. *Wir haben jetzt auch einen tragischen Todesfall aufzuklären. Die Ermittlungen können sich also ein paar Tage hinziehen. Die Zusammenarbeit mit den Kollegen lässt sich gut an, die Insel ist recht überschaubar. Deshalb bin ich optimistisch, dass wir den Fall bald lösen. Freue mich aufs Wochenende mit dir.*

Julia hatte nicht geantwortet.

Enttäuscht legte Rieke das Smartphone zurück und kroch wieder ins Bett. Wahrscheinlich hat sie meine Nachricht nicht mehr gesehen, sagte sie sich.

*

Einige Sekunden lang glaubte Swantje an einen Albtraum. Ihre Handgelenke waren auf dem Rücken zusammengebunden, die Füße ebenfalls gefesselt. Sie würgte an einem Stück Stoff, das in ihrem Mund steckte, und war in einen engen Behälter gepfercht. Ihr Kopf dröhnte. Es war dunkel, aber aus den Augenwinkeln sah sie ein Stück Sternenhimmel. Nach und nach kam die Erinnerung. Sie war auf dem Heimweg gewesen, ein Unbekannter hatte sich ihr in den Weg gestellt und sie betäubt. Wo war sie jetzt? Ein leichtes Schwanken des Untergrundes und das Geräusch plätschernden Wassers verrieten es ihr. Im Hafen. Auf einem Bootssteg. Plötzlich vernahm sie eine Stimme. Sie schien direkt über ihr zu sein und kam ihr bekannt vor. Eine andere antwortete, kaum wahrnehmbar und undeutlich, offenbar aus einiger Entfernung.

»Wenn du vernünftig bist«, sagte der Mann in ihrer Nähe, »geschieht dir nichts.« Im nächsten Augenblick verschwand der Blick auf die Sterne, eine dunkle Gestalt beugte sich über sie und legte ihr ein Tuch über die Augen. Instinktiv wandte sie den Kopf, doch der Mann verknotete blitzschnell den Stoff an ihrem Hinterkopf. »Wir bringen dich aufs Boot«, sagte er. »Dazu schneide ich das Klebeband an deinen Füßen auf. Wenn du Zicken machst, landest du im Hafenbecken. Hast du verstanden?«

Da Swantje nicht antworten konnte, nickte sie. Gleichzeitig überlegte sie fieberhaft, wie sie ihrem Peiniger entkommen konnte. Noch einmal würde sie ihm nicht in die Kronjuwelen treten können, denn er würde sicher ausreichend Abstand wahren. Das wiederum könnte ihr erlauben, sich loszureißen und davonzulaufen. Aber wenn sie nicht ins Hafenwasser stolpern wollte, musste sie die Augenbinde loswerden. Außerdem war da noch ein zweiter Mann, der sie aufhalten konnte. Tränen der Wut und Verzweiflung traten ihr in die Augen. Vielleicht ergab sich auf dem Boot eine Möglichkeit zur Flucht, wenn sie ihr die Augenbinde abnahmen.

Sie spürte, wie das Messer die Fußfessel durchschnitt und ihre Fußgelenke beweglich wurden. Im nächsten Moment packten zwei kräftige Hände ihre Oberarme, zerrten sie aus dem engen Gefängnis und stellten sie auf die Beine. »Langsam voran!«, kommandierte der Mann. Wieder war ihr, als hätte sie die Stimme schon einmal gehört. Er führte sie ein kleines Stück vorwärts. »Jetzt einen großen Schritt, dann bist du an Deck. Bleib da stehen! Ich bringe dich gleich nach unten.«

Er ließ sie zurück und sprach mit dem anderen Mann, der wiederum so leise antwortete, dass Swantje seine Worte kaum hören konnte. Was mochten die Männer von ihr wollen? Waren sie hinter dem Heroin her und wollten Swantje danach fragen? Oder hatten sie Angst, dass sie der Polizei etwas Wichtiges sagen könnte? Dabei wusste sie nicht mal wirklich, wo es war. Allenfalls Florians Vermutung hätte sie weitergeben können. Plötzlich wurde ihr heiß und kalt zugleich. Hatten diese Männer ihn umgebracht? Dann würden sie auch nicht davor zurückschrecken, ihr Gewalt anzutun. Sie wollte schreien, brachte aber wegen des Knebels nur unartikulierte Laute hervor. Voller Angst und Wut stampfte sie mit dem Fuß auf.

»Na, na«, sagte die Stimme hinter ihr. »Wir wollen doch keinen unnötigen Lärm machen.« Im nächsten Augenblick griff eine Hand nach ihrem Oberarm, zerrte sie voran, führte sie über schmale Stufen abwärts und weiter in einen Innenraum. Hinter ihr schloss sich eine Tür. Swantje hatte das ein oder andere Boot kennengelernt, war aber noch nie auf einem gewesen, das eine abgeschlossene Kabine besaß, in der man problemlos stehen konnte. Sie musste sich auf einer der größeren Yachten befinden.

Ihr Entführer zerrte sie voran, stieß sie schließlich gegen

eine Sitzbank, auf der sie unsanft landete und halb sitzend, halb liegend verharrte. Bevor sie sich aufrichten konnte, hatte der Mann eine Schlinge über ihre Fußgelenke geworfen und irgendwo festgezurrt. Sekunden später zog er das Knäuel aus ihrem Mund und entfernte die Augenbinde. Ihre Füße waren mit der fest montierten stählernen Stütze eines Tischs verbunden. Der Typ trug noch immer die tief ins Gesicht gezogene Kappe, doch jetzt erinnerte sich Swantje, wo sie ihm schon einmal begegnet war. Auf der Terrasse des Restaurants. *Ein Bekannter aus Hamburg, der ein paar Tage Urlaub macht. Völlig harmlos*, hatte Alexander Hilbrich erklärt.

»Arschloch!«, schrie Swantje, als sie wieder richtig atmen konnte. »Was soll der Scheiß? Was wollt ihr von mir?«

»Dass du die Klappe hältst«, knurrte der Mann und versetzte ihr einen heftigen Schlag gegen den Kopf. »Sonst stopfe ich dir das Maul wieder zu.«

Swantje holte tief Luft, um erneut loszubrüllen. Doch die Angst vor dem Knebel ließ sie innehalten. »Was wollt ihr?«, wiederholte sie flüsternd und sah sich nach der zweiten Person um. Doch der andere Mann war ihnen anscheinend nicht in die Kabine gefolgt. Sie wollte nicht glauben, dass es sich um Alex handeln könnte.

»Nichts«, antwortete Alex' Bekannter. »Wenn du schön brav bist. Anderenfalls überlege ich mir, was ich mit dir anstellen könnte.« Er musterte sie eingehend. »Rothaarige sollen ziemlich rossig sein.«

»Stimmt«, zischte Swantje. »Wir können besonders gut auskeilen.«

Der Mann stieß einen hämischen Lacher aus und drehte ihr den Rücken zu. »Wir machen einen kleinen Ausflug«, rief er ihr über die Schulter zu und verschwand durch die Tür nach draußen. Einige Zeit später hörte Swantje, wie nacheinander zwei Schiffsmotoren ansprangen und den Bootskörper vibrieren ließen. Kurz darauf setzte sich die Yacht in Bewegung.

*

Samantha schlief noch, als Stefan Hilbrich sich vorsichtig aus dem Bett stahl. Einen Moment verharrte er und betrachtete das zerwühlte Lager. Wie auf einem Gemälde von Lovis Corinth streckte sich die Gestalt der jungen Frau auf dem weißen Bettzeug aus. Ihr schwarzes Haar umrahmte das helle Gesicht wie ein Fächer, eins der langen Beine lag leicht angewinkelt über der Bettdecke, unter der sich die schlanke, aber auch sehr weiblich geformte Figur abzeichnete.

Stefan löste sich von dem Anblick, warf seinen Morgenrock über und verließ leise das Schlafzimmer, um das Bad aufzusuchen. Während die Wasserspülung rauschte, betrachtete er sein Spiegelbild. Das hob seine Missstimmung auch nicht gerade an. Er hatte schlecht geschlafen, denn der Tag auf Wangerooge war nicht sonderlich erfolgreich gewesen. Zwar hatte er den Behördenvertretern das Zugeständnis abgerungen, die begonnenen Bauarbeiten fortführen zu dürfen, aber damit war die mögliche Stilllegung noch nicht vom Tisch. Es gab Abweichungen bei der Firsthöhe und bei der Größe der Wohnflächen. In der Vergangenheit hatten solche Kleinigkeiten keine Rolle gespielt. Aber nachdem vor einigen Jahren Hunderte von anonymen Anzeigen beim Landkreis Wittmund eingegangen und auf Langeoog und anderen Ostfriesischen Inseln ungenehmigte Baumaßnahmen aufgedeckt worden waren, hatte das Bauamt strengere Maßstäbe angelegt. Dagegen war mit großzügigen Einladungen nicht mehr anzukommen. Er würde einige Parteifreunde anrufen müssen, damit sie dafür sorgten, dass die Baubehörde ihren Ermessensspielraum für das Projekt auf Wangerooge in vollem Umfang nutzte. Neben dessen unsicherer Zukunft beschäftigte ihn die Frage, ob Reto Steiner die Yacht sicher nach Hamburg bringen und das Geschäft erfolgreich abwickeln würde, für das er ihn engagiert hatte. Hilbrich warf einen Blick auf die Uhr. Noch war es zu früh, aber am späten Vormittag würde Steiner auf dem Weg sein. Da er in der Nähe der Küste unterwegs sein musste, sollte er ihn per Handy erreichen können.

Als er aus dem Bad kam, durchquerte er das Wohnzimmer und warf einen Blick aus dem Fenster. Trotz der frühen Stunde strahlte die Sonne vom tiefblauen Himmel und tauchte die Schiffe im Hafen in warmes Licht. Auf die kleine Wohnung, die er Samantha gekauft und eingerichtet hatte, fiel erst am Nachmittag Sonnenschein, aber der Blick auf den Hafen – von der Kaiser-Wilhelm-Brücke links über die Kaianlagen mit ständig wechselnden Anblicken von Schleppern, Großseglern und Marineschiffen auf der gegenüberliegenden Seite bis zum Columbia-Hotel rechts – war unbezahlbar.

Die Investition brachte zwar finanziell nichts ein, trug aber wesentlich zu seiner Lebenszufriedenheit bei. Er schätzte sich glücklich, Samantha kennengelernt zu haben. Sie hatte auf Wangerooge als Saisonkraft im *Café Pudding* gearbeitet und war nach anfänglichem Zögern auf seine Einladung zu einem Abendessen in der *Strandlust* eingegangen. Trotz des Altersunterschiedes hatten sie sich auf Anhieb gut verstanden und blendend unterhalten. Nach einem Rundflug über die Ostfriesischen Inseln mit seiner Piper Seneca am darauffolgenden Tag war sie ihm um den Hals gefallen und hatte ihn geküsst. Schon am Abend des übernächsten

Tages waren sie im Bett gelandet. Auch hier hatte er einen überraschenden Gleichklang der Bedürfnisse und Vorlieben erfahren. Und beschlossen, dieses Glück festzuhalten. Samantha, die kurz zuvor die quälende Beziehung zu einem despotischen und gewalttätigen Mann beendet hatte, war bereit gewesen, sich festhalten zu lassen, und erwiderte seine Zuneigung ohne Vorbehalte.

Stefans Augen verfolgten einen grauen Schlepper, der mit gewaltiger Bugwelle durch das Wasser des Hafenbeckens pflügte. Wieder dachte er an die *Amazone*, die heute nach Hamburg unterwegs sein würde. Geduld war nicht seine Stärke, aber auf eine Erfolgsmeldung von Steiner würde er wohl bis zum Abend warten müssen. Vielleicht sogar bis morgen.

Eine Berührung am Rücken ließ ihn zusammenzucken. Doch schon in der nächsten Sekunde gab er sich ganz dem wohligen Gefühl hin, das Samanthas Umarmung auslöste. Ihre Lippen berührten seinen Nacken, mit den Armen umschlang sie seinen Oberkörper, schob eine Hand in den Ausschnitt seines Morgenmantels und ließ sie über Brust und Bauch abwärts wandern. »Komm wieder ins Bett«, murmelte sie.

18

1998

Er fand seine Mutter in ihrem Zimmer. Sie saß, als sei nichts geschehen, sichtlich entspannt in ihrem Sessel und las in einem Buch. Als Stefan eintrat, hob sie den Blick und lächelte ihn an. »Hat dein Vater mit dir gesprochen?«

Stefan nickte. »Es war ... unerfreulich. Ich verstehe nicht, wie jemand in seinem Alter auf so eine Idee kommen kann ...«

Seine Mutter legte ihren Roman zur Seite und hob eine Hand. »Das musst du auch nicht verstehen. Vielleicht fällt es dir eines Tages leichter als jetzt. Ich hoffe allerdings nicht, dass du dich jemals in eine solche Situation bringst.« Sie deutete auf einen Sessel. »Komm, setz dich! Was hast du auf dem Herzen?«

»Ich?« Stefan ließ sich nieder und sah seine Mutter unsicher an. »Hauptsächlich geht es ja wohl um dich.«

Sie schüttelte den Kopf. »Mach dir um mich keine Sorgen, mein Junge! Ich habe mit so etwas gerechnet. Dein Vater und ich führen schon lange keine glückliche Ehe mehr. Uns ist die Liebe vor vielen Jahren abhandengekommen. Reinhard hatte seine Geschäfte, ich habe mich um Haus und Garten gekümmert. Mein Fehler war, dass ich den Absprung nicht geschafft habe. Auch nicht, als er sich mit dieser Valentina eingelassen hat. Aber noch ist es nicht zu spät. Ich ziehe in die Stadt, werde wieder arbeiten und mir ein neues Leben aufbauen. Meine Freundin Svea Olsen bekniet mich schon länger, in ihr Geschäft einzusteigen. Ich werde im Buchhandel arbeiten. Du siehst, meine Perspektiven sind nicht schlecht.«

Verblüfft starrte Stefan seine Mutter an. »Ich hätte nicht gedacht ... Das klingt ja fast, als ob du –«

»Froh bist?«, unterbrach sie ihn lächelnd. »In gewisser Weise bin ich das. Zumindest darüber, dass der gegenwärtige Zustand ein Ende hat. Und ich gewinne Selbstständigkeit und Unabhängigkeit zurück.« Sie musterte ihn besorgt. »Für dich ist alles viel schwieriger.«

Stefan zuckte mit den Schultern. »Vielleicht. Vielleicht auch nicht. Finanzielle Unterstützung hätte ich von Vater so oder so nicht bekommen. In drei Monaten ist meine Ausbildung zu Ende. Dann verdiene ich mein eigenes Geld. Die Sparkasse will mich übernehmen, aber ich habe etwas anderes vor. Dazu brauche ich deine Hilfe.«

»Nur zu!« Seine Mutter sah ihn aufmunternd an. »Geh deinen eigenen Weg! Wenn ich dir behilflich sein kann – gerne.«

»Also«, begann Stefan, »es geht um ein Geschäft. Eine größere Finanztransaktion. Damit würde ich mir eine Existenz auf dem Immobiliensektor schaffen. Verkauf und Vermietung von Ferienwohnungen auf den Ostfriesischen Inseln.«

»Das hört sich gut an. Tourismus in Deutschland hat Zukunft.«

Stefan nickte. »Aber die Sache hat einen Haken.«

»Nämlich?«

»Um in das Geschäft einsteigen zu können, brauche ich fünftausend Mark.«

»Klingt ein bisschen abenteuerlich«, wandte seine Mutter ein. »Aber du bist der Finanzfachmann. Du wirst wissen, was du tust. An ein paar Tausend Mark soll deine Zukunft nicht scheitern. Den Betrag kann ich leicht entbehren.«

»Wirklich? Du bist die Beste.« Stefan umarmte seine Mutter und strahlte sie an. »Es gibt noch mehr Neuigkeiten, Mama. Ich werde heiraten.«

Die Nachricht schien seiner Mutter die Sprache zu verschlagen. Sekundenlang sah sie ihn mit offenem Mund an. »Das ist in der Tat eine Überraschung«, murmelte sie schließlich. »Bist du sicher? Ich meine, seid ihr euch sicher? Ist sie aus Wilhelmshaven? Kenne ich sie?«

»Ja. Nein. Ich meine, nein, du kennst sie nicht. Ja, ich bin mir ganz sicher, wir beide sind uns sicher, wir lieben uns. Sie heißt Yvonne und lebt auf Langeoog.«

Wieder schwieg Stefans Mutter einige Sekunden. Stefan rechnete mit Einwänden. Doch dann erschien ein Lächeln auf ihrem Gesicht. »Eine schöne Neuigkeit, mein Junge. Ich hoffe und wünsche euch, dass ihr glücklich werdet. Wann kann ich Yvonne kennenlernen?«

*

Drei Tage nach dem Gespräch mit seiner Mutter und einem Telefonat mit Yvonne, in dem sie sich auf einen Hochzeitstermin im Herbst geeinigt hatten, suchte Stefan den Privatdetektiv in dessen Büro auf und legte zwanzig Fünfhundert-Mark-Scheine auf den Schreibtisch. »Zehntausend. Falls du nachzählen willst ...«

Frank Sörensen nahm das Geld, ließ die Scheine wie Spielkarten durch die Finger gleiten und verstaute sie in einer Schublade. »Ich sehe, du meinst es ernst.«

»Natürlich«, erwiderte Stefan. »Wann bekomme ich die Sachen?«

»Mitte bis Ende nächster Woche. Ich melde mich bei dir. Hast du ein Handy?«

Stefan nickte und nannte die Nummer. Dann deutete er auf die Schublade. »Wie wär's mit 'ner Quittung? Zehntausend sind schon ziemlich krass.«

»Willst du die Ausgabe von der Steuer absetzen?« Frank lachte. »Bei solchen Geschäften gibt's keine Quittungen. Du musst mir schon vertrauen.« Er öffnete das Fach, nahm die Geldscheine heraus und hielt sie Stefan hin. »Oder die Kohle wieder mitnehmen.«

*

Das Amtsgerichtsgebäude an der Marktstraße hatte Stefan schon einmal von innen gesehen. Als Schüler war er mit seiner Klasse dort gewesen, um eine Gerichtsverhandlung mitzuerleben. Vor dem Besuch hatte der Lehrer von der Gründung des Amtsgerichts im neunzehnten Jahrhundert, von wechselnden Zuständigkeitsbereichen und der Stadt Rüstringen gesprochen, die später mit Wilhelmshaven zusammengelegt worden war. An weitere Einzelheiten erinnerte er sich nicht, wohl aber an das imposante altertümliche Gebäude aus rotem Backstein. Es erschien ihm nicht mehr so riesig wie damals, aber als er es betrat, erkannte er sofort den Geruch wieder. Trotz der vielen Jahre, die seitdem vergangen waren, roch es in den Fluren noch genauso wie damals. Eine Mischung aus Reinigungsmitteln, trockenem Staub und muffigem Keller. Nachdem er sich an der Pforte ausgewiesen und nach dem Weg erkundigt hatte, lief er einen dunklen Flur entlang, in dem seine Schritte dumpf widerhallten. Neben grauen Türen zeigten kleine Schilder an, wer oder was sich dahinter verbarg.

In den Räumen des Grundbuchamtes überwog der Geruch trockener Heizungsluft. Durch ein Fenster fielen Sonnenstrahlen, in denen winzige Staubkörner tanzten. Stefan musste ein Formular ausfüllen und wurde zu einem Tisch geführt, der seitlich mit einem Bügel zum Anlehnen des schweren Ordners versehen war. Eine grauhaarige Angestellte in grauem Kostüm und grauen Schuhen ließ sich seinen Personalausweis und die Vollmacht seines Vaters zeigen, die er mit Franks Hilfe an seinem Computer erstellt hatte.

»Reinhard Hilbrich«, murmelte sie und sah Stefan prüfend an. »Ihr Vater ist mein Vermieter. Ein Kavalier alter Schule.« Die Andeutung eines Lächelns erschien in ihrem Gesicht. »Schade, dass er nicht selbst kommen konnte.«

Sie deutete auf einen Stuhl vor dem Lesetisch. »Nehmen Sie schon mal Platz! Ich hole das Buch und die entsprechende Grundakte.« Sie verschwand durch eine Tür, die sie offen stehen ließ. Der Raum dahinter war vom Boden bis zur Decke mit Regalen voller Akten und riesiger Folianten gefüllt.

Wenig später kehrte sie zurück, legte den Aktenordner vor ihm ab und schlug den Deckel auf. »Eintragungen über die Eigentümer finden Sie auf den rosaroten Blättern der Abteilung eins. Belastungen mit Ausnahme von Hypotheken sowie Beschränkungen des Verfügungsrechts sind auf den gelben Blättern eingetragen. Abteilung drei enthält Hypotheken, Grund- und Rentenschulden auf grünem Papier.«

Stefan bedankte sich und wartete, bis sich die Frau entfernt hatte. Dann machte er sich an die Arbeit.

Nach einer guten halben Stunde verließ er erleichtert und zufrieden das Gebäude. Der erste Teil seines Vorhabens war geschafft. Er hatte die Code-Zahl gefunden und mithilfe der Metallschablone ausgezählt, wo auf dem Blatt die Löcher gestanzt werden mussten. Der nächste Besuch würde etwas schwieriger, denn dann musste er das präparierte Blatt hineinschmuggeln und in den Ordner heften. Von dem Augenblick an würde das Geschäftshaus seines Vaters ihm gehören. Die Vorstellung und der heutige Erfolg versetzten ihn in euphorische Stimmung. Er zog sein Handy aus der Tasche und wählte Franks Nummer. »Hallo, Frank«, rief er ins Telefon. »Treffen wir uns heute Abend auf ein Bier? Wie wär's mit der *Kogge* in der Börsenstraße? Ich gebe einen aus.«

19

2018

Obwohl sie sich noch lange schlaflos im Bett gewälzt hatte, wachte Rieke auf, bevor der Wecker klingelte. Für einen Augenblick glaubte sie, sein Piepen überhört und verschlafen zu haben, doch ein Blick auf die Uhr zeigte ihr, dass sie noch mindestens eine Stunde Zeit hatte, bis das Hotel sein Frühstücksbuffet eröffnete. Sie schwang die Beine über die Bettkante und griff nach dem Smartphone auf dem Nachttisch. Ein dezentes Blinken zeigte den Eingang neuer Nachrichten an. Eine kam von Julia, die zweite von Hannah Holthusen. Erleichtert tippte sie auf das WhatsApp-Symbol.

Liebste, deine Nachricht habe ich erst heute Morgen gelesen. Gestern ist es spät geworden. (Muss noch einiges aufarbeiten, damit ich guten Gewissens nach Langeoog kommen kann.) Ich hoffe, dass dich der neue Fall nicht zu sehr mitnimmt, und freue mich, dass du mit netten Kollegen zu tun hast. Ihr werdet das schon hinkriegen. Wünsche dir einen angenehmen und erfolgreichen Tag und umarme dich.

Rieke tippte rasch eine Antwort. Dann rief sie Hannahs Meldung auf.

Moin, liebe Rieke. Die gute Nachricht ist, dass ich nach Langeoog kommen kann. Die schlechte bedeutet Wartezeit. Heute kann ich noch nicht weg. Aber morgen früh mache ich mich auf den Weg. Soll ich mich bei dir melden? Oder bei deiner Kollegin? Vielleicht in der Polizeistation?

Rieke schrieb zurück: *Ruf mich an, wenn du unterwegs*

bist. Ich hole dich am Inselbahnhof ab oder schicke jemanden, der dich in Empfang nimmt. Bis bald!

Nachdem sie die Nachricht abgesandt hatte, warf sie erneut einen Blick auf die Uhr. Ich sollte die Zeit für ein bisschen Bewegung nutzen, dachte sie. So frische und gesunde Luft wie hier habe ich in Hannover nicht.

Wenig später verließ sie in dunkelblauen Lauftights und einem roten Shirt das Hotel. Ohne an ein bestimmtes Ziel zu denken, schlug sie den Weg zum Pirolatal ein. Erst als sie den für die Aufspülungen gesperrten Strandabschnitt erreichte, wurde ihr klar, dass sie den Tatort angesteuert hatte. Auf dem schmalen Weg, der durch die Dünen führte, hielt sie inne und ließ den Blick über das Gelände schweifen. Die Arbeiten hatten noch nicht begonnen. Den stillgelegten Bulldozer hatten die Kollegen zusätzlich mit Absperrband umzäunt und mit einer Plane bedeckt. Auch der Leichenfundort war markiert und gesichert worden. Heute würden zwei Kollegen der Kriminaltechnik Maschine und Fundstelle auf Spuren untersuchen. Bahnbrechende Erkenntnisse erwartete Rieke davon nicht. Da der Täter Handschuhe getragen hatte, dürfte er weder Fingerabdrücke noch DNA-Spuren hinterlassen haben. Ihre Hoffnung galt dem Drogenspürhund. Wenn er sie zu dem verschwundenen Heroin führte, hätten sie eine Spur zu Florians Mörder. Sie zweifelte nicht daran, dass sein Tod mit dem Rauschgift zusammenhing.

Rieke setzte ihren Weg fort und schlüpfte unter der Absperrung durch. Obwohl sie nicht mit neuen Erkenntnissen oder Funden rechnen konnte, lief sie noch einmal den Bereich ab, den sie schon mit den Kollegen gründlich in Augenschein genommen hatte. Bevor sie den Rückweg antrat, richtete sie den Blick auf die Nordsee, dehnte die Brust und atmete tief durch. Als sie sich gerade abwenden wollte, entdeckte sie ein Boot. Schon von der Düne aus hatte sie den hellen Punkt bemerkt, der zwischen den Wellen schaukelte, ihn aber für eine Markierungsboje gehalten. Jetzt erkannte sie die Form einer Yacht. Sie bewegte sich nicht. Rieke schloss daraus, dass sie vor Anker lag und die Besatzung die Nacht auf See verbracht hatte.

Sie wusste nicht, ob die Menschen zu beneiden oder zu bedauern waren, die auf einem schaukelnden Boot schlafen mussten. Diese Mannschaft hatte es wahrscheinlich gut getroffen, weil das Meer ruhig war und die Sonne wärmte. Wahrscheinlich gab es für sie nichts Schöneres als Frühstück auf hoher See. Der Gedanke an Kaffee und frische Brötchen ließ sie den Weg zum Hotel einschlagen.

*

Stunden hatte Swantje zwischen Wachen und Schlafen verbracht. Anfangs hatte sie sich gezwungen, Augen und Ohren offen zu halten, um sich auf Beobachtungen und Geräusche konzentrieren zu können. Doch dann war sie für Sekunden oder Minuten eingenickt. Schließlich hatte sie versucht, sich vor der Realität in den Schlaf zu flüchten. Doch der Albtraum hatte sie in keiner Phase verlassen. Unzählige Male hatte sie bereut, das giftige Strandgut in den Dünen versteckt und die Polizei angerufen zu haben. Unzählige Male hatte sie sich gefragt, was genau der Typ, der sie auf dem Boot festhielt, von ihr wollte. Er hatte nicht versucht, etwas aus ihr herauszubekommen. Auf ihr Fragen und Betteln hatte er nur den Kopf geschüttelt oder mit den Schultern gezuckt.

Immerhin hatte er die Handfesseln hinter dem Rücken gelöst. Nun waren ihre Hände vorn zusammengebunden. Mit etwas Spielraum, sodass sie sich auf der Sitzbank ausstrecken, die Augen reiben oder am Kopf kratzen konnte. Das Seil an ihren Füßen hatte er durch ein längeres ersetzt, das ihr erlaubte, aufzustehen und sich mit winzigen Schritten zu bewegen. Die Tür blieb allerdings unerreichbar. Ebenso die Pantry, in der möglicherweise ein Messer zu finden war, mit dem sie ihre Fesseln durchschneiden konnte.

Die Motoren standen still, das Boot machte keine Fahrt. Lagen sie irgendwo vor Anker? Sie hörte den Entführer auf dem Deck herumgehen und telefonieren. Leider war kein Wort zu verstehen. Kurz darauf schwang die Tür auf.

»Moin, junge Frau. Wie wär's mit Frühstück?« Er deutete auf die Küchenecke. »Mikrowelle, Kühlschrank, Vorräte – alles vorhanden.«

»Ich muss aufs Klo«, entgegnete Swantje. »Dringend.«

Er verzog das Gesicht. Schließlich deutete er auf eine schmale Tür. »Versuch, ob du da hinkommst!«

Sie stand auf, machte zwei winzige Schritte in die angegebene Richtung, streckte die gefesselten Hände aus und öffnete die Tür zur Toilette. Aber zum Hineingehen reichte der Spielraum ihrer Füße nicht.

Der Typ kam vorsichtig näher. »Bevor du in die Kabine machst ...« Er zog ein Seglermesser aus der Tasche und klappte einen Marlspieker heraus. »Keine Zicken, Mädchen! Sonst gibt's was auf die Fresse.«

Mit dem spitzen Werkzeug öffnete er die Fesseln an den Handgelenken, lockerte einen der Knoten an ihren Füßen und löste das Seil von der Metallstange.

Swantje tippelte wieder zur Toilette, betrat das schmale Gelass und zog die Tür hinter sich zu.

Während sie sich erleichterte, kreisten ihre Gedanken erneut um die Frage, wie sie ihrem Bewacher entkommen konnte. Einmal mehr erwog und verwarf sie die Idee, in einem passenden Augenblick über Bord zu springen. Dafür musste sie erst einmal an Deck kommen. Und sie wusste nicht, ob Land in erreichbarer Nähe war.

»Wo sind wir eigentlich?«, fragte sie, als sie die Toilette verließ.

»Langeoog ist in Sichtweite«, antwortete der Entführer. »Kann aber sein, dass wir hier nicht bleiben können. Kommt ganz drauf an.«

»Worauf?«

Der Mann stieß ein unwilliges Grunzen aus. »Geht dich nichts an, Mädchen. Stell nicht so viele Fragen, mach lieber Kaffee für uns! Und was zu essen.« Erneut deutete er auf die Pantry. »Ist alles da. Musst nur ein bisschen suchen.«

»Ich soll dir auch noch Frühstück machen?«, empörte sich Swantje.

»Genau. Du kümmerst dich darum, dass wir was zwischen die Zähne kriegen. Oder ich binde dich wieder fest.«

✷

»Ich brauche jemanden, der einen Koffer zur Yacht bringt«, sagte Reto Steiner nach dem Frühstück. »Ziemlich groß und schwer. Mindestens zwanzig Kilo.«

»Wir haben hier einen Gepäckdienst«, antwortete Yvonne zögernd. Sie schien noch nicht akzeptiert zu haben, dass er sie und die Insel schon wieder verlassen wollte. »Den könnte ich anrufen. Aber musst du wirklich schon heute …? Ich meine … Es kommt doch sicher nicht auf zwei oder drei Tage an.«

Steiner griff nach ihrer Hand und drückte sie. »Tut mir leid, Yvonne. Ich muss meinen Auftrag erfüllen. Dein Mann wäre nicht begeistert, wenn ich euer Boot später als vereinbart nach Hamburg bringen würde. Außerdem kostet jeder

Tag Geld. Wahrscheinlich ist er in der Hansestadt Verpflichtungen eingegangen, die keine Verzögerung dulden.«

Yvonne zeigte eine betrübte Miene. »Ich bin überrascht, dass er die *Amazone* anscheinend doch verkaufen will. Bisher hat er sich dagegen gesträubt. Mich wundert nur, dass er sie nicht selbst übergibt.«

»Wahrscheinlich sind die Einzelheiten schon geklärt.« Steiner glaubte nicht an einen Verkauf der Yacht, denn davon hatte Hilbrich nicht gesprochen. Es ging um den Transport des Koffers. Steiners Vorschlag, ihn mit dem Flugzeug selbst nach Hamburg zu bringen, hatte Hilbrich abgelehnt. Starts und Landungen wurden registriert, und er meinte, der eine oder andere könne sich darüber wundern, wenn er den Koffer zum Flieger schleppte. Das müsse diskreter vor sich gehen, und außerdem fehle ihm auch die Zeit dafür.

Steiner hatte nicht erwähnt, dass auch er sich wunderte. Da Hilbrich den enormen Aufwand für den Transport nicht scheute, musste der Inhalt von beträchtlichem Wert sein. Was er enthielt, wusste Steiner nicht, wollte er nicht wissen. Um Kleidung und Reisebedarf handelte es sich sicher nicht. Doch diese Überlegungen behielt er für sich. Am Hamburger Hauptbahnhof würde er jemanden treffen, der den Aluminiumkoffer übernehmen und ihm im Gegenzug einen Aktenkoffer aushändigen sollte. Den würde er in einem Schließfach deponieren. Damit wäre sein Auftrag erfüllt.

Yvonne riss ihn aus seinen Gedanken. »Soll ich den Gepäckdienst anrufen? Ich weiß allerdings nicht, ob der kurzfristig verfügbar ist. Normalerweise muss man seine Transportwünsche vorher anmelden.«

Steiner runzelte die Stirn. »Euer Gepäckdienst mag zuverlässig sein, aber ich würde den Koffer gern im Auge behalten. Gibt es keine andere Möglichkeit?«

»Alexander könnte das übernehmen. Der hat einen Anhänger fürs Fahrrad, auf dem er seine Surfboards transportiert.« Yvonne fasste sich an die Stirn. »Ach, nein, das geht ja gar nicht. Er hat beide Hände verbunden.« Sie schüttelte den Kopf. Doch dann hatte sie offenbar eine Idee. »Lass mich kurz telefonieren. Ich kenne einen jungen Mann, der das machen kann. Ein Surfkumpel von Alex. Der tut mir gern einen Gefallen.«

»Das klingt gut.« Reto Steiner lächelte. »Ruf ihn an! Wenn er den Transport übernimmt und ich ihn auf dem Weg begleiten kann, ist alles klar.« Er warf einen Blick auf die Uhr. »Bestell ihn für ... sagen wir ... in einer Stunde?«

Yvonne grinste verschwörerisch. »Eine Stunde – super!« Sie stand auf und griff zum Telefon.

✶

Tom zuckte zusammen, als sein Handy klingelte. Mit zwiespältigen Gefühlen starrte er auf die Nummer. Sollte er den Anruf annehmen? Was konnte Yvonne Hilbrich von ihm wollen? Er hatte sie schon länger nicht mehr gesehen. Warum rief sie jetzt an?

Er wischte über das Display und meldete sich zögernd. »Hallo?«

»Moin, Tom. Ich bin's. Leg nicht auf! Ich hätte eine Bitte.«

Sie klang anders als sonst. Tom entschied, ihr zuzuhören. »Hallo, Yvonne. Was willst du?«

»Du könntest mir einen Gefallen tun. Es geht darum, einen Koffer zum Hafen zu bringen, der ziemlich groß und schwer ist. Man kann ihn nicht einfach so tragen. Ein Bollerwagen wäre gut. Oder ein Fahrradanhänger. Alex hat beide Hände verletzt. Kannst du vielleicht ...?«

»Wollt ihr verreisen?«

»Nein. Ein Geschäftsfreund meines Mannes bringt unsere Yacht nach Hamburg. Er nimmt den Koffer mit. Es wäre eine große Hilfe, wenn du den Transport übernehmen könntest. Natürlich gegen Bezahlung.«

Tom, der im ersten Augenblick absagen wollte, hielt die Luft an. Die Kombination der Stichworte *schwerer Koffer*, *Geschäftsfreund* und *Hamburg* elektrisierte ihn. Hatte Alex die Pakete aufgetrieben? Aber warum kümmerte sich jetzt seine Mutter darum?

»Hallo, Tom, bist du noch da?« Yvonne riss ihn aus seinen Gedanken.

»Ja«, antwortete er, noch unentschlossen. »Also, ich weiß nicht. Kommt die Idee von Alex? Hat er den Koffer –«

»Alexander hat nichts damit zu tun«, unterbrach Yvonne ihn. »Es geht um eine geschäftliche Angelegenheit meines Mannes. Mehr weiß ich auch nicht. Wir brauchen nur ein Transportmittel. Wie sieht's aus, machst du's?«

»Okay, ich komme. Wann soll ich da sein?«

»In einer Stunde.« Yvonne klang erleichtert. »Danke, Tom«, fügte sie hinzu.

»Also in einer Stunde. Bis dann.« Tom beendete das Gespräch. Er konnte nicht verhindern, dass Bilder aus der Erinnerung auftauchten, in denen Yvonne Hilbrich eine sehr weibliche Rolle spielte. Vielleicht, dachte er, sollte ich es noch einmal bei ihr probieren. Sie verführen. Nur noch einmal. Und zwar so, dass Alex mitbekommt, wie hemmungslos seine Mutter sich gewissen Vergnügungen hingeben kann – mit mir.

*

An ihrem zweiten Morgen im *Logierhus* ließ Rieke sich mit dem Frühstück Zeit. Nach dem Joggen hatte sie geduscht, war in bequeme Sommerkleidung geschlüpft und hatte sich die *Hannoversche Allgemeine* auf ihren Tablet-PC geladen. Am Eingang zum Frühstücksraum war sie auf ein Exemplar der *Langeoog-News* gestoßen.

Während sie genüsslich in ein warmes Croissant biss und am heißen Kaffee nippte, überflog sie die Nachrichtenseiten der HAZ und wandte sich dann der Zeitung von der Insel zu. In der täglichen Online-Ausgabe hatte sie bereits Pannebackers Aufruf entdeckt. Einheimische und Gäste wurden gebeten, Beobachtungen, die sie am fraglichen Morgen im Bereich des Strandes zwischen Pirolatal und Melkhörndüne gemacht hatten, der Polizeistation Langeoog zu melden. Neben der Anschrift waren auch Telefonnummer und E-Mail-Adresse angegeben.

In der gedruckten Ausgabe der *Langeoog-News* war der Hinweis nicht enthalten. Sie kam nur einmal wöchentlich heraus, und die aktuelle Zeitung war schon vor drei Tagen erschienen. Trotzdem blätterte Rieke sie neugierig auf.

Sie war noch keine achtundvierzig Stunden auf der Insel, hatte ein Tötungsdelikt und den Verbleib einer größeren Menge Rauschgift aufzuklären – nicht gerade eine erbauliche Tätigkeit. Aber der Charme des autofreien Eilands mit seinem überschaubaren Dorf hatte sie bereits verzaubert und ihr Interesse an Insel-Neuigkeiten geweckt. Vielleicht fand sie auch eine Veranstaltung, die sie am Wochenende mit Julia besuchen konnte.

Im Gegensatz zu Schreckensmeldungen aus aller Welt, die ihr aus der *Hannoverschen Allgemeinen* entgegengeschlagen waren, nahmen sich die Nachrichten für und aus Langeoog ungetrübt und geradezu heiter aus. Auf der Kulturseite ging es um Shanty-Konzerte der *Flinthörners*, eine Lesung mit einem Krimiautor und einen Auftritt des Gospelchors. Und es wurde die Frage gestellt, ob es einen weiteren *Tatort* mit Petra Schmidt-Schaller und Wotan Wilke Möhring geben würde, die als Katharina Lorenz und Thorsten Falke auf Langeoog ermittelt hatten. Bei Gelegenheit würde sie Uwe Pannebacker darauf ansprechen, denn der Polizeioberkommissar hatte laut Inselzeitung als Komparse in dem Krimi mitgewirkt.

Ihr Smartphone vibrierte und unterbrach die Lektüre. SMS von Jan Eilers. *Moin, Rieke. Info aus Oldenburg. Spusi+Hundeführer+Hund treffen 10.30 Uhr ein. Gruß, Jan*

Rasch tippte sie eine Antwort. *Danke für die Nachricht! Bringst du die Kriminaltechniker zum Strand/Bulldozer? Gerit soll den Hundeführer zum Neubau begleiten. Ich kümmere mich um den Durchsuchungsbeschluss und komme nach. Gruß, Rieke*

Danach vertiefte sie sich in einen Artikel über die Wasserversorgung auf der Insel. Schon am ersten Morgen unter der Dusche hatte sie sich gefragt, woher die Langeooger ihr Wasser bekamen. Mit Elektrizität, hatte sie bereits erfahren, wurden sie über armdicke Kabel vom Festland versorgt. Aber Wasserleitungen durchs Watt? Die gab es tatsächlich nicht. Stattdessen eine Süßwasserlinse, ein Reservoir im Inselinneren, das nur aus der Versickerung des Niederschlags gespeist wurde. Weil Süßwasser leichter als Salzwasser war, schwamm die Linse regelrecht auf der salzigen Umgebung, eingerahmt von einer Schicht aus Mischwasser. Gefährdet war der lebenswichtige Vorrat durch übermäßige Entnahme, aber auch durch das Eindringen von Salzwasser bei einer Sturmflut. Deshalb dienten Maßnahmen für den Küstenschutz gleichzeitig dem Erhalt der Trinkwasservorräte. Im *Infohaus Altes Wasserwerk* konnte man sich über die Einzelheiten der Wasserversorgung informieren. Rieke nahm sich vor, die Ausstellung zu besuchen, sobald die Ermittlungen ihr Zeit dafür ließen.

Ihre Lektüre wurde erneut unterbrochen, als ihr Tablet den Eingang einer E-Mail meldete. Sie kam von Fokko Rasmussen, deshalb öffnete Rieke sie sofort. Ihre Erwartungen wurden nicht enttäuscht. Als Anhang übersandte der Staatsanwalt die richterliche Anordnung der Hausdurchsuchung. Rasch überflog sie das Formular. Der Durchsuchungsbeschluss bezog sich auf alle Langeooger Liegenschaften, die im Besitz der Firma oder der Familie von Stefan Hilbrich waren, sowie auf deren Fahrzeuge. Rasmussen hat sich ordentlich ins Zeug gelegt, dachte Rieke anerkennend und warf einen Blick auf die Uhr. Bis zum Eintreffen des Drogenspürhunds blieben mehr als zwei Stunden Zeit. Sie konnte in Ruhe frühstücken, trotzdem gab es genug Spielraum für die Vorbereitung der Durchsuchung und eine erste Auswertung der inzwischen vorliegenden Zeugenbefragung.

★

»Ich kann die Schlüssel für die *Amazone* nicht finden.« Yvonne hob die Schultern. »Das verstehe ich nicht. Die liegen sonst immer in Stefans Schreibtisch in einer Schublade.«

Reto Steiner hatte den schweren Koffer aus dem Keller geholt und in den Flur neben sein vergleichsweise kleines Gepäckstück gestellt. »Dein Mann wollte die Schlüssel hier irgendwo deponieren. In einer Glasschale.« Steiner sah sich suchend um und deutete auf das weiße gläserne Gefäß. »Darin vielleicht?«

Yvonne Hilbrich warf einen Blick hinein und schüttelte den Kopf. »Da sind sie auch nicht. Warte! Er hat Ersatzschlüssel im Safe. Ich hole sie.«

»Du kannst den Safe öffnen?« In Steiners Frage schwang Verwunderung mit.

»Klar.« Yvonne lachte. »Stefan glaubt, nur er kennt die Kombination. Und er hält mich für ... unterbelichtet. Das ist einer seiner Fehler.« Mit einer Kopfbewegung deutete sie in Richtung des Arbeitszimmers ihres Mannes. »Bin gleich wieder da.«

In dem Augenblick, in dem sie mit dem Schlüssel zurückkehrte, klingelte es an der Haustür. »Das wird der junge Mann sein, der dein Gepäck zum Hafen bringt«, vermutete sie. »Tom Thieland.« Bevor sie die Tür öffnete, fügte sie hinzu: »Mir wäre es ganz lieb, wenn du ihn bezahlen würdest. Ich möchte ihm keinen Geldschein in die Hand drücken müssen. Könnte ihm peinlich sein.«

»Kein Problem. Spesen übernimmt dein Mann.« Steiner griff in eine Tasche seines Jacketts und zog ein Bündel Scheine hervor.

*

»Moin, Tom«, begrüßte Yvonne Hilbrich ihn. »Nett, dass du gekommen bist.« Sie deutete auf seinen Verband. »Du hast dich auch verletzt? Alexander hat *beide* Hände verbunden. Was habt ihr bloß angestellt?« Sie schien keine Antwort zu erwarten, sondern ließ die Haustür aufschwingen und trat zur Seite. »Bitte. Der Koffer steht im Flur, neben einem kleineren.«

Zögernd betrat Tom die Villa. Im Eingangsbereich stand ein Mann, den er noch nie gesehen hatte. Er war etwa Mitte dreißig, wirkte sportlich und sah aus wie eine jüngere Ausgabe von George Clooney.

»Das ist Herr Steiner«, erklärte Yvonne. »Er wird die

Amazone nach Hamburg überführen.« Sie wandte sich dem Mann zu und fuhr fort: »Tom bringt das Gepäck zum Hafen. Und anschließend das Fahrrad hierher zurück.«

»Guten Tag, Tom.« Er schüttelte ihm die Hand. »Freut mich, dass Sie uns behilflich sind. Einer der beiden Koffer wiegt mindestens zwanzig Kilo. Ein bisschen viel, um ihn mal eben zum Hafen zu tragen.« Steiner sprach mit Schweizer Akzent.

»Warum nehmen Sie nicht die Inselbahn?«, fragte Tom. »Die bringt Sie zwar nicht bis zum Yachthafen, aber vom Fähranleger ist es nicht mehr weit.«

»Frau Hilbrich hatte die Idee, einen Transportdienst in Anspruch zu nehmen.«

»Ja«, bestätigte Yvonne. »Der Zug ist in dieser Zeit überfüllt, und man muss sein Zeug doch noch ein ganzes Stück tragen. Die *Amazone* liegt am letzten Steg. Mit dem Fahrradanhänger könnt ihr auf den Anleger fahren. Das ist bequemer.« Sie warf einen Blick auf Toms Verband. »Oder ist das ein Problem für dich?«

»Nein«, murmelte Tom. »Ich bin nur nicht so schnell.« Er hob seine bandagierte Hand. »Bei vollem Anhänger und mit einer Hand …«

»Das ist in Ordnung«, antwortete Steiner. »Wir fahren zusammen. Ich möchte mein Gepäck ohnehin ungern aus den Augen lassen.« Er trat auf Tom zu und steckte ihm einen Geldschein in die Brusttasche. »Fünfzig Euro. Ist das in Ordnung?«

Tom nickte wortlos. »Ich bringe den schon mal raus.« Während er das schwere Gepäckstück zu seinem Fahrradanhänger trug, fragte er sich, was sich darin befinden mochte. Und warum ein Mann aus der Schweiz nach Langeoog kam, um einen Koffer abzuholen. Konnte es sein, dass Alex in der kurzen Zeit einen Käufer für das Heroin gefunden und das Geschäft eingefädelt hatte? Toms Gedanken rasten. Transportierte ausgerechnet er, Tom Thieland, in seinem Anhänger die Ware zum Hafen? Würde er mit ansehen müssen, wie der wertvolle Inhalt über die Nordsee verschwand? Ohne dass er einen Anteil daran hatte? Sollte er sich mit fünfzig Euro abspeisen lassen, während Alexander Hilbrich eine Million kassierte? Als er den Anhänger belud, bemerkte er, dass seine unverletzte Hand zitterte. Das kam nicht nur von der Anstrengung, auch sein Puls hatte sich beschleunigt. In dem Koffer befand sich das Heroin, er war jetzt ziemlich sicher. »Wo ist eigentlich Alex?«, fragte er mit belegter Stimme, nachdem er ins Haus zurückgekehrt war.

Yvonne hob die Schultern. »Schläft wahrscheinlich noch. Letzte Nacht ist er erst gegen zwei Uhr nach Hause gekommen.«

Sie wandte sich an den Schweizer. »Ich glaube, ihr könnt jetzt los. Gute Fahrt! Oder vielmehr Mast- und Schotbruch! Lass mal wieder von dir hören, Reto!« Sie küsste ihn auf die Wange, wie man einen alten Bekannten verabschiedet, doch Tom beschlich das Gefühl, dass sie und Steiner etwas miteinander hatten.

Er nahm das zweite Gepäckstück und eilte nach draußen. Dabei kreisten seine Gedanken um die Frage, wie er den George-Clooney-Verschnitt daran hindern konnte, mit dem Heroin von der Insel zu verschwinden. Einfach mitsamt Anhänger irgendwo abbiegen und davonfahren konnte er nicht. Der Mann war erkennbar gut trainiert. Er würde ihn sofort einholen. Tom blieb nur ein geringer Spielraum. Im Yachthafen. Beim Umladen. Kurz bevor der Koffer auf der *Amazone* landete.

Auf der Hafenstraße war nicht viel los. Trotz Toms Verletzung kamen sie gut voran. Gelegentlich sah er sich um. Der Schweizer blieb dicht hinter ihm, trat offenbar ohne Mühe in die Pedale. Dagegen war Tom ins Schwitzen geraten. Weniger aus Anstrengung, eher wegen der Gedanken, die durch seinen Kopf jagten. Kurz hatte er sich vorgestellt, den Mann ins Wasser zu stoßen und mit dem Koffer zu verschwinden. Aber womöglich würde sein sportliches Gegenüber blitzschnell reagieren und ihn außer Gefecht setzen. Zumal er wegen seiner Hand gehandicapt war. Außerdem war im Yachthafen mit Publikum zu rechnen. Zwar wären die Skipper mit ihren Booten beschäftigt und würden kaum auf andere Personen achten, aber es gab immer Passagiere, die aufs An- oder Ablegen warteten, und Touristen, die neugierig alles beobachteten, was sich auf den Stegen tat. Eine körperliche Auseinandersetzung mit Steiner kam nicht infrage. Er musste eine andere Lösung finden. Als sie die *Ostfriesische Teestube* passierten, hatte er eine Idee. Das Heroin war wasserfest und in einem stabilen Aluminiumkoffer verpackt. Es würde keinen Schaden nehmen, wenn es für ein paar Tage im Hafenbecken versteckt bliebe.

Wenige Augenblicke später erreichten sie den Anleger. Tom kannte den Liegeplatz der *Amazone*. Unter dem Vorwand, er solle einen defekten Stromkreis in Ordnung bringen, hatte Yvonne ihn einmal auf die Yacht bestellt. Doch statt einer Reparatur hatte sich etwas völlig anderes abgespielt. Er schob die Erinnerung beiseite, stieg vom Fahrrad und wandte sich zu Steiner um. »Wir müssen die Räder hier stehen lassen.« Dann löste er den Anhänger von der Kupplung. »Können Sie mit anfassen? Die *Amazone* liegt ganz rechts am äußersten Fingersteg.«

Steiner nickte und lehnte sein Rad an einen Begrenzungspfosten. »Die Yacht hat ja wohl eine Toilette, oder?«

»Selbstverständlich.« Tom witterte eine Chance. »Aber ich weiß nicht, ob sie funktioniert. Neulich war von einem Defekt die Rede. Wenn Sie vielleicht vorher ...« Er deutete zum Clubhaus. »Das WC ist links.«

Der Schweizer warf einen Blick in die angegebene Richtung und nickte. »Vielen Dank! Ich schau mir erst mal die Yacht an.« Er griff nach der Anhängerkupplung. »Wollen wir?«

»Okay.« Tom packte mit der gesunden Hand zu. Gemeinsam zogen sie den Wagen auf den Steg. Nach wenigen Metern hielt Tom plötzlich inne.

»Stimmt was nicht?«, fragte Steiner.

Tom öffnete den Mund und schloss ihn wieder. Die *Amazone* lag nicht an ihrem Platz. Hastig suchten seine Augen die Stege ab. Aber das charakteristische Profil der *Galeon 430* war nirgends zu sehen. »Alles in Ordnung«, versicherte er rasch und zog den Wagen weiter. »Ich war nur gerade etwas irritiert.«

»Warum?« In Steiners Stimme schwang eine Spur von Misstrauen mit.

»Die Yacht liegt heute woanders«, murmelte Tom. »Herr Hilbrich muss mit einem anderen Eigner getauscht haben.« Er spürte Steiners Blick, setzte ein zuversichtliches Lächeln auf und nickte ihm zu. In seinem Inneren herrschte Aufruhr. Was sollte er tun? Zwar hatte der Schweizer die Yacht zuvor noch nie gesehen, aber da er im Besitz eines Bootsführerscheins war und sich deshalb mit Bootsklassen auskennen dürfte, würde er bald erkennen, dass an keinem der Stege eine größere Motoryacht lag. Erst recht keine, die zu der Beschreibung passte, die Hilbrich ihm zweifellos gegeben hatte. Mit jedem Schritt, fühlte Tom, kam er der Katastrophe näher. Seinen Plan konnte er vergessen. Er hatte vorgehabt, den Behälter am Ende des Steges zu versenken, wenn der Schweizer sich auf die *Amazone* begab, um aufzuschließen. Anschließend wäre er verschwunden und hätte sich versteckt, bis er das Zeug gefahrlos hätte holen können.

Vor seinem inneren Auge lief ein Film ab. Darin riss er den Koffer aus dem Wagen, warf ihn in ein offenes Boot, sprang hinterher und raste davon. Unauffällig sah er sich um. Aber es gab keins, das mit startbereitem Motor darauf wartete, von ihm in Besitz genommen zu werden.

In dem Augenblick blieb Steiner stehen. Mit zusammengezogenen Augenbrauen sah er ihn an. »Kannst du mir die Yacht mal zeigen?«

20

2018

Swantje hatte nichts von dem gegessen, was sie im Kühlschrank und in einem Fach für weniger verderbliche Lebensmittel gefunden hatte. Dagegen schien ihr Entführer das Frühstück zu genießen. Genüsslich schlürfte er den Kaffee, der aus einem chromglänzenden Automaten geflossen war, und tunkte bereits ein zweites der Brötchen, die er in der Mikrowelle aufgebacken hatte, stückweise in ein Glas Nutella. Anders als am Vorabend schien er heute bester Laune zu sein.

»Du solltest was essen, Mädchen«, stieß er kauend hervor. »Ist gut für die Nerven.«

Sie verzog das Gesicht. »Danke! Mir ist schon vom Zusehen schlecht.«

»Selbst schuld.« Er hob ein Stück Brötchen hoch, von dem Schokocreme tropfte. »Ist natürlich nicht so gut wie das Frühstück im *Störtebeker*. Aber besser als nichts.«

»Was bezwecken Sie eigentlich mit dieser Entführung? Meine Eltern kommen mit dem Restaurant gerade so über die Runden. Die haben keine Reichtümer.«

Er lachte. »Das ist keine Entführung. Es geht nicht um Geld, jedenfalls nicht direkt. Ich muss dich vorübergehend von der Insel fernhalten. Das ist alles. Dauert nicht lange. Höchstens einen Tag. Dann bringe ich dich wieder zurück. Warte nur auf grünes Licht.«

»Von wem? Alexander Hilbrich?«

Statt zu antworten, grinste er anzüglich. »Hast du was mit dem? So wie der dich angesehen hat ... Oder will er bei dir landen?«

Swantje schüttelte unwillig den Kopf. »Es geht um das Heroin, stimmt's? Sie und Alex, ihr wollt verhindern, dass ich zur Polizei gehe und denen sage, wo sie danach suchen müssen. Aber das kann ich auch übermorgen noch tun.«

»Übermorgen hat sich der Fall erledigt. Und ich bin weg.« Er schob ein Stück Schokocreme-Brötchen in den Mund und grinste sie an. »Was Alex dann macht, ist seine Sache.«

*

Am liebsten wäre Alexander liegen geblieben, doch seine Blase trieb ihn ins Bad. Während er pinkelte, lauschte er auf Geräusche im Haus. Alles schien ruhig. War der Typ verschwunden, mit dem sich seine Mutter vergnügt hatte? Die Erinnerung an ihre Schreie löste das Bedürfnis aus, irgendetwas zu zerschlagen. Wütend starrte er auf seine verbundenen Hände. Er spülte, verzichtete aufs Händewaschen und trat mit aller Kraft gegen die Badezimmertür, sodass sie krachend gegen die Wand flog. Missmutig stapfte er zurück zum Bett. Als er sich gerade hineinfallen lassen wollte, klopfte es.

»Was ist?«, knurrte er.

»Ist bei dir alles in Ordnung?« Die Stimme seiner Mutter.

Überhaupt nichts ist in Ordnung, wollte er antworten. »Lass mich in Frieden!«, rief er stattdessen in Richtung Tür.

»Ich würde gern mit dir sprechen«, drang es leise durch die Tür. »Nur ganz kurz. Bitte!«

Alexander seufzte. Sie würde keine Ruhe geben. Ein Blick auf die Uhr zeigte ihm, dass es höchste Zeit war, sich um gewisse Angelegenheiten zu kümmern. Sulfeld wartete auf ein Signal. Zu lange durften sie Swantje nicht festhalten, sonst konnte es Probleme geben.

Er schlurfte zur Tür, drehte den Schlüssel im Schloss und ließ sich in einen Sessel fallen. »Komm rein!«

Seine Mutter blieb in der Tür stehen. »Willst du dir nicht erst mal was anziehen?«

Alexander streckte die Beine aus und gähnte. »Seit wann hast du etwas gegen den Anblick eines nackten Mannes?«

»Du bist mein Sohn.« Die Feststellung klang vorwurfsvoll.

»Ach ja?« Alexander lachte bitter. »Und der Typ, mit dem du gestern rumgevögelt hast? Wie alt ist der? Und was ist mit Tom Thieland?«

Yvonne sah ihn mit großen Augen an. »Tom? Wie kommst du jetzt auf den? Er hat nur etwas abgeholt.«

»Wie? Was abgeholt?« Alexander fuhr auf. »Was heißt das genau?«

»Der Herr, der gestern hier war, ein Geschäftsfreund deines Vaters, bringt die *Amazone* nach Hamburg. Anscheinend hat sich dein Vater entschlossen, die Yacht zu –«

Alexander sprang auf. »Was hat Tom abgeholt?«

»Das Gepäck.« Seine Mutter deutete auf seine Hände. »Du konntest ja schlecht ... Jemand musste Herrn Steiners Koffer zum Hafen bringen. Da habe ich Tom gebeten –«

»Was für Koffer?«, schrie Alex. »Ich habe den Typen gesehen. Der hatte doch nur so 'nen kleinen Business-Trolley.«

»Warum regst du dich so auf?« Yvonne schüttelte missbilligend den Kopf. »Er hatte zwei. Einen kleinen aus Leder und einen großen aus Aluminium. Der wog über zwanzig Kilo, den konnte er nicht zum Yachthafen schleppen.«

»Scheiße.« Alexander stöhnte auf. Sein Vater musste die

Pakete im Keller des Neubaus entdeckt und beiseitegeschafft haben. Und jetzt war ein Kurier damit unterwegs nach Hamburg. Mit der *Amazone*? Aber die Yacht war doch ... Abrupt drehte er sich um und raffte seine verstreut herumliegenden Klamotten zusammen. Hastig zog er sie über. »Ich muss weg«, rief er seiner Mutter zu.

»Ich würde gern mit dir reden«, entgegnete sie. »Herr Steiner hat angedeutet, dass sein Auftrag etwas mit dir zu tun hat. Kannst du mir den Zusammenhang erklären?«

»Nein, kann ich nicht«, giftete Alexander. »Ich muss zum Yachthafen.« Er drängte sich an seiner Mutter vorbei und stürmte hinaus. Sekunden später schrie er wütend auf. »Verdammte Scheiße! Wo ist mein Fahrrad?«

✱

Tom blieb stehen und stellte den Anhänger ab. Suchend sah er sich um. »Das verstehe ich nicht«, murmelte er. »Irgendwo muss die *Amazone* sein.« Er wandte sich an Steiner. »Sie haben doch die Schlüssel?«

Der Schweizer nickte und griff in die Tasche. »Hier. Aber das sind die Ersatzschlüssel. Yvonne, ich meine Frau Hilbrich, musste sie erst ... holen. Kann es sein, dass die Yacht gar nicht hier ist?«

»Eigentlich nicht.« Tom hob die Schultern. »Sie wird ziemlich selten bewegt. Alexander Hilbrich und ich ...« Er brach ab, weil sein Handy die Titelmelodie aus *Game of Thrones* erklingen ließ. Was mochte Alex jetzt noch von ihm wollen? Unentschlossen starrte er auf das Display.

»Wollen Sie nicht rangehen?«, fragte Steiner und zog seinerseits ein Smartphone aus der Tasche.

Tom strich über das Display. »Was ist?«

»Wo bist du?«, schnaufte Alexander. »Ist der Typ bei dir? Hast du die Ware noch?«

»Ja. Wir sind am Hafen. Eure Yacht ist nicht hier. Weißt du, was los ist?«

»Das spielt jetzt keine Rolle.« Alexander keuchte. »Wir müssen dem Kerl den Koffer abnehmen. Da ist unser ... *Strandgut* drin. Ich bin gleich bei euch. Du musst ihn irgendwie hinhalten.«

Unwillkürlich schüttelte Tom den Kopf. »Du glaubst doch nicht im Ernst, dass ich jetzt noch mit dir ... Du bist raus.« Er beendete die Verbindung und sah sich nach dem Schweizer um. Der hatte sein Handy am Ohr, schlenderte auf den Steg hinaus und entfernte sich Schritt für Schritt. Tom erkannte seine Chance. Er zog den Aluminiumbehälter aus dem Fahrradanhänger und stellte ihn auf die Planken des Stegs. Unauffällig sah er sich um. Einige Skipper hantierten auf ihren Booten, aber in unmittelbarer Nähe befand sich niemand. Der Schweizer wandte ihm den Rücken zu und telefonierte. Vorsichtig ließ Tom den Koffer ins trübe Hafenwasser gleiten, wo er schnell versank und unsichtbar wurde. Dann stellte er Steiners Trolley auf dem Steg ab, versperrte mit dem Fahrradanhänger den Weg und schlich Schritt für Schritt in Richtung Hauptsteg. Dort begann er zu rennen.

Er erreichte sein Fahrrad, zog ein Schloss aus der Gepäcktasche und verband Alexanders Fahrrad mit dem Geländer. Dann schwang er sich aufs eigene Rad und trat mit aller Kraft in die Pedale. Am Übergang von der Hafendeichstraße zur Hafenstraße kam ihm Alex auf einem E-Bike entgegen. Den Lenker hielt er auf jeder Seite mit zwei Fingern.

Im ersten Moment wollte Tom nach rechts ausweichen, um über den Deich zurück zum Dorf zu fahren, doch dann explodierte in ihm etwas. Eine Welle aus Wut und Hass durchströmte ihn. Er zog nach links und hielt direkt auf Alex zu.

*

Mit einem unwilligen Knurren wälzte sich Stefan Hilbrich zur Seite und tastete nach seinem klingelnden Handy. Skeptisch betrachtete er die unbekannte Nummer des Anrufers. Doch nachdem Luciano Pavarotti sich zu wiederholen begann, erinnerte er sich an Teile der Ziffernfolge. Sie gehörte zu Reto Steiner. Wahrscheinlich war er jetzt mit der *Amazone* auf der Nordsee unterwegs. »Tut mir leid, Schätzchen. Das ist geschäftlich. Da muss ich drangehen. Dauert nicht lange.« Er nahm das Gespräch an und meldete sich.

»Guten Morgen, Herr Steiner. Hier ist Stefan Hilbrich. Alles im Lot auf dem Boot?«

»Leider nicht«, antwortete der Schweizer. »Ich bin noch im Hafen. Aber Ihre *Amazone* ist nicht hier. Ich sehe auch keine vergleichbare Yacht, die man chartern könnte. Und auf einen Segeltörn möchte ich mich nicht einlassen. Sie werden den Koffer also mit Ihrem Flieger transportieren müssen. Oder ich nehme ihn mit auf die Fähre und in den Zug.«

»Kommt nicht infrage. Das Boot muss da sein. Geben Sie mir meine Frau!«

»Die ist nicht hier. Sie hat einen jungen Mann engagiert, der mich begleitet und mein Gepäck hergebracht hat. Ein gewisser Tom, den Nachnamen weiß ich nicht mehr.«

Hilbrich schnaufte verärgert. »Tom Thieland. Ein Freund meines Sohnes. Geben Sie mir den!«

Es entstand eine kurze Pause, dann vernahm er einen wütenden Ausruf. »Läck mir am Tschöpli! Der Kerl ist weg. So en Glünggi! Der Koffer auch.«

Fast wäre Stefan Hilbrich aus dem Bett gefallen, so hastig hatte er sich aufgerichtet. »Das darf nicht wahr sein!«, schrie er ins Telefon. »Dafür bezahle ich Sie nicht! Erledigen Sie Ihren Auftrag, Steiner!«

Der Schweizer blieb gelassen. »Darf ich Sie darauf aufmerksam machen, dass nicht ich es war, der die Yacht aus dem Hafen entfernt hat? Hätte ich die *Amazone* vorgefunden, wie von Ihnen angekündigt, wäre ich schon auf dem Weg.«

»Holen Sie das Ding zurück!«, bellte Hilbrich. »Sie werden sich doch nicht von einem ahnungslosen Jungen austricksen lassen.«

»Sie dürfen davon ausgehen, dass ich diesen Tom finde. Trotzdem bleibt die Transportfrage offen. Dafür müssen Sie sich etwas einfallen lassen. Ich melde mich wieder. Ciao.«

Gespräch beendet, zeigte das Display. Fassungslos starrte Hilbrich auf sein Smartphone. Er war es nicht gewohnt, am Telefon so abgefertigt zu werden. Doch der Ärger wurde rasch von wichtigeren Fragen verdrängt. Wieso lag die Yacht nicht an ihrem Platz? Gestern war sie noch dort gewesen. Er hatte sie betanken und Vorräte auffüllen lassen. Auf den Hafenmeister und die Leute im Seglerverein war Verlass. Niemand würde die *Amazone* ohne seine ausdrückliche Erlaubnis bewegen. Wer konnte das Boot genommen haben? Wer außer ihm kam überhaupt an die Schlüssel? Einen Satz hatte er für Steiner herausgelegt. Ein zweiter befand sich für Notfälle beim Hafenmeister, der dritte in seinem Arbeitszimmer in einem Safe, zu dem niemand außer ihm Zugang hatte. Sein Puls beschleunigte sich.

»Alles in Ordnung, Schatz?«, erkundigte sich Samantha mitfühlend.

Abwesend schüttelte er den Kopf. »Ich muss telefonieren«, murmelte er und suchte in den Kontakten nach der Nummer des Hafenmeisters.

»Ja«, beantwortete der Mann seine Fragen, »die *Amazone* ist heute Nacht ausgelaufen. Nein, die Schlüssel hat niemand geholt. Die hängen hier an ihrem Platz.«

Hilbrich beendete die Verbindung und wählte erneut.

»Moin, Stefan.« Yvonne klang überrascht, fragte aber nicht nach dem Grund seines Anrufs.

»Du hast Steiner nicht zum Yachthafen begleitet!«, fauchte er. »Der steht da jetzt rum und findet die *Amazone* nicht.«

»Das kann ich mir nicht vorstellen.« Yvonne lachte leise. »Einer wie der steht nicht herum. Außerdem hat Tom Thieland ihn begleitet. Der kennt unsere Yacht.«

»Genau das ist das Problem«, knurrte Hilbrich, mochte seiner Frau aber nicht erklären, worin es bestand. Er hob die Stimme. »Der Hafenmeister hat mir gerade bestätigt, dass die *Amazone* gestern Abend oder heute Nacht ausgelaufen ist. Ich frage mich, mit welchen Schlüsseln.«

»Die hat Herr Steiner«, versicherte Yvonne. »Ich habe sie ihm gegeben. Allerdings die Ersatzschlüssel. Die anderen waren nicht zu finden.«

»Wieso Ersatzschlüssel? Woher hast du die?«

»Aus dem Safe. Woher sonst?« Wieder erklang Yvonnes leises Lachen.

Hilbrich spürte, wie Wut in ihm aufstieg. »Jemand muss die Schlüssel geklaut haben«, schrie er ins Telefon. »Wer war im Haus?«

»Niemand«, antwortete Yvonne. »Nur Alexander.«

Hilbrich überfiel eine böse Ahnung. »Ich will ihn sprechen. Sofort!«

»Alex ist nicht hier. Er ist mit meinem E-Bike weggefahren. Hatte es ziemlich eilig. Wollte zum Yachthafen.«

Wortlos beendete Hilbrich die Verbindung und wählte die Nummer seines Sohnes. Während er auf das Rufzeichen lauschte, wandte er sich an Samantha. »Tut mir leid, Schätzchen. Da ist was schiefgelaufen. Ich muss mich darum kümmern.«

21

1998

Frank Sörensen erwies sich an diesem Abend erneut als weitsichtiger Ideengeber. Nach dem vierten oder fünften Bier zog Stefan ein Foto aus der Brieftasche und legte es vor seinem neuen Freund auf den Tresen. »Das ist Yvonne. Sie ist meine Zukunft.«

Frank sah sich die Aufnahme gründlich an und gratulierte Stefan zu seiner Eroberung. »Wenn du die bekommst, bist du ein Glückspilz. Mit so einem Superweib werden finanzielle Angelegenheiten zur Nebensache.«

Berauscht von seinen Aussichten auf eine Zukunft mit der schönsten Frau der Welt und auf das zu erwartende Startkapital für seine Karriere, vielleicht auch vom Alkohol, erläuterte Stefan dem Freund seine Pläne für eine Geschäftsgründung im Immobilienbereich. »Yvonne«, schloss er, »will dafür sorgen, dass ich mit meinem Geld in die Firma ihres Vaters einsteigen kann.«

Mit skeptischer Miene sah Frank ihn an. »Im Prinzip nicht schlecht. Aber du musst für klare Verhältnisse sorgen. Wenn du da nur geduldet bist und der Alte weiter den Ton angibt, bist du nicht mehr als ein Erfüllungsgehilfe. Selbst wenn ihr auf dem Papier gleichberechtigte Teilhaber seid, wird der Senior immer sagen wollen, wo es langgeht. Das ist wie … ein … Naturgesetz. Glaub mir, ich weiß, wovon ich rede.«

Stefan hob die Schultern. »Gibt es eine Alternative?«

»Du musst den Laden übernehmen. Wenn Superweibs Vater dann noch als Angestellter bei dir arbeiten will – okay. Aber auf weniger würde ich mich nicht einlassen.«

»Wie soll das gehen?«

»Hat die Firma deines zukünftigen Schwiegervaters keine Kredite laufen? Das wäre ein Ansatzpunkt.«

»Ich glaub schon. Bei unserem Gespräch war davon die Rede. Aber wieso sollte das ein Ansatzpunkt für mich sein?«

»Mann!« Frank leerte sein Glas, wischte sich mit dem Handrücken den Schaum von den Lippen und deutete auf Stefan. »Du sitzt doch an der Quelle! Banken handeln mit allem, was mit Geld zu tun hat und Gewinn einbringt. Auch mit Krediten. Statt dein Kapital in den Laden zu stecken, könntest du die Kredite von Superweibs Vater aufkaufen. Dann hast du ihn in der Hand.« Er winkte dem Wirt. »Mach uns noch mal zwei Jever!«

»Auf deine Zukunft!« Frank Sörensen hob sein Glas mit dem frisch gezapften Bier, um mit Stefan anzustoßen. »Du hast das Zeug zu einem erfolgreichen Geschäftsmann.«

Die Gläser klackten aneinander. »Danke!«, antwortete Stefan. »Dein Anteil daran ist nicht gerade gering. Wenn alles glattgeht, bin ich dir was schuldig. Prost!«

Franks Hinweis leuchtete ihm ein. Gleich morgen würde er in der Sparkasse mit einem Kollegen aus der Kreditabteilung reden. Er wollte herausfinden, wie er vorgehen musste, um den Kredit eines Kunden einer anderen Bank zu übernehmen. Die Frage war ihm in seiner Ausbildung bisher nur in der Theorie begegnet. Um einen klaren Kopf für die Einzelheiten der Transaktion zu haben, sollte der Abend mit Frank nicht ausufern. Nachdem er sein Glas geleert hatte, winkte er dem Wirt. »Ich möchte zahlen. Für meinen Freund und mich.«

Trotz der Bettschwere, die er sich in der *Kogge* angetrunken hatte, schlief Stefan in dieser Nacht unruhig. Er schwankte zwischen Zuversicht und Zweifeln.

Er war nervös wegen der Sache mit dem Grundbuch. Andererseits schien Frank zu wissen, wovon er sprach. Er hatte das Material besorgt und – nicht zuletzt – recht behalten, was den ersten Teil der Aktion betraf. Alles war so gewesen, wie er gesagt hatte, und er, Stefan, war problemlos an die erforderlichen Informationen gekommen. Wenn die Blätter an Ort und Stelle waren, galt es, Kontakt mit der Warenhauskette aufzunehmen. Frank hatte sich als Vermittler angeboten. »Meine kleine Provision«, hatte er grinsend erklärt, »zahlt der Käufer.« Von *klein* konnte keine Rede sein. Die Immobilienabteilung seiner Sparkasse kassierte fünf bis sieben Prozent, wie jeder freie Makler auch. Selbst beim niedrigsten Satz würden für Frank hunderttausend Mark abfallen. Aber das konnte ihm egal sein. In dem juristisch gebildeten und erfahrenen Privatdetektiv hätte er einen gewieften Verhandlungsführer. Am Ende bekäme er zwei Millionen. Sein Vater würde davon gar nichts mitbekommen. Allenfalls nach der Hochzeit und dem Einstieg in die Von-Hahlen-Residenzen. Stefan stellte sich das Gesicht seines Vaters vor, wenn er erfuhr, dass das Geschäftshaus in der Marktstraße nicht mehr ihm gehörte. Die Vorstellung erheiterte ihn.

*

Yvonne war auf Anhieb vom Anwesen der Hilbrichs begeistert. Zeitgemäße Architektur im Bauhausstil, weiße Wände, großzügige Glasflächen mit automatischen Rollläden und ein gepflegtes Grundstück vermittelten den Eindruck gehobener Lebensart. Sosehr sie als Kind die alte Villa auf Langeoog geliebt hatte, die mit ihren vergleichsweise kleinen Räumen und hohen Decken eine gewisse Behaglichkeit ausstrahlte, so altbacken und antiquiert erschien sie ihr jetzt. Schon lange empfand sie die über Generationen vererbten Möbel aus dunklem, schwerem Holz als altertümlich. Dagegen strahlte die Einrichtung bei Stefans Eltern moderne Wohnkultur aus. Sessel und Sofas von de Sede und Rolf Benz, Stühle von Thonet, Bäder mit Sanitärobjekten von Duravit – lauter exklusive Elemente, die sie aus Katalogen kannte, aber noch nie in privaten Räumen gesehen hatte.

»So möchte ich auch mal wohnen.« Sie seufzte, nachdem Stefan sie durch die Räume seines Elternhauses geführt hatte. »Deine Eltern haben Geschmack.«

»Das ist meine Mutter«, erklärte Stefan. »Sie ist Bauhaus-Fan und hat viel Zeit damit zugebracht, unser Haus einzurichten. Geschmack allein reicht allerdings nicht.« Er küsste sie und lächelte. »Ein bisschen Geld gehört auch dazu. Aber daran soll es nicht scheitern. Irgendwann bauen wir auf Langeoog ein eigenes Haus. Und du kannst es einrichten.«

»Hoffentlich machst du dir keine falschen Vorstellungen«, wandte Yvonne ein. »Meine Eltern verdienen gut mit der Vermietung von Häusern und Wohnungen an Urlauber. Aber für größere Investitionen ist kein Geld da.«

Stefan nickte. »Gut, dass du es ansprichst. Ich wollte sowieso mit dir darüber reden.« Er nahm ihre Hand. »Komm, wir gehen in mein Zimmer. Meiner Mutter stelle ich dich später vor.« Er warf einen Blick auf die Uhr. »Sie kommt frühestens in einer Stunde.«

»Und dein Vater?«

»Ist unterwegs. Den bekommen wir heute nicht mehr zu Gesicht.«

Etwas in Stefans Tonfall hielt Yvonne davon ab, nachzufragen. Vielleicht hatte Stefan ein Problem mit seinem Vater. Sie zuckte innerlich mit den Schultern und folgte ihm über weitläufige Flure zu einer Tür, die er mit einem Schlüssel öffnete. Während sie sich noch darüber wunderte, dass Stefans Zimmer abgeschlossen war, schob er sie ins Innere eines Raumes, der mindestens doppelt so groß war wie ihr Zimmer in der alten Inselvilla. Auch hier waren die Wände weiß. Eine bodentiefe Fensterfront gab den Blick auf den Garten frei. Davor standen Couch und Sessel aus weißem Leder.

Stefan griff nach einer Fernbedienung, im nächsten Augenblick senkten sich lautlos Rollläden vor die Scheiben. »Jetzt machen wir es uns erst mal gemütlich«, sagte er. »Was möchtest du trinken? Caipirinha, Mojito, Long Island Icetea?«

Yvonne lachte und sah sich um. »Hast du hier eine Bar versteckt?«

»Kann schon sein.« Stefan grinste und deutete auf einen Schrank mit verspiegelten Türen. »Lass dich überraschen!«

»Also gut. Ein Caipi wäre nicht schlecht.« Sie ließ sich in einen der Sessel fallen.

Tatsächlich kam hinter den Spiegeltüren eine Hausbar zum Vorschein. Während Stefan den Cocktail mixte, beobachtete sie ihn und fragte sich, was wohl nach dem Caipirinha passieren würde. Zu Hause auf Langeoog hatten sie nicht oft Gelegenheit gehabt, ungestört zu sein. Deshalb hatten sie sich meistens in den Dünen, gelegentlich in einem Strandkorb, einmal auch auf dem Strand geliebt. Stefan hatte ein großes Bett, auf dem es sicher bequemer war als im Sand. Wie viele Mädchen wohl mit ihm …? Plötzlich wurde ihr klar, dass sie es mit Stefan auf diesem Bett tun wollte. Ihr war, als würde sie es damit in Besitz nehmen und gleichsam das Recht erwerben, die Einzige zu sein, die es mit ihm teilte.

Als er mit zwei Cocktails zu ihr kam und ihr einen in die Hand drückte, las sie in seinen Augen den Ausdruck freudiger Erwartung. Und der bezog sich nicht auf den gemeinsamen Genuss des Caipirinha.

Die Gläser waren schnell geleert und landeten auf dem Boden. Wenig später streiften Yvonne und Stefan hastig die Kleidung ab, in rasch zunehmender Erregung drängten ihre Körper zueinander. Fast hätte Yvonne ihr Ziel aus den Augen verloren. Doch dann löste sie sich aus Stefans Umarmung und führte ihn zum Bett.

Später lagen sie erschöpft nebeneinander. Yvonne erinnerte ihn: »Du wolltest mit mir über Investitionen sprechen?«

Stefan zögerte. »Ja«, antwortete er schließlich. »Es geht um die Frage, wie ich bei euch einsteige. Wenn ich zwei Millionen mitbringe, will ich natürlich nicht als Angestellter deines Vaters arbeiten. Dann könnte ich auch in der Sparkasse bleiben.«

Yvonne lachte und zeichnete mit dem Zeigefinger eine Zwei auf seine Brust. »Das würde ich auch nicht wollen. Lass mich machen! Bis zur Hochzeit habe ich meinen Vater so weit, dass er dich als gleichberechtigten Teilhaber akzeptiert. Ich will ja keinen Sparkassenangestellten heiraten.«

»Okay.« Stefan wandte sich ihr lächelnd zu. »Das würde ich auch nicht wollen.« Er wurde ernst. »Möglicherweise ist es sinnvoll, Kredite abzulösen. Dann spart ihr Zinsen, ich meine, *wir* sparen Zinsen. Als ich bei euch war, hat dein Vater ein Konzept zur Modernisierung erwähnt, das über Kredite finanziert werden soll. Weißt du, mit welcher Bank er zusammenarbeitet?«

Yvonne schüttelte den Kopf. »Kann ich aber leicht rauskriegen.«

»Das wäre super.« Stefan küsste sie auf die Stirn. »Könntest du mir Kopien von den Kreditunterlagen machen? Dann würde ich bei uns prüfen lassen, ob es ein günstigeres Finanzierungsmodell gibt. Ganz diskret natürlich.«

»Kein Problem.« Yvonnes Hand wanderte über Stefans Brust. »Du legst dich ja ganz schön ins Zeug. Ich glaube, mein Vater wäre begeistert.«

»Lass ihn erst mal aus dem Spiel!«, schlug Stefan vor. »Wir haben noch genug Zeit. Erst muss ich meine Transaktion abwickeln. Dann heiraten wir. Danach werde ich deinen Vater ... Ich meine, danach werden wir uns über eine Teilhaberschaft verständigen. Und dann ...« Er brach ab und bekam einen träumerischen Ausdruck. »Vielleicht sollten wir über modernes Marketing und einen zeitgemäßen Firmennamen nachdenken. *Residenzen* klingt so nach vorgestern.«

»Tolle Idee!«, begeisterte sich Yvonne. »Wir machen einen riesigen Sprung. Vom Ende des neunzehnten Jahrhunderts direkt in die Gegenwart.« Sie lächelte verschmitzt, richtete sich auf und rollte sich auf Stefan. »Wie wär's mit *Hilbrich – will ich*?«

22

2018

Toms Tritt gegen die Vorderradgabel riss Alexander das Lenkrad aus den Fingern. Schlagartig schoss das Rad nach rechts, geriet auf den Randstreifen, schleuderte über die Grasnarbe und raste die Deichschräge hinab ins angrenzende Gebüsch. Irgendwo blieb das E-Bike schließlich hängen, Alexander krachte ins Geäst, schlug mit dem Kopf gegen einen festen Widerstand und schien das Bewusstsein zu verlieren.

Tom warf einen kurzen Blick zurück, vergewisserte sich, dass niemand in der Nähe war, und trat kräftig in die Pedale. Erst am Ortseingang sah er sich erneut um. Der Schweizer war nirgends zu sehen. Erleichtert kurvte er durch Nebenstraßen zu seiner Wohnung, stellte atemlos sein Fahrrad ab und hastete hinein. Er zog die Tür ins Schloss und drehte den Schlüssel zweimal. So schnell würde Steiner nicht auftauchen, aber früher oder später würde er ihn ausfindig machen. Bis dahin musste er ein sicheres Versteck gefunden haben. Auf einer Insel war das schwierig. Sollte er zu seinen Eltern aufs Festland fahren? Würde man ihn dort suchen?

Das Klingeln seines Handys unterbrach seine Gedanken. Eine unterdrückte Nummer. Tom zögerte, schließlich meldete er sich mit einem unverbindlichen »Hallo?«

»Hilbrich hier. Moin, Tom. Was ist da los? Wo bist du? Wo ist der Koffer? Wo ist die *Amazone*? Und was ist mit Alexander? Er meldet sich nicht an seinem Handy.«

»Moin, Herr Hilbrich. Ihre Yacht lag nicht an der gewohnten Stelle. Auch nicht an einem anderen Liegeplatz. Ich habe keine Ahnung, wo sie sein könnte. Ich bin gerade ... im Clubhaus. Auf der Toilette. Der Koffer ... liegt in meinem Fahrradanhänger. Und der steht auf dem Steg. Wo Alex ist, weiß ich nicht. Haben Sie es schon mal zu Hause versucht?«

»Steiner sagt, du seist verschwunden. Mit dem Koffer. Darin befinden sich wichtige ... Unterlagen, die dringend nach Hamburg –«

»Herr Steiner irrt sich«, unterbrach Tom den Anrufer. »Das Teil ist hier im Hafen. Aber auf dem Wasserweg kann es nicht transportiert werden. Es gibt hier zurzeit kein freies Motorboot.«

»Verdammte Scheiße«, fluchte Hilbrich. »Steiner soll sich was einfallen lassen. Du musst ihm helfen, Tom. Ich bezahle dich. Zwanzig Euro die Stunde. Und wenn der Transport abgewickelt ist, noch einen Hunderter extra. Ist das okay?«

»Ich weiß nur nicht, wie ich Herrn Steiner helfen kann.«

»Das wird er dir schon sagen«, versicherte Hilbrich. »Ich rufe ihn gleich wieder an. Und wenn du was von Alex hörst – er soll sich bei mir melden. Tschüss.«

Gespräch beendet. Tom betrachtete das Display seines Smartphones. Er hatte, fand er, ziemlich cool reagiert. Besser hätte er es kaum machen können. Seine Lippen verzogen sich zu einem Grinsen, als er sich ausmalte, wie das Gespräch zwischen Stefan Hilbrich und dem Schweizer ablaufen würde.

*

Nachdem Alexander zu sich gekommen war, brauchte er nicht lange, um sich über seine Situation klar zu werden. Sein Schädel brummte, die verletzten Finger schmerzten unter ihren Verbänden, und ein spitzer Gegenstand stach ihm in den Hintern. Er tastete nach der Gesäßtasche, in der sein iPhone steckte, und zog es hervor. Das Display war gebrochen, ein Stück des Glases fehlte. Missmutig suchte er mit zwei Fingern in der Tasche nach der Scherbe. Immerhin war der Verlust des Smartphones zu verschmerzen, es war schon fast zwei Jahre alt, damit wurde es ohnehin Zeit für ein neues Modell.

Wenige Meter von ihm entfernt hing das E-Bike seiner Mutter im Geäst. Das Hinterrad drehte sich noch. Also war er nicht lange weggetreten gewesen. Er sah die Szene vor sich, wie Tom plötzlich auf ihn zugefahren war und gegen sein Rad getreten hatte. »Hinterhältiges Arschloch«, murmelte er, rappelte sich hoch und befreite sich aus dem Gestrüpp. Als er mit schmerzenden Händen das demolierte Fahrrad aus den Ästen zog, wurde ihm wieder bewusst, worum es eigentlich ging. Tom hatte kein Gepäck dabeigehabt. Der Schweizer musste den Aluminiumkoffer haben. Also war er noch im Hafen.

Das E-Bike sah übel aus, aber es rollte. Trotz der lädierten Hände schwang Alex sich auf den Sattel und setzte seinen Weg fort. Als er an der Segelschule um die Ecke bog, entdeckte er ihn. Steiner stand an der Hafenkante und telefonierte. Zwischen seinen Beinen, auf dem Boden, stand sein Business-Trolley. Vom Aluminiumkoffer war nichts zu sehen. Langsam radelte Alexander näher. Schließlich stellte er das Fahrrad ab und schlenderte auf den Steg zu. Dabei achtete er darauf, dass er nicht in Steiners Blickfeld geriet.

Es gelang ihm, unbemerkt so nahe heranzukommen, dass er den Schweizer verstehen konnte.

»Wenn ich Ihnen sage, dass der junge Mann verschwunden ist, dann ist er verschwunden … Ja, auch der Koffer …

Nein, weder auf der Toilette noch sonst irgendwo im Clubhaus. Auch nicht im Hafen. Was er Ihnen erzählt hat, ist schlicht und einfach gelogen. Der ist auf und davon ... Ich wiederhole mich ungern, Herr Hilbrich. Wenn Ihre Yacht hier gelegen hätte, wäre ich längst unterwegs. Ich denke, eine weitere Diskussion erübrigt sich ... Ja, kommen Sie her! Das ist sicher angebracht. Ende.« Steiner ließ das Mobiltelefon in die Tasche gleiten.

Alexander zog sich unauffällig zurück. Auch der Schweizer schien keine Ahnung zu haben, wo sich der Koffer befand. Vielleicht hatte er seinen Vater aber auch belogen und wollte damit verschwinden. Entweder hatte er ihn versteckt, um ihn später an sich zu nehmen, oder Tom hatte ihn unauffällig verschwinden lassen. In beiden Fällen stellte sich die Frage, wo er sich jetzt befand. Alexander sah sich um. Fast jedes der Boote an den Stegen kam dafür infrage. Er schätzte ihre Zahl auf über dreißig. Sie alle zu durchsuchen, ohne aufzufallen, war unmöglich. Ihm blieb nur eins, er musste Steiner im Auge behalten.

*

Stefan Hilbrich starrte auf sein Smartphone. Fast alles ließ sich heute per Telefon oder über das Internet regeln. Aber in diesem Fall musste er sich vor Ort um seine Angelegenheiten kümmern. Um die Suche nach dem Koffer und nach der Yacht.

»So eine Scheiße«, murmelte er und wandte sich zu Samantha um. »Ich muss nach Langeoog. Sofort. Tut mir leid, Schätzchen.«

Sein Handy meldete sich erneut. Diesmal war es Yvonne. »Die Polizei hat sich bei mir gemeldet. Sie wollen die neuen

Häuser durchsuchen. Der Eigentümer soll dabei sein. Kannst du mir erklären, was es damit auf sich hat? Wen soll ich hinschicken? Alex kann ich nicht erreichen, im Büro sitzt nur deine Sekretärin, die anderen sind unterwegs.«

»Ich komme nach Langeoog. Muss mich sowieso um die *Amazone* kümmern. Mach dir wegen der Durchsuchung keine Sorgen! In einer guten Stunde bin ich da, dann wird sich alles aufklären. Es kann sich nur um einen Irrtum handeln.«

»Das glaube ich nicht«, widersprach seine Frau. »Unser Inselsheriff Pannebacker hat mir gesagt, dass eine Kommissarin vom Landeskriminalamt hier ist. Sie leitet die Ermittlungen. Es geht um einen ungeklärten Todesfall. Am Strand soll ein junger Mann ums Leben gekommen sein. Im Radio wurde schon nach Zeugen gesucht. Stefan, warum wollen die deine Häuser durchsuchen?«

»Keine Ahnung«, knurrte Hilbrich. »Ich muss jetzt aufbrechen.« Er strich über das Display, um die Verbindung zu beenden.

*

Für Rieke Bernstein war es ungewohnt, bei Ermittlungen alle Wege zu Fuß zurückzulegen und durch Straßen zu wandern, auf denen keine Autos unterwegs waren. Aber sie fand Gefallen daran, sich an der frischen Nordseeluft zu bewegen, statt im miefigen Dienstwagen zwischen Büro und möglichen Tatorten oder Fundstellen zu pendeln. Auf dem Weg zum Inselbahnhof wurde sie von Uwe Pannebacker begleitet. Jan Eilers und Gerit Jensen waren damit beschäftigt, Zeugen zu befragen und deren Antworten auszuwerten. Der Aufruf in der Online-Ausgabe der *Langeoog News* war durch einen Beitrag auf *Radio Nordseewelle* ergänzt worden. Nennenswerte Erkenntnisse hatten sie dadurch noch nicht gewonnen. Rieke setzte ihre Hoffnungen auf die Durchsuchung der Hilbrich-Häuser.

Obwohl die Insel autofrei war, hatte man ganz normale Straßen angelegt. Hier waren vorwiegend Radfahrer unterwegs, in der Hauptstraße kam ihnen ein von Pferden gezogener Planwagen entgegen, der mit fröhlich winkenden Touristen besetzt war. Im Zentrum des Dorfes stießen sie auf einen Abschnitt, der Rieke schon auf ihrem ersten Weg zum Strand irritiert hatte. Er war wie eine Fußgängerzone gestaltet, mit Pollern, Blumenkübeln und schutzgitterbewehrten Bäumen. Als sollten Autofahrer daran gehindert werden, diesen Bereich zu befahren. Da es keine Kraftfahrzeuge gab, galt die Beschränkung wohl für Radfahrer. Rieke bemerkte einen Radler, der rasch von seinem Drahtesel stieg, als er die Uniform ihres Begleiters wahrnahm. »Sieh an«, sagte sie schmunzelnd. »Hier sind Polizeibeamte anscheinend noch Respektspersonen.«

Pannebacker grinste. »Das sind die ganz Braven. Vor zehn und nach zweiundzwanzig Uhr dürfen sie hier fahren. Sie müssen aber Fußgängern Vorrang lassen. Klingeln ist verboten.« Er deutete zur gegenüberliegenden Straßenseite. »Da ist eine Kollegin vom Ordnungsamt. Die achtet darauf, dass sich die Radfahrer an die Regeln halten.«

»Wenn ich die idyllischen Szenen mit den Bildern aus meinem Großstadtalltag vergleiche, scheint hier die Welt noch in Ordnung zu sein.«

»Na ja.« Pannebacker zuckte mit den Schultern. »Meistens schon. Manche Touristen scheinen allerdings der Meinung zu sein, dass sie sich nicht an Regeln halten müssen. Womit wir in der Saison hauptsächlich zu tun haben, sind

Ordnungswidrigkeiten, Schlägereien und nächtliche Ruhestörungen. Keine großen Sachen. Aber alles hat irgendwie mit Respektlosigkeit zu tun. Frag mal Mareike, was ihre Familie schon mit Gästen erlebt hat. Einmal mussten sie eine Ferienwohnung komplett renovieren, weil Urlauber wie die Vandalen gehaust hatten. Oh, Entschuldigung!« Er zog ein altes Mobiltelefon aus der Tasche und grinste. »Wenn 'n von 'n Düvel sprekt. Dat is de Mareike.«

Er drückte auf eine Taste. »Jo? ... Dat is good, dank di mien Wicht.«

Pannebacker nickte zufrieden und wandte sich an Rieke. »Der Hundeführer hat sich gemeldet. Er ist planmäßig eingetroffen und steigt gerade in die Inselbahn. Wir können ihn am Bahnhof abholen und gleich zu Hilbrichs Baustelle bringen. Ich bin schon auf das Ergebnis gespannt.«

»Ist schon klar, ob der Eigentümer dabei sein wird?«

Pannebacker hob die Schultern. »Ich habe mit seiner Frau gesprochen. Sie wollte ihm Bescheid geben. Wo er gerade war, wusste sie nicht. Auf Wangerooge oder in Wilhelmshaven. Ist mit seinem Flieger unterwegs. Sie meinte, er könne in einer Stunde hier sein.«

»Mit dem Flugzeug?« Rieke kam die Szene im *La Perla* in den Kopf. »Ich glaube, ich habe Hilbrich schon mal gesehen. Am Flugplatz. Er wollte meiner Freundin und mir seine Visitenkarte aufdrängen.« Sie schloss die Augen und beschwor die Bilder von der Begegnung hervor. »Er war zusammen mit einem auffallend gut aussehenden jüngeren Mann angekommen. Schien ein Geschäftspartner zu sein. Die beiden hatten jedenfalls etwas zu besprechen, von dem niemand etwas mitbekommen durfte. Wirkte geradezu konspirativ.«

»Wahrscheinlich ein Kunde, der sich für eins seiner neuen Häuser interessiert.«

»Vielleicht, vielleicht auch nicht.«

Sie legten den Rest des Weges zum Bahnhof schweigend zurück und warteten dort.

Als der Zug mit den farbenfrohen Waggons quietschend zum Stehen kam, quollen ebenso farbenfroh gekleidete Menschen aus den Türen. Auf dem Bahnhof erhob sich ein Stimmengewirr erwartungsfroher Urlauber, durchsetzt mit lauten Rufen und Kindergeschrei. Vom Ende des Zuges her näherte sich ein Mann, der einen Schäferhund an der Leine führte und einen Rucksack trug. Rieke winkte ihm zu, er winkte zurück.

Wenig später begrüßten sie und Pannebacker den Hundeführer, der sich als Polizeioberkommissar Christian Bornhauser vorstellte. »Das ist Benny«, fügte er hinzu. »Ein echter Malinois.« Als sein Langeooger Kollege ihn fragend ansah, ergänzte er: »Belgischer Schäferhund.«

Rieke ließ den Hund an ihrem Handrücken schnuppern. »Können wir gleich zum vermuteten Lagerort gehen?«

Der Hundeführer nickte. »Benny braucht noch ein bisschen frische Luft. Auf der Fähre ging es, aber im Zug hat er eine ordentliche Dröhnung Gerüche abgekriegt. Die muss er erst wieder loswerden. In zwanzig Minuten sind wir einsatzbereit.«

»Jo«, sagte Pannebacker. »Passt.« Er deutete in die Richtung, aus der die Inselbahn gekommen war. »Da geht's lang.«

*

Nachdem der Entführer das letzte Stück seines Brötchens mit Schokocreme beträufelt und sich in den Mund gestopft hatte, war er eine Weile sehr schweigsam gewesen. Nun drehte er sich zu Swantje und sah sie lange an. Sein Blick war schwer zu deuten. Sie meinte, darin eine Mischung aus Misstrauen, Verlangen und Zweifel zu erkennen. Plötzlich streckte er die Hand aus. »Ich heiße übrigens Olli.«

Swantje ignorierte die Geste und schwieg.

»Wir müssen vielleicht noch ein paar Stunden ausharren«, erklärte er. »Du könntest es ein bisschen bequemer haben.« Er deutete auf ihre Füße und die befreiten Handgelenke. »Eigentlich muss ich dich jetzt wieder festbinden. Aber ich mache das ungern. Besonders bei einer attraktiven Frau wie dir. Auf Fesselspiele stehe ich nicht. Du?«

Swantje schüttelte stumm den Kopf. Bekam sie jetzt ihre Chance? Wenn ihre Hände frei blieben, könnte sie in einem unbeobachteten Augenblick die Fußfessel lösen. Der Typ war stärker als sie, aber sie war beweglicher. Mit einem Messer aus der Pantry konnte sie ihn außer Gefecht setzen. Obwohl – wäre sie tatsächlich in der Lage, ihm die Klinge in den Körper zu rammen? Sie sah sich mit der tödlichen Waffe in der Hand über den blutenden Mann gebeugt. Das Bild erschreckte sie. Vielleicht reichte die Drohung.

Er riss sie aus ihren Gedanken. »Wir könnten uns ein bisschen die Zeit vertreiben. Auf angenehme Art. Ein unverbindliches Spiel, wenn du verstehst, was ich meine.« Sein Blick tastete sie ab.

»Ich bin kein Spielzeug«, fauchte Swantje. »Schon gar nicht für halbseidene Typen wie dich.«

»Du hättest auch was davon.« Grinsend deutete er auf ihre Fußfessel. »Bewegungsfreiheit. Und Spaß macht es dir doch auch. Ganz bestimmt. Betrachte es als Angebot. Ich meine es nur gut. Bin ja schließlich kein …«

»Vergewaltiger?«, zischte Swantje. »Was dann? Erpresser? Belästiger? Notgeiler Gockel?«

Der Mann, der sich Olli nannte, lachte. »Wütend steht

dir. Passt zu deinem Typ. Wirkt leidenschaftlich. Weiß nicht, ob du's beabsichtigst, aber es macht dich noch anziehender. Eine Frau, die so ... lebendig ... ist wie du ... Da fängt's bei mir an zu brodeln. Du machst mich heiß, echt.«

Swantje erschrak. Das war das Letzte, was sie erreichen wollte. Ihr kam die Sexismus-Debatte aus den zurückliegenden Jahren in den Sinn. Nach einem Aufschrei betroffener Frauen waren berühmte und bekannte Persönlichkeiten wegen sexueller Nötigung ins Gerede gekommen. »Das ist nicht neu«, hatte ihre Mutter einen Fernsehbericht kommentiert. »Neu ist nur, dass darüber geredet wird. In bestimmten Situationen rutscht bei Männern der Verstand in die Hose.«

Ihre eigenen Erfahrungen hatten die Erkenntnis bestätigt. Nicht nur der Verstand, auch gutes Benehmen, Respekt und Achtung vor dem Selbstbestimmungsrecht verflüchtigten sich bei manchen Männern, wenn sie eine Gelegenheit für ein sexuelles Abenteuer witterten.

Und dieser Olli war eindeutig darauf aus. Konnte sie das eine erreichen, ohne sich auf das andere einzulassen? Seinen Verstand ausschalten, ohne auf seine Forderung einzugehen?

Sie setzte eine halbwegs freundliche Miene auf. »Ich denke darüber nach.«

*

Vor dem Haus in der Neubausiedlung trafen die Polizeibeamten auf Stefan Hilbrich. Er wirkte ein wenig abgehetzt, als er die Tür aufschloss, zeigte aber keine Anzeichen von Unsicherheit.

Rieke begrüßte ihn und stellte sich und den Hundeführer vor. Pannebacker und Hilbrich nickten sich kurz zu.

Mit einer jovialen Geste deutete der Unternehmer ins

Innere des Hauses. »Bitte, meine Herrschaften. Normalerweise gehe ich bei Besichtigungen voran. Aber in diesem Fall haben Sie natürlich Vortritt.« Auf den Durchsuchungsbeschluss hatte er nur einen kurzen Blick geworfen und süffisant gelächelt.

»Der Kollege mit dem Hund geht als Erster«, sagte Rieke. »Wir folgen ihm mit ein paar Schritten Abstand.«

Polizeioberkommissar Bornhauser setzte seinen Rucksack ab und entnahm ihm eine kleine Tasche. »Für den Notfall«, erklärte er. »Falls Benny Heroin findet, darf er es keinesfalls aufnehmen. Es wäre für ihn tödlich. Sollte etwas schiefgehen, kriegt er eine Spritze, damit er es sofort wieder auskotzt.« Er streichelte den Hals des Hundes und deutete in den Hausflur. »Such, Benny!«

Der Hund senkte die Schnauze und bewegte sich schnüffelnd vorwärts. Zielstrebig führte er sein Herrchen zu einer Tür. Bornhauser öffnete sie und betätigte einen Lichtschalter. »Es geht in den Keller«, rief er über die Schulter und folgte dem Tier die Stufen hinab. Rieke, Pannebacker und Hilbrich folgten nacheinander.

Am Ende der Treppe hielt sich Benny nicht lange auf, sondern steuerte auf eine weitere Tür zu. Auch diese öffnete der Hundeführer und schaltete das Licht ein. »Hier muss was sein«, rief der Oberkommissar.

Als Rieke und ihre Begleiter den Raum betraten, hockte der Hund neben seinem Herrchen und beschäftigte sich mit einem Spielzeug. Bornhauser deutete auf eine Nische, die mit einer Klappe versehen war. »Da drin.«

»Aber da ist doch gar nichts«, empörte sich Stefan Hilbrich. »Nur ein Hohlraum, der im Bedarfsfall für die Installation einer zentralen Klimaanlage genutzt werden kann.«

Der Hundeführer nickte. »Da ist Heroin gelagert worden. Benny hat deutlich angezeigt. Mit an Sicherheit grenzender Wahrscheinlichkeit hat es sich nicht beziehungsweise nicht nur um verpackte Ware gehandelt. Es muss Pulver verstreut worden sein. Ich kann den Hund da nicht dranlassen. Womöglich nimmt er etwas von dem Zeug auf.«

Rieke zog einen Latexhandschuh aus der Tasche, streifte ihn über und hockte sich vor den Hohlraum. Mit der flachen Hand strich sie über den Boden vor der Öffnung. Anschließend hielt sie ihre Finger ins Licht der Deckenbeleuchtung. »Sieht aus wie eine Mischung aus Sand, Staub und gelblich-braunem Mehl.« Vorsichtig rollte sie den Handschuh auf, sodass sein Äußeres nach innen kam, zog eine kleine Plastiktüte aus der Tasche und steckte ihn hinein. »Wir werden die Probe untersuchen lassen«, sagte sie in Hilbrichs Richtung. »Sobald wir wissen, was hier gelagert wurde, müssen wir weitersuchen. Und zwar bei Ihnen zu Hause.«

»Das können Sie nicht machen«, widersprach der Unternehmer. Er war blass geworden, seine Stimme klang belegt, und seine Bewegungen wirkten nun fahrig.

»Doch«, entgegnete Rieke. »Das können wir. Der zuständige Staatsanwalt war so weitsichtig, den Durchsuchungsbeschluss für alle Ihre Räume und Fahrzeuge zu beantragen. Und der Ermittlungsrichter hat's genehmigt. In die letztgenannte Kategorie fallen übrigens auch Wasser- und Luftfahrzeuge.«

Sie wandte sich an den Hundeführer. »Tut mir leid, Herr Kollege, wir brauchen Sie noch.«

»Kein Problem«, antwortete Bornhauser. »Benny und ich haben Zeit. Bis zur letzten Fähre.« Er nahm seinem Hund das Spielzeug ab und dirigierte ihn zur Tür.

Rieke drehte sich zu Hilbrich um. »Der Kellerraum wird

versiegelt, bis unsere Kriminaltechniker ihn untersucht haben.«

Der Unternehmer zuckte mit den Schultern. »Von mir aus.«

*

Steiner machte keine Anstalten, sich um den Verbleib des Heroins zu kümmern. Stattdessen lief er in Richtung Fähranleger. Verwundert folgte Alexander ihm in sicherem Abstand, dabei schob er das E-Bike seiner Mutter mit den drei unverletzten Fingern seiner rechten Hand. Wollte Steiner die Insel verlassen? Bis zum Anleger waren es weniger als vierhundert Meter. Dort lag die *Langeoog III*. Wenn der Schweizer aufs Schiff ging, würde er, Alexander, umkehren müssen. Der Koffer musste sich noch im Yachthafen befinden. Hatte Tom ihn Steiner abnehmen und dort verstecken können?

Zu seiner Überraschung ging Steiner nicht zur Fähre, sondern stieg in einen der Waggons der wartenden Inselbahn. Alexander war hin- und hergerissen. Sollte er das Fahrrad stehen lassen und ebenfalls in den Zug steigen? Oder zum Bahnhof ins Dorf fahren? Welches Ziel mochte der Schweizer ansteuern?

Obwohl ihm das Radfahren Schmerzen bereitete – inzwischen tat ihm auch die rechte Schulter weh, und sein rechtes Fußgelenk sandte bei jedem Schritt eine Schmerzwelle aus –, entschied er sich, das E-Bike zu benutzen und Steiner am Inselbahnhof zu erwarten.

Froh über die elektrische Unterstützung, radelte er in Richtung Dorf. Es war keine Stunde her, dass er in die Gegenrichtung gefahren und von Tom Thieland aus der Spur gestoßen worden war. Wusste Tom, wo der Koffer war? Die

Szene in seiner Wohnung kam ihm in den Sinn. Dort hatte er sich als unerwartet zäh gezeigt. Auch Sulfeld würde nichts aus ihm herauskriegen. Gab es etwas, womit man Tom unter Druck setzen konnte? Wahrscheinlich nicht. Es sei denn, Lisa käme in Gefahr. Für sie würde Tom alles tun. Das war die Lösung! Swantje musste gegen Lisa ausgetauscht werden. Er tastete nach seinem iPhone, um Sulfeld anzurufen – und stieß einen Fluch aus, als ihm einfiel, dass das Handy hinüber war. Zum Glück blieb für die Umsetzung seines Plans noch genügend Zeit. Swantje konnte keine Aussage machen, solange Sulfeld sie auf dem Boot festhielt. Vor der Polizei hätte er vorerst Ruhe.

Als der Zug in den Bahnhof rollte, wartete Alexander hinter einer der weißen Säulen am Eingang des Empfangsgebäudes. Auf dem Vorplatz hatten sich die Gepäckdienste der Hotels und Pensionen mit ihren Karren und Bollerwagen versammelt, um Gäste zu empfangen und deren Gepäck zu transportieren. Im Gewirr der Touristen entdeckte er Steiner schließlich. Zügig, aber ohne Hektik, umrundete er Menschen und Hindernisse und schlug die Richtung zum Ortszentrum ein.

23

2018

Swantje hatte das Seil gelöst, mit dem ihre Füße am stählernen Fuß des Tisches befestigt gewesen waren, es aber so liegen lassen, dass es aussah, als sei sie noch immer angebunden. In einer Schublade der Pantry hatte sie ein Ausbeinmesser gefunden. Es war nicht besonders lang und hatte eine schmale, aber stabile und sehr scharfe Klinge. Sie steckte hinter ihrem Rücken in der Polsterung der Sitzbank. Es war ihr nicht leichtgefallen, sich auf ihr Vorhaben vorzubereiten, denn es gehörte zu ihrem Plan, den Verstand des Mannes zumindest zu vernebeln. Also hatte sie ihren BH ausgezogen, die Bluse wieder übergestreift, aber offen gelassen. Sie hoffte, dass der laszive Blick, mit dem sie Olli zu empfangen gedachte, nicht allzu angestrengt oder aufgesetzt wirkte.

»Ah«, stieß er halblaut hervor, als er die Kabine betrat. Seine Augen schienen sich an ihr festzusaugen. Er grinste breit und trat einen Schritt näher. »Was für ein Anblick! Ich wusste es. Wir werden richtig viel Spaß haben.«

»Langsam!« Swantje breitete die Arme aus, sodass sich die Bluse öffnete. »Ich nehme keine Katze im Sack.«

Olli lachte glucksend. »Katze im Sack? Wie meinst du das?«

»Ich will wissen, worauf ich mich einlasse.« Swantje deutete auf seine Hose. »Zeig mir, was du zu bieten hast.«

»Du meinst, ich soll …« Irritiert sah er an sich herab.

»Genau. Ich lasse mich nicht mit jedem ein. Muss schon einigermaßen ... überzeugen.«

Er lachte erneut und nestelte an seinem Hosenbund. »Damit kann ich dienen.«

»Erst das T-Shirt«, kommandierte Swantje. Sie wunderte sich über ihren Tonfall und dessen Wirkung. Olli zog das Kleidungsstück über den Kopf und warf es zur Seite. Erwartungsvoll sah er sie an.

Swantje nickte anerkennend. »Umdrehen!«, befahl sie. Olli gehorchte und wandte ihr den Rücken zu. »Den Gürtel öffnen! Dann die Hose langsam runterlassen.« Die Jeans rutschte abwärts, blieb unterhalb der Knie hängen.

»Jetzt weiter!«, fuhr Swantje im Befehlston fort. »Aber *sutje*, bitte. Und nicht nach hinten schauen!«

*

Aus der Ferne beobachtete Alexander, wie Steiner bei ihm zu Hause klingelte. Seine Mutter erschien, zog ihn rasch ins Haus und schloss die Tür. Er fragte sich, was es zu bedeuten hatte, dass der Schweizer zurückgekehrt war, und rollte langsam näher. In diesem Augenblick erschien aus der Gegenrichtung ein kleiner Pulk von Leuten, zu dem ein Mann in Polizeiuniform gehörte – Uwe Pannebacker. Der Inselsheriff war in Begleitung einer Frau, deren kastanienrotes Haar in der Sonne leuchtete, eines jüngeren Mannes mit Hund und ... seines Vaters. Dieser Aufmarsch konnte nichts Gutes bedeuten, doch für einen Rückzug war es zu spät. Dann erkannte er die Kommissarin vom Landeskriminalamt, die ihn wegen der angeschwemmten Heroinpäckchen befragt hatte. Hatte sie seinen Vater in Verdacht? Alexander war sicher, dass nur er das Heroin im Keller des

Neubaus entdeckt und beiseitegeschafft haben konnte. Kamen die Bullen jetzt mit einem Drogenspürhund? War alles ganz anders, als er bisher geglaubt hatte? Befand sich das Rauschgift im Haus?

Vor der Villa blieb die kleine Gruppe stehen. Die Kommissarin schien ihren Kollegen Anweisungen zu geben. Alexanders Vater eilte unterdessen die Stufen zum Eingang hinauf und öffnete die Tür. Er trat aber nicht ein, sondern kehrte zu den Polizeibeamten zurück und zeigte in Alexanders Richtung. Drei Köpfe wandten sich zu ihm um, sein Vater winkte und bedeutete ihm, näher zu kommen.

»Das ist mein Sohn«, sagte er, als Alexander die Gruppe erreichte. Dann wandte er sich ihm zu. »Wo warst du?«, zischte er. »Warum meldest du dich nicht? Wie siehst du überhaupt aus?«

Alexander hob die Schultern. »Musste was erledigen.« Er zog sein zertrümmertes iPhone aus der Tasche. »Mein Handy ist kaputt. Ich hatte einen Unfall.«

Sein Vater schien etwas erwidern zu wollen, doch die Kommissarin kam ihm zuvor. »Können wir jetzt reingehen, Herr Hilbrich?«

»Wir sprechen uns noch«, knurrte der Angesprochene in Alexanders Richtung. Dann deutete er zur offenen Haustür. »Bitte!«

*

Im Flur der Villa Hilbrich trat ihnen eine Frau entgegen. Sie hielt ein zur Hälfte gefülltes Sektglas in der Hand und lächelte auf eine schwer zu deutende Art. Rieke hatte Yvonne Hilbrich noch nicht kennengelernt, war aber sicher, dass sie die Dame des Hauses vor sich hatte.

»Meine Frau«, murmelte Hilbrich. »Die Herrschaften sind von der Polizei.«

»Mein Name ist Bernstein«, stellte Rieke sich vor. »Landeskriminalamt. Den Kollegen Pannebacker von der hiesigen Polizeistation kennen Sie sicher. Und das ist Oberkommissar Bornhauser mit seinem Hund Benny. Es tut mir leid, dass wir Sie behelligen müssen, Frau Hilbrich. Wir suchen nach einer größeren Menge Rauschgift. Möglicherweise gibt es einen Zusammenhang mit einem Tötungsdelikt. Deshalb duldet die Sache keinen Aufschub.«

Yvonne Hilbrich warf ihrem Mann einen Blick zu, in dem Rieke Triumph zu erkennen glaubte. Mit einer vagen Bewegung deutete sie auf die nächsten Türen. »Tun Sie Ihre Pflicht! Ich kümmere mich um unseren Gast. Wir haben gerade Besuch aus der Schweiz.«

Rieke registrierte, dass Stefan Hilbrich beim letzten Satz seiner Frau zusammengezuckt war. Sie nahm sich vor, nach der Durchsuchung mit ihr zu sprechen und sich nach dem Besucher zu erkundigen.

»Brauchen Sie mich noch?«, meldete sich Alexander zu Wort. »Ich würde mich gern umziehen und ein bisschen frisch machen.«

»Im Augenblick nicht«, antwortete Rieke. »Aber bitte halten Sie sich zu unserer Verfügung.« Alexander nickte wortlos und verschwand nach einem argwöhnischen Blick auf seine Mutter hinter einer der Türen.

Nachdem sich Oberkommissar Bornhauser während der Begrüßung mit seinem Tier beschäftigt hatte, trat er nun neben Rieke. »Benny hat schon was in der Nase«, flüsterte er.

»Gut«, antwortete sie und beobachtete den Drogenspürhund, der an seiner Leine zog. »Gehen Sie! Wir folgen Ihnen.« Sie wandte sich an Stefan Hilbrich. »Öffnen Sie bitte die Tür, auf die der Hund zustrebt.«

»Da geht es zu meinem Büro«, antwortete der Unternehmer. »Gilt der Durchsuchungsbeschluss dafür auch?«

Wortlos drückte Rieke ihm das Papier mit der richterlichen Anordnung in die Hand. Hilbrich gab es zurück, ohne einen Blick darauf zu werfen, seufzte und schloss die Tür auf. »Sie werden nichts finden«, murmelte er.

*

Während Olli vergnügt seine Unterhose abwärts schob, griff Swantje nach dem Messer, nahm das Seil auf, das auf dem Boden lag, erhob sich und trat lautlos hinter ihn. In dem Augenblick, in dem er in die Hocke ging, um seine Boxershorts über die Knie zu streifen, versetzte sie ihm einen kräftigen Stoß. Mit einem unwilligen Laut kippte er nach vorn, rollte zur Seite und versuchte, wieder hochzukommen, aber die Beinkleider an seinen Füßen hinderten ihn daran. Im nächsten Augenblick war Swantje über ihm, hockte auf seiner Brust und drückte die Spitze der Messerklinge gegen seinen Hals.

»Ich steche dich ab, wenn du nicht machst, was ich sage«, drohte sie.

Für einen Augenblick erstarrte er, doch dann bäumte er sich auf und schlug mit der Faust gegen Swantjes Arm. Das Messer ritzte Ollis Haut, rutschte ihr aus der Hand und fiel zu Boden. Mit einem wütenden Aufschrei packte er ihren Hals und umklammerte ihn mit eisernem Griff. Angsterfüllt zerrte sie an seinem Unterarm, doch der ließ sich nicht bewegen. Die Hand drückte fester zu, Swantje blieb die Luft weg. Sie wand sich, versuchte durch Drehen ihres Oberkörpers der Umklammerung zu entgehen, doch er war zu stark. Er schüttelte sie ab und richtete sich auf. Mit der freien Hand tastete er nach dem Messer, bekam es aber nicht zu fassen. »Verdammte Schlampe«, brüllte er und strampelte seine Füße frei. »Erst machst du mich heiß, dann so was. Aber du entkommst mir nicht. Zieh die Hose aus!«

Swantjes Lunge schien platzen zu wollen, und ihr Blick begann sich zu verschleiern. Angstvoll wimmernd und mit zitternden Fingern öffnete sie Gürtel und Reißverschluss, schob die Hose ein Stück abwärts. In dem Augenblick lockerte er den Griff ein wenig. Sie schnappte nach Luft, schlug mit beiden Händen gegen seinen Unterarm. Gleichzeitig suchten ihre Augen nach dem Messer. Es lag auf dem Boden. Sie streckte die Hand danach aus, erreichte es aber nicht. Inzwischen war Olli auf die Knie gekommen, hockte neben ihr und riss mit der freien Hand ihre Bluse vom Körper.

»Hose runter!«, brüllte er. »Mach schon!«

Voller Panik folgte sie seiner Aufforderung. Dabei beugte sie sich vor, um dem Messer näher zu kommen. Als es in Reichweite war, packte sie blitzschnell zu, nahm die zweite Hand zu Hilfe und stieß die Klinge mit aller Kraft in seine Richtung, ohne zu wissen, wohin genau sie gezielt hatte. Olli brüllte auf, sein Griff löste sich. Im nächsten Augenblick sackte er stöhnend neben sie.

Swantje sprang auf, zerrte ihre Hose hoch und erstarrte. Das Messer steckte bis zum Heft im Oberschenkel ihres Peinigers, aus der Wunde quoll Blut und bildete eine Lache auf dem Boden. Der nackte Mann wälzte sich herum, stieß wütende Laute aus und versuchte vergeblich, aufzustehen. Swantje widerstand dem ersten Impuls, das Messer herauszuziehen. Dann wäre die Wunde offen. Wenn sie die Oberschenkelarterie verletzt hatte, konnte er verbluten. Was war zu tun? Hatte sie beim Führerschein nicht gelernt, dass man einen Druckverband anlegen sollte? Aber wie? Hektisch sah sie sich um, entdeckte ein Fach mit einem roten Kreuz auf weißem Grund. Sie hob die zerrissene Bluse auf und schlüpfte hinein. Dann stieg sie über den stöhnenden Mann hinweg, riss die Klappe auf, zog einen Verbandskasten hervor, öffnete ihn und kippte den Inhalt auf den Tisch. »Ich lege dir einen Verband an«, rief sie. »Aber du musst stillhalten.«

Während sie Verbandspäckchen, Mullbinden und Dreieckstuch herauslegte, kehrte die Erinnerung an Einzelheiten aus dem Erste-Hilfe-Kurs zurück. Der Verband sollte die Blutung stillen, aber das Bein nicht abschnüren. Darum musste eins der Päckchen oder eine Binde auf die Wunde gelegt und anschließend fixiert werden. Dafür würde sie das Messer herausziehen müssen. Die Vorstellung ließ sie zögern. Dieser Olli war ein Arschloch, ein hinterhältiger und gewalttätiger Krimineller. Aber sie hatte nicht das Recht, ihn verbluten zu lassen. Sie beugte sich zu ihm hinab. »Ich ziehe jetzt das Messer raus und lege ein Verbandspäckchen auf die Wunde. Du musst es festhalten und kräftig drücken, auch wenn's wehtut.«

*

Der Hund verhielt sich wie zuvor im Neubau. Erst schnüffelte er am Fußboden und führte sein Herrchen zu einer Sitzgruppe mit einem niedrigen Tisch. Dann kroch er unter die Tischplatte, verharrte dort und knurrte. Mit dem Spielzeug aus seinem Rucksack lockte Christian Bornhauser ihn hervor. »Wir haben die gleiche Situation wie vorhin«, erklärte der Oberkommissar. »Hier muss Heroin gelagert oder umgepackt worden sein. Es gibt Spuren des Pulvers, aber in geringer Menge.« Er deutete auf seinen Hund. »Benny und ich warten draußen vor dem Haus.«

Rieke verbarg ihre Enttäuschung und wandte sich an den Hausherrn. »Wer außer Ihnen hat Zutritt zu diesem Raum?«

Hilbrich zuckte mit den Schultern. »Normalerweise niemand. Die Putzfrau natürlich, die einmal in der Woche kommt. Meine Sekretärin. Die arbeitet aber nicht hier, sondern drüben im Anbau. Gelegentlich schicke ich sie her. Wenn ich unterwegs bin und sie mir Unterlagen heraussuchen muss.«

»Sonst niemand?«

»Theoretisch könnten meine Frau und mein Sohn … Aber die interessieren sich nicht für meine Arbeit.«

»Das heißt, sie können ihr Büro betreten, auch wenn Sie abwesend sind?«

Hilbrich nickte wortlos.

Rieke deutete auf den Schreibtisch. »Schalten Sie bitte das Notebook ein!«

Hilbrich verzog das Gesicht. »Jetzt wird es mir zu bunt. Der Computer enthält Geschäftsgeheimnisse. Die gehen niemanden etwas an. Ich rufe meinen Anwalt an.«

»Das können Sie gerne tun«, entgegnete Rieke. »Ihre Geschäfte interessieren uns nicht. Jedenfalls, soweit es Ihre Immobilien betrifft. Aber in diesem Raum wurde eine nach dem Betäubungsmittelgesetz verbotene Substanz gelagert oder verpackt. Insofern besteht der begründete Verdacht, dass sich Ihre *Geschäftsgeheimnisse* nicht nur auf *legale* Betätigungen beziehen.«

»Völlig absurd«, schimpfte Hilbrich und zog ein Mobiltelefon aus der Tasche. »Wir sind ein alteingesessenes Unternehmen und keine Drogenhändler.« Er wählte und nahm das

Handy ans Ohr. »Moin, Frau Olsen. Stefan Hilbrich hier. Ich muss Doktor Leßing sprechen. Es ist dringend. Danke, ich warte.«

Inzwischen hatte Rieke den Einschaltknopf gedrückt und das Notebook hochgefahren. Auf dem Monitor erschien ein Eingabefeld. Sie deutete auf die Tastatur. »Das Passwort, bitte!«

Hilbrich legte eine Hand auf das Mikrofon seines Handys und schüttelte den Kopf. »Erst wenn ich mit Doktor Leßing oder einem seiner Kollegen gesprochen habe.« Er hob die Hand. »Moment bitte! Ja, Frau Olsen? Wie – keiner da? Alle außer Haus? Bei Gericht? – Also gut, heute Nachmittag? Er soll mich zurückrufen. Unbedingt. Es ist wirklich wichtig.«

Rieke klappte das Notebook zu. »Sie haben sicher Verständnis dafür, dass wir nicht bis heute Nachmittag warten können. Der Computer ist beschlagnahmt.« Sie gab Pannebacker einen Wink. In aller Ruhe löste der Oberkommissar die Anschlüsse vom Notebook, nahm es vom Schreibtisch und klemmte es sich unter den Arm.

Hilbrich verfolgte jede Bewegung mit den Augen. Sein Gesicht verfärbte sich rötlich. Rieke wartete auf einen Ausbruch, doch der Unternehmer hatte sich im Griff. Seine Kiefer mahlten, und an der Stirn traten die Adern hervor. Aber er schwieg. Seinen dennoch offensichtlichen Ausnahmezustand wertete sie als günstige Gelegenheit für ihre nächste Frage. »Kennen Sie einen jungen Mann namens Florian Andresen?«

»Wer soll das sein?« Hilbrich hob die Schultern. »Nie gehört.«

»Aber vielleicht haben Sie ihn gesehen.« Sie zog ihr Smartphone aus der Tasche, tippte ein paar Mal auf das Display, bis das Foto erschien, das Hannah Holthusen ihr geschickt hatte. Dann hielt sie Hilbrich die Aufnahme unter die Nase.

Der zuckte zurück. »Nein, nie gesehen«, stieß er hastig hervor.

»Dieser junge Mann ist gestern Vormittag einem Verbrechen zum Opfer gefallen«, erklärte Rieke. »Wir haben Grund zu der Annahme, dass sein gewaltsamer Tod mit dem Auftauchen einer größeren Menge Heroin zusammenhängt.« Sie sah Hilbrich prüfend an. »Wo waren Sie zur fraglichen Zeit?«

»Auf Wangerooge und in Wilhelmshaven.«

»Gibt es dafür Zeugen?«

»Ich war mit dem Flugzeug unterwegs. Alle Starts und Landungen werden von der Luftaufsicht der jeweiligen Flugplätze dokumentiert. Das können Sie leicht nachprüfen.«

Rieke nickte, als hätte sie nichts anderes erwartet. »Eine Frage noch, Herr Hilbrich. Sind Sie in der Lage, einen … Bulldozer zu bedienen und zu bewegen?«

Er schüttelte den Kopf. »Ich bin Immobilienkaufmann, kein Bauunternehmer. Und schon gar kein Baggerfahrer.«

»Das war es fürs Erste, Herr Hilbrich. Ihr Büro muss ich leider ebenfalls versiegeln. Bis die Spurensicherung hier war, darf niemand den Raum betreten.« Rieke nickte Pannebacker zu, der mit der freien Hand ein zerdrücktes Siegel aus der Tasche fummelte. »Und jetzt würde ich gern mit Ihrer Frau sprechen«, fuhr sie dann fort. »Und anschließend mit Ihrem Sohn.«

»Meine Frau?« Hilbrich machte eine wegwerfende Handbewegung. »Die weiß sowieso nichts. Und was soll mein Sohn mit der Sache zu tun haben?«

»Ich fürchte, Ihnen ist der Ernst der Lage nicht bewusst«, entgegnete Rieke. »Wir ermitteln in einem Mordfall. Jemand hat in Ihrem Büro mit Heroin hantiert. Dieses Rauschgift muss irgendwo sein. Wir werden es früher oder später finden. Und dann wissen wir wahrscheinlich auch, wer verhindern wollte, dass ein Zeitungsreporter darüber berichtet. Eine Spur führt in dieses Haus. Also sprechen wir mit allen Personen, die hier leben oder Zugang zu Ihrem Arbeitszimmer haben. So einfach ist das.«

Hilbrich starrte sie entgeistert an, erwiderte aber nichts.

Rieke deutete zur Tür. »Wenn Sie so freundlich wären? Oder soll mein Kollege nach Ihrer Frau suchen?«

*

Nachdem Swantje einen Verband angelegt hatte, widerstand sie dem Impuls, das Blut aufzuwischen, das sich auf dem Boden ausgebreitet hatte. Sie vermied den Blick auf den nackten Mann, dessen Gesicht schweißbedeckt war, der aber gleichzeitig zu frösteln schien. In einem der Schränke fand sie eine Decke, die sie über den zitternden Körper legte. Trotz allem, was der Typ ihr angetan hatte und hatte antun wollen, war sie entschlossen, ihm zu helfen. Er musste so schnell wie möglich in ärztliche Behandlung.

Sie fragte sich, ob sie das Boot in Bewegung setzen und rechtzeitig den Hafen erreichen konnte. Sollte sie stattdessen die Seenotrettung anrufen? Oder die Polizei? Sie hatte kein Telefon dabei. Wenn sie im *Störtebeker* servierte, ließ sie das Handy zu Hause. Olli hatte ein Smartphone benutzt. Es musste in einer seiner Taschen stecken. Widerwillig betrachtete sie die blutverschmierten Kleidungsstücke auf dem Boden. *Langeoog ist in Sichtweite*, hatte er gesagt. Sie beschloss, die Motoren zu starten und das Boot zur Insel zu steuern. Sollte es ihr nicht gelingen, die Yacht in Bewegung zu setzen, konnte sie immer noch versuchen, mit Ollis Handy zu telefonieren.

»Ich gehe nach oben«, sagte sie, ohne zu wissen, ob er ihre Worte aufnahm. Nach einem kurzen Blick auf den Mann verließ sie die Kabine. An Deck überzeugte sie sich davon, dass sie die Insel erkennen konnte. Vom Meer aus sahen sich die Ostfriesischen Inseln ähnlich. Aber eine rote und eine weiße Spitze konnten nur Kirchturm und Wasserturm von Langeoog sein. Und rechts war die Nachbarinsel Baltrum als kleinerer Fleck zu sehen.

Der Anblick des Cockpits ließ sie zögern. Eine Vielzahl von glänzenden Instrumenten blinkte ihr entgegen. Alexander hatte sie und andere einmal auf einen Ausflug mitgenommen und ihnen gezeigt, wie man das Boot fuhr. Aber das lag Jahre zurück, und die Yacht war kleiner als die *Amazone* gewesen. Immerhin erinnerte sie sich daran, dass es ihr wie Autofahren vorgekommen war. Man musste den Motor starten, Gas geben und lenken. Die Geräte und Instrumente dienten der Navigation, der Überwachung von Motordaten und elektrischer Versorgung. Sie erkannte ein Echolot und eine Geschwindigkeitsanzeige. Nichts von alledem würde sie benötigen, um die *Amazone* in den Hafen zu bringen. Entschlossen streckte sie die Hand nach dem ersten der beiden Zündschlüssel aus.

Sie zuckte zurück, als ihr einfiel, dass das Boot vor Anker lag. Der musste eingeholt werden. Für einen kurzen Augenblick sah sie sich an Deck an einer Winde stehen und eine rasselnde Kette an Bord ziehen. Doch dann erinnerte sie sich an Alexanders stolze Geste, mit der er einen Hebel betätigt hatte. Wenn die Yacht damals schon eine elektrische Ankerwinde hatte, würde die *Amazone* erst recht damit ausgestattet sein. Swantje fand den Bedienungsknopf im Cockpit.

Erst Anker lichten, dann die Maschine starten? Oder war es umgekehrt?

Sie entschied sich für den Versuch, die Motoren zu starten. Wenn es ihr nicht gelang, musste sie ohnehin nach unten gehen und Ollis Handy suchen. Die Vorstellung, in blutverschmierten Kleidungsstücken zu kramen, verursachte ihr Gänsehaut. Rasch griff sie nach dem ersten Schlüssel und drehte ihn, wie sie es vom Autofahren kannte. Ein Motor begann zu grummeln. Sie drehte den zweiten Schlüssel und setzte die zweite Maschine in Gang. Schließlich drückte sie den Knopf für die elektrische Ankerwinde. Schon lief am Bug rasselnd die Kette. Nach wenigen Augenblicken erschien der Anker und wurde automatisch eingehakt.

Ihr Herz klopfte, als sie vorsichtig den Gashebel bewegte. Zu ihrer Überraschung setzte sich das Boot tatsächlich in Bewegung, nahm langsam Fahrt auf und reagierte spürbar auf Bewegungen des Ruders. Swantje nahm Langeoog ins Visier und drehte den Bug in die entsprechende Richtung. Die Yacht zu steuern war einfacher, als sie gedacht hatte. Durch den Erfolg ermutigt, gab sie mehr Gas und registrierte zufrieden, dass die *Amazone* zügig beschleunigte.

Dennoch kam die Insel nur langsam näher. Swantje hatte jedes Zeitgefühl verloren und hätte nicht sagen können, wie lange sie das Boot schon durch die Nordsee gesteuert hatte, als ein Geräusch sie aufschreckte. Irritiert wandte sie sich um. Die Tür zwischen Cockpit und Kabine schwang hin und her und schlug gegen die Wand. Hatte sie das Schloss nicht einrasten lassen? Hatte sich dort etwas bewegt? Erneut sah sie sich um. Vor Schreck verriss sie das Ruder, sodass sich die Yacht auf die Seite legte. Als die Gestalt mit dem blutigen Messer auf sie zutorkelte, schrie Swantje auf.

24

1998

Stefans zweiter Besuch im Grundbuchamt bereitete ihm stärkeres Herzklopfen als der erste. Erneut legte er am Eingang zum Amtsgericht den Inhalt seiner Taschen in eine Plastikschale und ließ sich bereitwillig mit einem Metalldetektor abtasten. Das vorbereitete Grundbuchblatt steckte unter seinem Pullover. Nun hoffte er, dass heute ein anderer Mitarbeiter für ihn zuständig war, der ihn nicht wiedererkennen würde.

Sein Wunsch ging nicht in Erfüllung. Die graue Dame musterte ihn mit hochgezogenen Augenbrauen. »Herr Hilbrich? Waren Sie kürzlich nicht schon einmal hier?«

Instinktiv trat Stefan die Flucht nach vorn an. Er setzte das charmanteste Lächeln auf, zu dem er fähig war, sah der Beamtin in die Augen und breitete die Arme aus. »Es tut mir aufrichtig leid, gnädige Frau, dass ich Sie noch einmal behelligen muss. Mein Fehler. Ich habe nicht alle Eintragungen eingesehen, für die mich mein Vater hergeschickt hat. Jetzt müsste ich noch einmal einen kurzen Blick wegen eines Hauses in der Marktstraße ins Grundbuch werfen. Wenn Sie erlauben.« Mit einem Ausdruck tiefster Zerknirschung ließ er Kopf und Arme hängen.

»Es geht nicht darum, dass ich Ihnen etwas erlaube oder nicht«, belehrte ihn die graue Dame. »Wenn Sie Eigentümer beziehungsweise mit einer Vollmacht ausgestattet sind, haben Sie das Recht zur Einsichtnahme.«

Wenig später saß Stefan vor dem Aktenordner. Er schwitzte und befürchtete, das Papier unter seinem Pullover könnte feuchte Stellen bekommen. Mit gesenktem Kopf tat er so, als ob er die Eintragungen auf dem Blatt entzifferte. Dabei behielt er die graue Dame im Auge, die sich noch immer in seiner Nähe aufhielt und ihm prüfende Blicke zuzuwerfen schien.

»Entschuldigen Sie, Herr Hilbrich«, sagte sie schließlich. »Es gibt noch ein paar andere Eigentümer, die Einsicht nehmen wollen. Darum lasse ich Sie jetzt einen Moment allein, in Ordnung? Den Ordner können Sie liegen lassen, wenn Sie gehen!«

»Natürlich«, antwortete Stefan. »Danke.« Erleichtert atmete er auf und folgte ihr mit den Augen, bis sie das andere Ende des Raumes erreicht hatte. Weder sie noch sonst jemand schien ihn zu beachten. Unauffällig tastete er nach dem Bogen unter seinem Pullover und zog ihn vorsichtig hervor. Er glich dem vor ihm liegenden Dokument aufs Haar. Bis auf eine Kleinigkeit. Als Eigentümer für das Geschäftshaus an der Marktstraße war nicht Reinhard Hilbrich, sondern Stefan Hilbrich eingetragen. Einschließlich Geburtsdatum.

Er zog den Schlüssel aus der Tasche, schob ihn in die untere dafür vorgesehene Öffnung und drehte ihn vorsichtig. Tatsächlich ließ sich der Aktendeckel anheben. Rasch öffnete er auch das obere Schloss. Dann hielt er inne und ließ seinen Blick durch den Raum wandern. Gerade verschwand die Aufsicht im Nebenraum. Stefan hob den Deckel ab, nahm das rosafarbene Blatt heraus und ersetzte es durch das mitgebrachte Exemplar. Das Original faltete er zusammen und schob es unter seinen Pullover. Schließlich verschloss er die Akte und lehnte sich zurück. In dem Augenblick erschien die graue Dame mit einem weiteren Grundbuchband in der

Tür. Sie warf einen Blick in die Runde, nickte Stefan kaum merklich zu und trug den Ordner zu einem der Tische.

Noch einmal senkte er den Kopf über das Blatt. Inzwischen war ihm jeder Buchstabe, jeder Punkt und jedes Komma vertraut. Aber der Eintrag interessierte ihn nicht mehr. Stattdessen betrachtete er kritisch das Papier. Durch den Transport unter dem Pullover hatte es etwas gelitten. Es gab zwar keine Knicke, aber es war ein wenig wellig geworden. Kurzentschlossen schlug er die vorausgehenden Seiten zurück und klappte den Ordner zu. So bald dürfte niemand erneut in diesen Band des Grundbuchs Einsicht nehmen. Erst wenn der Verkauf abgewickelt war, würde der Notar den Eintrag ändern lassen. Er stand auf und trug den schweren Band in Richtung Aktenwand. An der Tür nahm ihn die graue Dame entgegen. »Das wäre doch nicht nötig gewesen, Herr Hilbrich.«

Stefan setzte ein charmantes Lächeln auf. »Sie haben hier im Lauf des Tages einiges zu schleppen. Da kann ich Ihnen wenigstens einen Gang abnehmen.«

Er deutete eine Verbeugung an und verabschiedete sich. *Die Eintragung im Grundbuch ist richtig, auch wenn sie falsch ist.* Der Satz kreiste in seinem Kopf, während er zum Ausgang lief.

*

Einen Monat nach der erfolgreichen Aktion hatte Frank Sörensen bereits ein Angebot des Warenhauskonzerns über zwei Millionen Mark auf dem Tisch. Weitere zwei Wochen später fand sich Stefan in der örtlichen Kanzlei von *Leßing und Partner* ein, um – gemeinsam mit einem Konzernvertreter – den Kaufvertrag zu unterschreiben. Er musste seinen

Personalausweis vorlegen, der Vertreter des Konzerns den aktuellen Auszug aus dem Handelsregister. Der Notar spulte in leicht nasalem Tonfall den Vertragstext ab, wies darauf hin, dass Haus und Grundstück nicht mit einer Grundschuld belastet und Nebenabsprachen unzulässig seien. Zwischendurch erläuterte er juristische Fachausdrücke. Das meiste interessierte Stefan herzlich wenig. Gespannt wartete er auf eine Information über die Zahlung. Er erfuhr, dass zunächst eine Auflassungsvormerkung ins Grundbuch eingetragen werden musste, dann der Kaufpreis auf ein Notaranderkonto gezahlt und erst später an ihn weitergeleitet würde.

Zwar kam es auf ein paar Wochen nicht an, dennoch sehnte Stefan den Termin voller Ungeduld herbei. Erst wenn das Geld auf seinem Konto war, war er seinem Ziel nähergekommen. Danach würde er den zweiten Schritt planen – die Übernahme des Kredits von Johannes von Hahlen bei der Deutschen Bank. Dieser Teil seiner Strategie konnte jedoch erst nach der Hochzeit greifen.

25

2018

Mit einem gewinnenden Lächeln empfing Yvonne Hilbrich Oberkommissar Pannebacker und Hauptkommissarin Rieke Bernstein im Wohnzimmer der Villa. Ihrem Mann schenkte sie kaum Beachtung. »Darf ich vorstellen? Reto Steiner, ein … Bekannter der Familie. Die Herrschaften sind von der Polizei.« Sie hob ihr Glas. »Was darf ich Ihnen anbieten? Champagner ist nicht ganz passend, nehme ich an. Kaffee? Tee? Wasser?«

»Ein Wasser wäre nicht schlecht.« Pannebacker wischte sich über die Stirn. Rieke lehnte dankend ab. »Wir würden Sie gern allein sprechen, Frau Hilbrich«, fügte sie hinzu. »Wäre das möglich?«

»Selbstverständlich. Bitte nehmen Sie Platz!« Sie warf ihrem Mann einen Blick zu. »Du hast doch bestimmt noch etwas mit Reto zu besprechen.«

Steiner erhob sich, Hilbrich deutete mit einer Kopfbewegung zur Tür. »Wir gehen ins Büro.« Als Rieke energisch den Kopf schüttelte, korrigierte er sich. »Natürlich nicht ins Büro. Wir setzen uns auf die Terrasse. Ich hole uns was zu trinken.« Statt zur Tür ging er zur Bar und entnahm dem Kühlfach zwei Bierflaschen und zwei Gläser.

»Denkst du auch an unseren anderen Besucher?«, meldete sich seine Frau. »Bitte ein Wasser für Herrn Pannebacker.«

Rieke wartete, bis Stefan Hilbrich ihrem Kollegen eine Flasche Mineralwasser gebracht und mit dem Gast aus der

Schweiz den Raum verlassen hatte. Dann wandte sie sich an Yvonne Hilbrich. »Wir ermitteln in zwei Fällen, die nach unseren bisherigen Erkenntnissen zusammengehören. Es geht um ein Tötungsdelikt und um den Verbleib einer größeren Menge Rauschgift.«

»Tötungsdelikt?« Sie schien ernsthaft betroffen zu sein. »Ein Mord?«

Rieke nickte. »Ein junger Reporter, der zu Recherchen auf der Insel unterwegs war, ist ermordet worden. Zuvor hatte er herausgefunden, dass am Strand von Langeoog mehrere Kilo Heroin angeschwemmt worden waren. Jemand hat die Drogen beiseitegeschafft. Der Verdacht liegt nahe, dass diese Person mit dem Tod des Journalisten zu tun hat.«

»Das leuchtet ein.« Yvonne Hilbrich nippte an ihrem Glas. »Aber warum kommen Sie in dieser Angelegenheit zu uns?«

»In einem der neuen Ferienhäuser, die von der Firma Ihres Mannes errichtet werden, haben wir Spuren von Heroin gefunden. Genau wie in seinem Büro. Das Rauschgift ist offensichtlich vom Strand in den Keller des Neubaus, von dort in dieses Haus und von hier aus weitertransportiert worden. Dafür kommen nur Personen infrage, die zu den genannten Räumlichkeiten Zutritt haben.«

Yvonne Hilbrich starrte sie mit offenem Mund an. »Das könnten ja nur Stefan und Alexander sein.« Sie schüttelte ungläubig den Kopf.

»Und Sie«, ergänzte Rieke Bernstein kühl.

»Ich?« Sie legte eine Hand auf die Brust. »Ich laufe doch nicht herum und … sammle … Strandgut ein!«

Rieke deutete ein Lächeln an. »Wir müssen alle denkbaren Optionen prüfen. Dafür bitte ich Sie um Verständnis. Vielleicht können Sie uns einen Hinweis geben. Wer außer

Ihnen, Ihrem Mann und Ihrem Sohn hat Zugang zu den Neubauten *und* zu ihrem Haus?«

»Niemand. Jedenfalls soweit ich weiß.«

»Sagt Ihnen der Name Florian Andresen etwas?«

»Ist das der junge Mann, der umgebracht wurde?« Yvonne Hilbrich schüttelte den Kopf. »Nein, den Namen habe ich noch nie gehört. Vielleicht kann Ihnen mein Sohn weiterhelfen. Die jungen Leute kennen sich untereinander.«

»Wir haben uns zwar schon mit Alexander unterhalten, aber ich würde trotzdem gern noch einmal mit ihm sprechen«, stimmte Rieke zu. »Ist er zu Hause?«

Yvonne Hilbrich hob die Schultern. »Er ist vorhin gekommen. Müsste in seinem Zimmer sein. Manchmal ist er im nächsten Augenblick schon wieder weg, genau weiß ich das nie. Soll ich ihn rufen?«

»Vielen Dank. Wir unterhalten uns gern mit ihm in seinem Zimmer.«

Mit einer Kopfbewegung deutete Yvonne Hilbrich auf Uwe Pannebacker, der immer noch das Notebook hielt. »Falls Sie das Passwort benötigen, versuchen Sie's mal mit *Samantha*.«

An der Tür blieb Rieke noch einmal stehen. »Eine Frage noch. Wer ist Ihr Besucher aus der Schweiz, und in welchem Verhältnis steht er zu Ihnen beziehungsweise zu Ihrem Mann?«

Über Yvonne Hilbrichs Gesicht huschte ein kaum wahrnehmbares Lächeln. »Verhältnis? Nun ja, er ist ein charmanter Mann. Ich habe ihn gerade erst kennengelernt. Mein Mann hat ihn mit auf die Insel gebracht. Wegen eines geschäftlichen Auftrags, mehr weiß ich nicht.«

»Können Sie sich denn denken, worum es dabei geht?«

»Tut mir leid, Frau Bernstein.« Yvonne Hilbrich hob bedauernd die Schultern und lächelte hintergründig. »Denken ist nicht gerade meine Stärke. Das wird Ihnen mein Mann sicher gern bestätigen.«

*

Stefan Hilbrich hatte sich in einem der Gartensessel niedergelassen und die Flasche Jever geleert. Reto Steiner rührte das Bier nicht an. Schweigend beobachtete er seinen Auftraggeber. »Die Situation ist ziemlich verfahren«, stellte er schließlich fest. »Ich werde wohl noch einen Tag bleiben müssen.«

Hilbrich stieß einen bitteren Lacher aus. »Das ist die Untertreibung des Jahres, mein Freund. Für fünfzigtausend Euro kann ich ja wohl die vollständige Erfüllung meines Auftrags erwarten. Auf einen oder zwei Tage sollte es dabei nicht ankommen.« Er griff nach der zweiten Flasche und schüttete sich ein Glas ein. »Sie werden das ... den ... Koffer zurückholen und nach Hamburg schaffen. Ich bin Verpflichtungen eingegangen. Mein ... Handelspartner legt Wert darauf, seine Ware zu bekommen. Und ich ...«

»... brauche das Geld«, ergänzte Steiner sarkastisch.

»Allerdings«, bestätigte Hilbrich und stürzte das Bier hinunter. Schließlich stellte er das Glas ab, unterdrückte ein Aufstoßen und ächzte verhalten. »Außerdem möchte ich nicht, dass gewisse Typen hier aufkreuzen und für Unruhe sorgen, weil mein Geschäftspartner ungeduldig wird.«

»Weiß eigentlich Ihre Frau von diesem Deal?«

Hilbrich schüttelte den Kopf. »Meine Frau weiß gar nichts.«

Mit skeptischem Blick musterte Steiner den Unternehmer. »Sie sollten sie nicht unterschätzen.«

»Wie meinen Sie das?«

»So, wie ich es sage. Es ist nie klug, Fähigkeiten von Menschen zu verkennen, mit denen man es zu tun hat. Als Geschäftsmann sollten Sie das wissen.«

»Weiß ich doch, mein lieber Steiner.« Hilbrich machte eine wegwerfende Bewegung. »Was Geschäfte und Politik betrifft, haben Sie sicher recht. Aber Yvonne ... Egal. Wir haben Wichtigeres zu besprechen – Ihren Auftrag.«

»Ich werde den jungen Mann ausfindig machen, der mit dem Koffer verschwunden ist. Und ihn befragen, und zwar sehr nachdrücklich. Allerdings sind meine Möglichkeiten begrenzt. Ich kann es mir nicht leisten, mit der Polizei in Konflikt zu geraten.« Steiner deutete zur Terrassentür, hinter deren Scheiben der uniformierte Polizist und die Kriminalbeamtin mit Yvonne Hilbrich sprachen. »Die Dame vom Landeskriminalamt hat mich gesehen und meinen Namen gehört. Damit kann sie im Moment nichts anfangen. Sie hat bisher auch keinen Grund, sich für mich zu interessieren. Aber wenn sie in Verbindung mit dem Fall, den sie hier untersucht, auf mich aufmerksam wird, könnte ihre Behörde Nachforschungen beim schweizerischen Bundesamt für Polizei anstellen. Bei *Fedpol* liegt zwar nichts gegen mich vor, aber wenn dort von einer ausländischen Polizeibehörde Erkundigungen über mich eingezogen würden, könnte das meinem Ruf schaden.«

»Aha!« Hilbrich schnaufte. »Es geht Ihnen um Ihren Ruf. Ist Ihnen klar, dass ein nicht ausgeführter Auftrag Ihrem Ansehen erst recht schaden könnte? Für mich geht es um nicht weniger als die Existenz.«

Steiner zuckte mit den Schultern. »Das haben Sie sich selbst zuzuschreiben. Im Übrigen wäre Ihre Kapitaldecke nicht so kurz, wenn Sie Ihre Frau mit ins Boot nehmen würden.«

»Mit ins Boot? Meine Frau?«, fragte Hilbrich empört. »Wie kommen Sie darauf?«

»Ich habe mich natürlich über Ihre finanziellen und persönlichen Verhältnisse informiert, bevor ich den Auftrag angenommen habe. Mit Yvonnes Vermögen wären Sie aus dem Schneider.«

»Yvonnes Vermögen?« Hilbrich starrte den Schweizer wütend an. »Sind Sie schon per Du?«

»Das dürfte Sie nicht beunruhigen. Aber wie ich bereits sagte, sollten Sie Ihre Frau nicht unterschätzen. Weder als Gattin noch als Geschäftsfrau. Übrigens auch nicht als Mutter.«

»Ich glaube nicht, dass Sie das beurteilen können«, widersprach Hilbrich. »Mein Sohn sorgt ständig für Probleme. Eine Folge der misslungenen Erziehung durch seine Mutter. Von klein auf hat sie ihn verwöhnt und völlig verzogen. Später ...« Er winkte ab. »Das gehört nicht hierher. Alexander ist erwachsen und für alles, was er tut, selbst verantwortlich. Und wenn er es war, der die *Amazone* von ihrem Liegeplatz entfernt hat, wird er dafür büßen.«

Steiner nickte in Richtung Terrassentür. »Wenn ich mich nicht irre, ist er der Nächste, der von der Kriminalkommissarin befragt wird. Yvonne und die Herrschaften haben gerade den Raum verlassen.«

*

Alex hatte nicht damit gerechnet, dass Uwe Pannebacker und die schöne Kommissarin noch einmal mit ihm sprechen wollten. Die Beamten standen plötzlich in seinem Apartment, nachdem seine Mutter geklopft und die Tür geöffnet hatte. »Frau Bernstein hat noch Fragen an dich«, sagte sie und verschwand. Hastig versteckte er die Hand mit dem Joint hinter seinem Rücken.

Die Kommissarin lächelte. »Lassen Sie sich nicht stören, Herr Hilbrich. Ich habe früher auch gelegentlich gekifft.«

Verblüfft sah er erst sie und dann Uwe Pannebacker an, der seinerseits seine Kollegin entsetzt anstarrte, den Mund öffnete, wohl um etwas zu sagen, ihn aber wieder schloss, ohne einen Ton hervorgebracht zu haben.

»Wenn das so ist.« Alex zog an seinem Joint. »Ich habe Ihnen schon alles gesagt. Mehr weiß ich nicht.«

»Da bin ich nicht so sicher«, erwiderte die Bernstein und musterte ihn. »Sie sehen ein wenig mitgenommen aus. Ist Ihnen etwas zugestoßen?«

»Fahrradunfall.« Alex zuckte mit den Schultern. »Nichts Ernstes.«

»Ah ja.« Die Kommissarin nickte. »Ein bisschen Gras hilft gegen Schmerzen. Dann geht es Ihnen wahrscheinlich schon wieder besser, und Sie können uns ein paar Fragen beantworten.«

Alex wusste nicht, was er erwidern sollte, und hob stumm die Schultern.

»Mich interessiert Ihr Verhältnis zu Tom Thieland«, fuhr sie fort. »Sind Sie eng befreundet?«

Erneut zuckte Alex mit den Schultern. »Auf Langeoog kennt jeder jeden. Man ist mal mehr, mal weniger befreundet. Tom und ich sind hier aufgewachsen. Und wir surfen zusammen. Warum wollen Sie das wissen?«

Die Kommissarin ging nicht auf seine Frage ein. »Sie haben schon manchen Wettbewerb gemeinsam bestritten, hat man mir gesagt. So etwas verbindet.« Sie sah ihren Kollegen an. Der nickte nachdrücklich. »Andererseits«, fuhr sie fort, »hatte ich, als Sie und Herr Thieland sich in der Polizeistation begegnet sind, nicht den Eindruck, dass man in Ihrem Fall von Freundschaft sprechen kann.«

die Steuerung ein weiteres Mal herum. Wieder neigte sich die *Amazone* zur Seite, gleichzeitig heulten die Motoren auf und ließen das Boot in die Kurve schießen. Olli wurde zur Seite geworfen, ruderte mit den Armen, konnte sich aber auf den Beinen halten. Rasch nahm Swantje das Gas heraus. Sie nutzte die Gegenbewegung der Yacht, um ihren Widersacher mit zwei Schritten zu erreichen. Mit aller Kraft trat sie ihm gegen das Schienbein und stieß ihn von sich. Er reagierte mit einem wütenden Fluch und versuchte, sie zu packen. Doch Swantje tauchte unter seinen ausgestreckten Armen durch, riss die Tür zum Außendeck auf, hastete in Richtung Heck und betete, dass ihre Erinnerung sie nicht trog.

*

Kaum hatten die Polizisten das Haus verlassen, stürmte Stefan Hilbrich ins Apartment seines Sohnes, packte ihn mit beiden Händen am Revers und schüttelte ihn. »Wo ist die *Amazone*?«, brüllte er. »Warum liegt sie nicht an ihrem Platz?«

Alexander wollte ihn abwehren, doch die Wut gab Hilbrich zusätzliche Kraft. Es gelang ihm sogar, den Jungen hochzuheben und ihn zu Boden zu schleudern. Eine glühende Zigarette flog auf den Teppich. Blindwütig trat Hilbrich darauf herum. »Was hast du mit dem Boot gemacht?«, schrie er, stürzte sich auf seinen Sohn, packte ihn erneut am Kragen und zerrte ihn hoch. »Es war nicht im Hafen, als ich es brauchte.«

»Ich … hab's … verliehen«, stotterte Alexander, der von der Wucht des väterlichen Auftritts überrascht schien. »Du brauchst es doch im Hochsommer nie.«

Hilbrich holte aus und schlug seinem Sohn die Faust ins

Gesicht, sodass dieser aufschrie, rückwärts stolperte und in einen Sessel fiel. »Du fragst gefälligst, bevor du die *Amazone* nimmst. Ich *habe* sie gebraucht, und zwar dringend. Wo ist sie?«

Alexander hatte instinktiv die Hände vors Gesicht geschlagen. Nun senkte er sie und starrte auf das Blut, das durch seine Finger tropfte. »Nicht weit«, murmelte er. »Nur ein Stück draußen auf der Nordsee. Ich kann … meinen … Bekannten anrufen. Er kommt sofort zurück.«

»Dann tu das gefälligst!«

»Mein iPhone ist kaputt«, antwortete Alexander kleinlaut. »Die Nummer … Ich habe sie nicht im Kopf.«

Stefan Hilbrich stöhnte auf. Er musste sich zwingen, nicht noch einmal auf seinen Sohn einzuschlagen.

»Dann besorg die Nummer! Irgendeiner deiner Freunde wird sie ja wohl haben.«

»Tom vielleicht«, flüsterte Alexander, zog ein Taschentuch hervor und hielt es sich unter die blutende Nase. »Aber ich weiß nicht, ob ich ihn erreichen kann.«

»Lass dir das Handy deiner Mutter geben! Und beeil dich! In einer Stunde will ich die *Amazone* im Hafen sehen.« Stefan Hilbrich wandte sich ab, eilte hinaus und warf die Tür krachend ins Schloss.

*

Vor der Villa Hilbrich verabschiedeten sich Rieke Bernstein und Uwe Pannebacker von Oberkommissar Bornhauser und dessen Hund. »Kann sein, dass wir Sie noch einmal brauchen«, sagte Rieke. »Wir müssen dieses Zeug unbedingt finden. Ich bin sicher, es führt uns zu demjenigen, der Florian Andresen auf dem Gewissen hat.«

»Kein Problem«, antwortete Bornhauser. »Anruf genügt. Wir kommen gerne wieder, nicht wahr, Benny?« Der Hund schien seine Ansicht zu teilen, er sah sein Herrchen an und wedelte mit dem Schwanz. »War ein schöner Ausflug. Fühlt sich ein bisschen wie Urlaub an.«

Pannebacker strahlte. »Langeoog ist immer eine Reise wert. Erst recht eine Dienstreise.« Er nickte Bornhauser zum Abschied noch einmal zu.

»Was ist dein Eindruck?«, fragte Rieke ihren uniformierten Kollegen auf dem Weg zur Dienststelle.

Pannebacker neigte den Kopf. »Stefan Hilbrich hat was zu verbergen. Alexander auch. Yvonne Hilbrich scheint in der Familie die einzige ehrliche Person zu sein. Zumindest, soweit es die wesentlichen Fakten betrifft.«

»Das Gefühl hatte ich auch«, bestätigte Rieke. »Für ihren Sohn würde sie wahrscheinlich lügen, für ihren Mann wohl eher nicht. Es wirkte auch, als wäre der Schweizer Besucher mehr für sie als nur der Geschäftsfreund ihres Mannes. Aber das muss uns nicht interessieren. Vom Transfer des Heroins scheint sie jedenfalls nichts mitbekommen zu haben.«

»Jo.« Pannebacker nickte nachdenklich. »Ich frage mich allerdings, was Stefan Hilbrich treibt, sich auf einen Rauschgiftdeal einzulassen. Der hat das doch nicht nötig.«

»Er ist Geschäftsmann. Wenn ihm eine Million vor die Füße fällt, kann er wahrscheinlich nicht widerstehen. Falls er das Zeug hat und einen Käufer findet, ist er fein raus. Wir haben nichts gegen ihn in der Hand. Die Spuren, die Kollege Bornhauser mit seinem Hund gefunden hat, beweisen nur, dass an den Fundstellen mit Heroin hantiert wurde, mehr nicht.«

»Immerhin gehören beide Fundstellen zu Hilbrich.« Pannebacker tippte gegen das Notebook, das er noch immer unter dem Arm trug. »Vielleicht finden wir darin einen Hinweis. Wenn er im Netz nach Käufern gesucht oder einem Interessenten E-Mails geschickt hat ...«

»... dann finden wir es heraus«, ergänzte Rieke. »Gib Gerit das Notebook, der kennt sich damit aus. Wenn er nicht weiterkommt, müssen wir's den Technikern aus dem LKA überlassen.«

»Ob das Passwort stimmt?« Der Polizeioberkommissar grinste. »*Samantha*. Klingt ein bisschen halbseiden. Könnte der Name einer Yacht sein. Aber die von Hilbrich heißt *Amazone*. Die, die er vorher hatte, hieß noch *Yvonne*.«

»Die meisten Menschen benutzen Passwörter, die man leicht knacken kann. Besonders beliebt sind die Namen von Haustieren und Kindern. In dieser Reihenfolge. Weißt du, ob die Hilbrichs eine Hündin haben oder hatten?«

»Nee.« Pannebacker schüttelte den Kopf. »Aber es wird gemunkelt, dass er eine Geliebte hat. Auf Wangerooge. Irgendjemand hat ihn dort mit einer sehr jungen Frau gesehen. Vielleicht heißt die so.«

Rieke schmunzelte. »Eine junge Geliebte würde zu Hilbrich passen. Er ist der Typ Mann, der sich und anderen beweisen muss, was für ein toller Hecht er ist. Zu dieser Selbstüberschätzung gehört auch, dass er seine Frau für einfältig und unwissend hält. Wahrscheinlich weiß Yvonne Hilbrich mehr, als ihr Mann ahnt. Sie kennt bestimmt nicht nur das Passwort zu seinem Computer, sondern weiß auch, mit wem er sich auf Wangerooge vergnügt. Und wenn es für sie von Bedeutung wäre, wüsste sie auch über seine sonstigen Machenschaften Bescheid.«

»Vielleicht hast du recht. Und was ist mit Alexander? Hängt der mit drin? So, wie sein Vater von ihm gesprochen hat, kann ich mir nicht vorstellen, dass der seinen Sohn in irgendwelche Geschäfte einbezieht, schon gar nicht in einen illegalen Deal. Aber irgendwie kam Alex mir heute auffällig vor.«

»Mir auch. Die Geschichte, die er uns über sein Verhältnis zu Tom Thieland aufgetischt hat, erscheint mir wenig glaubhaft. Und warum erfindet er etwas, anstatt uns die Wahrheit zu sagen? Was will er verbergen?«

Pannebacker zuckte mit den Schultern. »Ich verstehe diese jungen Leute manchmal nicht. Wir sollten Mareike darauf ansetzen. Sie kennt Tom und Alex seit der Grundschule. Über ihre Schwester Lisa kriegt sie eher etwas heraus als wir durch polizeiliche Ermittlungsarbeit.«

Sie bogen um eine Ecke und waren jetzt fast an der Polizeistation. »Damit könntest du recht haben.« Rieke nickte nachdenklich. »Bevor wir noch einmal mit Tom Thieland reden, soll sich die Kollegin ein bisschen umhören. Wir können sie ja jetzt gleich direkt fragen.«

»Moin, Frau Bernstein. Moin, Uwe«, begrüßte Mareike Cordes sie kurz darauf am Empfangstresen der Dienststelle mit strahlendem Lächeln. Sie deutete hinter sich. »Gerit und Jan sind hinten.«

Rieke und Pannebacker erwiderten den Gruß. Während der Polizeioberkommissar die Tür zum hinteren Bereich öffnete und zu den Kollegen ging, blieb Rieke bei Mareike stehen und sah sie forschend an. »Von Uwe habe ich gelernt, dass sich hier alle duzen.«

Mareike errötete. »Entschuldigung. Stimmt schon. Aber Sie, ich meine, du bist irgendwie … keine Ahnung … eine Respektsperson. Kriminalhauptkommissarin vom Landeskriminalamt – so eine hochgestellte Persönlichkeit hatten wir hier noch nie. Ich muss mich erst daran gewöhnen.«

Rieke lächelte. »Mareike, ich bin deine Kollegin, keine

hochgestellte Persönlichkeit. Wir arbeiten zusammen und gehören zu einem Team.« Sie deutete auf die Tür, die zum Besprechungsraum führte. »Kannst du dich umziehen? Wir brauchen dich für unsere Ermittlungen ohne Uniform.«

»Mich? Echt?« Mareikes rote Wangen schienen noch stärker zu leuchten. »Ja, hinten im Schrank habe ich noch Reserveklamotten.« Sie sah Rieke aus großen Augen an. »Ich soll wirklich ... aber wer macht hier Telefondienst? Und wenn Kunden kommen –«

»Darum kümmert sich Uwe. Ihr habt doch noch den Kollegen ... Hinnerk ...«

»Ubbenga«, ergänzte Mareike. »Aber Hinnerk ist länger dabei als ich. Der hat mehr Erfahrung.«

»In diesem Fall zählt etwas anderes.« Rieke deutete zur offen stehenden Tür. »Komm! Wir sollten die Kollegen nicht warten lassen.«

26

2018

Swantje hatte richtig gesehen. Auf der *Amazone* gab es eine Badeplattform. Am Heck ließ sich ein Teil der Bordwand nach außen klappen, sodass eine Fläche entstand, die dicht über dem Wasser nach hinten ragte. Hastig löste sie die Verriegelung, stellte sich mit dem Rücken zur Heckklappe und hielt sie mit einer Hand fest. Mit rasendem Herzschlag wartete sie auf den Entführer.

Er schien sich Zeit zu lassen. War er inzwischen so geschwächt, dass er die Verfolgung aufgegeben hatte? Oder suchte er noch nach dem Messer? Sie unterdrückte den Impuls, zurückzugehen und nachzusehen. Während sie auf den Niedergang zur Kabine starrte, registrierte sie, dass die im Leerlauf drehenden Motoren die Yacht weiter gemächlich durchs Wasser zogen. Leider in die falsche Richtung. Langeoog war deutlich näher gekommen, aber der Bug der *Amazone* zeigte nicht mehr auf die Insel, sondern nach Westen. Würde man zu Hause schon nach ihr suchen? Wohl kaum. Niemand hatte mitbekommen, dass sie verschleppt worden war. Ihre Eltern, die gewöhnlich sehr früh das Haus verließen, um den Restaurantbetrieb vorzubereiten, würden erst aufmerksam werden, wenn Lisa nach ihr fragte. Spätestens um halb elf würde Lisa sich langsam Gedanken machen. Irgendwann würde sie versuchen, sie anzurufen. Aber ihr Handy lag zu Hause in ihrem Zimmer. Wie spät war es wohl?

Ein Geräusch riss sie aus ihren Gedanken. Die Kabinentür klappte auf, Olli stand im Niedergang und starrte sie böse an. »Da bist du ja«, knurrte er und stieg eine Stufe höher. Er verharrte kurz, nahm die nächste Stufe und schließlich die dritte. Wie Swantje befürchtet hatte, hielt er in einer Hand das Messer. Damit deutete er auf sie. »Du entkommst mir nicht, rote Hexe.«

»Das werden wir ja sehen«, entgegnete Swantje. Zu ihrer eigenen Überraschung war ihre Angst wie weggeblasen und einem unbändigen Zorn gewichen. »Sicher ist nur eins: Du landest im Knast.«

Mit einem wütenden Aufschrei stürzte Olli auf sie zu, die Messerklinge auf ihre Brust gerichtet. Swantje ließ die Badeplattform los und sprang zur Seite. Im selben Augenblick stürzte der Angreifer gegen die sich öffnende Klappe. Er taumelte, ließ das Messer fallen, versuchte, irgendwo Halt zu finden, griff ins Leere, landete auf dem Boden, rutschte über die Plattform und tauchte kopfüber in die Wellen der Nordsee.

Swantje erschrak. Sie hatte damit gerechnet, dass Olli ins Wasser fallen würde, aber sich keine Gedanken darüber gemacht, ob er schwimmen konnte. Hastig sah sie sich um. Sie nahm den Rettungsring von der Bordwand, vergewisserte sich, dass er an einer Leine befestigt war, und warf ihn in die Richtung, in der sie den Mann vermutete. In dem Augenblick tauchte er auf, spuckte Wasser, hustete und stieß unartikulierte Laute aus. Trotz seiner Verletzung hielt er sich an der Oberfläche, erreichte den Ring und klammerte sich daran fest. Erleichtert nahm Swantje die Leine auf und begann, den Mann samt Rettungsgerät näher ans Boot heranzuziehen. Sie stoppte die Bewegung, als er nur noch knapp zwei Meter von der Badeplattform entfernt war.

»Was soll das?«, krächzte er. »Zieh mich rein!«

Swantje schüttelte den Kopf. »Nur, wenn du dir die Hände zusammenbinden lässt. Sonst lasse ich dich im wahrsten Sinne des Wortes hängen. Also?«

Olli presste die Lippen zusammen und schwieg.

»Wie du willst. Ich geh nach vorne. Vom Cockpit aus kann ich dich nicht sehen. Halt dich gut fest! Wenn du loslässt, musst du zur Insel schwimmen.« Swantje verknotete die Leine an der Reling und wandte sich zum Gehen.

»Warte!« Olli klang weinerlich. »Du kannst mich doch nicht verrecken lassen! Ich kann mein Bein nicht bewegen, das tut höllisch weh. Wie soll ich so schwimmen?«

»Du darfst gerne an Bord kommen«, antwortete Swantje. »Aber ich muss deine Hände und Füße zusammenbinden. Entscheide dich!«

»Okay. Einverstanden. Zieh mich raus!«

Swantje legte ihre Hände hinter die Ohren. »Was hast du gesagt?«

»Zieh mich *bitte* raus!«

Langsam holte Swantje die Leine ein. Als der Ring das Boot erreichte, ergriff sie Ollis ausgestreckte Hand und zog ihn so weit herauf, dass sein Oberkörper auf der Badeplattform landete. Er keuchte, sein Gesicht war vom Schmerz verzerrt. Rasch schlang sie die Rettungsleine um seine Handgelenke und verknotete sie. Dann holte sie ihn vollständig auf die Yacht, fesselte seine Fußgelenke aneinander, zog den Rettungsring herein und schloss die Heckklappe. »Wo ist dein Handy?«, fragte sie.

»Im Arsch, nehme ich an«, murmelte er und deutete mit den zusammengebundenen Händen auf die durchnässten Reste seiner Hose. Dort zeichnete sich das Rechteck eines Mobiltelefons ab. Swantje zögerte kurz, dann griff sie in die

Hosentasche. »Einen Versuch ist es wert.« Sie steckte das Handy ein und kehrte ins Cockpit der *Amazone* zurück.

*

Gerit Jensens Augen leuchteten auf, als Rieke und Mareike den Besprechungsraum betraten. Rieke war klar, dass die Begeisterung des Kollegen nicht ihr galt, doch im Moment gab es Wichtigeres zu tun, als sich um Gerits defizitäres Liebesleben zu kümmern. Sie nickte ihm und Jan Eilers zu. »Moin, Kollegen.« Gerit sprang auf, zog einen weiteren Stuhl an den Tisch und sah Mareike auffordernd an.

»Danke, Gerit.« Sie ließ sich vorsichtig nieder, heftete ihren Blick aber auf Rieke.

»Mareike wird unser Team verstärken«, erklärte diese und wandte sich an Uwe Pannebacker. »Könntest du dafür sorgen, dass es in eurem Dienstplan berücksichtigt wird?«

»Jo, kriegen wir hin.« Der Dienststellenleiter legte das Notebook auf den Tisch und schob es Gerit hinüber. »Arbeit für dich. Rieke meint, du kennst dich damit aus.«

Gerit sah Rieke fragend an.

»Der Computer gehört Stefan Hilbrich. Ich möchte wissen, ob es darin irgendeinen Hinweis auf Vorgänge gibt, die mit unseren Fällen in Zusammenhang stehen. Das Passwort könnte *Samantha* lauten.«

»Sag bloß, das hat er freiwillig rausgerückt«, erwiderte Jan Eilers staunend.

Uwe Pannebacker schüttelte den Kopf. »Seine Frau hat uns den Tipp gegeben.«

»Und sonst? Habt ihr was gefunden?«

»Leider nicht das Heroin«, sagte Rieke. »Aber eine deutliche Spur, die zu Hilbrich führt.« Sie berichtete vom Einsatz des Drogenspürhundes und von der Befragung. »Sowohl Stefan Hilbrich als auch sein Sohn Alexander«, schloss sie, »haben einen zweifelhaften Eindruck hinterlassen.«

»Jo«, bestätigte Pannebacker. »Dat kannst seggen.«

»Und was machen wir nun?«, fragte Jan.

»Du behältst die Familie im Auge«, antwortete Rieke. »Gerit kümmert sich um Hilbrichs Computer, Mareike wird versuchen, mithilfe ihrer Schwester herauszufinden, welches Ereignis Alexander Hilbrich und Tom Thieland entzweit hat. Und ich werde einen Kollegen im LKA bitten, sich nach diesem Herrn Steiner zu erkundigen, der bei den Hilbrichs war. Er ist Schweizer Staatsbürger, deshalb sind Nachforschungen ohne konkreten Anfangsverdacht schwierig und heikel.«

Gerit Jensen klappte das Notebook auf. »Inwiefern ist der für uns interessant?«

»Das weiß ich noch nicht«, gab Rieke zu. »Aber er scheint ein vielseitiges Talent zu sein. Wenn wir seinen beruflichen Werdegang herausbekommen, können wir uns vielleicht zusammenreimen, für welche Aufgabe Hilbrich ihn engagiert hat.«

Uwe Pannebacker grinste. »Bestimmt nicht zur Beglückung seiner Frau.«

Vier Augenpaare sahen ihn fragend an. Er schüttelte den Kopf. »Vergesst es! Gehört nicht zur Sache.«

In dem Augenblick klingelte im vorderen Raum der Dienststelle das Telefon. Mareike sprang auf und stürzte hinaus.

»Ja«, war durch die offene Tür zu hören, nachdem sie sich gemeldet und dem Anrufer zugehört hatte. »Natürlich kümmern wir uns darum. Wir kommen.«

»Ist was passiert?«, fragte Pannebacker, als Mareike zurückkehrte.

»Das war Lisa – Swantje Petersen ist verschwunden. Um halb elf hätte ihr Dienst im *Störtebeker* angefangen. Dort ist sie aber nicht aufgetaucht. Zu Hause ist sie auch nicht, Lisa hat ihren Großvater angerufen. Er sagt, sie habe nicht in ihrem Bett geschlafen. Swantjes Eltern hat sie nichts erzählt, um sie nicht zu beunruhigen. Aber anscheinend ist sie schon gestern Abend nicht nach Hause gekommen, ohne dass sie das mitbekommen haben.«

»Was ist mit ihrem Handy?«, fragte Rieke.

»Lisa hat natürlich versucht, sie zu erreichen. Aber Swantjes Telefon ist abgeschaltet, es liegt wahrscheinlich zu Hause in ihrem Zimmer. Wenn sie Dienst im *Störtebeker* hat, nimmt sie es nie mit.«

»Okay.« Rieke stand auf. »Normalerweise gibt es keinen Polizeieinsatz, wenn eine erwachsene Frau nicht in ihrem eigenen Bett übernachtet hat. Aber in diesem Fall müssen wir uns darum kümmern. Swantje ist möglicherweise in Gefahr.« Sie wandte sich an Mareike. »Du solltest mitkommen. Vielleicht kannst du bei der Gelegenheit mit deiner Schwester über Tom und Alexander reden.«

»Ich mache mich auf den Weg zu den Hilbrichs«, erklärte Jan Eilers. »Wen soll ich im Auge behalten, wenn Vater und Sohn getrennte Wege gehen?«

»Falls Stefan Hilbrich die Insel mit dem Flugzeug verlässt«, antwortete Rieke, »kannst du ihm nicht folgen. Wenn er aber auf Langeoog bleibt, ist er deine Zielperson. Alexander ist ebenfalls interessant für uns, steht aber erst an zweiter Stelle.« Sie zog Mareike am Ärmel. »Komm, wir gehen zum *Störtebeker*.«

*

Ohne Gras wäre Alexander wahrscheinlich in Selbstmitleid versunken. Seit dem Sturz mit dem E-Bike spürte er erneut seine ausgerenkten Finger, auch von der Schulter ging ein stechender Schmerz aus. Da zählten die paar Schrammen an Armen und Beinen kaum noch. Besonders weh taten allerdings die Schläge seines Vaters. Sie hatten nicht nur Nase und Lippen, sondern auch sein Innerstes getroffen. Verprügelt zu werden wie ein kleiner Junge, der seiner Mutter das Portemonnaie geklaut oder dem Vater die Zunge herausgestreckt hatte, war zutiefst demütigend. Erst nachdem er die Tüte zu Ende geraucht hatte, fühlte Alex sich in der Lage, den Kampf aufzunehmen. Ja, er würde alles tun, um das wertvolle Strandgut in seinen Besitz zu bringen. Mit dem Erlös wäre er endlich unabhängig von seinen Eltern.

Dafür brauchte er einen neuen Plan. Swantje zu schnappen, um sie vorübergehend aus dem Verkehr zu ziehen, war ein Fehler gewesen. Diese Kommissarin vom Landeskriminalamt hatte er unterschätzt. Sie würde so schnell keine Ruhe geben. Zum Glück war nichts Ernstes passiert. Swantje hatte einen kleinen Ausflug mit der *Amazone* gemacht. Er musste Sulfeld anrufen, damit er zum Yachthafen zurückkehrte. Inzwischen wurde Swantje wahrscheinlich im *Störtebeker* vermisst. Bevor ihre Eltern deswegen die Polizei einschalteten, sollte sie wieder auftauchen. Wenn er nur Sulfelds Nummer hätte!

Seufzend verließ er sein Zimmer, um nach seiner Mutter zu suchen. Sein Vater, das war nicht zu überhören gewesen, hatte mit dem Typen aus der Schweiz das Haus verlassen.

Yvonne Hilbrich saß im Wohnzimmer. Er blieb in der Tür stehen. »Ich brauche dein Handy. Meins ist kaputt.«

»Wie siehst du denn aus? Was ist passiert? Komm rein! Willst du dich nicht setzen?« Sie machte eine einladende Handbewegung. »Ich würde gern etwas mit dir besprechen.«

Alexander schüttelte den Kopf. »Keine Zeit. Muss dringend telefonieren und dann noch mal weg.«

»So kannst du nicht unter die Leute. Du siehst ja zum Fürchten aus. Ist das von dem Sturz?«

Alex machte eine wegwerfende Handbewegung. »Nicht so schlimm.«

»Okay.« Sie nickte verständnisvoll. »Wir reden später. Mein Handy liegt da drüben. Kannst es erst mal behalten. Ich habe noch irgendwo mein altes in der Schublade liegen.«

»Danke.« Alex griff nach dem goldfarbenen Smartphone und wandte sich zum Gehen.

»Mach wenigstens dein Gesicht sauber, bevor du das Haus verlässt«, rief seine Mutter ihm nach.

Mit einer vagen Handbewegung, die seine Mutter als Zustimmung oder Ablehnung verstehen konnte, verließ Alex den Raum.

Sein Daumen tippte bereits die Nummer ein, von der er sich Hilfe erhoffte. Lisa meldete sich sofort. »Swantje?« Sie klang ein bisschen atemlos.

»Hallo, Lisa. Alex hier. Wieso fragst du nach Swantje?«

»Weil sie nicht zum Dienst gekommen ist. Sie ruft immer an, wenn sie mal später kommt. Aber heute ...«

»Sie ist bestimmt bald wieder da«, versicherte Alex. »Hör mal, Lisa! Ich müsste dringend meinen Bekannten Oliver erreichen. Hat er dir nicht seine Nummer gegeben, als wir zusammen bei euch auf der Terrasse –«

»Der Arsch?«

»Lisa!« Alex musste sich zwingen, nicht laut zu werden. »Ich brauche die Telefonnummer. Hast du die noch irgendwo?«

»Weiß nicht. Müsste nachsehen. Aber ich glaube kaum, dass –«

»Schau nach!«, bat Alex. »Es ist wichtig.«

»Okay. Ich rufe dich gleich zurück. Auf dieser Nummer?«

»Ja. Beeil dich bitte.«

Lisa legte auf. In Gedanken sah Alexander ihr zu, wie sie im Personalraum des Restaurants die Magnettafel durchforstete, an der zwischen Postkarten dankbarer Gäste die jeweilige Tageskarte, der aktuelle Dienstplan und der ein oder andere Merkzettel hingen. Ungeduldig starrte er auf das Display und zog zwischendurch an seinem Joint. Weit konnte Sulfeld nicht sein. Die *Amazone* sollte in Sichtweite ankern, damit sie schnell zurückkehren konnte, sobald er, Alexander, das Heroin gefunden hätte. Bis jetzt war er seinem Ziel keinen Schritt nähergekommen, und der Bootsausflug hatte sich als überflüssig erwiesen. Statt ihm Spielraum zu verschaffen, wurde er zunehmend zum Risiko. Höchste Zeit, die *Amazone* zurück und Swantje an Land zu bringen. Zumal nun auch noch sein Vater wegen der Yacht verrücktspielte.

Das Smartphone seiner Mutter meldete sich mit Roy Orbisons *Pretty Woman*. Es war tatsächlich Lisa.

»Hast du die Nummer?«

»Du hast Glück gehabt. Der Typ hat sie auf einen Bon geschrieben. Wir heben die immer ein paar Tage auf. Falls jemand noch mal kommt, um zu reklamieren. Jedenfalls kann ich sie dir sagen.«

Alexander schaltete den Lautsprecher des Telefons ein.

»Leg los!« Während Lisa die Ziffernfolge ansagte, tippte er sie in die Tastatur.

*

Swantje zuckte zusammen, als das tropfnasse Smartphone plötzlich Töne von sich gab. Sie zog den Gashebel zurück und warf einen Blick auf das Display. Die Nummer konnte sie nicht zuordnen. Wahrscheinlich einer von Ollis Kumpanen. Sie nahm nicht ab, beschloss aber, das Handy zu benutzen, um im *Störtebeker* anzurufen. Lisa oder ihre Eltern mussten dafür sorgen, dass am Yachthafen jemand auf sie wartete, der irgendwie an Bord kommen und die *Amazone* übernehmen konnte. Sie traute sich zu, den Hafen zu erreichen, aber es würde ihr nicht gelingen, ohne Schaden anzulegen.

Das Handy dudelte ohne Ende. Nachdem sie auf *Abweisen* getippt hatte, meldete sich das Telefon wenige Sekunden später erneut. Schließlich nahm sie das Gespräch an.

»Hallo?« Der Anrufer blieb stumm, also rief sie noch einmal: »Hallo?«

Zögernd meldete sich eine Stimme, die ihr bekannt vorkam. »Swantje? Bist du das? Warum meldest du dich auf Olivers Handy?«

Alexander Hilbrich!

»Hör zu, Alex! Ich bin mit eurer Yacht auf dem Weg zum Hafen. Jemand muss das Steuer übernehmen. Ich kann das Boot nicht rangieren.«

»Wo ist Oliver?«

»Der ist verletzt. Er braucht einen Arzt. Kannst du das organisieren?«

»Was ist passiert?«

»Das erzähle ich dir später.«

»Okay. Ich kümmere mich darum. Im Seglerverein finde ich jemanden, der mich rausbringt. Wir fahren dir entgegen, ich komme an Bord. Keine Sorge, wir kriegen das hin. Ruf niemanden sonst an! Soll keiner mitkriegen, dass du ohne Bootsführerschein mit unserer Yacht unterwegs warst.«

Swantje sagte nichts dazu. Sie war erleichtert, dass Alex für eine sichere Rückkehr in den Yachthafen und die ärztliche Behandlung des Verletzten sorgen würde. Trotzdem würde sie natürlich noch bei ihren Eltern oder Lisa anrufen, damit jemand Bescheid wusste, wo sie war. Jetzt ging es jedoch erst einmal darum, ohne Unfall den Hafen zu erreichen.

»Rufst du wieder an, wenn du auf dem Wasser bist?«, fragte sie. »Ich möchte das Boot nicht ohne Hilfe ins Hafenbecken fahren. Ich weiß, dass es teilweise verschlickt ist. Nicht, dass ich die Yacht auf Grund setze.«

»Natürlich melde ich mich«, versicherte Alex. »Zur Not musst du ein bisschen weiter draußen warten. Am besten bleibst du im Dornumer Tief. Auf Höhe der Flinthörn-Infohütte. Ungefähr in der Mitte zwischen Langeoog und Baltrum. Pass aber auf, dass du nicht zu dicht an die Sandplate kommst!«

»Ich hab's verstanden. Danke, Alex! Bis später!« Swantje atmete tief durch und sprach halblaut vor sich hin, worauf sie achten musste. »Dornumer Tief, Flinthörn-Infohütte, Sandplate.«

Behutsam schob sie den Gashebel ein Stück nach vorn. Die *Amazone* war ein wenig ins Schaukeln geraten, doch der Vortrieb durch die beiden Dieselmotoren stabilisierte das Boot und ließ es zügig durch die Nordseewellen gleiten. Sie nahm die Lücke zwischen den beiden Inseln ins Visier und steuerte darauf zu. Dann griff sie erneut nach dem Handy.

✱

Lisa fing sie noch vor der Terrasse des Restaurants ab. »Ich weiß jetzt, wo Swantje ist«, sagte sie aufgeregt zu ihrer Schwester. »Irgendwo auf der Nordsee. Mit Hilbrichs Yacht. Und einem ziemlich schrägen Typen.«

Mareike deutete auf Rieke und Pannebacker. »Sag das den Kollegen! Das ist Kriminalhauptkommissarin Bernstein vom Landeskriminalamt. Sie leitet die Ermittlungen. Uwe kennst du ja. Und verrate uns bitte auch, woher du's weißt.«

»Moin.« Lisa gab Rieke die Hand und nickte Pannebacker zu. »Ich wurde gerade von Swantje angerufen. Sie ist mit einem gewissen Olli auf der *Amazone* unterwegs und will zum Hafen kommen. Sonst hat sie nichts gesagt, sie war auch total abgelenkt und hat direkt wieder aufgelegt. Irgendwas stimmt da nicht. Alexander hat mich vorher auch angerufen, weil er die Handynummer von diesem Olli haben wollte.«

»Habe ich Sie richtig verstanden?«, fragte Rieke. »Herr Hilbrich hat Sie wegen der Telefonnummer angerufen?«

Lisa nickte eifrig und berichtete die Einzelheiten des Gesprächs mit Alexander.

Rieke wandte sich an Pannebacker. »Dann sollten wir sie am Hafen in Empfang nehmen. Und uns mit ihrem Begleiter unterhalten. Vielleicht ist sie nicht ganz freiwillig mit ihm unterwegs.«

»Und was mache ich?«, fragte Marcike. »Soll ich mitkommen?«

»Wir teilen uns auf«, antwortete Rieke. »Jemand muss

Alexander Hilbrich im Auge behalten. Wenn Jan sich an seinen Vater heftet, musst du das übernehmen. Oder umgekehrt. Darüber könnt ihr euch verständigen. Über Alexander und Tom Thieland kannst du später noch mit deiner Schwester reden.«

»Okay.« Mareike zog ihr Handy aus der Tasche. »Ich rufe Jan an. Bis dann!«

Rieke nickte ihr zu und sah dann Pannebacker an. »Wie kommen wir jetzt zum Yachthafen?«

Der Polizeioberkommissar warf einen Blick auf die Uhr. »Mit der Inselbahn. Bis zum Bahnhof sind es nur ein paar Schritte. Der Zug fährt in knapp zehn Minuten.«

*

»Alexander ist mit einem E-Bike weggefahren«, erfuhr Mareike von Jan Eilers. »Auf der Hafenstraße. Richtung Süden.«

Mareike bedankte sich und legte auf. Also will er zum Yachthafen, folgerte sie. Oder zum Fähranleger. Sie setzte sich in Bewegung, um Uwe und der Hauptkommissarin zu folgen. Doch am Bahnhof entschied sie sich anders. Statt in den wartenden Zug zu steigen, eilte sie auf ein kleines Backsteinhaus zu, vor dem zahlreiche Fahrräder aufgereiht waren. In der Tür stand der Inhaber des Verleihs. »Moin, Klaus«, rief sie. »Ich brauche ein Fahrrad. Schnell.«

»Moin, Mareike.« Der Chef des Fahrradverleihs sah sie neugierig an. »Vandoog in Zivil? Ha di bold nich kennt. Und so in Iel? Wat is dann los?«

»Das kann ich dir jetzt nicht erklären.« Mareike deutete auf die Reihe der Räder. »Darf ich mir eins nehmen? Ich brauch's nicht lange.«

»Nimm das gelbe! Das habe ich gerade fertig gemacht.«

»Danke, Klaus!« Mareike griff nach dem Lenker, klappte den Ständer ein, schwang sich auf den Sattel und radelte los. In dem Augenblick setzte sich auch der Zug in Bewegung. Für die gut zweieinhalb Kilometer bis zum Anleger brauchte er sieben Minuten, also fuhr er, schätzte Mareike, mit etwa zwanzig Kilometern pro Stunde. Das Tempo würde sie auf der flachen Strecke überbieten und noch vor Uwe und Rieke am Ziel sein. Schließlich mussten die Kollegen vom Bahnhof am Fähranleger noch dreihundert Meter bis zum Yachthafen zu Fuß zurücklegen. Wenn die ankommen, dachte sie, hab ich Alexander Hilbrich schon gefunden.

27

1998

Reinhard Hilbrich streckte sich gähnend, als er aus dem Mittagsschlaf erwachte. Er war den ganzen Vormittag über so erschöpft gewesen, dass er sich schließlich kurz hingelegt hatte.

Obwohl sich die Dinge in seinem Sinn entwickelten, stellte sich keine positive Stimmung bei ihm ein. Maria hatte sich überraschend schnell entschlossen, die Konsequenzen zu ziehen, und ihren Umzug in die Stadtwohnung organisiert. Hilbrichs Freund und Rechtsanwalt hatte die Scheidung vorbereitet, einen entsprechenden Antrag beim Familiengericht eingereicht und den Gerichtskostenvorschuss überwiesen, damit es keine Verzögerung gab. Cristina war in ihren Heimatort gereist, um die notwendigen Papiere zu besorgen. Wenn es bei einer einvernehmlichen Scheidung bliebe und nichts Unvorhergesehenes dazwischenkäme, hatte ihm der Anwalt versichert, wäre er in drei bis vier Monaten geschieden und könnte Cristina heiraten.

Seit er mit ihr zusammen war, fühlte er sich jung, stark und unverletzlich. Er sah sich nicht länger als bedauernswerter Graukopf am Wendepunkt seines Lebens, von dem aus es nur noch abwärts geht. Stattdessen empfand er sich nun als Mann der Tat, auf den eine verheißungsvolle Zukunft wartete.

Seine momentane Gemütslage hing vielleicht mit den leeren Räumen zusammen, die Maria hinterlassen hatte. Oder mit Cristinas Abwesenheit. Ja, sie hätte ihn aufgerichtet. In jeder Beziehung. Aber darauf musste er noch warten. Frühestens übermorgen kam sie zurück. Bis dahin dürfte dieses leichte Unwohlsein verschwinden, das ihn am Morgen erfasst, den Tag über begleitet und sich zu einer bleiernen Müdigkeit entwickelt hatte. Reinhard Hilbrich wusste nicht recht, ob ihm etwas fehlte, ob er Hunger hatte, oder ob die schwüle Witterung schuld an seinem Missempfinden war. Fest stand nur, dass Stefan ihm auf die Nerven ging. Schon seit Wochen strahlte der Junge eine unterschwellige Feindseligkeit aus. Es wurde Zeit, dass er das Haus verließ. Zu Cristina, ahnte Reinhard Hilbrich, würde sein Sohn kein entspanntes Verhältnis entwickeln. Ohnehin wäre es besser, wenn Stefan nicht mit seiner künftigen Stiefmutter unter einem Dach leben müsste.

Ein Gong an der Haustür schreckte ihn aus seinen Gedanken. Er warf einen Blick auf die Uhr und registrierte, dass es früher Nachmittag war. Gewöhnlich kam um diese Zeit die Post. Der Zusteller klingelte, wenn er eine Paketsendung abzugeben hatte. Das kam in letzter Zeit öfter vor, weil Stefan Computerzubehör oder elektronische Geräte über das Internet bestellte, statt Geschäfte in der Innenstadt aufzusuchen.

Mit einem Seufzer warf Hilbrich die Kamelhaardecke zur Seite, schlüpfte in seine Hausschuhe und schlurfte zur Tür.

»Moin, Herr Hilbrich«, grüßte der Postbote fröhlich. »Päckchen für den Junior.«

Wortlos nahm Hilbrich die Post entgegen, nickte dem Briefträger zu und schloss die Tür.

Zwischen zahlreichen Werbesendungen und Katalogen, einer Postkarte und einem Brief an Maria steckten zwei Umschläge, die an ihn adressiert waren. Beide kamen von Anwaltskanzleien. Er legte die restliche Post auf dem Schuhschrank neben der Tür ab, nur die Briefe behielt er in der Hand. Einer der Absender war sein Anwalt. Endlich schickte er den Termin für die Verhandlung zur Scheidung. Der zweite Brief kam von der Kanzlei Leßing und Partner. Mit denen hatte er schon lange nichts mehr zu tun. Was konnten die von ihm wollen? Er riss den Umschlag auf und zog ein Schreiben hervor. Darin bestätigte der Notar die Eigentumsübertragung eines Grundstücks mit Haus in der Marktstraße. Verständnislos schüttelte Hilbrich den Kopf. Es konnte sich nur um einen Irrtum handeln. Ein Irrläufer, ein Versehen bei der Adresseneingabe, eine Verwechslung. Gutes Personal, wusste er aus eigener Erfahrung, war schwer zu bekommen. Ganz offensichtlich hatte hier jemand nicht sorgfältig gearbeitet. Erneut betrachtete er das Adressfeld. Erst jetzt erkannte er, dass das Schreiben nicht an ihn, sondern an Stefan adressiert war. Das konnte erst recht nicht sein. Hilbrich seufzte und machte sich auf den Weg ins Arbeitszimmer, um in der Kanzlei *Leßing und Partner* anzurufen.

Kurz vor dem Ziel erfasste ihn Übelkeit, ein stechender Schmerz schoss von der Brust in den linken Arm, gleichzeitig machte sich über dem Magen ein beängstigender Druck bemerkbar. Die Briefe entglitten seinen Händen. Rasch wandte er sich um und lief ins Badezimmer. In dem Moment hörte er, dass die Haustür zufiel. Stefan musste nach Hause gekommen sein. Gleich würde er sich seinen Sohn vorknöpfen. Aber zuerst musste er dieses Unwohlsein loswerden.

Ein Blick in den Spiegel ließ ihn zusammenfahren. Seine Haut war blass und glänzte vom Schweiß. Rasch öffnete er den Wasserhahn, ließ kaltes Wasser in seine hohlen Hände laufen, tauchte sein Gesicht hinein und schlürfte gierig die

Flüssigkeit. Wieder durchzuckte ihn ein Schmerz, diesmal von der Schulter bis zu den Fingerspitzen des linken Arms. Zugleich schien eine eiserne Faust gegen sein Brustbein zu drücken und ihm den Atem zu nehmen.

Keuchend sank Hilbrich auf den Boden. Eine neue Welle der Übelkeit ließ ihn zur Toilette robben und den Deckel öffnen. Er hechelte und würgte, bekam aber nichts heraus. Speichelfäden hingen aus seinen Mundwinkeln. In dem Augenblick wurde ihm klar, was mit seinem Körper geschah. Schließlich hatte er schon einmal einen Herzinfarkt erlebt.

Ich muss zum Telefon, dachte er. Den Arzt anrufen. Oder besser gleich den Rettungswagen. Stefan muss mir helfen.

Keuchend richtete er sich auf, tappte in Richtung Tür, knickte wieder ein. Warum war dieses Badezimmer so riesig? Warum gehorchten ihm seine Beine nicht? Verzweifelt griff er nach dem nächsten Gegenstand, den er erreichen konnte, und warf ihn gegen die Tür. Die Flasche aus Glas prallte ab, fiel zu Boden und zersplitterte auf den Fliesen. Ein betäubender Geruch nach Lösungsmittel machte sich breit und brannte in seinen Augen. Die Umgebung verschwamm zu einem undeutlichen Bild. Reinhard Hilbrich rief um Hilfe. Bis seine Stimme versagte.

*

Stefan hatte sich umgezogen und war auf dem Weg nach draußen, als sein Blick auf Briefe fiel, die im Flur vor dem Badezimmer seines Vaters auf dem Boden herumlagen. Einer war aufgerissen, sein Inhalt auf den Fliesen verstreut. Er zögerte einen Moment, wollte die Unordnung ignorieren und seinen Weg fortsetzen. Doch dann überwog die Neugier. Mit wenigen Schritten erreichte er die Papiere und hob sie auf. Der Brief aus dem offenen Umschlag kam von *Leßing und Partner* und war an ihn gerichtet. Sein Vater hatte seine Post geöffnet! Stefans ärgerliche Miene verzog sich zu einem Grinsen. Der Notar bestätigte die Grundbucheintragung des neuen Eigentümers. Jetzt wusste sein Vater Bescheid. Früher als geplant, aber okay.

Der zweite Brief war an Reinhard Hilbrich adressiert. Ebenfalls von einer Anwaltskanzlei. Wahrscheinlich ging es um die Scheidung. Stefan erwog, ihn zu öffnen, ließ ihn dann aber doch fallen. Er steckte den Brief von *Lessing und Partner* ein und wandte sich zum Gehen. In dem Augenblick vernahm er ein leises Stöhnen.

Nicht schon wieder, dachte er. Doch dann fiel ihm ein, dass Cristina nicht hier sein konnte. Sie war zu ihrer Familie gefahren. War das Geräusch aus dem Bad gekommen? Außer seinem Vater konnte niemand im Haus sein. Was trieb der Alte dort?

Stefan klopfte. Als Antwort ertönte erneut ein Stöhnen. Er drückte die Klinke nieder, um die Tür zu öffnen, doch von innen gab es Widerstand. Durch den Spalt hörte er rasselnden Atem und sah ein Stück Bein. Der Schuh gehörte seinem Vater. War er gestürzt? Erneut drückte er gegen die Tür, verbreitete den Spalt so weit, dass er den Kopf hindurchschieben konnte.

Reinhard Hilbrich lag auf dem Boden. Sein Hemd war durchnässt, das Gesicht bleich und schweißglänzend, die Hände, zu Fäusten geballt, pressten gegen die Brust. Seine Augenlider flatterten, der Blick irrte umher, bis er schließlich an Stefan hängenblieb. »Infarkt, Arzt, Krankenwagen«, keuchte sein Vater.

»Bleib ganz ruhig liegen!«, antwortete Stefan. »Ich rufe den Rettungsdienst.« Er holte das Handy aus der Tasche und drückte die Eins. Doch dann hielt er inne, legte wieder auf und ließ das Telefon in die Tasche gleiten. Er zog den Schlüssel heraus, der in der Badezimmertür steckte, drückte sie zu und verriegelte sie von außen.

Wenig später nahm er den Wagenschlüssel seines Vaters vom Schlüsselbrett und verließ das Haus. Ab sofort würde er nicht mehr das Fahrrad benutzen, um in die Stadt zu kommen. Auch keine öffentlichen Verkehrsmittel. Und den Mercedes würde er umtauschen. Gegen einen Porsche Cabrio 911/993 in bahiarot.

28

2018

Alexander stellte das E-Bike am Clubhaus ab und hastete zum Anleger, so schnell es sein schmerzender Fuß zuließ. Die Reihen der Boote und Yachten waren gelichtet. Offenbar hatte das anhaltend gute Wetter einen Großteil der Eigner auf die Nordsee gelockt. Die verbliebenen Segler werkelten an ihren Takelagen oder versahen die Aufbauten mit einem neuen Anstrich. Aber ein Segelboot kam für sein Vorhaben ohnehin nicht infrage. Nur wenige Motorboote schaukelten an den Stegen im Wasser. Schließlich entdeckte er einen älteren Mann, der gerade versuchte, seinen Außenborder anzuwerfen. Er trug einen Elbsegler, das Gesicht darunter kam Alexander bekannt vor. Der Alte war Mitglied im Seglerverein und ein Bekannter seines Vaters. Wie hieß er noch? Alex forschte in seinem Gedächtnis. Jesper … Kristensen. Neben ihm stand ein offener Werkzeugkasten. Anscheinend hatte er gerade am Motor geschraubt. Der Yamaha-Viertakter hustete ein paarmal, dann ging das Geräusch in ein sonores Brummen über.

»Moin, Jesper!« Alexander blieb vor dem Boot stehen. »Läuft er wieder rund?«

»Moin.« Der Alte blinzelte gegen die Sonne und tippte an seinen Mützenschirm. »Ach, du bist das. Hilbrich junior. Ja, ich denk schon. Lust auf 'ne Probefahrt?«

Alex konnte sein Glück kaum fassen. »Gerne!« Trotz seines schmerzenden Fußgelenks kletterte er rasch ins Boot. »Vielleicht zum Dornumer Tief?«, schlug er vor. »Unsere

Amazone ist dort unterwegs. Anscheinend gibt es da auch ein technisches Problem. Ich würde gerne an Bord gehen.«

»Klar. Machen wir.« Kristensen räumte den Werkzeugkasten weg. »Wenn Stefan Hilfe braucht ...«

Wenig später tuckerten die beiden Männer mit dem kleinen Kajütboot durch die Hafeneinfahrt. Alexander ließ den freundlichen Helfer über sein wahres Vorhaben im Unklaren. Er zog das Handy seiner Mutter aus der Tasche und wählte Oliver Sulfelds Nummer. Niemand meldete sich. Aber gleich wäre er ja sowieso da.

Jesper Kristensen nickte ihm zu. »Dann will wie mol.« Er rückte seinen Elbsegler zurecht und gab Gas.

*

Rieke Bernstein und Uwe Pannebacker waren gerade auf Höhe der Schiffsmeldestelle, als ihnen Mareike auf einem Fahrrad entgegengerast kam.

»Ich glaube, Alexander ist Richtung Baltrum unterwegs«, rief sie ihnen zu. »Fahre zum Anleger. Von dort kann ich besser sehen. Bis gleich!«

Uwe Pannebacker schaltete schneller als Rieke. »Wir treffen uns in der *Kajüte*«, rief er Mareike nach. Dann wandte er sich an die Hauptkommissarin. »Entschuldige mein Vorpreschen! Anscheinend ist die *Amazone* noch nicht hier. Das dauert noch, und wir können bis dahin ohnehin nichts machen. Außerdem muss ich dringend was essen, sonst kippe ich aus den Latschen.«

»Okay.« Rieke schmunzelte. Sie hatte gut gefrühstückt, aber das war einige Stunden her, und der Gedanke an einen Imbiss weckte ihren Appetit. »Keine schlechte Idee.« Sie sah sich suchend um.

Pannebacker deutete auf ein rotes Backsteingebäude mit blau-weiß gestreiftem Giebel und einer verglasten Veranda. »Von da aus haben wir alles im Blick.«

Sie ließen sich an einem freien Tisch mit Blick auf den Yachthafen nieder. Rieke bewunderte die Tischplatten. Sie waren mit Seekarten unterlegt, sodass man seinen Teller im Watt oder am Strand oder auf offener See platzieren konnte.

Pannebacker tippte auf eine Stelle, die den Fähranleger markierte. »Von hier aus kann Mareike sehen, wohin Alexander fährt. Und auch die hereinkommenden Boote. Die müssen alle durchs Dornumer Tief.«

Obwohl das Restaurant gut besucht war, erschien nach wenigen Augenblicken eine freundliche Bedienung und brachte die Karten. »Moin, Uwe. Schön, dass du uns mal wieder beehrst.«

»Jo, immer gern. Wir warten noch einen Moment auf eine Kollegin.«

Mareike erschien wenige Minuten später und berichtete atemlos von ihren Beobachtungen. »Es war tatsächlich Alexander Hilbrich. Ein freundlicher Mensch hat mir sein Fernglas geliehen. Weiter draußen dümpelt die *Amazone*. Alex und sein Begleiter haben Kurs auf die Yacht genommen. Das verstehe ich zwar nicht, aber wir wissen jetzt wenigstens, wo Swantje ist.«

»Vielleicht haben sie ein technisches Problem«, mutmaßte Pannebacker. »Oder der ominöse Bekannte von Alexander traut sich nicht zu, das Boot in den Hafen zu bringen. Wie auch immer – wir haben hier alles im Blick und können in Ruhe abwarten.« Er deutete auf die Speisekarte. »Schaut mal rein! Ich weiß schon, was ich nehme.«

Der Polizeioberkommissar bestellte ein Ostfriesenschnitzel und ein alkoholfreies Hefeweizen. Rieke entschied sich für Düwelswark – Knurrhahnfilet mit Tomaten-Eismeergarnelen-Soße. Dazu hätte sie gern einen trockenen Weißwein genossen, nahm aber ein Mineralwasser. Mareike zögerte mit der Bestellung, doch nachdem Rieke ihr versichert hatte, dass sie das Essen auf ihre Spesenabrechnung nehmen würde, wählte sie den Salatteller *Mesters Leevste*.

»Schön hier«, stellte Rieke fest. »Man könnte sich wie im Urlaub fühlen, wenn nicht …« Sie brach ab, weil sie die Todesfallermittlung nicht noch einmal extra erwähnen wollte. Seit sie Florian Andresens Leiche im Sand entdeckt hatten, lag dessen Tod wie ein Schatten über der sonnigen Insel. Ihre Kollegen schienen ähnlich zu empfinden, denn weder Uwe Pannebacker noch Mareike Cordes fragten, was sie hatte sagen wollen. Rieke suchte nach einem unverfänglichen Thema und nutzte die Gelegenheit für eine Frage, die ihr schon länger auf der Zunge lag. »Wie kommt man eigentlich dazu, Polizist auf einer ostfriesischen Insel sein zu wollen? Ich meine nicht die Kollegen der sommerlichen Inselverstärkung wie Gerit und Jan, sondern euch, die ihr Jahr für Jahr hier euren Dienst versieht.«

»Bei mir ist das eine Liebesgeschichte.« Uwe Pannebacker grinste. »Sie fing in den Siebzigerjahren an. Meine Eltern haben meine Schwestern und mich mit in den Urlaub genommen. Jedes Jahr Langeoog. Klingt langweilig, aber für mich war es jedes Mal ein Abenteuer. Es hätte auch eine andere Insel sein können, aber es war nun mal diese. Die Aufregungen begannen schon bei der Anreise. Erst die lange Autofahrt, dann das Übersetzen mit der Fähre und die Fahrt mit der Inselbahn. Als kleiner Junge hätte ich tagelang damit hin- und herfahren können. Damals gab es noch die schönen alten Waggons, die in den Neunzigerjahren ersetzt wurden. Und dann die endlose Ferienzeit auf der Insel. Sonne, Sand, Meer.

Jeden Tag am Strand, auch wenn das Wetter mal nicht so gut war. Dann haben wir im Strandkorb Postkarten geschrieben. Freunde, Bekannte und natürlich die Verwandtschaft mussten ja mit Urlaubsgrüßen bedacht werden. Mir haben die mit den vielen kleinen Fotos am besten gefallen. Später, mit fünfzehn oder sechzehn, gab es erste heimliche Begegnungen in den Dünen. Obwohl das Zusammenleben mit den Eltern in der Zeit schwierig wurde, hat es mich doch immer wieder nach Langeoog gezogen. Eines Tages habe ich Imke kennengelernt, meine Frau. Sie ist hier geboren und aufgewachsen. Gleich nach der Ausbildung habe ich mich hierher beworben. Die Stellen waren nicht sonderlich begehrt, weil man es hier nicht weit bringen kann. Meistens nur bis zum Polizeioberkommissar.« Pannebacker breitete die Arme aus. »Aber ich bin zufrieden und möchte mit keinem Kollegen auf dem Festland tauschen. Die Insel ist etwas Besonderes.«

»Das stimmt«, bestätigte Mareike Cordes mit leuchtenden Augen. »Ich kann mir nichts Schöneres vorstellen, als hier zu arbeiten.«

»Und im Winter?«, fragte Rieke. »Wird es dann nicht langweilig?«

»Nö«, antworteten beide wie aus einem Mund und schüttelten den Kopf. »Irgendwas ist immer los«, versicherte Mareike. »Und wenn einem danach ist, kann man jederzeit aufs Festland. Die Fähre geht das ganze Jahr. Nach Wittmund, Aurich oder Wilhelmshaven ist es dann nicht mehr weit.«

Rieke bezweifelte, dass die aufgezählten Städte das Ziel ihrer Wünsche sein konnten. Sie war in Aurich aufgewachsen, aber außer dem halbjährlichen Besuch bei ihren Eltern zog sie nichts nach Ostfriesland zurück.

*

»Während der Saison habe ich deinen Vater noch nie auf dem Wasser gesehen«, bemerkte Jesper Kristensen, als sie sich der *Amazone* näherten.

Alexander nickte. »Er ist auch heute nicht auf der Yacht. Ein Bekannter hat sie sich ausgeliehen. Für einen kleinen Ausflug. Aber jetzt – wie gesagt – gibt's wohl ein technisches Problem.«

»Dann wollen wir mal sehen, dass wir dich an Bord kriegen. Du weißt ja, wie's geht.« Er deutete auf Alexanders Verbände an den Händen, aus denen jeweils nur drei Finger herausschauten. »Über die Reling zu kommen, könnte ein bisschen schwierig werden.«

»Dann gehe ich hinten rein, über die Badeplattform.«

Kristensen nickte stumm und drosselte den Motor. »Ich geh längsseits. Und dann musst du sehen, wie du rüberkommst. Vielleicht kann dein Bekannter dir helfen.«

Das ist wahrscheinlich nicht möglich, dachte Alex. Mit einer Stichwunde im Oberschenkel dürfte er kaum in der Lage sein, mich in Empfang zu nehmen.

Er zog das Smartphone aus der Tasche und wählte erneut Sulfelds Nummer. Swantje meldete sich sofort. »Ich habe euch schon gesehen. Wie kommst du an Bord? Soll ich irgendwas machen?«

Inzwischen trennten nur noch wenige Meter die Boote voneinander. Alexander schätzte den Höhenunterschied ab. Die Bordwand der *Amazone* war deutlich höher als die des kleinen Kajütbootes. Er entschied sich, nicht über die Reling zu klettern. »Ich komme über die Plattform rein. Eine Klappe im Heck. Die musst du runterlassen. Schaffst du das?«

»Kein Problem.« Swantje Stimme klang selbstsicher. Alex wandte sich an Kristensen. »Nicht längsseits, Jesper. Ich gehe hinten rein. Sie ... Mein Bekannter klappt die Plattform auf.«

Dann sprach er wieder ins Telefon. »Wir sehen uns gleich im *Cockpit*.« Er beendete die Verbindung, stieg auf die seitliche Sitzfläche und hielt sich am Kajütaufbau fest. Hoffentlich, dachte er, hat Swantje meinen Hinweis verstanden und verzieht sich nach drinnen. Besser, Kristensen sieht sie nicht.

Wenig später stieg er auf die Badeplattform der *Amazone*. Rasch nahm er die Stufe zum Bootsinneren, zog die Heckklappe ein und verriegelte sie. Erleichtert winkte er Jesper Kristensen zu, der bereits abdrehte und den Motor auf Touren brachte.

Dann wandte er sich dem stöhnenden Menschen zu, der sich halb nackt auf dem Deck der Yacht krümmte. »Ach du Scheiße«, murmelte er. »Wie siehst du denn aus?«

»Gut, dass du kommst«, stieß Oliver Sulfeld keuchend hervor. »Das Miststück hat mir ein Messer ins Bein gerammt. Und mich gefesselt. Bind mich los!«

Alexander beugte sich hinab und versuchte, die Schlaufen zu lösen, mit denen Sulfelds Hände und Füße zusammengebunden waren. Aber mit den nur eingeschränkt beweglichen Fingern, die ihm an jeder Hand zur Verfügung standen, bekam er die nassen Leinen nicht los.

In der Kabinentür erschien Swantje Petersen. »Lass das!«, rief sie. »Das Schwein hat versucht, mich zu vergewaltigen. Ich will nicht, dass der Typ noch mal in meine Nähe kommt.«

»Okay. Aber dann fass mit an! Wir müssen ihn reinbringen. So können wir nicht in den Hafen fahren.«

Swantje verzog angewidert das Gesicht, kam Alexander aber zu Hilfe. Gemeinsam schleppten sie den Verletzten in die Kajüte.

*

Nach dem Essen lehnte sich Uwe Pannebacker entspannt zurück. »Jetzt fühle ich mich besser. Danke für die Einladung!«

Auch Rieke und Mareike hatten ihr Gericht genossen. »Das war toll«, bestätigte Mareike strahlend. »Ich meine das Essen und … ja, die Einladung und … überhaupt. Dass ich mit euch zusammen ermitteln darf.«

Rieke gab der Kellnerin einen Wink. »Freut mich, dass es euch auch geschmeckt hat.« Sie warf einen Blick auf die Uhr. »Hoffen wir, dass Hilbrichs Yacht bald eintrudelt.«

»Soll ich mal nachschauen?« Mareike sprang auf. »Vielleicht ist sie ja schon zu sehen.«

Pannebacker winkte ab. »Wir kriegen sie schon rechtzeitig zu Gesicht. Wenn sie im Hafenbecken auftaucht, können wir in aller Ruhe runtergehen und am Steg auf sie warten. Die *Amazone* gehört zu den größten Booten, die wir hier haben. Die ist nicht zu übersehen.« Er beschrieb ihnen das Äußere der Yacht.

Während Rieke zahlte, begann ihr Smartphone zu summen. Sie zog es aus der Tasche, warf einen kurzen Blick auf das Display und reichte es an Pannebacker weiter. »Anruf aus der Dienststelle.«

»Moin. Warte mal kurz!« Der Oberkommissar drückte das Telefon gegen die Brust und stand auf. »Ich geh' mal raus.«

Nachdem die Bedienung sich der Zufriedenheit der Gäste vergewissert und sich für das großzügige Trinkgeld bedankt hatte, spürte Rieke den bewundernden Blick ihrer Kollegin. Ihr wurde bewusst, dass sie Mareike als Frau bisher nicht wahrgenommen hatte. Vielleicht, weil sie mit dem dünnen blonden Haar, das sie streng nach hinten gebunden hatte, nicht ihr Typ war. Doch jetzt entdeckte sie das hübsche

Gesicht, aus dem die blauen Augen regelrecht leuchteten. Durch die ausgeprägten Wangenknochen wirkte es ein wenig zu breit, doch die Züge waren ebenmäßig, Lippen, Nase und Augen wohlgeformt und fein gezeichnet.

»Hast du eigentlich einen Freund?«, fragte Rieke unvermittelt.

Mareike errötete und schüttelte den Kopf. »Zurzeit bin ich solo. Auf Langeoog ist die Auswahl nicht gerade groß. Und die Männer vom Festland sind oft nur an einem Abenteuer interessiert. Außerdem leiden viele an Benser Amnesie.«

»Benser Amnesie?«

»Ein spezieller Gedächtnisverlust«, erklärte Mareike. »Wenn sie mit der Fähre in Bensersiel ankommen, vergessen sie schlagartig alle Schwüre, die sie hier auf der Insel geleistet haben.«

»Ach ja.« Rieke lachte leise. »Ich kann's mir vorstellen.«

»Darf ich dich auch etwas Persönliches fragen?« Mareike hatte die Stimme gesenkt, erneut erschien ein rötlicher Schimmer auf ihrer hellen Haut.

»Selbstverständlich.«

»Deine Freundin – ist sie auch bei der Polizei?«

»Zum Glück nicht.« Rieke lächelte. »Wenn beide Partner Schichtdienst haben, kann das zum Problem werden. Julia ist Architektin. In der Firma ihres Vaters. Das ist nicht immer ganz einfach, bietet ihr aber Flexibilität bei der Arbeitszeit. Sie kann sich nach mir richten. Wenn ich am Wochenende Dienst habe, arbeitet sie durch und nimmt dafür andere Tage frei. Vielleicht lernst du sie kennen. Sie will mich hier besuchen.«

»Mit dem Flugzeug?«

»Wahrscheinlich. Wenn das Wetter so bleibt.«

»Wie schön!« Mareike strahlte, als sei Julias Ankunft auch für sie ein besonderes Ereignis. Sie wandte den Kopf zur Tür, die zur Außenterrasse führte. »Uwe kommt zurück.«

Uwe legte Riekes Smartphone auf den Tisch. »Das war Gerit. Hilbrichs Computer ließ sich tatsächlich mit dem Passwort *Samantha* starten. Und Gerit hat erstaunliche Entdeckungen gemacht.« Er setzte sich wieder und fuhr fort. »Auf dem Notebook gibt es Hinweise auf E-Mail-Verkehr mit dem Typen, den wir bei Hilbrichs gesehen haben. Reto Steiner. Die E-Mails selbst sind nicht vorhanden. Sie müssen sich auf einem externen Datenträger befinden. Er hat lediglich die Bestätigung eines Zahlungseingangs über fünfundzwanzigtausend Euro gefunden.«

Rieke nahm ihr Handy in die Hand, steckte es aber nicht ein. »Man muss auch mal Glück haben. Damit ist zwar noch nichts bewiesen, aber jetzt wissen wir, dass dieser Steiner für Stefan Hilbrich arbeitet. Warum holt man für viel Geld jemanden von weit her? Wohl nur für Tätigkeiten, die man selbst nicht erledigen kann. Weil sie gefährlich, illegal oder strafbar sind.« Sie erhob sich. »Lasst uns gehen. Ich rufe Jan an, damit er sich um Steiner statt um Hilbrich kümmert. Und dann bitte ich meine Kollegen, Informationen über den Schweizer zu besorgen.«

Mareike sprang auf und deutete nach draußen. »Ich glaube, die Yacht der Hilbrichs kommt gerade rein.«

Zügig verließen die Beamten das Restaurant. Der uniformierte Polizeioberkommissar führte das Trio an, Mareike folgte ihm auf dem Fuß, Rieke blieb ein paar Schritte zurück und telefonierte. Während sie Jan Eilers mit der Observation Steiners beauftragte und ihm den Hintergrund erläuterte, wanderte ihr Blick über die Boote an den Stegen des

Yachthafens, zum Fähranleger und von dort zur Hafeneinfahrt, von der sich eine Motoryacht näherte. Pannebackers Beschreibung nach konnte es sich nur um die *Amazone* handeln. In das Gefühl der Erleichterung darüber, dass Swantje Petersen in wenigen Minuten in Sicherheit sein würde, mischte sich die Frage nach dem unbekannten Mann, mit dem sie unterwegs gewesen war. Und nach der Rolle, die Alexander Hilbrich in diesem noch immer weitgehend undurchsichtigen Fall innehatte.

*

Mit der Annäherung an den Yachthafen war Alexanders Selbstsicherheit zunehmend ins Wanken gekommen. Hatte zuerst das sichere Manövrieren der *Amazone* im Vordergrund gestanden, drängten sich jetzt Fragen auf, auf die er keine Antworten hatte. Was sollte mit Oliver Sulfeld geschehen? Wie würde er ohne ihn das Heroin zurückbekommen? Was würde Swantje der Polizei berichten? Und welche Schlüsse konnte die Kommissarin daraus ziehen?

Als er den uniformierten Polizisten sah, der sich in Begleitung von zwei Frauen dem Anleger näherte, wurde ihm fast schlecht. Pannebacker war harmlos, aber die Kommissarin vom Landeskriminalamt konnte zur Gefahr werden. Sie würde sich Sulfeld vornehmen. Und der tat bestimmt alles, um seine eigene Haut zu retten. Womöglich würde er ihn, Alexander, beschuldigen, das Heroin beiseite geschafft zu haben, und ihm obendrein die Misshandlung von Tom Thieland in die Schuhe schieben. Die war sowieso ein Fehler gewesen. Am besten, er drehte den Spieß um und schob alles auf Sulfeld.

Alexanders Gedanken wurden durch eine Bewegung auf

dem Hafenkai unterbrochen. Während er die *Amazone* mit gedrosseltem Antrieb auf den Liegeplatz am äußersten Anleger zusteuerte, drängte sich ein Mann an den Menschen vorbei, die den Bereich vor den Bootsstegen bevölkerten. Er hastete die Stufen zum Anleger hinunter und eilte über die Planken auf den Steg zu, den auch Alex im Visier hatte. Der Mann war sein Vater.

Die Erkenntnis löste gemischte Gefühle in ihm aus. Seit er zu dem Schluss gekommen war, dass nur sein Vater die Heroinpakete aus dem Keller des Neubaus genommen haben konnte, war sein Abscheu ihm gegenüber noch gewachsen. Gleichzeitig hatten sich Anflüge von Bewunderung eingeschlichen und seinem Selbstbewusstsein Tiefschläge zugefügt, die wiederum seinen Hass befeuerten. Wahrscheinlich war Stefan Hilbrich der einzige Mensch, der ihm helfen konnte, an das Vermögen zu kommen, von dem er träumte. Ein wahnwitziger Gedanke, denn sein Vater würde mit Sicherheit alles für sich beanspruchen.

Für den Augenblick schob er den Teufelskreis seiner Hirngespinste zur Seite, denn die *Amazone* erreichte den Liegeplatz, und sein Vater wartete auf die Leinen zum Festmachen. Nach dem Aufstoppen drehte Alex die Yacht, um mit dem Heck voran in die Box fahren zu können. Nur kurz ließ er die Maschinen im Rückwärtsgang anlaufen, dann nahm er den Gang heraus und ließ das Boot driften.

»Du verhältst dich still«, zischte er nach einem genervten Blick auf Oliver Sulfeld und verließ die Kajüte. Swantje hatte gerade eine Jacke in einem der Schränke gefunden. Sie zog sie über ihre zerrissene Bluse und folgte ihm nach draußen.

»Ich stecke in der Scheiße«, murmelte Alexander, während er und sein Vater die Leinen festmachten.

»Und zwar ganz schön tief«, antwortete Stefan Hilbrich.

»Das ist mir längst klar. Allein kommst du da nicht raus. Überleg dir, ob du Hilfe annehmen willst oder nicht!«

»Mach ich.« Er richtete sich auf und deutete mit einer Kopfbewegung zum Hauptsteg. »Da kommt schon das Problem. Uwe Pannebacker, Mareike Cordes und die Kriminalkommissarin. An Bord ist mein Bekannter. Er ist verletzt. Eine Stichwunde. Das sollte möglichst keiner mitkriegen.«

»Überlass mir das Reden!«, raunte Stefan Hilbrich.

*

»Moin, Stefan. Moin, Alexander«, ließ sich Uwe Pannebacker vernehmen, als sie an der Yacht ankamen. »Moin, Swantje. Mit dir alles in Ordnung?«

Swantje zögerte mit der Antwort, wandte sich schließlich an Rieke. »Ich muss dringend weg. Im Restaurant warten sie auf mich. Mein Dienst hat vor zwei Stunden angefangen.«

Rieke nickte verständnisvoll. Sie spürte den Drang der jungen Frau, Abstand zu gewinnen. »Nur zwei kurze Fragen. Mit wem waren Sie auf Hilbrichs Yacht unterwegs?«

»Ich weiß nur, dass der Typ Olli heißt und ein Bekannter von Alexander ist.«

»Waren Sie freiwillig auf dem Boot?«

Swantje schüttelte den Kopf.

»Wie Sie an Bord gekommen sind und was sich da abgespielt hat, möchte ich genauer wissen.« Rieke berührte Swantjes Arm. »Darüber müssen wir noch sprechen. Ich verstehe aber, dass Sie möglichst schnell hier weg und in den Alltag zurückkehren wollen. Sind Sie sicher, dass Sie jetzt niemanden zum Reden brauchen?«

»Ja«, antwortete Swantje. »Ich bin ganz sicher.«

»Also gut. Sie können erst mal gehen. Wir melden uns bei Ihnen.« Rieke nickte ihr freundlich zu und wandte sich an Alexander. »Wir möchten den Herrn sprechen, der mit Frau Petersen auf Ihrer Yacht unterwegs war.«

»Das ist mein Boot.« Stefan Hilbrich schob sich vor seinen Sohn. »Ich entscheide, wer es betritt. Es gibt hier niemanden, der mit Ihnen reden will.«

»Ach ja?« Rieke lächelte. »Wir haben einen Durchsuchungsbeschluss, der Ihre Fahrzeuge einschließt. Schon vergessen? Wollen Sie uns allen Ernstes daran hindern, die *Amazone* zu betreten?« Mit dem Kinn deutete sie auf Uwe Pannebacker. »In diesem Fall müsste mein Kollege von seiner polizeilichen Befugnis Gebrauch machen und sich Zutritt verschaffen.«

Der Polizeioberkommissar legte wortlos eine Hand auf seine Dienstwaffe und sah Hilbrich ungerührt an.

Dessen Gesicht verfärbte sich dunkelrot, seine Halsschlagader schwoll an, und sein Kiefer mahlte.

»Es ist nur, weil mein Bekannter verletzt ist«, meldete sich Alexander zu Wort. »Er muss dringend zum Arzt und kann jetzt keine Fragen beantworten.«

Für einen Augenblick flammte Ärger in Rieke auf. Tischte ihnen Hilbrich junior schon wieder eine neue Ausrede auf? Doch etwas im Tonfall des jungen Mannes sagte ihr, dass die Behauptung stimmen konnte. »Haben Sie den Rettungsdienst angerufen?«

»Kein Handy«, erwiderte Alexander kleinlaut. »Meins ist kaputt. Fahrradunfall.«

Pannebacker zog sein Mobiltelefon aus der Tasche und wandte sich an Mareike. »Ich sehe mir das an. Kommst du mit?« Er machte einen Schritt auf die Hilbrichs zu. »Lasst uns durch!«

Wortlos wichen Vater und Sohn zur Seite.

»Wie heißt Ihr Bekannter?«, fragte Rieke, während Uwe Pannebacker an Bord der Yacht kletterte.

Alexander zögerte. »Oliver Sulfeld«, murmelte er schließlich.

In diesem Augenblick stieß Mareike Cordes einen gedämpften Schrei aus.

29

2018

Tom Thieland verwarf die Idee, zu seinen Eltern nach Aurich zu flüchten. Dort wäre er vor Alex und dessen Kumpel zwar sicher, aber die Vorstellung, weit weg zu sein und nicht zu wissen, was sich auf Langeoog tat, hätte ihm keine Ruhe gelassen. Wo sollte er hin? Würde Lisa ihn aufnehmen? Vielleicht. Aber ihre Schwester war Polizistin. Wenn die mitbekam, dass er sich bei Familie Cordes versteckte, würde sie Fragen stellen. Er nahm sich vor, mit Lisa zu sprechen, wenn sich die Lage beruhigt hatte. Im Augenblick kam niemand an das Rauschgift. Nur er konnte den Aluminiumkoffer ans Tageslicht befördern.

Nur leider wussten das auch Alexander Hilbrich und Oliver Sulfeld. Und dieser Steiner. Der schien aber nicht für Alexander zu arbeiten, sondern für dessen Vater. Offenbar hatte Stefan Hilbrich das Heroin aus dem Keller des Neubaus geholt, ohne dass sein Sohn es mitbekommen hatte. Darum waren Alex und sein Bekannter auf die Idee verfallen, er, Tom, hätte das Zeug genommen. Der Gedanke an den Besuch der beiden löste eine Welle der Wut in ihm aus. Er betrachtete den Verband an seiner Hand. Der Anblick verstärkte seinen Zorn auf seinen langjährigen Freund. Gleichzeitig empfand er Genugtuung darüber, dass nur er das Versteck kannte.

Unklar blieb, welche Rolle der alte Hilbrich spielte. Hatte er Alexander ausgetrickst? Oder waren Vater und Sohn jetzt Verbündete? Nach allem, was er über deren Verhältnis wusste, schien eine plötzliche Eintracht zwischen ihnen schwer vorstellbar. Sicher war allenfalls, dass dieser Steiner das Heroin mit der *Amazone* abtransportieren sollte. Nun konnte er seinen Auftrag nicht mehr erfüllen, und für Tom stellte sich die Frage, was die Männer unternehmen würden, um das Rauschgift zurückzubekommen. Wahrscheinlich waren sie gefährlicher als Alexander und Sulfeld. Der bekannte Geschäftsmann Stefan Hilbrich konnte es sich nicht leisten, mit Gewalt gegen ihn vorzugehen, er würde seinen Helfer losschicken. Darauf musste Tom sich einstellen.

Untertauchen war so schnell nicht möglich. Aber seine Wohnung sollte er sichern. Prüfend wanderte sein Blick durch den Raum. Die Fenster waren aus massivem Holz und mit stabilen Verriegelungen versehen. Von außen waren sie schwer zu erreichen, da er im Dachgeschoss wohnte. Die einzige Schwachstelle war die Wohnungstür. Sie hatte weder ein zweites Schloss noch Türbandsicherungen. Nicht einmal eine Vorlegekette. Ein robuster Mann konnte sie mit einem kräftigen Tritt aufsprengen.

In Gedanken ging Tom sein Lager durch, das er mit Billigung seines Chefs angelegt hatte, damit er Installationsmaterial zur Verfügung hatte, wenn er von seiner Wohnung direkt zu einem Kunden fuhr. Massive Beschläge waren nicht darunter. Stattdessen verschiedene Kabel und Steckdosen, Schalter und Sicherungen, Erdungsschellen und Leuchtmittel. Nichts von alledem war geeignet, ein gewaltsames Öffnen der Tür abzuwenden. Dennoch gab es eine Möglichkeit, Menschen am Betreten der Wohnung zu hindern. Tom suchte geeignetes Material zusammen, trug sein Werkzeug in den Flur und machte sich an die Arbeit.

*

Name und Adresse hatte Steiner von Stefan Hilbrich bekommen. Auf der kleinen Insel einen Mann zu finden, den wahrscheinlich jeder zweite Einwohner kannte, sollte nicht sonderlich schwierig sein. Darum hatte er sich die Zeit genommen, noch einmal zum Hafen zurückzukehren, um zu sehen, was dort geschah. Das seltsame Verhalten von Vater und Sohn Hilbrich gab ihm Rätsel auf. Es schien, als seien beide an dem Koffer interessiert, ohne die geringsten Anstalten zu machen, gemeinsam zu handeln. Und noch immer kannte Steiner den Inhalt nicht. Es musste sich um etwas von hohem materiellen Wert oder um brisantes Material handeln. Mit Gold, Diamanten oder geheimen Akten hatte Steiner häufig zu tun. Im Vergleich zur Mehrheit seiner Auftraggeber war Stefan Hilbrich jedoch ein eher kleines Licht. Zu ihm passten weder internationale Geschäfte auf illegalen Märkten noch der Besitz politisch oder wirtschaftlich explosiver Informationen.

Aus sicherer Entfernung verfolgte Reto Steiner die Szene am Yachthafen. Zuerst kam eine rothaarige Frau von Bord und wechselte ein paar Worte mit der Beamtin aus dem Landeskriminalamt. Dann verließ sie den Steg. Die Kriminalistin und ihr uniformierter Kollege schienen Alexander Hilbrich befragen zu wollen. Zum ersten Mal sah es so aus, als wollte Stefan Hilbrich sich vor seinen Sohn stellen. Plötzlich kam Bewegung in die Szene. Der Polizist und eine junge Frau kletterten an Bord der Yacht. Sekunden später kehrten sie auf den Steg zurück, die Frau gestikulierte, sie schien den Kriminalbeamten etwas zu erklären. Hatten sie den Aluminiumkoffer gefunden? Unmöglich. Die Yacht war gerade erst angekommen. Tom Thieland hatte ihn verschwinden lassen, während die *Amazone* noch außerhalb des Hafens war.

Der Uniformierte hatte sein Handy am Ohr und sprach hinein. Steiner bedauerte, dass er nicht hören konnte, was gesagt wurde. Irgendetwas musste passiert sein, denn jetzt kletterte die Kriminalkommissarin an Bord.

Steiner wartete. Die Gruppe vor der Yacht schien beunruhigt. Sie redeten und gestikulierten dabei wild, immer wieder sandte jemand Blicke in Richtung Hafenstraße. Von dort drang schließlich der Klang eines Signalhorns an sein Ohr und kam näher. Kurz darauf bog ein rot-weißer Rettungswagen ins Hafengebiet ein und stoppte vor dem Zugang zu den Bootsstegen. Sanitäter sprangen heraus, zogen eine Trage hervor und rannten damit zum Anleger. Rasch erreichten sie die Gruppe vor der Yacht. Einer kletterte an Bord der *Amazone*, der andere instruierte anscheinend den Polizisten, der ein Ende der Trage ergriff.

Für kurze Zeit versperrten Zuschauer, die von den anderen Stegen gekommen waren, die Sicht, dann erschienen die Sanitäter mit der Trage. Unter einer goldenen Folie lag ein Mann. Er musste derjenige gewesen sein, der in Begleitung der rothaarigen Frau mit der *Amazone* unterwegs gewesen war, ohne dass Stefan Hilbrich davon gewusst hatte. Er wandte sich ab, um ins Dorf zurückzukehren und sich um den jungen Mann zu kümmern, der den Aluminiumkoffer hatte verschwinden lassen.

*

»Dat word ja immer döller«, knurrte Uwe Pannebacker, nachdem der Rettungswagen abgefahren war und er die neugierigen Zuschauer verscheucht hatte. »Swantje Petersen wird auf Hilbrichs Yacht verschleppt und kommt mit Alexander Hilbrich und einem Bekannten von ihm zurück. Der hat eine Stichverletzung. Von wem? Von Swantje? Die kenne ich, die macht so was nicht.«

»Notwehr«, vermutete Mareike. »Wer weiß, was der Typ im Schilde geführt hat.«

»Das finden wir heraus«, versprach Rieke. »Ich bin zuversichtlich, dass sie mir erzählt, was sich auf dem Boot abgespielt hat. Ihr befragt bitte den Verletzten. Bei dem bin ich allerdings skeptisch. Gerit soll mal schauen, ob wir über den was im Computer haben.«

»Das kann ich doch machen!«, rief Mareike.

»Du kennst dich mit *Nivadis* aus?«

»Klar.« Mareike nickte eifrig. »Ich hab schon –«

»Noch besser. Dann kann Gerit sich mit Uwe um diesen Sulfeld kümmern.« Rieke drehte sich zu Hilbrichs Yacht um, von der eine gedämpfte Diskussion herüberdrang. Einzelne Worte waren nicht zu verstehen, aber der Tonfall ließ auf eine heftige Meinungsverschiedenheit zwischen Vater und Sohn schließen. »Mit den Herren muss ich auch noch reden.«

Uwe Pannebacker sah sie fragend an. »Soll ich hierbleiben?«

»Danke für das Angebot, aber mit denen werde ich schon fertig. Wir sehen uns später in der Dienststelle.« Rieke nickte ihren Kollegen zu, wandte sich ab und ging zum Boot zurück.

Sie kletterte über die Reling, schlich zur Kabinentür und legte ein Ohr an die Wand.

»Nein«, hörte sie Stefan Hilbrich sagen. »Ich will keine Ausflüchte von dir hören. Auch keine Entschuldigung. Nur Fakten. Also noch einmal: Wie kommst du dazu, diesem Kerl unsere *Amazone* zur Verfügung zu stellen?«

»Wir mussten Swantje Petersen vorübergehend aus dem Verkehr ziehen«, erklärte Alexander nach einer Pause leise. »Sie hätte der Kommissarin sonst verraten können, wer das Zeug abtransportiert hat. Und damit wäre klar gewesen, bei wem sie danach hätte suchen können. Aber dann war's eh weg.«

»Also war die Aktion überflüssig.«

»Das konnten wir vorher nicht wissen.«

Stefan Hilbrich stieß einen Seufzer aus. »Jedenfalls hast du uns damit in Schwierigkeiten gebracht. Wer ist der Mann überhaupt? Und was hast du mit ihm zu tun?«

Alexander antwortete nicht, zumindest nicht so laut, dass Rieke ihn verstehen konnte. Sie öffnete die Tür zum Inneren der Kajüte. Die beiden Männer fuhren herum und starrten sie entsetzt an.

Rieke lächelte scheinbar harmlos. »Entschuldigen Sie! Ich wollte Sie nicht erschrecken. Wir haben noch ein paar Fragen.«

»Aber wir haben keine Antworten für Sie«, zischte Stefan Hilbrich. »Es ist alles gesagt.«

»Mag sein, dass für Sie alles gesagt ist. Aber nicht für meine Ermittlungen. Immerhin geht es um einen *Mord*.« Rieke benutzte dieses Wort bewusst, obwohl es sich aus polizeilicher Sicht um ein Tötungsdelikt handelte, solange der Tatbestand nicht durch ein Gericht festgestellt worden war.

Hilbrich wurde blass. Sein Sohn starrte Rieke mit offenem Mund an. Schließlich fasste er sich als Erster. »Sie meinen den Journalisten?«

»Genau. Florian Andresen. Er war dem Heroin auf der Spur. Vermutlich musste er deshalb sterben. War er Ihnen auf den Fersen?«

»Was soll das denn?«, empörte sich Stefan Hilbrich. »Wollen Sie uns mit dem ... dieser Sache in Verbindung bringen?«

»Ich sage Ihnen, was ich will«, antwortete Rieke scharf. »Ich will diesen Fall aufklären. Noch kann ich Ihnen nichts nachweisen, aber für mich steht fest, dass Sie etwas damit zu tun haben.« Sie deutete auf Alexander Hilbrich. »Sie sind in jedem Fall dran. Wegen Freiheitsberaubung. Wird nach Paragraf 239 Strafgesetzbuch mit bis zu fünf Jahren Gefängnis bestraft.«

»Aber ... aber ... ich ...«

»Du sagst jetzt gar nichts mehr«, unterbrach ihn sein Vater barsch. »Nur noch mit Anwalt.« Dann wandte er sich an Rieke. »Und ab jetzt stellen Sie auch keine Fragen mehr. Sie drangsalieren meinen Jungen ja doch nur mit abenteuerlichen Beschuldigungen. Ich werde mich über Sie beschweren.«

»Das steht Ihnen natürlich frei«, antwortete Rieke. »Aber vielleicht unterhalten Sie sich erst einmal unter vier Augen mit *Ihrem Jungen*. Er ist volljährig und für sein Handeln selbst verantwortlich. Der Staatsanwalt wird Anklage gegen ihn erheben.« Erneut wandte sie sich an Alexander Hilbrich. »Sie verlassen bitte die Insel nicht. Das würde ich als Fluchtversuch ansehen. In dem Fall müsste ich Sie vorläufig festnehmen.« Sie wandte sich zum Gehen. »Auf Wiedersehen, meine Herren.«

*

Stumm sahen Stefan und Alexander Hilbrich der Kommissarin nach, als sie die Yacht verließ. »Ich weiß, wie wir Tom Thieland zum Reden bringen können«, murmelte Alexander.

»Ach ja?«, ätzte Stefan Hilbrich. »Mein Herr Sohn hat eine Lösung? Das wäre ja mal was ganz Neues. Spuck's aus! Ich höre.«

»Die Lösung heißt Lisa. Tom würde alles für sie tun. Man müsste sie ...« Er stockte.

»Kidnappen?« Hilbrich stieß einen sarkastischen Lacher aus. »Noch so eine dilettantische Entführung? Jetzt, während dir diese Kommissarin auf den Fersen ist? Bist du bescheuert?«

»Ich könnte es nicht machen«, gab Alexander zu. »Du natürlich auch nicht. Aber vielleicht jemand anders.«

»Du meinst ...?« Sein Vater sah ihn nachdenklich an. Dann tastete er in seiner Tasche nach dem Mobiltelefon.

*

Als Rieke am Inselbahnhof zwischen zahlreichen Feriengästen den Waggon verließ, fröstelte sie. Der Himmel hatte sich bezogen, und ein frischer Nordwestwind sorgte für überraschende Abkühlung. Im Gegensatz zu den erfahrenen Nordseeurlaubern, die um sie herum plötzlich in Jacken schlüpften oder Westen überstreiften, war sie auf einen Wetterumschwung nicht eingestellt. Angesichts des blauen Himmels und der konstanten Wärme hatte sie den Hinweis der freundlichen Dame an der Hotelrezeption, an der Nordsee müsse man immer auf einen raschen Witterungswechsel gefasst sein, in den Wind geschlagen. Im doppelten Wortsinn. Die Erkenntnis ließ sie schmunzeln. Zum Glück war es zum Restaurant *Störtebeker* nicht weit. Sie beschleunigte ihre Schritte.

Ihre Gedanken eilten voraus. Swantje Petersen musste eine starke Persönlichkeit sein, wenn sie die Entführung so locker wegsteckte, wie es den Anschein hatte. Vielleicht war es auch Verdrängung. Dieser seelische Abwehrmechanismus, die Fähigkeit, belastende Erinnerungen auszublenden und ins Unterbewusstsein zu schieben, war Rieke im Lauf ihrer Berufstätigkeit häufig begegnet. Was für Betroffene möglicherweise eine – zumindest vorübergehende – Rettung darstellte, war für Ermittler oft genug Hindernis bei der Aufklärung von Verbrechen. Ihr Gefühl sagte ihr, dass bei Swantje drei Faktoren zusammentrafen. Pflichtbewusstsein, das sie zu ihrer Arbeit trieb, Arglosigkeit gepaart mit einem Grundvertrauen, das Traumatisierung gar nicht erst entstehen ließ, und – nicht zuletzt – ein stabiles Selbstbewusstsein.

*

Nach knapp zwei Stunden räumte Tom das Werkzeug weg und betrachtete zufrieden sein Werk. Seine Idee hatte sich leichter verwirklichen lassen, als er erwartet hatte. Die Voraussetzungen waren günstig gewesen. Äußerer Knauf und innerer Türdrücker bestanden aus Edelstahl, sodass er lediglich ein Kabel zum Schlosskasten hatte legen müssen. Den hatte er mit einer Erdungsschelle versehen und daran den stromführenden Leiter befestigt. Da das Türblatt doppelwandig war, hatte er die Verbindung im Inneren der Tür verlegen können.

Dank eines Spiralkabels auf der Bandseite konnte die Tür bewegt werden, ohne dass der Stromfluss beeinträchtigt wurde. Von dort hatte er die Leitung mit einem Kabelkanal auf der Scheuerleiste zum nächsten Stromanschluss gelegt. Der Schalter für die Aktivierung befand sich in Griffhöhe neben dem Türblatt und ließ sich selbst dann unauffällig betätigen, wenn ein Besucher in der offenen Tür stand.

Zu seiner eigenen Sicherheit hatte er ein Stück Rohrisolierung über die Türklinke geschoben und mit Textilband fixiert.

Schließlich schaltete er den Strom ein und kontrollierte mit einem Phasenprüfer den äußeren Knauf. »Bingo«, murmelte er, als sich die Spannung weder durch mehrfache Betätigung der Türklinke noch durch Bewegungen des Türblatts unterbrechen ließ. Ihren tatsächlichen Wert gegenüber dem Fußabtreter würde er zur Sicherheit messen.

Die Schmutzfangmatte erwies sich als Schwachstelle. Sie bestand aus einem Aluminiumrahmen mit Stegen, zwischen denen sich Streifen aus Nadelfilz befanden. Um einen ausreichend wirksamen Gegenpol zur Netzspannung bilden zu können, musste sie geerdet sein. Und sie musste entnehmbar bleiben, damit sich niemand über ein angeschlossenes Kabel wundern konnte. Dafür hatte er sich eine Lösung einfallen lassen. Jetzt lag eine dünne Metallplatte unter dem Abtreter. Sie war über einen Kupferdraht, den er durch ein Abflussrohr nach außen hatte schieben können, mit dem Blitzableiter an der Hauswand verbunden. So war der Aluminiumrahmen mitsamt seinen Querstreben bestens geerdet. Der Nadelfilz bestand aus nicht leitendem Polypropylen, doch wenn Tom sich auf den Abtreter stellte, wurde das Material zusammengedrückt, sodass Kontakt zwischen Schuhsohlen und Aluminiumstreben entstand.

Tom prüfte die Spannung mit einem Messgerät. Zwischen dem Metall der Schmutzfangmatte und dem Knauf auf der Außenseite der Wohnungstür lagen zweihundertdreißig Volt. Wer nicht gerade durch dicke Gummisohlen geschützt war, würde einen Stromstoß mit voller Spannung abbekommen. Allerdings würde der Fehlerstromschutzschalter im Sicherungskasten den Stromfluss augenblicklich unterbrechen. Darum klemmte er die Leitung ab und versah sie mit einer besonders trägen Sicherung.

*

Mit dem aufkommenden Wind hatte sich die Terrasse des *Störtebeker* rasch geleert. Einige wenige Gäste waren ins Innere des Restaurants gewechselt. Aber auch sie gingen nach und nach ihrer Wege. Vor achtzehn Uhr, wussten Lisa und Swantje aus Erfahrung, war nicht mit neuem Andrang zu rechnen. Sie nutzten die Gelegenheit zu einer gemeinsamen Pause im Personalraum.

Lisa sah ihre Kollegin forschend an. »Ich bin froh, dass du noch gekommen bist. Hatte mir schon Sorgen gemacht. Was war denn?«

Swantje winkte ab. »Hatte eine unangenehme Begegnung. Mit einem unangenehmen Typen. Diesem Bekannten von Alex, der gestern hier war. Aber mir wäre es lieber, wir würden über etwas anderes reden. Ich möchte die Sache so schnell wie möglich vergessen. Außerdem will mich die Kriminalkommissarin dazu noch befragen, das reicht mir erst mal. Sag du lieber, was mit dir und Tom ist.«

»Wenn ich das wüsste.« Lisa seufzte. »Einerseits ist er um mich besorgt, andererseits kann ich ihn kaum erreichen. Und wenn ich ihn mal auf dem Handy erwische, wimmelt er mich ab. Nicht so direkt, aber ich habe das Gefühl, dass er mit etwas beschäftigt ist oder etwas vorhat, von dem ich nichts mitkriegen soll. Wenn ich nachfrage, weicht er aus. Ich weiß nicht, was ich davon halten soll.«

»Vielleicht solltest du mal direkt mit ihm sprechen. Also nicht über WhatsApp oder am Telefon. Ich meine, bei einem Treffen. Und zwar ohne Ankündigung.«

»Fragt sich nur, wann.« Lisa verzog das Gesicht. »Wenn wir Feierabend haben, ist es ziemlich spät. Da bin ich immer total fertig und muss ins Bett. Außerdem hängt Tom dann wahrscheinlich noch mit seinen Kumpels in irgendeiner Bar rum. Da kann ich nicht einfach so aufkreuzen.«

Swantje warf einen Blick auf die Uhr. »Geh doch *jetzt!* Hat Tom nicht Urlaub? Bestimmt ist er zu Hause. Zehn Minuten hin, halbe Stunde reden, zehn Minuten zurück. Dauert nicht mal eine Stunde. Zurzeit ist hier sowieso nichts los. Ich komme gut allein zurecht.«

»Meinst du wirklich?« Lisa standen die Zweifel deutlich im Gesicht. »Vielleicht fühlt er sich überrumpelt, wenn ich einfach so aufkreuze.«

»Bestimmt nicht.« Swantje schüttelte den Kopf. »Ich glaube, er ist in dich verknallt. Wenn du vor ihm stehst, vergisst er alles andere. Du kannst nichts falsch machen.«

In Lisa arbeitete es sichtlich. Schließlich hellte sich ihre Miene auf. »Vielleicht hast du recht.« Sie stand auf. »Ich versuch's. Mehr als schiefgehen kann's nicht.«

*

Bevor Reto Steiner sich dem Haus näherte, in dem seine Zielperson wohnte, beobachtete er es gewohnheitsgemäß aus einiger Entfernung. Es handelte sich um ein Mehrfamilienhaus mit vier Wohnungen. Zu seiner Erleichterung lag es in einer ruhigen Nebenstraße, in der kaum Touristen unterwegs waren. Dem Baustil nach musste es in den Fünfzigerjahren errichtet und erst viel später mit Balkonen ausgestattet worden sein. Auch die beiden Dachgeschosswohnungen waren augenscheinlich nachträglich ausgebaut worden. An den Giebelwänden führten Stahltreppen nach oben zu Betonplattformen vor den Wohnungstüren. Tom Thieland, vermutete Steiner, lebte in einer der kleinsten der ohnehin nicht großen Wohnungen, also mit an Sicherheit grenzender Wahrscheinlichkeit im Dachgeschoss. Er fand auf der gegenüberliegenden Straßenseite eine Hofeinfahrt, von dort aus heftete er seinen Blick auf die Velux-Fenster. Zum Glück hatte sich der Himmel bezogen, sodass die schrägen Glasflächen nicht spiegelten, sondern Einblick boten. Zumindest Bewegungen hinter den Scheiben oder das Aufleuchten von Lampen wären zu erkennen.

Lange Zeit rührte sich nichts. Er verließ seinen Posten, um von einer anderen Stelle aus die Dachgeschosswohnungen nacheinander in den Blick zu nehmen.

Als er die Straße überquerte, näherte sich eine junge Frau, die zielstrebig auf das Haus zusteuerte. Sie trug einen schwarzen Rock und schwarze Serviceschuhe, wie man sie häufig bei Bedienungspersonal in der Gastronomie sah. Sie war nicht besonders groß. Als sie mit raschen Schritten näherkam, registrierte Steiner weißblonde Haare, blaue Augen und rote Lippen in einem hübschen Gesicht. Ein norddeutsches Mädchen, dachte er, wie aus dem Bilderbuch.

»Moin«, grüßte sie freundlich und lächelte, als sie an ihm vorüberging. Verblüfft grüßte Steiner zurück und sah ihr nach. Sie stoppte an der Gartenpforte, öffnete sie, trat hindurch und eilte am Haus entlang zu einer der an den Giebelwänden montierten Treppen. Steiner setzte seinen Weg noch einige Schritte fort, um die Wohnungstür besser im Blick zu haben, an der das *Maitschi* gleich klingeln oder klopfen würde.

Die junge Frau schien es eilig zu haben, sie stieg rasch die Treppe hinauf. Das Geräusch ihrer Schuhe auf den stählernen Stufen drang bis an Steiners Ohren. Sie erreichte die Plattform und drückte auf den Klingelknopf neben der Tür. Dabei trat sie ungeduldig von einem Bein aufs andere. Weil offenbar nicht sofort geöffnet wurde, packte sie den Türknauf. In dem Moment klingelte Steiners Handy, und er entfernte sich von seinem Beobachtungsposten.

30

2018

»Können wir uns hier unterhalten?« Rieke hatte Swantje im Restaurant entdeckt, wo sie Geschirr abgeräumt hatte. Dann war sie ihr in den Personalraum gefolgt.

Swantje nickte. »Sie können hier Platz nehmen, wenn es Ihnen nichts ausmacht. Ich muss nur noch in der Küche Bescheid sagen, dass niemand im Service ist. Meine Kollegin ist gerade nicht da.«

Rieke sah sich um. Im Vergleich zum elegant-gediegenen Restaurant war der Raum sehr schlicht gehalten. Die Einrichtung bestand aus einem Tisch, der schon bessere Tage gesehen hatte, vier schlichten Stühlen und einem Schrank mit zwei Türen. In einer Ecke standen Staubsauger, Besen und Eimer.

»Kein Problem«, sagte sie und setzte sich. »Wenn Sie sich ein paar Minuten Zeit nehmen können?«

Swantje nickte wortlos und verschwand. Wenige Augenblicke später kehrte sie zurück, schloss die Tür hinter sich und ließ sich Rieke gegenüber nieder. »Wird das jetzt ein Verhör?«

»Nein, Frau Petersen.« Rieke lächelte nachsichtig. »Verhöre gibt es bei uns schon lange nicht mehr. Sie werden auch nicht vernommen, sondern lediglich als Zeugin befragt. Ganz offiziell machen wir das in der Dienststelle, in Gegenwart eines zweiten Beamten und mit Protokoll. Jetzt möchte ich einfach nur mit Ihnen reden, damit ich eine Vorstellung davon bekomme, was sich abgespielt hat. Meine Kollegen befragen gerade Herrn Sulfeld.«

»Sulfeld?«

»Oliver Sulfeld«, bestätigte Rieke.

»Okay.« Swantje breitete die Arme aus. »Was möchten Sie wissen?«

»Sie haben gesagt«, begann Rieke, »dass Sie diesen Ausflug nicht freiwillig unternommen haben.«

»Ja, das stimmt. Zwei Männer haben mich überfallen und auf die *Amazone* gebracht. Gestern Abend schon. Einer war dieser Sulfeld. Bei dem zweiten bin ich mir nicht sicher.«

»Das dürfte Alexander Hilbrich gewesen sein.«

Swantje nickte kaum wahrnehmbar. »Ich habe es geahnt. Aber was haben sie damit bezweckt?«

»Er und sein Kumpan wollten verhindern, dass Sie uns über den Verbleib der Päckchen vom Strand informieren. Alexander Hilbrich und Oliver Sulfeld mussten annehmen, durch Ihre Aussage in Gefahr zu geraten. Anscheinend haben Sie uns nicht alles gesagt, was Sie wussten, Frau Petersen.«

Swantje errötete. »Die Information wäre aus zweiter Hand gewesen. Sie kam von Florian Andresen.«

»Ich mache Ihnen keinen Vorwurf«, versicherte Rieke. »Allerdings wären wir den beiden früher auf die Schliche gekommen. Und Sie hätten sich diesen Ausflug erspart. Aber nun wüsste ich doch gern, was sich auf der *Amazone* abgespielt hat.«

»Okay.« Swantje holte tief Luft und berichtete von ihren Erlebnissen mit Oliver Sulfeld auf der Yacht.

✷

Tom zuckte zusammen, als es an seiner Wohnungstür klingelte. Er erwartete niemanden, um diese Zeit schon gar nicht. War Hilbrichs Handlanger schon hinter ihm her? Er stellte die Bierflasche ab, schlich zur Tür und sah durch den Spion. Draußen stand niemand. Doch dann entdeckte er ein paar Füße in schwarzen Serviceschuhen. Sein Herz begann zu rasen. Mit fliegenden Händen schaltete er den Strom aus, drehte den Schlüssel und öffnete die Tür. Stöhnend fiel Lisa ihm entgegen.

Hastig zog er sie in die Wohnung und trug sie zu seinem Sofa. Hilflos sah sie ihn an, ihre Lider flatterten, die Finger beider Hände waren unnatürlich verkrümmt. Tom versuchte, sich an Maßnahmen zur Behandlung von Stromunfällen zu erinnern. Schreckliche Begriffe wie Muskelverkrampfungen, Herzrhythmusstörung, Kreislaufstillstand und Atemlähmung tanzten in seinen Gedanken. Gleichzeitig formulierte er unzählige Entschuldigungen, ohne sie auszusprechen.

»Lisa«, flüsterte er schließlich. »Lisa, ich liebe dich. Es war ein Unfall. Ich wollte das nicht. Lisa, sag etwas!«

»Was ist passiert?«, fragte sie undeutlich, nachdem er sie hingelegt und ihr ein Kissen hinter den Kopf gestopft hatte.

»Ein Unfall«, wiederholte Tom. »Du hast einen elektrischen Schlag bekommen. Draußen an meiner Wohnungstür ...« Er brach ab, weil er nicht wusste, wie er das Unglück erklären sollte. »Warte, ich hole dir was zu trinken.« Eilig lief er in die Küche und kehrte mit einem Glas Wasser zurück. »Trink das!« Er griff nach ihrer Hand und drückte das Glas hinein. Den Fingern schien die Kraft zu fehlen, es zu halten. Vorsichtig setzte er es an ihre Lippen. Lisa trank ein paar Schlucke. Dabei sah sie ihn an. Ihre Augenlider flatterten nicht mehr. Erleichtert stellte Tom das Glas ab. »Wie fühlst du dich?«

»Ich weiß nicht.« Lisa rieb ihre Hände aneinander und hob die Schultern. »Irgendwie komisch. Wieso habe ich einen Schlag bekommen?«

Tom presste die Lippen zusammen. Er wollte sie nicht belügen, aber wie sollte er ihr erklären, dass er den Türknauf unter Spannung gesetzt hatte? »Ein Konstruktionsfehler«, murmelte er schließlich undeutlich. »Ich wollte eine Leitung verlegen. Für ... eine Außenlampe. War noch nicht fertig. Hatte nicht damit gerechnet, dass jemand kommt. Sonst hätte ich den Strom abgeschaltet. Und dass du mich besuchst ... um diese Zeit ...«

»War nicht geplant.« Lisa nahm seine Hand. »Es ist nur ... Ich habe mir Sorgen gemacht. Weil du dich nicht gemeldet hast. Und weil ...« Sie brach ab, griff nach dem Wasserglas und trank vorsichtig einen Schluck. Dann hielt sie das Glas hoch und grinste. »Siehst du, es geht schon wieder.«

»Und weil ...?« Tom sah sie fragend an.

»Ich hatte das Gefühl, du wolltest mich am Telefon möglichst schnell ... also irgendwie ... *abwimmeln*.«

»Das tut mir leid, Lisa. Ich war wohl etwas neben der Spur. Wegen Alex.«

»Was ist mit Alex?«

»Wir ... hatten eine Meinungsverschiedenheit.«

»Weshalb?«

»Wegen ... des ... Surf Cups auf Sylt nächstes Jahr. Alex will teilnehmen, ich aber nicht.«

»Warum nicht? Ihr seid doch sonst immer zusammen hingefahren.«

»Ich brauche komplett neues Material. Surfboards, Gabeln, Masten, Segel. Das kann ich mir nicht leisten.«

»Ein Sportkamerad sollte dafür Verständnis haben.« Lisa schüttelte den Kopf. »Deswegen muss man sich doch nicht streiten.«

Tom hob die Schultern. »Ist aber so.«

»Das wird sich schon wieder einrenken«, vermutete Lisa.

*

»Wir müssen die Angelegenheit noch mal besprechen«, sagte Stefan Hilbrich ohne Begrüßung, als Steiner den Anruf entgegennahm. »Aber nicht am Telefon. Es gibt einen neuen Gesichtspunkt. Sie können die Aktion vorerst abbrechen.«

»Ich hoffe, Sie wissen, was Sie tun«, antwortete Steiner. »Jeder zusätzliche Tag kostet Sie eintausend Euro.«

Er legte auf und machte sich auf den Weg zur Villa Hilbrich. Gegen eine Verlängerung seines Aufenthalts hatte er nicht wirklich etwas einzuwenden. Solange sein Auftraggeber zahlte, war ihm Langeoog lieber als jede südeuropäische Großstadt. Der Job in Rom ließ sich um zwei oder drei Tage verschieben, also blieb ihm genug Spielraum für Hilbrich. Und für Yvonne.

Mit ihrem Bild vor Augen lenkte er seine Schritte zur Villa. Aus der entgegengesetzten Richtung näherten sich Alexander und Stefan Hilbrich. Vor der Einfahrt trafen sie zusammen.

Hilbrich zog sein klingelndes Mobiltelefon aus der Tasche. »Entschuldigung!« Er nahm das Gespräch an und lauschte kommentarlos eine Weile den Worten des Anrufers. »Das hört sich gut an«, sagte er schließlich. »Ich rufe in einer halben Stunde zurück. Bis dann!« Er steckte das Handy ein und wandte sich an seinen Sohn. »Wir gehen zu dir. Geh schon mal vor, mach ein bisschen Ordnung und besorg uns ein paar Flaschen Bier!«

Alexander sah ihn verwundert an, trollte sich aber kommentarlos.

»Mein Büro ist versiegelt«, erklärte Hilbrich. »Da können wir nicht hin. Und ich möchte nicht, dass meine Frau etwas von der Unterredung mitbekommt. Bei Alex sieht es zwar meistens aus wie Sau, aber da sind wir ungestört.«

Steiner legte keinen Wert auf eine Schöner-Wohnen-Umgebung, wenn es ums Geschäftliche ging. »Mir ist jeder Raum recht. Hauptsache, wir müssen nicht hier draußen stehen.« Er warf einen Blick zum Himmel. »Es ist etwas ungemütlich geworden.«

Der Unternehmer machte eine einladende Bewegung. »Kommen Sie!«

Im Flur der Villa wurden sie von Yvonne Hilbrich empfangen. Sie ließ sich nichts anmerken, doch Steiner glaubte ein Aufblitzen in ihren Augen gesehen zu haben. »Was verschafft uns die Ehre –«, begann sie ironisch, doch ihr Mann unterbrach sie barsch.

»Herr Steiner bleibt noch ein paar Tage. Ich muss nach Wangerooge. Kümmere dich bitte so lange um unseren Gast!«

»Selbstverständlich.« Yvonne lächelte hintergründig. »Wenn du nach Wilhelmshaven musst ...«

»Wangerooge«, zischte Hilbrich. »Nicht Wilhelmshaven. Auf der Insel können wir vielleicht einen Riesenauftrag an Land ziehen. Wenn das klappt, sind wir aus dem Schneider. Wir müssen nur bis zum Jahresende durchhalten.« Er deutete auf einen Gang am Ende des Flures. »Dort entlang.«

»Ihre Bemerkung vom *Durchhalten* hat mich etwas irritiert«, bemerkte Reto Steiner, nachdem sie sich in Alexanders Apartment niedergelassen hatten.

»Das interessiert mich auch«, meldete sich Alexander zu Wort.

Hilbrich winkte ab. »Legt meine Worte jetzt nicht auf die Goldwaage. Wir haben gerade einen finanziellen Engpass.« Er wandte sich an Steiner. »Aber Ihr Auftrag ist nicht gefährdet.«

»Und was ist mit Wangerooge?«, fragte Alexander.

»Eigentlich nicht unser Metier. Aber ein Riesenprojekt. Wenn ich das an Land ziehe, sind wir auf Jahre hinaus saniert. Es geht um den Deichbau.«

Alexander stieß einen Lacher aus. »Das ist nicht dein Ernst. Du willst die brachliegende Großbaustelle übernehmen?«

»Warum nicht? Die Firma, die vor zwei Jahren mit dem ersten Abschnitt angefangen hat, ist seit vergangenem Jahr pleite. Danach ist nichts mehr passiert. Das Wasserstraßen- und Schifffahrtsamt Wilhelmshaven musste die Arbeiten neu ausschreiben. Europaweit. Es geht um fünfzig Millionen.«

»Und du meinst, die geben dir den Auftrag?« Alexander blieb skeptisch.

Sein Vater grinste. »Ich kenne in Wilhelmshaven ein paar wichtige Leute. Auch beim WSA. Und ich weiß, wie man an Aufträge kommt.« Er wandte sich Steiner zu. »Aber das ist nicht unser Thema. Ich möchte, dass Sie den Koffer zurückholen, der Ihnen abhandengekommen ist. Mein Sohn hat dazu einen Vorschlag.«

Steiner sah Alexander fragend an. »Wirklich? Ich bin gespannt.«

»Wenn Tom Thieland wirklich den Koffer hat oder weiß,

wo er ist, gibt es eine Möglichkeit, ihn zum Reden zu bringen.«

»Ach ja?« Steiner verzog spöttisch das Gesicht. »Mal davon abgesehen, dass es immer eine Möglichkeit gibt, kenne ich mehrere.«

»Mag sein«, gab Alexander gelassen zurück. »Aber Sie kennen Tom nicht. Ich schon. Und ich weiß, was bei ihm funktioniert und was nicht.«

»Jetzt sag es ihm endlich«, knurrte sein Vater. »Ich habe nicht so viel Zeit.«

»Es gibt da ein Mädchen. Für sie würde er alles tun. Sie heißt Lisa.«

Steiner dachte an das *Maitschi*, das er vor Thielands Wohnung gesehen hatte. »Eine kleine Blonde?«

Alexander nickte. »Ja, weißblond, ziemlich schmal und relativ klein. Woher wissen Sie …?«

»Ich habe sie gesehen. Als sie Thieland besucht hat. Wie ist ihr vollständiger Name?

»Der Nachname ist Cordes.«

»Und wo wohnt sie?«

»Bei ihren Eltern. In der Friesenstraße. Die Nummer habe ich nicht im Kopf. Kann ich aber nachsehen.«

»Nicht nötig.« Steiner winkte ab. »Finde ich selbst heraus.« Er zog ein großes Smartphone aus der Tasche. »Lisa Cordes«, murmelte er. »Mal sehen, was wir sonst noch über sie finden. Ich schaue kurz bei Facebook rein.« Er tippte ein paar Mal auf das Display. »Wer sagt's denn. Da haben wir sie schon. Hübsches Gesicht. Einundzwanzig Jahre, Serviererin im *Störtebeker*, Abo bei Spotify, ist auf Instagram, steht auf Felix Jaehn und findet es gut, dass er sich als bisexuell geoutet hat. Lieblingsserien *Gilmore Girls*, *Game of Thrones* und *Vampire Diaries*.« Er legte das Handy zur

Seite. »Das ist nicht alles, aber da gibt's schon ein paar Ansatzpunkte.«

Stefan Hilbrich sah ihn zweifelnd an. »Was haben Sie vor?«

»Das wollen Sie nicht wirklich wissen«, antwortete der Schweizer.

Hilbrich stutzte, dann verzogen sich seine Lippen zu einem breiten Grinsen. »Natürlich. Sie haben vollkommen recht. Je weniger ich weiß, desto besser.« Er erhob sich. »Guten Erfolg! Ich mache mich auf den Weg.«

»Nach Wangerooge?« Alexanders Tonfall war spöttisch. »Oder nach Wilhelmshaven?«

Sein Vater verharrte kurz, ging aber nicht darauf ein. Er machte eine wegwerfende Handbewegung und verließ den Raum.

Steiner griff wieder zu seinem Handy. »Schauen wir mal, was wir über Tom Thieland finden.«

»Auf Facebook ist er nicht unter seinem richtigen Namen«, warf Alexander ein. »Da nennt er sich Surfer Tom.«

»Okay.« Erneut tippte Steiner auf das Display. »Aha, da ist er. Hauptsächlich mit Fotos vom Wellenreiten. Wenig Freunde, keine Freundin. Nicht sehr ergiebig.« Er steckte das Telefon in die Tasche. »Was wissen Sie über Thieland? Ich möchte möglichst viel über ihn erfahren.«

»Okay.« Alexander lehnte sich zurück und schloss die Augen. »Wir haben uns beim Windsurfen kennengelernt, vor drei Jahren. In der Surfschule Petersen. Die suchten einen Surflehrer als Verstärkung für die Hauptsaison. Den Job haben wir uns dann geteilt …«

*

Polizeikommissarin Cordes saß hinter dem Computer und grinste Rieke über den Rand des Monitors hinweg an, als sie die Dienststelle betrat. »Ich hab schon was gefunden. Über diesen Oliver Sulfeld.«

»Wunderbar.« Rieke lächelte. »Kannst uns berichten, wenn Jan und Gerit kommen. Dann hören wir von ihnen, was Sulfeld selbst erzählt hat, und können unsere Schlüsse ziehen.«

Mareike wirkte etwas enttäuscht, wohl weil sie ihre Neuigkeiten nicht sofort loswerden konnte. »Selbstverständlich«, stimmte sie dennoch zu und zeigte mit dem Daumen in Richtung Besprechungsraum. »Uwe ist hinten. Er sieht die Aussagen der Zeugen durch, die sich auf unseren Aufruf hin gemeldet haben.«

»Sehr gut.« Rieke warf einen Blick auf die Uhr. »Dann können wir nachher alle Informationen zusammenstellen und Bilanz ziehen. Ist von der Kriminaltechnik schon was gekommen?«

Mareike schüttelte bedauernd den Kopf. »Auch nicht aus der Rechtsmedizin. Soll ich da mal anrufen?«

»Nicht nötig. Die tun, was sie können. Auf Staatsanwalt Rasmussen ist Verlass. Der kümmert sich und hakt gegebenenfalls nach.« Rieke deutete zur Tür, die in die hinteren Räume führte. »Ich will mal sehen, ob Uwe was gefunden hat. Wenn Jan und Gerit auftauchen, kommt ihr bitte gleich zu uns.«

Riekes Handy machte sich bemerkbar. Sie nahm den Ruf an, ohne auf die Nummer zu achten. »Bernstein.«

»Moin, Rieke«, meldete sich Hannah Holthusen. »Ich hoffe, ich störe nicht bei den Ermittlungen. Seid ihr schon weitergekommen?«

»Einen Durchbruch haben wir noch nicht. Aber es geht

voran. Wie sieht's bei dir aus? Kommst du nach Langeoog?«

»Deswegen rufe ich an. Ich könnte heute Abend oder morgen früh bei euch sein.«

»Das wäre schön. Warte mal kurz!« Rieke drückte das Smartphone gegen die Brust und wandte sich an Mareike Cordes. »Meine Freundin Hannah. Die Journalistin aus Wittmund, eine Kollegin von Florian Andresen. Sie würde gern herkommen. Steht das Zimmer bei euch noch zur Verfügung?«

»Klar!« Mareike nickte eifrig. »Im Vergleich zu deinem Hotel ist es natürlich eher einfach. Aber sie ist herzlich willkommen. Und meine Mama macht ein super Frühstück.«

Rieke sprach wieder ins Telefon. »Für deine Unterkunft ist gesorgt. Wenn du heute Abend schon hier bist, können wir vielleicht zusammen essen gehen und uns in Ruhe austauschen. Was hältst du davon?«

»Sehr viel.« Hannah klang begeistert. »Ich freue mich darauf, dich wiederzusehen. Und ich bin neugierig auf das, was ihr schon herausgefunden habt. Wahrscheinlich bekomme ich die Fähre um siebzehn Uhr dreißig, ich melde mich dann wieder. Bis dahin.«

»Super! Ich freue mich. Tschüss, Hannah!« Rieke beendete die Verbindung. »Sie will die Fähre in Bensersiel um halb sechs erreichen.«

Mareike griff zum Telefonhörer. »Ich rufe meine Mutter an. Damit sie das Zimmer vorbereiten kann. Soll ich deine Freundin nachher am Inselbahnhof abholen?«

»Das wäre wahnsinnig nett.« Rieke lächelte dankbar. »Du bist ein Schatz.«

Mareike strahlte und drückte eine Kurzwahltaste auf dem Telefon.

Kaum hatte sie das Gespräch beendet und den Hörer aufgelegt, wurde die Tür geöffnet. »Moin, schöne Frau«, rief Gerit Jensen und grinste Mareike an. Rieke schien er zu übersehen. »Sind wir hier richtig bei *Ostfriesland sucht den Küstenkiller*?«

Jan Eilers trat neben ihn und stieß seinem Kollegen den Ellenbogen in die Seite. »Mit blöden Witzen kannst du niemanden beeindrucken. Schon gar nicht eine Frau wie Mareike.«

Rieke machte sich bemerkbar. »Wie war's bei Sulfeld? Was ist mit seiner Verletzung?«

Gerit winkte ab. »Halb so schlimm. Der Typ hat Glück gehabt. Swantje Petersen hat ihm anscheinend schnell genug den richtigen Verband angelegt. Wegen des Seewassers hatte er einige Schmerzen zu ertragen.« Er senkte die Stimme. »Geschieht ihm aber ganz recht.«

»Habt ihr was aus ihm rausgekriegt?«

Jan und Gerit bewegten synchron ihre Köpfe. »Nicht viel. Sulfeld ist ziemlich abgebrüht, gibt nur das zu, was wir ohnehin wissen. Scheint nicht das erste Mal mit der Polizei zu tun zu haben.«

»Stimmt«, sagte Mareike und deutete auf ihren Monitor. »Er hat schon einiges auf dem Kerbholz. Bei *Nivadis* gibt es ein paar Einträge. Die Hamburger Kollegen haben eine Akte über ihn.«

»Das hast du herausgefunden?« Gerit machte große Augen. »Respekt!«

»War nicht so schwer.«

Gerit verharrte vor Mareikes Schreibtisch und lächelte verlegen. »Tut mir leid wegen vorhin. Ich wollte eigentlich nur ... egal. Ich hoffe, du nimmst mir meinen Spruch nicht übel.«

»Warum sollte ich?« Mareike zuckte mit den Schultern. »War doch ganz witzig.«

»Ach ja?« Gerits bedrückte Miene wich einem freudigen Ausdruck. »Es ist nämlich so. Ich weiß nicht, wie ich es sagen soll. Du ... bist –«

»Kommt ihr bitte mit nach hinten«, unterbrach Rieke ihren Kollegen. »Wir haben etwas zu besprechen.«

In der Polizeistation gab es weder Whiteboard noch Moderationswand oder gar ein Glassboard wie in den Meetingräumen des LKA. Rieke benutzte ein etwas angestaubtes und wackliges Flipchart-Gestell mit einem leicht vergilbten Block, um die Ermittlungsergebnisse in Stichworten festzuhalten. Zuerst referierte Uwe Pannebacker die Aussagen, die aufgrund des Aufrufs in den Medien eingegangen waren. Neben etlichen Mitteilungen, die ebenso wichtigtuerisch wie nutzlos waren, gab es einen Hinweis, der brauchbar sein konnte. Ein älterer Herr hatte auf seinem Morgenspaziergang den Bulldozer gehört und gesehen, der auf dem Strand, wie er meinte, sinnlose Kurven gedreht habe.

»Mit dem werden wir reden«, hielt Rieke fest und wandte sich an Gerit und Jan. »Übernehmt ihr das?«

Die beiden nickten stumm.

Dann berichtete sie von dem Zusammentreffen mit Vater und Sohn Hilbrich am Yachthafen und von ihrem Gespräch mit Swantje Petersen. »Jetzt seid ihr dran«, schloss sie und sah Jan und Gerit an.

»Oliver Sulfeld ist ein harter Brocken«, berichtete Jan Eilers. »Für den ist eine polizeiliche Vernehmung anscheinend nichts Außergewöhnliches. Der nächtliche Ausflug mit Swantje Petersen auf Hilbrichs Yacht sei einvernehmlich gewesen, seine Verletzung ein Unfall. Für seinen Aufenthalt auf Langeoog gebe es keinen besonderen Grund, er habe lediglich seinen langjährigen Bekannten Alexander Hilbrich besuchen wollen. Durch ihn habe er Swantje kennengelernt. Weil diese – ich zitiere – *scharf auf ihn* gewesen sei, habe er sich mit ihr verabredet.«

»Ich glaub's ja nicht!« Mareike Cordes stieß einen unwilligen Laut aus. »So ein Arsch! Soll ich mal vorlesen, was ich in *Nivadis* über ihn gefunden habe?« Ohne eine Antwort abzuwarten, zitierte sie aus dem mitgebrachten Computerausdruck.

31

2018

Anfangs war Sandra Holtland skeptisch gewesen. Als ihre Ärztin ihr eine Mutter-Kind-Kur vorgeschlagen hatte, waren in ihrem Kopf Bilder aus dem Familienalbum aufgetaucht. Großmutter im geblümten Kleid am Nordseestrand, neben ihr im Sand das blond gelockte Kind mit Eimer und Schaufel – Sandras Mutter. Auch Sandra war später mal mit ihrer Mutter zur Kur gefahren, allerdings nicht an die See, sondern nach Braunlage im Harz. In ihrer Erinnerung hatten dort Wolken auf den Bergen gelegen und Nieselregen die Ortschaften mit ihren düsteren Holzhäusern in grau verschleierte Ansammlungen von Pfützen verwandelt. Mit dem Begriff Mutter-Kind-Kur hatte Sandra seitdem die Vorstellung einer wenig erbaulichen Ferienzeit in jugendherbergsähnlichen Unterkünften mit stramm organisiertem Tagesablauf verbunden.

Die ersten Tage auf Langeoog hatten jedoch gezeigt, wie entlastend und erholsam der Aufenthalt sein konnte. Seeluft, Strand und Meer hatten sie rasch in Urlaubsstimmung versetzt. Leonie kam täglich begeistert aus dem Kindertreff. Die Betreuung des Mädchens sorgte dafür, dass Sandra sportliche Aktivitäten, medizinische Anwendungen oder Massagen entspannt genießen konnte. Sie hatte sich auf Anhieb gut mit Stefanie Ubbenga verstanden, der gleichaltrigen Physiotherapeutin, die verkrampfte Muskelstränge zielsicher aufspürte und mit kundiger Hand bearbeitete.

Während Stefanie an diesem Nachmittag die Behandlung

mit einer heißen Rolle abschloss, kam Leonie in den Raum gestürzt. »Mama!«, rief sie. »Ich habe den Blödmann gesehen. Der ist ganz böse.«

»Hier sind keine bösen Menschen«, antwortete Sandra. »Höchstens kranke. Stimmt's, Stefanie?«

»Das ist wahr.« Die Physiotherapeutin lachte. »Mir ist jedenfalls noch kein Bösewicht begegnet. Und ich bin schon über drei Jahre hier.«

»Doch«, krähte Leonie. »Der Mann hat mir die Zunge rausgestreckt. Und er hat gesagt, ich soll mich verpissen.«

»So was sagt man nicht«, ermahnte Sandra ihre Tochter.

»Hat er aber«, erwiderte Leonie.

»Wo hast du den Mann gesehen?«, fragte Stefanie.

»Auf dem Schiff. Und in der Eisenbahn. Und hier auf dem Flur. In einem Fahrstuhl.«

»Hier gibt es keinen Fahrstuhl«, entgegnete die Therapeutin. »Du musst dich irren.«

Sandra seufzte. »Du sollst doch keine erfundenen Geschichten erzählen.«

»Ist nicht erfunden«, beharrte Leonie. »Ein weißer Mann hat den Blödmann geschoben. Ich hab's genau gesehen.«

»Meinst du vielleicht einen Rollstuhl?«, fragte Stefanie. »Einen Stuhl mit Rädern, in dem man gefahren werden kann?«

Leonie nickte heftig. »Ja, Rollstuhl.«

»Das kann eigentlich nur der Mann mit der Stichverletzung sein«, flüsterte Stefanie ihrer Patientin zu. »Ist euch der schon mal begegnet?«

Sandra richtete sich auf. »Leonie, ich bin hier gleich fertig. Du kannst schon mal vorgehen. Wir treffen uns in unserem Zimmer.«

»Okay.« Das Mädchen trollte sich.

Während Sandra ihre Kleidung überstreifte, berichtete sie

Stefanie von einem unfreundlichen Mann, der ihnen auf der Fähre und später noch einmal in der Inselbahn begegnet war und einen großen, leeren Koffer bei sich gehabt hatte. »Kann eigentlich nur der sein«, schloss sie.

Stefanie machte ein nachdenkliches Gesicht. »Für den interessiert sich die Polizei. Vielleicht hat das irgendeine Bedeutung. Ich werde mit meinem Mann sprechen.«

»Mit deinem Mann?«

»Ja«, bestätigte Stefanie. »Hinnerk ist Polizeikommissar. Er und seine Kollegen arbeiten gerade gemeinsam mit einer Kriminalhauptkommissarin vom Landeskriminalamt an einem Fall.« Sie schmunzelte und fügte hinzu: »Natürlich darf er darüber nichts erzählen.«

*

»Körperverletzung, versuchte Vergewaltigung, Verstoß gegen das Betäubungsmittelgesetz«, zählte Mareike auf. »Das erste Ermittlungsverfahren gegen ihn –«

»Entschuldige, wenn ich dir ins Wort falle«, unterbrach Rieke sie. »Der letzte Punkt ist interessant. Betäubungsmittelgesetz. Wenn er mit dem Drogenmilieu zu tun hatte oder noch hat, können wir annehmen, dass er als Aufkäufer oder als Kurier eines Interessenten auf die Insel gekommen ist. Damit wird die Geschichte rund. Derjenige, der das Heroin beiseitegeschafft hat, braucht einen Abnehmer. Zwanzig Kilo kann er nicht selbst unter die Leute bringen. Sulfeld könnte derjenige sein, der über entsprechende Möglichkeiten oder zumindest Kontakte verfügt. Die Frage ist nur, wer hier sein Geschäftspartner ist.«

»Alexander Hilbrich!«, rief Mareike. »Den hat er als *langjährigen Bekannten* bezeichnet.«

»Nicht unwahrscheinlich«, stimmte Rieke zu. »Aber aus irgendeinem Grund scheint der Deal nicht geklappt zu haben. Sonst hätte Sulfeld Langeoog schon wieder verlassen.«

»Wir sollten Alexander Hilbrich noch mal richtig in die Mangel nehmen«, schlug Jan vor.

Rieke machte ein skeptisches Gesicht. »Sein Vater hat ihm nahegelegt, sich nur noch mit Anwalt zu äußern. Der wird ihm raten, gar nichts zu sagen.«

»Das ist ja interessant«, warf Uwe Pannebacker ein. »Vater und Sohn Hilbrich sind normalerweise wie Hund und Katze. Wenn Stefan jetzt plötzlich seine schützende Hand über Alexander hält, muss sich irgendwas zwischen ihnen geändert haben.«

»Stimmt«, bestätigte Mareike. »Eigentlich müsste er sauer auf Alex sein, weil der seinem Kumpel Sulfeld die *Amazone* eigenmächtig zur Verfügung gestellt hat. Außerdem sah die Yacht innen ziemlich übel aus. Alles voller Blut. Da ist 'ne gründliche Reinigung fällig.«

Mit kräftigen Strichen zog Rieke auf dem Flipchart Pfeile zwischen den Hilbrichs und setzte ein Fragezeichen daneben. »Nehmen wir an, Alexander Hilbrich wollte mit Sulfelds Hilfe das Heroin verkaufen. Da stellt sich die Frage, warum dieser Deal nicht über die Bühne gegangen ist. Etwas – oder jemand – muss dazwischengekommen sein.« Sie tippte nacheinander auf drei Namen. »Abgesehen von Florian Andresen sind uns in diesem Zusammenhang folgende Personen begegnet: Stefan Hilbrich, Tom Thieland und dieser mysteriöse Herr aus der Schweiz.«

»Was ist mit Yvonne Hilbrich?«, fragte Jan. »Können wir die von vornherein ausschließen? Immerhin ist sie die Mutter von Alexander. Sie könnte ihren Sohn von dem Drogenhandel abgebracht haben.«

»Du hast recht«, stimmte Rieke zu. »Denkbar ist das. Aber wenn sie ihn überzeugt hätte, auf das Geschäft zu verzichten, hätte er Oliver Sulfeld nicht auf die Insel holen müssen. Und falls der schon hier war, wäre er abgereist. Wir wissen inzwischen, dass er nicht auf einen längeren Aufenthalt eingestellt war. Er ist mit einem leeren Koffer nach Langeoog gekommen und hatte keine Unterkunft gebucht. Offensichtlich wollte er nur die Ware abholen und sofort wieder verschwinden.« Sie sah Jan und Gerit fragend an. »Wo ist er jetzt eigentlich?«

»In der Langeoog-Klinik der AWO«, antwortete Uwe Pannebacker. »Da gehört er zwar nicht hin, das ist eine Kurklinik. Mutter-und-Kind-Kuren und so. Ein Unfallkrankenhaus haben wir hier aber nicht.«

»Kümmert sich jemand darum, dass er die Insel nicht verlässt?«

Jan nickte. »Wir haben mit der Klinik verabredet, dass sie uns anrufen, wenn Sulfeld wieder allein laufen kann.«

»Außerdem«, ergänzte Pannebacker, »schaut Hinnerk öfter mal vorbei. Seine Frau arbeitet dort als Physiotherapeutin. Von ihr stammt übrigens der Hinweis auf den leeren Koffer.«

»Okay.« Rieke wandte sich wieder dem Flipchart zu. »Zurück zur Frage, wer sich in Alexanders Geschäft eingemischt hat und warum. Einer der genannten Herren muss dafür verantwortlich sein. Und dieser – oder Alexander selbst – wollte um jeden Preis verhindern, dass Florian Andresen dem Deal auf die Spur kommt. Wir haben also vier mögliche Verdächtige. Lasst uns die Varianten durchgehen!« Mit einem roten Edding malte sie einen Kreis um den ersten Namen. *Stefan Hilbrich*.

✳

»Wir müssen Lisa Cordes festsetzen«, resümierte Reto Steiner, »bis Thieland uns verrät, wo er den Koffer gelassen hat. Dabei müssen wir ihm zu verstehen geben, dass Lisa etwas zustößt, wenn er die Polizei einschaltet.«

Alexander schüttelte den Kopf. »Nicht wir. Sie! Mich hat die Kommissarin auf dem Kieker. Wenn Lisa vermisst wird, kreuzt die sofort bei mir auf. Und Sie müssen darauf achten, dass uns nichts nachgewiesen werden kann, auch nicht im Nachhinein.«

Steiner lächelte. »Ihre Sorge ist verständlich. Aber unnötig. Natürlich werden Sie nicht in Erscheinung treten, und natürlich wird es auch keine Spuren geben. Sie müssen mir allerdings als Informant zur Verfügung stehen. Ich weiß jetzt einiges über Thieland und das Mädchen. Es könnte sich aber weiterer Informationsbedarf ergeben. Für den Fall muss ich Sie jederzeit erreichen können.«

»Das lässt sich einrichten.« Alex kniff die Augenlider zusammen. »Als Erstes brauchen Sie wahrscheinlich einen Ort, an dem Sie Lisa unterbringen können ... Die *Amazone* kommt dafür nicht mehr infrage. Es müsste ein sicheres Versteck sein. Eins, das nicht zufällig entdeckt werden kann. Die Häuser der Geistersiedlung wären dafür geeignet. Es gibt Kellerräume ohne Fenster. Aber durch einen blöden Zufall könnte irgendein Handwerker etwas mitkriegen. Jedenfalls wenn die Sache länger als zwei oder drei Tage dauert.«

»Zwei oder drei Tage wären ohnehin zu lange.« Steiner schüttelte den Kopf. »Ich kann genauso wenig wie Sie riskieren, die Aufmerksamkeit der Polizei zu erregen. Und sie würden sicher schnell auf die Idee kommen, in der Geistersiedlung zu suchen. Das *Maitschi* darf gar nicht erst vermisst werden.«

»Das was?«

»*Maitschi*. Schweizer Ausdruck für Mädchen.«

»Aber wie soll das gehen?« Alexander breitete die Arme aus. »Bei Swantje Petersen war es kein Problem. Ihre Eltern gehen morgens sehr früh aus dem Haus. Die Mutter ist den ganzen Tag im Restaurant. Der Vater auch; oder er fährt zum Einkaufen aufs Festland. Swantjes Großvater ist ziemlich alt und schon ein bisschen gaga. Wir konnten sie abends hopsnehmen und davon ausgehen, dass sie frühestens am nächsten Tag gegen Mittag vermisst wird. Lisas Eltern betreiben eine Frühstückspension. Da ist immer jemand zu Hause und wartet auf sie.«

»Das ist mir schon klar«, antwortete Steiner. »Darum müssen wir bei Thieland ansetzen. Der, haben Sie gesagt, ist Einzelgänger, lebt allein in einer abgeschlossenen Wohnung, ist ohne Familie und hat gerade Urlaub. Ideal.«

Irritiert schüttelte Alexander den Kopf. »Aber was wollen wir – Sie – mit ihm? Er soll doch unter Druck gesetzt werden. Indem Sie Lisa –«

»Genau das habe ich vor«, unterbrach Steiner ihn. »Dramatischer als ein Keller in einem Neubau wäre eine Höhle oder eine Grube im Wald. Aber eine graue Wand mit einer schmuddeligen Matratze davor ist auch okay. Das Mädchen wird entführt und eingesperrt, ohne Essen und Trinken. Am besten ohne Kleidung, das ist besonders wirkungsvoll.«

»Ich verstehe nicht ... Ohne Essen und Trinken? Dafür braucht man doch Tage. Außerdem geht das nicht. Ich sagte doch, dass Lisa –«

»Sofort vermisst würde. Das habe ich durchaus verstanden, Herr Hilbrich.«

»Sie können Lisa nicht entführen und einsperren!«, rief Alexander. »Ihre Schwester ist Polizistin. Das gäbe sofort einen Großeinsatz.«

»Selbstverständlich gehe ich ein solches Risiko nicht ein.« Steiner lächelte nachsichtig. »Dem *Maitschi* passiert nichts. Wir brauchen sie nur ganz kurz. Für ein paar Fotos. Es kommt nicht darauf an, dass sie tatsächlich in unserer – Entschuldigung – *meiner* Gewalt bleibt, sondern darauf, was Tom Thieland glaubt. Und dafür brauche ich Ihre Hilfe.«

Mit offenem Mund starrte Alexander den Schweizer an. »Sie wollen die Entführung *vortäuschen*?«

»Der Groschen ist gefallen.« Steiner nickte zufrieden. »Sie besorgen eine Matratze! Möglichst abgenutzt und schmuddelig. Oder eine alte Pferdedecke. Zur Not tun's ein paar Säcke. Außerdem brauchen wir einen stabilen Strick oder eine schwere Eisenkette.«

*

Mit gemischten Gefühlen verließ Rieke Bernstein die Polizeidienststelle. Die Arbeit in dem zusammengewürfelten Team funktionierte gut und gab ihr die Sicherheit, sich auf jeden verlassen zu können. Oft genug hatte sie erlebt, wie persönliche Querelen, offene Abneigung oder allzu große Anziehung eine Ermittlungsgruppe belastet hatten. Gerit schien sich und seinen Hang zu leidenschaftlichen Eskapaden im Griff zu haben. Seine Drohne nahm ihn offenbar sehr in Anspruch. In freien Minuten verschwand er mit *Oktopussy* am Strand. Trotzdem sollte sie weiterhin ein Auge auf ihn und Mareike haben, auch wenn sie der jungen Kollegin durchaus zutraute, sich gegen allzu nachdrückliche Annäherungsversuche zu wehren.

Das Team hatte zahlreiche Puzzlesteine zusammengetragen und sich dadurch ein Bild der Vorgänge um das verschwundene Heroin machen können. Einerseits. Andererseits waren die Hinweise auf den Täter, der Florian Andresen auf dem Gewissen hatte, noch vage. Es gab vier Personen, die dafür infrage kamen. Stefan Hilbrich, Alexander Hilbrich, Tom Thieland und Reto Steiner. Auch Oliver Sulfeld brachte Potenzial für ein Tötungsdelikt mit. Nach den Unterlagen, die Mareike beschafft hatte, war er jedoch eher der Typ des Kleinkriminellen, der nicht auf eigene Rechnung arbeitete. Morgen würde sie sich Alexander Hilbrich noch einmal vornehmen. Er schien derjenige zu sein, der Sulfeld nach Langeoog geholt hatte, damit dieser für ihn das Drogengeschäft einfädelte. Sie rechnete damit, Alexander zu einer Bestätigung dieser These bewegen zu können, wenn sein Vater nicht dabei war. Der dritte mögliche Verdächtige, Tom Thieland, war nicht abgebrüht genug, um einen Mord zu begehen – darin war sie sich mit Uwe Pannebacker einig. Alexander Hilbrich schon eher, er kam jedoch wegen seiner Verletzungen für die Tat mit dem Bulldozer nicht infrage. Seinem Vater dagegen traute Rieke so ziemlich alles zu. Doch das war bisher mehr ein Gefühl als eine auf Fakten beruhende Bewertung.

Der vierte Mann war bisher weitgehend undurchsichtig geblieben. Er hatte sich als Schweizer Staatsbürger ausgewiesen. Rieke wurmte es, dass nicht einmal ihre eigene Dienststelle in der Lage war, Auskünfte über einen nicht in Deutschland lebenden Ausländer einzuholen. Sie war darauf angewiesen, dass Robert Feindt die Kollegen vom Bundeskriminalamt bat, ihre Kontakte zum Schweizer Bundesamt für Polizei für eine Personenrecherche zu nutzen. Sie bezweifelte, dass ihr Chef eine solche Anfrage mit dem erforderlichen Nachdruck auf den Weg bringen würde, sah aber auch keine andere Möglichkeit, Informationen über Steiner zu erhalten. Ohnehin war die Chance, diese in absehbarer Zeit zu bekommen, gering.

Auf dem kurzen Weg von der Dienststelle an der Kaapdüne zum Hotel wurde Rieke wieder bewusst, dass sie sich inmitten eines kleinen Urlaubsparadieses bewegte. Zumindest die Menschen um sie herum würden das so sehen. Der Wind hatte sich gelegt, die Wolkendecke war aufgerissen, sodass Restaurants, Straßencafés und Eisbuden wieder bevölkert und fast alle Sitzgelegenheiten in der Sonne besetzt waren. Um sie herum erklang unbekümmertes Gemurmel, durchsetzt mit fröhlichem Gelächter und gelegentlichen aufgeregten Rufen. Der Duft von gegrilltem Fleisch, gebackenem Fisch und süßem Gebäck umwehte sie und erinnerte sie daran, dass sie mit Hannah Holthusen zum Essen verabredet war. Sie beschloss, den Fall für den Rest des Tages beiseitezuschieben und den Kopf freizumachen für die Begegnung mit der Freundin, die sie lange nicht gesehen hatte.

Im Hotelzimmer zog Rieke die Schuhe aus, ließ sich in einen Sessel fallen und wählte Julias Nummer. Statt ihrer Freundin meldete sich die Mailbox. Rieke legte auf. Sie würde es später wieder versuchen und erst einmal duschen. Julia war anscheinend noch mit ihrem Projekt beschäftigt. Wenn sie ihren Anruf sah, würde sie sich melden.

Um den Rückruf nicht zu verpassen, nahm sie ihr Handy mit ins Bad. Sie zog sich aus und betrachtete ihr Spiegelbild. Obwohl sie sich nur wenige Stunden im Freien aufgehalten hatte, hatte die Sonne bereits Spuren hinterlassen. Ihre Haut war weniger blass als bei der Ankunft. Allerdings gehörte das Spiegelglas zu der unerbittlichen Sorte, die jedes Detail erkennen ließ und Falten und Fältchen schonungslos offenbarte. Sie war nun mal keine zwanzig mehr, auch keine dreißig. Trotzdem hätte sie mit ihrem Äußeren zufrieden sein müssen. »Du siehst aus wie Cindy Crawford mit neunundzwanzig. Könntest ihre Tochter sein«, behauptete Julia gelegentlich.

Der Spiegel war weniger schmeichelhaft. Auf den Hüften hatten sich kaum sichtbare, aber fühlbare Polster und an den Mundwinkeln winzige Falten angesiedelt, die sich weder durch Grimassen noch mit kosmetischen Tricks vertreiben ließen. Sie zeigte ihrem Spiegelbild die Zunge und öffnete die Mischbatterie der Dusche. Während das heiße Wasser auf ihre Haut prasselte, dachte sie an das, was sie über die Versorgung der Insulaner mit Trinkwasser gelesen hatte, und an das Wahrzeichen Langeoogs, den alten Wasserturm. Von dort schwenkte ihr inneres Auge zum Lale-Andersen-Denkmal. Bruchstücke eines Liedes aus Kindheitstagen erklangen in ihrem Kopf, und sie sah ihren Großvater vor sich, wie er vor seinem alten Radio saß und ihm Tränen über die zerfurchten Wangen liefen, während Lale Andersen sang. Trotz der heißen Dusche überlief sie ein Schauer, der eine Gänsehaut hinterließ.

Kaum hatte Rieke die Dusche verlassen, meldete sich ihr Handy. Mit feuchten Händen nahm sie es auf und warf einen Blick auf das Display. Es war nicht Julias Bild, das darauf erschien, sondern das von Hannah Holthusen.

»Hallo, Hannah, bist du schon auf Langeoog?«

»Moin, Rieke. Ich hoffe, ich störe nicht. Wollte nur sagen, dass mich deine reizende Kollegin in Empfang genommen und bestens untergebracht hat. Ein echter Glücksfall. Sehen wir uns nachher?«

»Klar. Ich freue mich schon auf dich.«

»Wohin soll ich kommen? Hier ist ja alles bequem zu Fuß zu erreichen. Oder wollen wir zum Hafen fahren?«

»In der *Kajüte* habe ich schon gegessen. Auch im *La Perla* am Flugplatz und in der *Strandhalle*. Wenn du einen Vorschlag hast...«

»Mein letzter Aufenthalt auf Langeoog ist schon eine Weile her. Ich weiß nicht, ob die Empfehlungen von damals noch gelten. Aber ich kann Mareike Cordes fragen. Die kennt sich ja hier aus.«

»Das ist eine gute Idee. Lass mich wissen, was sie vorschlägt. Und dann treffen wir uns dort. Einverstanden?«

»Einverstanden. Ich melde mich. Bis dahin.«

»Bis dahin.« Rieke legte auf und trocknete sich ab. Ihr schoss der Gedanke durch den Kopf, dass es vielleicht ihrer Figur nicht sonderlich zuträglich wäre, schon wieder gut zu essen, aber sie schob ihn rasch beiseite. Zum Abnehmen war sie nicht auf die Insel gekommen. Kalorien einsparen konnte sie, wenn sie wieder in Hannover war.

*

Mareike hatte das *Blied* empfohlen und einen Tisch für Rieke und Hannah reserviert. Dorthin waren es von Riekes Hotel aus nur wenige Schritte, und auch Hannah hatte nur ein paar Minuten zu gehen. Die Freundinnen trafen sich vor dem Restaurant.

Hannah breitete die Arme aus. »Wenn der Anlass nicht so traurig wäre, würde ich jetzt jubeln. Es ist schön, dich wiederzusehen.«

»Ich freue mich auch.« Rieke ließ sich umarmen und drückte Hannah ebenfalls.

»Du siehst wie immer gut aus«, stellte Hannah fest. »Wahrscheinlich lebst du gesünder als ich. Ich hatte zwar keinen Absturz mehr, seit wir uns das letzte Mal gesehen haben, aber ich kann das Qualmen nicht lassen. Du weißt ja, eine Sucht bleibt.«

Rieke grinste und zuckte mit den Schultern. »Vielleicht

ist es nur eine Frage der Zeit. Jetzt lass uns einem gemeinsamen Laster nachgehen! Nordseeklima macht Appetit. Heute Mittag habe ich gut gegessen, aber mein Magen knurrt schon wieder.«

Im Restaurant herrschte ein rustikales und zugleich modernes Ambiente. Den Gestaltern war es gelungen, mit viel Holz, das an das Innere eines Schiffs erinnerte, ein zeitgemäß großzügiges Raumangebot zu schaffen. Die Freundinnen wurden zu einem kleinen Tisch am Fenster geführt, der von einer gepolsterten Eckbank eingerahmt wurde.

Hannah Holthusen entschied sich rasch für Seeteufel mit Kurkuma-Sanddornsauce. Dazu bestellte sie Wasser. Rieke, die mittags schon Fisch gegessen hatte, wählte französische Perlhuhnbrust. Bei der Frage nach einem Getränkewunsch zögerte sie.

»Es macht mir nichts aus, wenn du Wein trinkst«, ermunterte Hannah sie. »Im Gegenteil, ich würde mich nicht gut fühlen, wenn ich wüsste, dass du meinetwegen auf den Genuss verzichtest.«

»Dann nehme ich einen Merlot.« Rieke gab die Weinkarte zurück und bedankte sich.

Während sie auf das Essen warteten, sprachen Hannah und Rieke über ihre gemeinsamen Erinnerungen. Auf Borkum hatten sie einen Frauenmörder zur Strecke gebracht, auf Norderney waren sie einer tief verwurzelten Feindschaft zwischen zwei Familien auf die Spur gekommen und hatten unnatürliche Todesfälle aufklären können, die darauf zurückgingen.

In unausgesprochener Übereinstimmung vermieden sie die Erwähnung des aktuellen Falls. Hannah fragte nach Julia, und Rieke berichtete stolz über deren neues Hobby. »Sie hat mich mit dem Flugzeug hergebracht«, schloss sie und erkundigte sich ihrerseits nach Hannahs Arbeit beim *Anzeiger*. Erst nachdem Hannah vor der Tür eine Zigarette geraucht und die Bedienung Espresso gebracht hatte, schnitt Rieke das ausgesparte Thema an. »Der Verlust des Kollegen hat dich getroffen.«

Hannah nickte. »Er war sehr jung, unglaublich engagiert und nicht zuletzt ausgesprochen liebenswert. Florian war mir regelrecht ans Herz gewachsen. Ich hätte ihn nicht herschicken dürfen.«

»Du hast ihn nicht geschickt«, widersprach Rieke. »Er wäre auch gekommen, wenn du nicht seine Kollegin gewesen wärst. Es ist schwer, Schicksalsschläge anzunehmen. Aber weder du noch sonst jemand hätte verhindern können, dass er Opfer eines Verbrechens wurde. Niemand konnte mit einer solchen Möglichkeit rechnen, schon gar nicht auf dieser idyllischen Insel.«

»Du hast ja recht«, gab Hannah zu. »Trotzdem mache ich mir Vorwürfe. Wenn ich jetzt dazu beitragen könnte, den Mörder zu finden, wäre mir etwas wohler. Habt ihr schon einen möglichen Täter im Visier?«

»Nicht nur einen. Das macht es allerdings nicht einfacher. Im Gegenteil, wir müssen für jeden von ihnen die Täterschaft entweder ausschließen oder belegen. Dafür fehlen uns aber Beweise. Teilweise auch Informationen über Verdächtige.«

»Das ist mein Metier.« Hannah leerte ihren Espresso und stellte die Tasse mit einer heftigen Bewegung ab. »Informationen zu beschaffen gehört zu meinem Beruf. Dabei gibt es keine Dienstvorschriften wie bei euch, die mich daran hindern, bestimmte Quellen anzuzapfen. Stattdessen genießen wir Informantenschutz und können uns auf das Zeugnisverweigerungsrecht berufen.« Sie beugte sich vor und senkte die

Stimme. »Wenn ich in dieser Hinsicht irgendwas für dich tun kann, lass es mich wissen!«

»Ich fürchte, du kannst mir auch nicht weiterhelfen. Einer unserer Kandidaten ist für uns bisher ziemlich undurchsichtig. Aber er ist Schweizer, deshalb ist es schwierig –«

»Für mich ist das kein Hindernis«, unterbrach Hannah sie. »Auch in der Schweiz gibt es funktionierenden Journalismus. Ich kenne einen Kollegen bei der *Neuen Zürcher Zeitung*. Der gehört zu den wenigen investigativ arbeitenden Reportern. Wenn einer etwas über einen Schweizer Staatsbürger herausfinden kann, dann er.«

Rieke blieb skeptisch, aber der Stand der Ermittlungen erlaubte ihr nicht, eine noch so geringe Chance auf schnelle Information in den Wind zu schlagen. »Gut«, willigte sie schließlich ein. »Ich gebe dir den Namen.«

»Und was ist mit den anderen Kandidaten?«

»Über die wissen die ortsansässigen Kollegen ziemlich gut Bescheid. Bei ihnen fehlen uns weniger Hintergrundinformationen als handfeste Beweise. Deshalb kommt jetzt kriminalistische Kleinarbeit auf uns zu.«

»Ein gewisser Stefan Hilbrich gehört nicht zufällig dazu?«

»Wie kommst du auf den?«, fragte Rieke verblüfft.

Hannah breitete die Arme aus. »Florian wollte sich mit dem Problem der Geistersiedlungen befassen. Hilbrich ist einer derjenigen, die im großen Stil Urlaubsdomizile bauen und vermarkten. Er ist dafür bekannt, dass er rücksichtslos gegen Leute vorgeht, die ihm auf die Füße treten wollen.«

Rieke schwieg. Wenn sie die Journalistin Hannah Holthusen über Ermittlungsdetails informierte, verstieß sie gegen Dienstvorschriften. Andererseits mochte sie ihre Freundin nicht belügen. Nicht zuletzt war ihr aus vielfacher Erfahrung klar, wie nützlich Hintergrundinformationen sein konnten, um Menschen und ihr Handeln einzuschätzen.

»Also ja«, stellte Hannah fest. »In dem Fall ist es weniger kompliziert. Ich muss nur in unserem Archiv recherchieren.«

»Aber bitte diskret«, verlangte Rieke. »Namen von Verdächtigen dürfen keinesfalls an die Öffentlichkeit dringen.« Sie dachte an ihren Chef. Kriminaldirektor Feindt hätte eine diebische Freude daran, sie eines Dienstvergehens zu überführen. »Sonst bin ich erledigt«, fügte sie hinzu.

»Was denkst du!« Hannah sah sie mit großen Augen an. »Ich will dir doch nicht schaden. Ich will Florians Mörder finden.«

32

2018

Lisa Cordes war in Gedanken bei Tom, als sie am Abend das *Störtebeker* verließ und sich auf den Heimweg machte. Auch wenn das Treffen mit ihm wegen des Unfalls einen unglücklichen Start gehabt hatte, dachte sie mit Glücksgefühlen daran zurück. Zum ersten Mal hatte er ausgesprochen, dass er sie liebte. Von dem Stromschlag hatte sie sich rasch erholt, Toms Besorgnis genossen. Und seine Zärtlichkeit. Sie hatte sich an ihn gekuschelt und wäre am liebsten für den Rest ihres Lebens in seiner Armbeuge geblieben. Die Erinnerung ließ sie unbewusst lächeln. Fast wäre sie in den Typen hineingerannt, der plötzlich vor ihr aufgetaucht war.

»Hallo, Lisa.«

Sie zuckte zusammen. »Alex! Was machst du denn hier? Um diese Zeit?«

Alexander breitete die Arme aus. »Tut mir leid, ich wollte dich nicht erschrecken. Tom schickt mich. Ich soll dich zu ihm bringen.«

»Jetzt? Warum ruft er nicht an?« Lisa schüttelte unwillig den Kopf.

»Er hatte einen Unfall.«

Lisa spürte, wie eine Faust ihren Magen ergriff und zusammenpresste. »Einen Unfall?«, echote sie schwach.

»Ja. Ihm ist nichts Schlimmes passiert, aber er möchte dich sehen.«

»Wo ist er?«

»In einem der Häuser in der neuen Geistersiedlung. Er hat eine elektrische Anlage überprüft. Dabei muss er von der Leiter gestürzt sein. Es geht ihm gut, er ist nur ein bisschen benommen. Ich tippe auf eine Gehirnerschütterung. Aber er wollte keinen Arzt und nicht ins Krankenhaus, er wollte nur dich sehen. Kommst du mit?«

»Natürlich.« Lisa zog ihr Handy aus der Tasche. »Ich rufe nur schnell zu Hause an und sage Bescheid, dass ich später komme.«

Während sie telefonierte, eilten sie durch die Hauptstraße in die von Alex angegebene Richtung. Sie passierten den Bahnhof und folgten der Hafenstraße.

Trotz der späten Stunde waren noch zahlreiche Urlauber unterwegs. Ältere Paare, die den Tag mit einem Abendspaziergang abschlossen. Junge Paare, die offenbar ziellos schlenderten und immer wieder innehielten, um zu knutschen. Männer mittleren Alters, die von Kneipe zu Kneipe zogen und lautstark die Vorzüge oder Unvollkommenheiten des weiblichen Bedienungspersonals erörterten. Junge Männer, die nicht mehr sicher auf den Beinen, dafür aber von der eigenen Singstimme überzeugt waren.

In solchen Momenten sehnte Lisa sonst oft die Ruhe der Wintersaison herbei. Doch im Augenblick nahm sie den Lärm und die Bewegungen um sie herum kaum wahr, alles war wie durch einen Filter gedämpft. Ihre Gedanken eilten voraus. Tom war von der Leiter gestürzt. Warum musste er noch so spät am Abend arbeiten? Ohnehin hatte er eigentlich Urlaub. Hätte er nicht zu Hause bleiben können? Oder wenigstens mit Freunden oder Kollegen irgendwo einen trinken können? Während ihr Kopf die Fragen formulierte, wusste sie bereits, was Tom antworten würde. »Unsereins hat in der Hauptsaison nicht viel Freizeit. Man hilft sich gegenseitig, wenn Not am Mann ist. Zu jeder Tages- und Nachtzeit.«

Er hätte natürlich recht. Die meisten Langeooger mussten während der Saison ihr Geld fürs ganze Jahr verdienen. Ihr selbst ging es nicht anders. Wahrscheinlich war in einem der Häuser ein Defekt an der elektrischen Anlage aufgetreten, natürlich nach Feierabend, und jemand von Hilbrich Holidays hatte gewusst, dass Tom helfen konnte und helfen würde. »Hast du Tom geholt?«, fragte sie Alexander.

Er schüttelte stumm den Kopf. »Mich haben sie erst angerufen, als es passiert ist. Ich weiß auch nicht, was genau und wie. War nur ganz kurz drin und habe mit ihm gesprochen. Ich glaube, er hat sich nichts gebrochen. Wenn wir hinkommen, ist er bestimmt schon wieder auf den Beinen.«

»Hoffentlich!« In Lisas Sorge um Tom mischte sich ein zartes Glücksempfinden. Sicher war es unvernünftig, einen Arzt oder den Weg ins Krankenhaus abzulehnen, aber dass er nach ihr verlangt hatte, wärmte ihr Herz.

Der Straßenzug, der von vielen Langeoogern als »Geistersiedlung« bezeichnet wurde, hatte noch keinen offiziellen Namen, die Beleuchtung reichte nur bis zu den ersten Grundstücken. Alexander führte Lisa zu einem der weiter hinten liegenden Häuser. Dort brannte ein Licht, während die anderen im Dunkeln lagen.

»Tom ist im Keller. Geh schon mal vor!« Alexander deutete auf die offene Tür. »Ich komme gleich nach.«

Lisa beschleunigte ihre Schritte und erreichte das Haus. Ohne zu zögern, trat sie ein und suchte nach einer Kellertreppe. Eine plötzliche Bewegung neben ihr ließ sie zurückzucken, im selben Augenblick umklammerte jemand ihren Oberkörper und presste ein feuchtes Tuch auf ihr Gesicht. Sie schlug und trat um sich, wollte schreien. Ein scharfer Geruch kroch ihr in die Nase, nahm ihr die Luft. Sie hielt den Atem an. Zehn Sekunden? Zwanzig? Dreißig? Ihre Lunge schaffte es nicht, nahm schließlich den beißenden Dunst in sich auf. Einmal, zweimal. Lisas Widerstand erlahmte. Dann spürte sie nichts mehr.

*

»Ausziehen!« Steiner deutete auf Lisa. »Schnell! Die Betäubung hält nicht lange an. Wenn sie aufwacht, sollte sie wieder angezogen und irgendwo draußen sein.« Er streifte Latexhandschuhe über und streckte eine Hand aus. »Geben Sie mir ihr Handy!«

Alexander, der ebenfalls Handschuhe anhatte, tastete die Taschen von Lisas Jacke ab, zog ihr Smartphone heraus und reichte es an den Schweizer weiter. Dann machte er sich an die Arbeit. Lisa war klein und schmal, wog höchstens fünfzig Kilo. Trotzdem überraschte es ihn, wie schwer sich ein Mensch entkleiden ließ, der schlaff und bewegungslos in seinen Sachen hing. Zum Glück hatte Lisa unter einer Jacke nur ihr schwarzes Serviererinnen-Outfit an: Bluse, Rock, Schuhe. Sie trug keinen BH.

»Den können Sie lassen«, kommentierte Steiner, als Alexander die Hand nach dem schwarzen Slip ausstreckte. »Jetzt das Seil! Hände und Füße zusammenbinden, damit es aussieht, als sei sie gefesselt!« Er hielt Lisas Smartphone hoch.

»Ja, so ist es gut. Gehen Sie ein Stück zur Seite!«

Alexander folgte der Aufforderung. In rascher Folge machte Steiner mehrere Aufnahmen von der liegenden, scheinbar gefesselten und kaum bekleideten Frau. »Das genügt«, sagte er schließlich, steckte das Handy ein und deutete auf Lisa. »Sie können sie wieder anziehen. Anschließend bringen Sie sie nach draußen. Möglichst weit weg von hier setzen Sie sie ab und verschwinden.« Er streifte die Handschuhe ab und wandte sich zum Gehen. »Ich kümmere mich um Tom Thieland.«

Alexander nickte, zog Lisa an und eilte mit ihr nach draußen.

Nachdem er sie an der Hafenstraße in einem Hauseingang abgesetzt hatte, machte er sich auf den Weg. Er dachte nicht daran, der Aufforderung des Schweizers Folge zu leisten. Wenn Steiner herausfand, wo das Heroin versteckt war, wollte Alexander es mitkriegen. Weder seinem Vater noch dessen Helfer traute er über den Weg. Er war sicher, dass die beiden ihn ausbooten würden, wenn sich eine Gelegenheit bot. Also musste er Steiner im Auge behalten.

Am Bahnhof holte er ihn ein. Obwohl die Straßenbeleuchtung in der Fußgängerzone und den angrenzenden Straßen für Helligkeit sorgte, gab es genügend dunkle Ecken und Nischen, in denen Alexander Deckung suchen konnte, falls sich der Schweizer umsehen sollte. Doch der schien sich sicher zu fühlen. Er schritt zügig voran und warf nur gelegentlich einen kurzen Blick über die Schulter. Wie erwartet steuerte er die Straße an, in der Tom wohnte. Alexander fragte sich, wie Steiner vorgehen wollte. In seiner Vorstellung schickte er Tom Nachrichten mit den Aufnahmen von Lisa aufs Handy, um ihn zur Preisgabe des Verstecks zu bewegen. Sobald Tom die Wohnung verließ, um das Zeug zu holen, würde Steiner ihm folgen. Der Plan war ebenso einfach wie genial.

Sie näherten sich dem Haus auf weniger als hundert Meter. Alexander wartete darauf, dass Steiner innehalten und seine erpresserischen Nachrichten absenden würde. Stattdessen eilte er weiter auf den Eingang zu. Tom würde ihn nicht übersehen können, wenn er die Wohnung verließ. Was hatte Steiner vor? Wollte er ihn von Angesicht zu Angesicht vor die Wahl stellen: *das Heroin gegen die Freiheit deiner Freundin?* Hatte er noch irgendetwas in der Hinterhand, von dem er, Alexander, nichts ahnte?

Während die Fragen in Alexanders Kopf kreisten, erreichte der Schweizer das Haus. Er warf einen Blick nach oben. Offenbar wusste er, wo sich Toms Wohnung befand. Dort brannte noch Licht. Ohne innezuhalten, stieg er die Außentreppe hinauf.

Vorsichtig schlich Alexander näher heran, den Blick auf die Wohnungstür geheftet. Steiner war oben angekommen und drückte auf den Klingelknopf.

Nachdem er zum zweiten Mal bei Tom geklingelt hatte, packte er den Türknauf. Als hätte ihn ein Schlag getroffen, schwankte er, dann knickten die Beine ein. Nun lag er vor Toms Wohnungstür, in sich zusammengesunken wie eine Schnapsleiche.

Widersprüchliche Impulse zerrten an Alexander. Er wollte die Treppe hinauf, Steiner zu Hilfe kommen. Gleichzeitig wäre er vor Schreck am liebsten geflüchtet. Wenn der Schweizer ausgeschaltet war, scheiterte der Plan, Tom mit Lisas vorgetäuschter Entführung unter Druck zu setzen. Wiederholen ließ sich die Aktion nicht. Für eine wirksame Erpressung war es morgen schon zu spät. Lisa war gesund und munter, ihr fehlte lediglich ein Stück Erinnerung. Steiner hatte ihm erklärt, wie das Zeug funktionierte, das er ihr nach dem Chloroformschock eingeflößt hatte. Alexander ahnte, dass nur rasches Handeln Tom zur Preisgabe des Heroinverstecks bewegen konnte. Er musste Steiners Rolle übernehmen, einen anderen Weg gab es nicht.

Während er noch zögerte, wurde oben die Tür geöffnet.

Tom erschien als dunkle Silhouette vor hellem Hintergrund. Seine Mimik war nicht zu erkennen, doch Alexander glaubte die Reaktion zu spüren. Tom schien angesichts des leblosen Mannes vor seiner Tür weder sonderlich überrascht noch beunruhigt zu sein. Er sah sich um, entdeckte Alex aber nicht. Dann beugte er sich herab, packte Steiners Arme und zog ihn in die Wohnung.

Eilig erklomm Alexander die Treppe. Statt zu klingeln, rief er nach Tom und klopfte an die Tür. Sie schwang augenblicklich auf. Jetzt wirkte Tom doch überrascht. »Was willst du hier?«

»Mit dir reden.«

»Ich aber nicht mit dir!«, fauchte Tom.

»Es geht um Lisa.« Alexander deutete in die Wohnung. »Der Typ hat sie entführt und eingesperrt.«

Wütend schüttelte Tom den Kopf. »Was ist das jetzt schon wieder für eine Scheiße? Du hast mich schon mal verarscht! Du willst mich reinlegen! Ihr alle wollt mich reinlegen!«

»Ich will das wiedergutmachen und dir helfen. Wenn du dich nicht um Lisa kümmerst, könnte sie draufgehen. Er hat ihr irgendwas gegeben. Sie braucht schnell ärztliche Hilfe. Sieh in seine Taschen! Er hat ihr Handy. Mit Fotos.«

Toms Blick verriet Unsicherheit. »Schau nach!«, wiederholte Alexander. »Dann weißt du Bescheid. Ich kann dir sagen, wie du Lisa retten kannst.«

Aus dem Inneren der Wohnung drang ein Stöhnen. Alexander deutete mit dem Kopf in die Richtung. »Steiner kommt zu sich, dann kannst du ihn gleich selbst fragen. Was fehlt ihm eigentlich?«

»Stromschlag.« Tom deutete auf den metallenen Türknauf. »Nicht anfassen! Warte kurz.« Er schloss die Tür, ließ Alexander auf dem Treppenabsatz stehen. Einige Sekunden später war er wieder da, Lisas Handy in der Hand. Sein Gesicht war bleich, seine Hände zitterten. Tränen glitzerten in seinen Augen. »Was muss ich tun?«

*

»Bist du sicher, dass nichts weiter ... passiert ist?« Mareike Cordes sah ihre Schwester forschend an. »Soll ich ...?«

Lisa schüttelte energisch den Kopf. »Ich hab keine einzige Schramme. Nur Kopfschmerzen. Und diese Gedächtnislücke. Aber mein Handy ist weg.«

»Vergiss das verdammte Telefon! Das lässt sich ersetzen. Hauptsache, dir ist nichts passiert. Was mich beunruhigt, ist die fehlende Erinnerung. Das kennen wir von *Flunitrazepam*, den berüchtigten K.-o.-Tropfen. Hatten wir schon mal auf Langeoog. Damit haben ein paar Typen junge Frauen außer Gefecht gesetzt, um sie ... gefügig zu machen. Aber wegen eines Handys setzt keiner *Fluni* ein. Ich bespreche das morgen früh mit Rieke Bernstein. Und du gehst zum Arzt. Keine Widerrede!« Sie sah Lisa prüfend an. »Wenn wir wenigstens herausbekämen, wer dich angesprochen hat! Mit einem Fremden würdest du doch nicht mitgehen.«

Lisa schüttelte den Kopf. »Bestimmt nicht.« Sie schloss die Augen und beschwor die Szene vom Abend herauf. Sie sah die Hauptstraße vor sich. In der Fußgängerzone waren viele Leute unterwegs. Es war laut. Sie sah und hörte Urlauber, nahm sie aber nicht wirklich wahr. Sie war in Eile, musste ein Ziel erreichen. Jemand brauchte ihre Hilfe. Tom? War ihm etwas zugestoßen? Ihr Begleiter trieb sie zur Eile. Er redete, ohne sie anzusehen. Plötzlich sah sie sein Profil vor sich. Sie riss die Augen auf. »Alex!«, rief sie. »Alexander Hilbrich! Er hat mich ... wegen Tom. Irgendwas war mit Tom. Er wollte mich sehen. In der Geistersiedlung.«

Mareike sah sie skeptisch an. »Bist du sicher? Was soll Tom da gemacht haben? Um die Uhrzeit?«

»Ich weiß nicht.« Lisa hob die Schultern. »Aber er muss noch gearbeitet haben. Wir sind zu einem Haus gegangen. Ich bin alleine rein, Alex wollte nachkommen. Hinter der Tür war jemand. Dann wurde mir schwarz vor den Augen.«

»Alexander hat dich in eine Falle gelockt?« Ungläubig schüttelte Mareike den Kopf. »Und eine Stunde später wieder freigelassen? Was sollte das Ganze?«

»Ich weiß es doch auch nicht.« Lisa breitete die Arme aus und sah ihre Schwester ratlos an.

»Das ist alles sehr merkwürdig. Tom und Alexander haben etwas mit dem verschwundenen Heroin zu tun.« Mareike sprach mehr zu sich selbst, legte die Stirn in Falten, kniff die Augenlider zusammen und sah auf die Uhr. »Die genauen Zusammenhänge kennen wir noch nicht. Wenn da irgendwas läuft, das unseren Fall berührt, sollten wir vielleicht doch nicht bis morgen warten.« Sie griff nach ihrem Mobiltelefon. »Es ist zwar schon spät, aber ich rufe Hauptkommissarin Bernstein doch lieber gleich an. Sie soll entscheiden, ob wir noch heute Nacht etwas unternehmen.«

*

Rieke hatte Julia wieder einmal ihr Leid geklagt. »Wenn man so lange im Beruf ist«, sagte sie schließlich, »sollte man vielleicht etwas gelassener sein. Aber ich schaffe es einfach nicht. Wenn wir auf der Stelle treten, macht mich das immer noch wahnsinnig.«

»Ich fürchte, das wird mit den Jahren nicht besser«, antwortete ihre Freundin. »Du wirst auch kurz vor der Pensionierung noch mit Leib und Seele dabei sein. Oder mit dem Herzen. Wie du willst. Du bist nicht der Typ für entspanntes Ausruhen auf der Routine. Du bist, wie du bist. Und dafür liebe ich dich. Unter anderem.«

Im Hintergrund machte sich ein Anruf bemerkbar. »Moment«, sagte Rieke, »da will noch jemand was von mir.« Sie warf einen Blick auf das Display. »Eine Kollegin von hier. Da muss ich rangehen. Mach's gut, Julia! Wir reden morgen weiter.«

»Vielleicht ist das jetzt der Durchbruch. Ich drücke euch die Daumen. Bis morgen, Liebste!«

Die Leitung war frei, und Rieke nahm den Anruf an. »Hallo, Mareike, ist was passiert?«

»Das könnte man sagen. Entschuldige, dass ich dich jetzt noch störe.«

»Du störst nicht. Erzähl!«

Mareike berichtete vom Erlebnis ihrer Schwester. »Lisa kann sich das nicht erklären«, schloss sie. »Aber ich denke, es hat mit unserem Fall zu tun.«

»Wahrscheinlich hast du recht«, stimmte Rieke zu. »Gut, dass du gleich angerufen hast. Ist Lisa soweit in Ordnung, dass du sie allein lassen kannst?«

»Kein Problem. Meine Eltern sind hier.«

»Gut. Ich möchte der Sache nachgehen. Sofort. Würdest du Jan und Gerit informieren? Sie sollen das Haus der Hilbrichs beobachten. Du gehst bitte zur Wohnung von Tom Thieland. Keinen Kontakt aufnehmen, nur beobachten! Wenn sich irgendwo was tut, ruft ihr mich an. Sag das auch den Kollegen!«

»Okay. Mach ich.« Mareike schien zu zögern. »Und was machst du?«, fragte sie schließlich.

»Ich gehe zur sogenannten Geistersiedlung. Sobald einer von uns etwas beobachtet, machen wir eine Konferenzschaltung. Falls nötig, lassen wir die Leitung stehen. Ach ja, noch etwas: Nehmt bitte Handlampen mit!«

»Alles klar.« Mareike legte auf.

Rieke schlüpfte in ihre Kleidung, steckte Smartphone, Dienstwaffe und Taschenlampe ein und machte sich auf den Weg.

33

2018

Nachdem Mareike ihre Kollegen Jan Eilers und Gerit Jensen in der *Kaapstube* aufgestöbert und auftragsgemäß in Bewegung gesetzt hatte, lief sie durch die Friesenstraße in Richtung Zentrum. Je näher sie der Fußgängerzone kam, desto heller und lauter wurde es.

Als sie die Hauptstraße verließ, kehrten Ruhe und Dunkelheit zurück. Das alte Haus, in dem Tom Thieland seine Wohnung hatte, lag etwas abseits und bekam wenig Licht von Straßenlaternen. Mond und Sterne sorgten jedoch gerade für so viel Helligkeit, dass sie zwei Gestalten erkennen konnte, die soeben die Außentreppe hinabstiegen. Einer von ihnen musste Alexander Hilbrich sein, seine verbundenen Hände leuchteten im Halbdunkel. Den zweiten Mann konnte sie nicht eindeutig erkennen, aber sie zweifelte nicht daran, dass es sich um Tom handelte.

Mareike drückte sich in einen gegenüberliegenden Hauseingang. Doch die Männer kamen nicht auf sie zu, sondern umrundeten das Haus und verschwanden auf der Rückseite. Rasch überquerte sie die Straße, stieg über die Gartenpforte und schlich an der Mauer entlang in die Richtung, in der sie Tom und Alex vermutete. Das Geräusch einer quietschenden Tür ließ sie innehalten. Vorsichtig schob sie den Kopf um die Hausecke. Die Tür gehörte zu einem hölzernen Anbau. Sie stand offen. Im Inneren geisterte der Lichtstrahl einer Taschenlampe umher. Mit ein paar schnellen Schritten erreichte

Mareike die Bretterwand. Sie lauschte mit angehaltenem Atem, vernahm aber nur Geräusche, keine Stimmen. Vor ihrem inneren Auge entstand das Bild eines Fahrrads, das mit der Gabel eines Anhängers verbunden wurde. Dann flogen ein paar Gegenstände in den Karren. Schließlich erschien ein Vorderrad in der Türöffnung. Rasch zog sich Mareike hinter die nächste Ecke des Schuppens zurück und beobachtete von da aus, wie Tom Rad und Hänger in Richtung Straße schob. Alex schloss die Tür und folgte ihm. Die Männer hatten kein Wort miteinander gewechselt, und auch jetzt trotteten sie stumm nebeneinander her.

Sie schlugen den Weg zur Hafenstraße ein, bogen dort in Richtung Süden ab. Mareike fragte sich, welches Ziel sie ansteuerten, ließ sich etwas zurückfallen und zog ihr Mobiltelefon hervor, um Rieke Bernstein zu informieren.

In dem Augenblick blieben Tom und Alex stehen. Mareike steckte das Handy zurück und lauschte. Sie hörte sie leise diskutieren, verstand aber nichts. Zweimal hob Alexander seine bandagierten Hände. Wie zu einer Entschuldigung. Tom schüttelte den Kopf und deutete auf den Fahrradanhänger. Alex zögerte einen Moment, dann kletterte er hinein. Tom stieg aufs Rad und fuhr los. Trotz seiner Last nahm er rasch Fahrt auf. Mareike unterdrückte einen Fluch. Hektisch sah sie sich um. Wenn sie ihren Zielpersonen folgen wollte, brauchte sie ein Fahrrad. Nicht weit von ihr standen zwei in einem Ständer. Sie hastete hin, zerrte nacheinander an den Lenkern. Angeschlossen. Sie würde Tom und Alex zu Fuß folgen müssen. Offensichtlich waren sie in Richtung Hafen unterwegs, ein anderes Ziel konnten sie kaum haben. Fähren fuhren in der Nacht nicht, sie konnten also nicht verschwinden. Trotzdem ärgerte es Mareike, dass sie die beiden aus den Augen verloren hatte. Rieke wäre nicht begeistert.

Eine Fahrradklingel schreckte sie aus ihren Gedanken. Sie fuhr herum. Aus Richtung Bahnhof näherte sich ein Radfahrer. Der Mann brabbelte etwas vor sich hin, das wohl ein Lied sein sollte, und begleitete seinen Gesang mit rhythmischen Klingelgeräuschen. In Schlangenlinien kam er auf sie zu.

Mareike rannte ihm entgegen und hob eine Hand. »Stopp! Anhalten! Polizei!«

»Das kann jeder sagen«, lallte der Radfahrer, kam aber zum Stehen. Mareike wurde bewusst, dass sie nicht in Uniform war. Sie fummelte ihren Dienstausweis aus der Tasche und hielt ihn dem Mann unter die Nase. »Absteigen!«

Verblüfft gehorchte er. »Moin, schöne Frau. Je später der Abend, desto hübscher der ... die ...«

»Ich brauche Ihr Fahrrad!«, herrschte Mareike ihn an. »Ein Notfall.« Sie griff nach dem Lenker, schwang sich auf den Sattel und trat in die Pedale. »Morgen können Sie Ihr Rad von der Polizeistation abholen«, rief sie über die Schulter.

∗

In der Geistersiedlung schien alles ruhig. In keinem der Neubauten brannte Licht. Nirgends waren Menschen zu sehen. Rieke Bernstein eilte von Tür zu Tür, ließ den Strahl ihrer Taschenlampe über Türen und Schlösser wandern, entdeckte aber keinen Hinweis.

Als sie der Siedlung den Rücken kehrte, meldete sich ihr Handy. »Mareike hier. Ich verfolge Tom Thieland und Alexander Hilbrich auf dem Weg zum Hafen. Keine Ahnung, was sie vorhaben. Sie sind auf einem Fahrrad mit Anhänger unterwegs. Vorher haben sie irgendwas eingeladen.«

»Gut gemacht«, antwortete Rieke. »Behalt sie im Auge! Ich informiere die Kollegen. Wir kommen so schnell wie möglich dorthin.« Sie legte auf und wählte Jans Nummer, während sie sich schon auf den Weg zum Hafen machte. »Ist bei euch irgendwas los?«

»Nö. Die Dame des Hauses wirkt etwas nervös. Geht ständig im Haus auf und ab. Aber passiert ist nix. Und sonst ist niemand zu sehen.«

»Okay. Kommt bitte zum Hafen! Aber unauffällig. Thieland und der junge Hilbrich sind dort. Sie haben anscheinend irgendwas vor.«

»Alles klar. Bis gleich.« Jan legte auf.

*

Im Yachthafen war es merklich dunkler als im Ort. Auch die Beleuchtung vom Fähranleger reichte nicht bis zu den Booten, die an den Stegen dümpelten. Dennoch konnte Rieke die Gestalten erkennen, die sich nicht weit von Hilbrichs Yacht auf dem Steg bewegten. Sie waren leicht zu unterscheiden, denn Alexanders Verbände leuchteten im Licht des Mondes und der Sterne. Mareike hatte Rieke hinter dem Clubhaus erwartet, in dem sich auch das Restaurant befand. Flüsternd erklärte sie ihr die Situation. »Tom und Alex haben den Fahrradanhänger auf den Anleger geschoben. Jetzt packen sie irgendwas aus.«

Kurz darauf trafen Jan Eilers und Gerit Jensen ein. Zu viert beobachteten sie die Männer auf dem Bootssteg bei ihrer rätselhaften Tätigkeit.

»Sollen wir nicht eingreifen?«, schlug Gerit vor. »Wenn wir uns die Typen schnappen, erfahren wir, was sie treiben.«

Rieke schüttelte den Kopf. »Ich halte es für klüger, sie

erst ihre Arbeit machen zu lassen und dann zuzuschlagen.« Sie deutete auf den Bootsanleger. »Wir müssten alle über den Hauptsteg, wenn wir die beiden bei ihrer Tätigkeit überraschen wollen. Da kommen wir nicht unbemerkt rüber.« Sie wandte sich an Jan. »Habt ihr Handlampen dabei?«

Jan griff in seine Jacke und zog ein schwarz-gelbes Ungetüm hervor, das kaum noch mit dem Begriff »Taschenlampe« bezeichnet werden konnte.

»Wo hast du die denn her?«, fragte Mareike. »Damit kannst du ja jemanden k. o. schlagen.«

Jan grinste. »Von eurer Feuerwehr. Einer von denen war mit in der *Kaapstube*. Hat mich ein Bier gekostet.«

»Hauptsache, ihr seid klar im Kopf«, entgegnete Mareike. »Nicht, dass einer von euch nachher im Hafenbecken landet.«

»Hör mal!«, entrüstete sich Gerit. »Mit zwei, drei Bierchen bin ich immer noch einsatzfähig.«

»Schluss jetzt mit der Diskussion!«, bestimmte Rieke. »Wir nehmen die beiden in Empfang, wenn sie den Hauptsteg verlassen. Die kleine Hütte direkt neben dem Zugang bietet ausgezeichnete Deckung.«

»Die Bude des Stegwarts«, bemerkte Mareike. »Aber wie kommen wir ungesehen dorthin?«

»Nur zwei von uns. Nacheinander. Wenn Hilbrich und Thieland gerade beschäftigt sind.«

»Okay.« Mareike nickte. Im nächsten Augenblick deutete sie zum Bootssteg. »Seht mal, der will ins Wasser.«

Stumm sahen die Kriminalisten zu, wie sich Tom bis auf die Unterhose auszog, die Füße in Schwimmflossen steckte und eine Taucherbrille mit Schnorchel aufsetzte. Dann nahm er einen Gegenstand aus dem Fahrradanhänger, kletterte eine Leiter hinab und verschwand in der schwarzen Brühe des Hafenbeckens. Alexander beugte sich über die Kante des Stegs und sah ihm nach. Für einen kurzen Augenblick erschien ein schwacher Lichtschein unter der Wasseroberfläche.

»Jan und Gerit, los jetzt!«, kommandierte Rieke.

Lautlos überquerten die beiden den Weg zwischen Clubhaus und der Bude des Stegwarts und tauchten in deren Schatten ein.

Noch blieb Tom Thieland unsichtbar. Angestrengt starrte Rieke auf die Stelle, an der er eingetaucht war. Trotz der Entfernung konnte sie die kreisrunden Wellen erahnen, die er beim Abstieg verursacht hatte. Da kein Wind herrschte, war die übrige Wasseroberfläche glatt, Schiffsrümpfe, Mond und Sterne spiegelten sich darin. Alexander Hilbrich hatte sich hingehockt, auch er schien auf die Stelle zu starren, an der Tom verschwunden war.

Die Vorstellung, unter Wasser zu sein, ließ Rieke unwillkürlich die Luft anhalten. Wie lange konnte man den Atemreflex unterdrücken? Während sie schon wieder gleichmäßig atmete, war der Taucher noch immer unter Wasser. Mindestens eine Minute verging, bis der Lichtschein wieder erschien. Im nächsten Moment tauchte Tom auf und winkte mit der Lampe, sodass deren Strahl über die Boote tanzte. Alexander sprang auf, griff in den Fahrradanhänger und zog ein Seil hervor. Mit einer ausholenden Bewegung warf er Tom ein Ende zu.

Gespannt beobachteten Rieke und Mareike, wie der Mann im Wasser unter der Oberfläche hantierte. Schließlich tauchte er wieder auf, schob die Taucherbrille hoch und winkte Alexander erneut zu. Der begann, das Seil einzuholen. Was ihm wegen der verbundenen Hände sichtlich Mühe bereitete.

Mit einigen Kraulschlägen erreichte Tom Thieland die Leiter, kletterte auf den Steg, warf Schwimmflossen, Taucherbrille, Schnorchel und Lampe in den Anhänger und übernahm das Seil.

Wenig später zog er einen silbrig glänzenden Koffer aus dem Wasser des Hafenbeckens und stellte ihn auf die Planken des Bootsteges.

»Das Heroin«, flüsterte Mareike.

Rieke nickte. »Wir warten, bis sie den Steg verlassen.«

*

»Hornochs!« Reto Steiner warf seinem Spiegelbild einen wütenden Blick zu. Nachdem er zu sich gekommen, die Lähmung durch den Stromschlag überwunden und seine Kräfte einigermaßen gesammelt hatte, untersuchte er Thielands Wohnung. Im Flur entdeckte er neben dem Garderobenspiegel den Schalter und die Leitung zur Tür. Mit einer Mischung aus Verärgerung und Bewunderung betrachtete er die Anlage. Er hatte den Jungen unterschätzt. Ein unverzeihlicher Fehler. Wahrscheinlich war er in diesem Augenblick dabei, den Schatz zu heben – gemeinsam mit Hilbrich junior. Ohne Frage hatte Alexander seine Chance erkannt und die von ihm, Reto, arrangierte Erpressung genutzt, um Tom zur Herausgabe des Koffers zu zwingen. Aber wo?

Es hatte keinen Sinn, in nächtlicher Dunkelheit auf der Insel nach den beiden *Güggis* zu suchen. Er würde in der Wohnung auf Thielands Rückkehr warten. Wenn er den Koffer nicht mitbrachte, hatte Alexander ihn. Damit wäre seinem Auftraggeber auch geholfen. Stefan Hilbrich sollte in der Lage sein, ihn seinem Sohn abzunehmen. Nach Hamburg würde er ihn selbst bringen müssen. Für Steiner wurde es Zeit, von der Insel zu verschwinden.

Er warf einen Blick auf die Brandwunde in seiner Handfläche und machte sich auf die Suche nach Verbandmaterial.

*

Sogar ein Handtuch hatte Tom Thieland mitgebracht. Nachdem er sich abgetrocknet und angezogen hatte, verstauten er und Alexander den Koffer im Fahrradanhänger. Tom warf Schwimmflossen, Schnorchel und Taucherbrille hinein. Dann wendete er das Gespann und schob das Rad über die Planken in Richtung Hauptsteg. Alexander folgte ihm. Rieke stieß Mareike mit dem Ellbogen an. »Bevor sie die Zugangspforte erreichen, laufen wir rüber. Wenn sie uns entdecken, schalten wir die Taschenlampen ein, um sie zu blenden.«

Kurz darauf war es so weit. Rieke zog ihre Lampe aus der Tasche und deutete zum Steg. »Los!«

Tom Thieland und Alexander Hilbrich erstarrten vor Schreck, als vor ihnen plötzlich Lichtquellen aufflammten und sie blendeten. Tom reagierte als Erster. Er ließ das Fahrrad los, wandte sich zur Seite und rannte in gebückter Haltung los. Doch nach wenigen Schritten schlug er lang hin.

»Sorry«, ließ sich Gerit Jensen vernehmen und richtete den mächtigen Lichtstrahl seiner Handlampe auf den am Boden Liegenden. »Keiner entfernt sich ohne Erlaubnis.«

»Wer bist du?«, stieß Thieland hervor. »Was willst du?«

»Ich bin die Polizei«, antwortete Gerit. »Und ich will einen Blick in deinen Fahrradhänger werfen.« In der Dunkelheit war nicht zu erkennen, ob er grinste, aber für Rieke hörte es sich so an.

»Herr Thieland, wir kennen uns«, erklärte sie. »Kriminalhauptkommissarin Bernstein. Ich nehme Sie vorläufig fest. Sie stehen im Verdacht, im Besitz großer Mengen verbotener Substanzen zu sein und diese in den Verkehr bringen zu wollen. Nach Paragraf dreißig Betäubungsmittelgesetz stehen darauf mindestens zwei Jahre Gefängnis.« Sie leuchtete Alexander Hilbrich ins Gesicht. »Das gilt auch für Sie«, fügte sie hinzu und gab Jan Eilers einen Wink. Sekunden später klickten die Handschellen.

Unterdessen beugte sich Gerit über den Anhänger, zog den Aluminiumkoffer hervor, legte ihn flach auf den Boden und stellte seine Handlampe daneben. »Soll ich?«

»Ich bitte darum«, antwortete Rieke.

*

In dieser Nacht blieben ihr nur wenige Stunden zum Schlafen. Doch Rieke kam einfach nicht zur Ruhe. Obwohl die Aktion am Yachthafen zum Erfolg geführt hatte, kreisten ihre Gedanken um ungelöste Fragen zum Tod von Florian Andresen. Weder Tom Thieland noch Alexander Hilbrich kamen als Täter für das grausame Verbrechen infrage. Nachdem ihnen klar geworden war, dass sie tatsächlich die Nacht in der Zelle verbringen und mit einer Anklage rechnen mussten, hatten sie ein umfassendes Geständnis abgelegt. Alexander hatte seine Beteiligung an Swantjes Verschleppung und die Beteiligung an der kurzzeitigen Entführung von Lisa Cordes eingeräumt.

Dass dafür in erster Linie Reto Steiner verantwortlich war, warf für Rieke ein neues Licht auf den Schweizer. Der Mann hatte wie ein Berufskrimineller gehandelt. Offenbar war er der Täter, Stefan Hilbrich sein Auftraggeber. Leider gab es dafür keine konkreten Beweise. Sie konnte Reto Steiner für höchstens vierundzwanzig Stunden festsetzen. Wenn Staatsanwalt Rasmussen mitspielte. In dieser Zeit musste sie Beweise finden oder ein Geständnis bekommen. Letzteres war unwahrscheinlich, wenn es sich bei Steiner tatsächlich um einen Profi handelte. Auch Stefan Hilbrich würde sich nicht so leicht aus der Reserve locken lassen. Rieke schätzte ihn als eiskalten Geschäftsmann ein, der sehr auf seinen Vorteil bedacht war. Ob er notfalls über Leichen gehen würde? Ahnte Yvonne Hilbrich etwas von seiner dunklen Seite? Ihr wurde bewusst, wie wenig Beachtung sie der Frau des Unternehmers geschenkt hatte. Ehefrauen wurden oft von ihren Männern unterschätzt, wussten mehr, als diese ahnten.

Nach zwei oder drei Stunden Schlaf schreckte Rieke auf, weil ihr Smartphone schrille Töne von sich gab. Kein Anruf. Vorsorglich hatte sie die Weckfunktion aktiviert und auf sieben Uhr gestellt. Trotz der kurzen Nacht war sie sofort hellwach. Es gab viel zu tun, und im Fall des Schweizers war Eile geboten. Wenn er erst die Insel verlassen hätte, wäre er für sie nicht mehr erreichbar.

Als sie zehn Minuten später aus der Dusche kam, klingelte ihr Handy erneut. Diesmal war es Hannah Holthusen. Auch sie hatte wenig geschlafen. »Ich habe die halbe Nacht in unserem Archiv recherchiert und bin auf interessante Informationen zu Stefan Hilbrich gestoßen. Wann hast du Zeit, sie dir anzuhören?«

»Um acht in der Polizeidienststelle«, entschied Rieke. »Ich muss mich ohnehin mit meinen Kollegen zusammensetzen. Wenn du dazukommst, können sie deinen Bericht mithören. Wäre das für dich in Ordnung?«

»Selbstverständlich. Bis dahin!« Hannah legte auf. Rieke

war dankbar, dass sie auf wortreiche Erklärungen verzichtete. Heute kam es wahrscheinlich auf jede Minute an. Die Journalistin schien das zu ahnen.

*

»Moin, Rieke.« Polizeioberkommissar Uwe Pannebacker empfing sie mit einem strahlenden Lächeln. Gut gelaunt hantierte er an der Kaffeemaschine. Offenbar war er der Einzige, der an diesem Morgen ausgeschlafen zum Dienst gekommen war. Mit dem Daumen deutete er auf den Zugang zu den hinteren Räumen. »Die anderen sind schon da. Möchtest du Kaffee?«

Rieke schüttelte den Kopf. »Danke. Ich hatte gerade erst einen.« Sie umrundete den Tresen und trat durch die Tür zum Besprechungsraum.

Mareike begrüßte sie mit einem zaghaften Lächeln. Jan und Gerit nickten nur, sie schienen sich auf den Inhalt der Kaffeebecher zu konzentrieren, die vor ihnen auf dem Tisch dampften. Auch Polizeikommissar Hinnerk Ubbenga war anwesend.

»Moin zusammen.« Es schien Rieke, als zuckten die Männer bei ihrer Begrüßung zusammen. »Okay. Wir haben alle nicht viel Schlaf bekommen. Aber wir sind einen deutlichen Schritt vorangekommen. Die Sache mit dem Heroin ist aufgeklärt. Und der Kreis der Tatverdächtigen im Fall Florian Andresen deutlich geschrumpft.«

»Schon klar«, murmelte Gerit. »Stefan Hilbrich und der Schweizer. Aber wir haben nichts gegen sie in der Hand.«

Rieke setzte sich neben Mareike. »Das kommt noch«, entgegnete sie. »Ich verspreche mir ...« Sie brach ab, weil vorn in der Wache die Tür klappte und Stimmen zu hören waren.

»Das muss Hannah Holthusen sein. Entschuldigt bitte einen Moment!« Sie stand wieder auf. »Hannah ist Journalistin und war Florians Kollegin. Sie ist bei ihrer Recherche auf Informationen über Hilbrich gestoßen.«

Hinnerk Ubbenga zeigte eine skeptische Miene. »Eine Journalistin?«

»Sie ist eine gute Freundin«, versetzte Rieke. »Jan und Gerit kennen sie. Hannah hat uns schon zweimal bei schwierigen Fällen sehr geholfen. Ich möchte, dass wir uns anhören, was sie zu berichten hat. Was wir mit der Information anfangen, bleibt unsere Entscheidung.« Sie ging zur Tür und öffnete. »Komm rein!«

»Die Frau ist echt nett«, hörte Rieke Mareike flüstern.

»Und woher kennst du die?«, fragte Hinnerk.

»Sie wohnt bei uns.«

Rieke betrat mit der Journalistin im Schlepptau den Raum. »Hier ist Hannah.« Mit einer Handbewegung umfasste sie die Tischrunde. »Mareike, Jan und Gerit kennst du ja. Das ist Hinnerk. Uwe Pannebacker kommt gleich mit Kaffee.«

Die Frauen setzten sich, Rieke ergriff das Wort. »Hannah hat in Zeitungsarchiven recherchiert und ist auf interessante Informationen über Stefan Hilbrich gestoßen.« Sie lächelte der Freundin aufmunternd zu. »Bitte!«

Hannah zog einen Tablet-PC aus der Handtasche und schaltete ihn ein. »Es geht um Ereignisse, die zwanzig Jahre zurückliegen«, begann sie. »Damals ist Stefan Hilbrich nach Langeoog gekommen. Er hat hier geheiratet und die Firma seines Schwiegervaters übernommen. Dabei soll es nicht ganz fair zugegangen sein. Die Mittel für die Übernahme stammen aus dem Erbe seines Vaters Reinhard Hilbrich, der zu eben jenem Zeitpunkt gestorben ist. Todesursache war – medizinisch gesehen – ein Herzinfarkt. Aber es gab Anschuldigungen gegen den Sohn. Er soll verhindert haben, dass sein Vater ärztliche Hilfe bekam. Die Vorwürfe stammten von einer rumänischen Hausangestellten, die er – ihren Angaben zufolge – nach der Scheidung von seiner Frau heiraten wollte. Stefan Hilbrich ist mit Anwälten gegen die Frau vorgegangen und hat schließlich erreicht, dass sie Deutschland verlassen musste. Maria Hilbrich, die Witwe, hat die Trennung bestätigt und unter anderem damit begründet, dass ihr verstorbener Mann ein Verhältnis mit der Rumänin hatte.«

»Gruselig«, murmelte Mareike. Laut fragte sie: »Hat es keine rechtsmedizinische Untersuchung gegeben?«

»Doch, hat es«, sagte Hannah. »Reinhard Hilbrich wäre bei rascher ärztlicher Versorgung mit an Sicherheit grenzender Wahrscheinlichkeit gerettet worden. Der Infarkt hat ihn im Bad ereilt. Nach den kriminalpolizeilichen Ermittlungen muss sein Sohn im Haus gewesen sein. Man hat Stefan Hilbrich die unterlassene Hilfeleistung aber nicht nachweisen können und das Verfahren gegen ihn eingestellt.«

»Ist das alles?«, fragte Hinnerk. »Selbst wenn Hilbrich seinen alten Herrn ins Jenseits befördert hat, hilft uns das im Fall Florian Andresen nicht.«

»Aber es sagt etwas über seinen Charakter aus«, begehrte Mareike auf. »Der Mann ist skrupellos.« Sie wandte sich an die Journalistin. »Was war nicht fair bei der Übernahme der Firma von Hilbrichs Schwiegervater?«

»Yvonne Hilbrichs Vater Johannes von Hahlen war der Inhaber einer alteingesessenen Agentur für Urlaubsimmobilien. Vermietung von Ferienwohnungen und Häusern. Seit über hundert Jahren nannte sie sich Von-Hahlen-Residenzen. Gemessen an dieser Vergangenheit ging die Übernahme sehr plötzlich über die Bühne. Einzelheiten über die Hintergründe wurden nicht öffentlich bekannt. Aber man findet sie in den Unterlagen meines Kollegen, der damals recherchiert hat. Er kannte von Hahlen persönlich und fand den raschen Besitzwechsel offenbar merkwürdig.« Hannah wischte über ihr Tablet. »Nach seinen Aufzeichnungen hat Stefan Hilbrich über verdeckte Transaktionen einen Kredit der Von-Hahlen-Residenzen aufgekauft und anschließend gekündigt. Dadurch war Johannes von Hahlen gezwungen, seinem Schwiegersohn das Feld vollständig zu überlassen. Diesen Coup hat Hilbrich natürlich erst gelandet, nachdem er Yvonne geheiratet hatte und ihm bereits die Hälfte der Residenzen überschrieben worden war. Im nächsten Schritt hat er sie umbenannt. In Hilbrich Holidays. Danach ist er ins Immobiliengeschäft eingestiegen. Statt Ferienwohnungen zu vermieten, baut und verkauft er sie seitdem. Die Problematik der Wohnraumsituation auf Langeoog und anderen Ostfriesischen Inseln ist, denke ich, bekannt. Übrigens war auch Florian Andresen wegen der berüchtigten Geistersiedlungen hier.« Sie brach ab, als ihre Stimme brüchig wurde.

»Für mich zeichnet sich ab«, meldete Rieke sich zu Wort, »dass Stefan Hilbrich ein Motiv hatte, den jungen Reporter aus dem Weg zu räumen. Wir kennen jetzt den Weg des Heroins vom Strand bis in unsere Asservatenkammer. Tom Thieland und Alexander Hilbrich haben sich gegenseitig verdächtigt, den jeweils anderen um seinen Anteil betrügen zu wollen. Dabei war es Alexanders Vater, der sich das Zeug unter den Nagel gerissen hat. Als Florian Andresen ihm auf die Spur gekommen ist, ist er für Hilbrich zur Gefahr geworden.«

»Das hat der gar nicht nötig«, warf Hinnerk Ubbenga ein.

»Selbst wenn er für das Zeug eine Million kassieren könnte. Der hat genug Kohle.«

Hannah Holthusen hob eine Hand. »Vielleicht doch nicht. Ihr solltet Hilbrichs Konten überprüfen lassen. Ein ehemaliger Kollege vom *Ostfriesischen Kurier* hat mir verraten, dass sein Name auf einer Liste von Anlegern steht, die sich mit Investitionen in die brasilianische Stahlindustrie eine blutige Nase geholt haben. Nicht nur Thyssen-Krupp hat dort Milliarden versenkt. Es könnte also sein, dass ihm das Wasser bis zum Hals steht und er seine Firma mit dem Erlös aus dem Heroinverkauf retten wollte.«

»Das ist ein guter Hinweis.« Rieke zog ihr Mobiltelefon aus der Tasche und stand auf. »Ich rufe Staatsanwalt Rasmussen an. Er soll eine richterliche Genehmigung besorgen.« Sie deutete mit einem Kopfnicken auf Hinnerk. »In der Zwischenzeit kannst du berichten, was du über Oliver Sulfeld erfahren hast.«

34

2018

»Wo ist dein Mann?«, fragte Steiner unwirsch, als Yvonne ihm die Tür öffnete. »Ich kann ihn telefonisch nicht erreichen.« Sein Tonfall schien sie zu irritieren. Doch Steiner hatte keine Lust auf Nettigkeiten. Er litt noch immer unter den Folgen des Stromschlags, hatte nicht geschlafen und Tom Thieland nicht erwischt. Der Elektriker war nicht in seine Wohnung zurückgekehrt. Wahrscheinlich hatte er sich bei seinem *Maitschi* einquartiert, nachdem Alexander ihm verraten hatte, dass es in Wahrheit keine Entführung gab. Steiners Laune war auf dem Tiefpunkt, und ihn beunruhigte die Vorstellung, die deutsche Polizei könnte ihn festsetzen.

Yvonne bat ihn herein und schloss die Haustür. »Ich weiß nicht, wo Stefan ist. Vermutlich in Wilhelmshaven.« Ihr Blick fiel auf seine verbundene Hand. »Du hast dich verletzt?«

Steiner winkte ab. »Nur 'ne kleine Brandwunde. Nicht der Rede wert.«

»Was ist passiert?«

»Das willst du nicht wirklich wissen.« Steiner sah sie mit einer Mischung aus Ungeduld und Bedauern an. »Ist Alexander zu Hause?«

Yvonne schüttelte den Kopf. »Den hat die Polizei einkassiert. Der Dienststellenleiter hat gerade angerufen. Sie haben ihn vorläufig festgenommen, wegen einer angeblichen Rauschgiftsache. Ihn und seinen Freund Tom. Ich habe schon mit unserem Anwalt telefoniert, aber bis der hier ist …«

Scheiße, dachte Steiner. Sie haben die beiden mit dem Heroin erwischt. Wenn Thieland und Alexander Geständnisse ablegten, würde die Polizei ihn befragen. Weder für die inszenierte Entführung des *Maitschis* noch für seinen Aufenthalt auf der Insel würde er eine überzeugende Erklärung abgeben können. Er bemühte sich um einen neutralen Ausdruck. »Das scheint dich nicht sonderlich zu bekümmern.«

Yvonne zuckte mit den Schultern. »Es ist nicht das erste Mal. Die Jungs kiffen gelegentlich, und manchmal haben sie zu viel von dem Zeug dabei. Dann gibt's Ärger, wenn sie geschnappt werden.« Sie streckte die Hand aus. »Komm! Du siehst aus, als könntest du eine Dusche vertragen.«

Steiner nickte. »Allerdings. Aber danach muss ich verschwinden.« Er ignorierte die ausgestreckte Hand und deutete nach oben. »Ich gehe ins Bad.« Auf der Treppe drehte er sich noch einmal um. »Siehst du eine Möglichkeit, deinen Mann zu erreichen? Es ist dringend.«

»Ich könnte Samantha anrufen.« Yvonne grinste. »Damit würde ich sie und Stefan zwar ein bisschen erschrecken, aber wenn es so dringend ist ...«

»Das ist seine ...?«

»... Geliebte. Genau. Sie glaubt wahrscheinlich, ich wüsste von nichts. Wer weiß, was Stefan ihr erzählt hat.«

Steiner ging nicht darauf ein. »Es wäre auch in seinem Interesse«, versicherte er. »Sag ihm, er muss mich nach Hamburg fliegen. Ich will Deutschland so schnell wie möglich verlassen.«

»Hängt das mit deinem Auftrag zusammen?«, fragte Yvonne.

»Über meine Aufträge spreche ich nicht.«

»Du hast etwas mit dem Tod des jungen Zeitungsreporters zu tun. Stimmt's?«

Die Miene des Schweizers wurde abweisend. »Wie gesagt...«

Yvonne wandte sich ab. Sie hatte verstanden.

*

Hannah Holthusen schaltete ihren Tablet-PC aus. »Das ist im Augenblick alles, was ich herausfinden konnte.«

»Du hast uns sehr geholfen, Hannah.« Rieke erhob sich, um die Journalistin nach draußen zu begleiten. In dem Augenblick meldete sich ein Handy. Jan Eilers und Hinnerk Ubbenga begannen in ihren Taschen zu suchen. Doch der Klingelton kam aus Hannahs Handtasche. »Moment«, sagte sie und kramte in den Tiefen des geräumigen Lederbeutels. Schließlich zog sie das Telefon hervor und warf einen Blick auf das Display. »Anruf aus der Schweiz. Ich denke, den kann ich gleich hier annehmen.«

Rieke nickte nachdrücklich. »Es geht um Steiner«, flüsterte sie den anderen zu. »Den mysteriösen Schweizer, der bei Hilbrichs zu Gast ist.«

Gespannt richteten alle den Blick auf Hannah. Sie lauschte eine Weile, bedankte sich und ließ das Handy zurück in die Handtasche gleiten. »Mein Kollege ist fündig geworden«, erklärte sie. »Leider gibt es den Namen Reto Steiner in der Schweiz sehr häufig. Deshalb hat er so lange gebraucht. Fast alle sind brave Bürger mit Familie. Euer Reto Steiner reist wahrscheinlich unter falschem Namen. Er dürfte identisch sein mit einem gewissen Daniel Brunner alias Urs Steinberger.« Hannah machte eine Pause und sah in die Runde. »Dieser Mann«, fuhr sie fort, »wird vom schweizerischen Bundesamt für Polizei verdächtigt, mehrere Auftragsmorde begangen zu haben. Man hat ihm bisher allerdings nichts nachweisen können. Leider gibt es nur ein kleines, unscharfes Foto von ihm. Mein Kollege –« Ein Signalton ihres Handys unterbrach sie. »Ah, da ist es schon. Er hat das Foto geschickt.« Sie tippte auf das Display und legte ihr Smartphone auf den Tisch.

Rieke, Mareike und ihre Kollegen beugten sich über die Aufnahme. Sie zeigte das verschwommene Profil eines dunkelhaarigen Mannes. »Ich weiß nicht«, murmelte Uwe Pannebacker. »Das könnte er sein. Aber sicher wäre ich da nicht.«

Jan und Gerit sahen sich an, hoben synchron die Schultern und schüttelten den Kopf.

»Das ist er«, stellte Rieke fest. Ihr Ton war bestimmt.

Mareike nickte. »Ganz klar. Das Profil passt vielleicht auch noch auf andere Männer. Aber schaut mal diesen dunklen Punkt an!« Sie griff nach dem Handy, vergrößerte mit zwei Fingern das Bild und deutete auf einen Fleck etwas unterhalb des linken Mundwinkels. »Hier hat Steiner – oder wie auch immer er heißt – ein Muttermal.«

»Genau«, bestätigte Rieke. »Nach allem, was wir von Hannah gehört haben, gehe ich davon aus, dass Steiner von Stefan Hilbrich engagiert worden ist, um Florian Andresen aus dem Verkehr zu ziehen.«

Hinnerk schüttelte den Kopf. »Aber warum?«

»Weil Andresen Hilbrichs Sohn auf die Schliche gekommen ist«, antwortete Rieke. »Wir sind bisher davon ausgegangen, dass Alexander und sein Vater keine gemeinsamen Interessen verfolgt haben. Wahrscheinlich trifft das auch zu. Trotzdem dürfte Hilbrich von seinem Sohn vor Florian Andresen gewarnt worden sein. Darum musste der Reporter verschwinden.« Rieke hob die Stimme. »Wir nehmen Stefan Hilbrich und den Schweizer fest.« Sie deutete auf Jan und Gerit. »Ihr geht zum Flugplatz. Hilbrich und Steiner könnten versuchen, sich per Flugzeug abzusetzen. Uwe und Hinnerk fahren zum Hafen und behalten die *Amazone* im Auge. Mareike und ich statten Hilbrichs Villa einen Besuch ab. Falls ihr auf Steiner trefft, seid vorsichtig! Er könnte bewaffnet sein.«

*

Erst nach dem dritten Klingeln wurde die Tür der Hilbrichs geöffnet. »Moin.«

Die Dame des Hauses musterte die Besucherinnen mit einer Mischung aus Gereiztheit und Ablehnung, blieb aber stumm.

»Wir würden gern mit Ihrem Mann sprechen«, erklärte Rieke. »Ist er da?«

Yvonne Hilbrich schüttelte wortlos den Kopf.

»Wo finden wir ihn?«, fragte Mareike.

»In Wilhelmshaven. Bei einer gewissen Samantha.« Sie warf einen Blick auf die Uhr. »Allerdings könnte er jetzt auf dem Weg hierher sein. Vielleicht treffen Sie ihn am Flugplatz.«

Rieke nickte. »Können Sie uns sagen, wo sich Herr Steiner aufhält?«

»Warum wollen Sie das wissen?«

»Wir müssen mit ihm sprechen.«

Statt zu antworten, zuckte Yvonne Hilbrich mit den Schultern.

»Wir ermitteln wegen eines Tötungsdelikts.« Rieke betonte jedes Wort. »Sie haben davon gehört. Florian Andresen, ein junger Reporter, ist Opfer eines Gewaltverbrechens geworden.«

»Sie verdächtigen Herrn Steiner?«

»Das würden wir gern mit ihm selbst besprechen. Also, wo ist er?«

»Hier«, antwortete eine männliche Stimme. Gleichzeitig schreckte Yvonne Hilbrich zusammen und stieß einen erstickten Schrei aus. Rieke vernahm das Geräusch, das entstand, wenn eine Pistole entsichert wurde. Ihre Hand zuckte zur Dienstwaffe. Doch es war zu spät. Der Lauf einer *Taurus Millennium G2* wurde gegen Yvonnes Schläfe gedrückt. Rieke hatte die moderne halbautomatische 9-Millimeter-Pistole, die speziell für verdecktes Tragen konzipiert worden war, sofort erkannt.

»Sie werden jetzt verschwinden«, verlangte Steiner. »Ich muss mich leider verabschieden. Frau Hilbrich begleitet mich.«

»Sie haben keine Chance«, erklärte Rieke wider besseres Wissen.

»Das gilt wohl eher für Sie«, entgegnete Steiner kühl. Er drückte Yvonne den Griff seines Koffers in die Hand, senkte die Waffe auf Hüfthöhe herab und schob die Geisel voran. »Wenn Sie Gesundheit und Leben von Frau Hilbrich nicht gefährden wollen, gehen Sie jetzt.«

Rieke warf ihrer Kollegin einen Blick zu. »Wir ziehen uns zurück.« Mit einer Kopfbewegung gab sie die Richtung vor.

Steiner verharrte im Eingang der Villa, Yvonne Hilbrich hielt er dabei dicht neben sich.

»Was machen wir jetzt?«, fragte Mareike, nachdem Rieke und sie hinter dem Gebüsch eines benachbarten Grundstücks in Deckung gegangen waren.

»Auf dem Festland würde ich jetzt das SEK anfordern. Aber hier müssen wir uns selbst helfen.« Sie zog ihr Handy aus der Tasche und wählte. »Steiner hat nur eine Möglichkeit. Er muss die Insel mit einem Flugzeug verlassen. Also wird er mit seiner Geisel zum Flugplatz gehen«, erklärte sie, während sie auf das Rufzeichen lauschte. »Hallo, Jan«, sprach sie dann ins Telefon. »Steiner ist mit Frau Hilbrich als Geisel auf dem Weg zum Flugplatz. Dort muss er entweder eine Maschine kapern, indem er einen Piloten zwingt, ihn auszufliegen, oder auf Stefan Hilbrich warten. Informiert mich sofort, wenn er bei euch erscheint!« Sie legte auf und wählte erneut. »Hallo, Uwe. Es gibt eine neue Lage.« Schnell erklärte sie ihm die Situation und schloss: »Melde dich, falls er wider Erwarten am Hafen auftaucht.«

Mareike deutete stumm in Richtung der Villa. Rieke nickte, machte aber keinerlei Anstalten, Steiner und Yvonne Hilbrich zu folgen. Stattdessen wählte sie eine weitere Nummer.

»Welche Überraschung«, meldete sich Julia Jacobsen. »Am helllichten Tage?«

»Ich brauche deine Hilfe«, sagte Rieke ohne Begrüßung. »Wir verfolgen einen Straftäter, der wahrscheinlich versuchen wird, mit einem Privatflugzeug zu entkommen. Welche Möglichkeiten gibt es, den Flug zu verhindern oder von außen zu steuern?«

»Wenige«, antwortete Julia. »Die Anweisungen der Luftaufsicht sind zwar bindend für Piloten, aber ein flüchtender Straftäter wird sich davon nicht beeindrucken lassen. Ihr müsst die Startbahn blockieren. Mit anderen Maschinen oder mit Fahrzeugen, was weiß ich. Wenn euer Mann erst in der Luft ist, lässt er sich kaum aufhalten. Es sei denn, du kannst Abfangjäger von der Bundeswehr einsetzen, die ihn zur Landung zwingen. Ein Polizeihubschrauber schafft das nicht, der käme selbst in Gefahr.«

»Kann man das Flugzeug nicht verfolgen? Es gibt doch Radarüberwachung.«

»Schon. Aber das Radar kann man unterfliegen. Wenn der Pilot nicht ganz blöd ist, wird er im Tiefstflug einen ausländischen Landeplatz ansteuern. Warte mal!« Rieke hörte die Tastatur eines Computers klappern. Sekunden später meldete sich Julia zurück. »Von Langeoog nach Oostwold in Holland sind es sechzig Kilometer. Mit einer Cessna 172 ist die Strecke in zwanzig Minuten zu schaffen. Oder er geht irgendwo auf einer Wiese oder einer abgelegenen Straße runter. Das ist zwar illegal, aber ein Flüchtender dürfte sich daran kaum stören.«

»Also müssen wir den Start des Flugzeugs verhindern.«

»So ist es«, bestätigte Julia. »Viel Glück. Und pass auf dich auf!«

»Danke!« Rieke legte auf und wandte sich an Mareike. »Du hast es gehört. Können wir es irgendwie schaffen, vor Steiner am Flugplatz zu sein?«

Mareike sah sich um. »Wir brauchen Fahrräder. Damit sind wir schneller.« Sie deutete zu einem Haus auf der gegenüberliegenden Straßenseite. »Da wohnen Bekannte von uns. Die haben Leihräder für ihre Gäste. Komm!« Sie hastete los.

Wenig später schwangen sich Rieke und Mareike auf graue Herrenräder. Die Frauen hatten sich zur Tarnung in gelbe Friesennerze gehüllt, die sie von Mareikes Bekannten bekommen hatten, und die Kapuzen zugezogen. Tief vornübergebeugt traten sie in die Pedale. In der Flughafenstraße überholten sie Steiner und Yvonne Hilbrich, die wie ein normales, allenfalls überdurchschnittlich gut aussehendes Paar zügig in Richtung Flugplatz gingen. Rieke schoss der Gedanke durch den Kopf, Yvonne könnte sich auf die Seite des Schweizers geschlagen haben. Es sah nicht so aus, als würde sie bedroht. Steiners Waffe war nicht zu sehen.

Am Eingang zum Fluggelände sprangen sie von den Rädern. Jan Eilers kam ihnen kopfschüttelnd entgegen. »Sie können hier nicht ...« Er stutzte, dann grinste er. »Ach, ihr seid das. Super Tarnung.« Sein Blick wanderte Richtung Ortschaft. »Steiner kommt mit seiner Geisel zu Fuß?«

Rieke nickte. »Ist Stefan Hilbrich schon da?«

»Nein. Aber er hat sich gerade beim Tower gemeldet. Landet in gut zehn Minuten.«

»Wissen die Leute Bescheid?«

»Noch nicht. Wir haben sie darauf vorbereitet, dass eine Polizeiaktion bevorsteht, aber weder Hilbrich noch Steiner erwähnt. Wir haben Glück. Von dreizehn bis fünfzehn Uhr ist Mittagspause. Gerade startet noch eine Maschine, danach wird der Flugbetrieb unterbrochen.« Er deutete auf die Terrasse des *La Perla*. »Das Problem sind die Gäste des Restaurants.«

»Sorgt bitte dafür, dass sie sich nach drinnen setzen.« Rieke deutete zum Tower. »Gerit ist da oben?«

Jan zuckte mit den Schultern. »Weiß nicht, wo er steckt. Eben war er noch da.«

»Versuch ihn zu erreichen! Wir brauchen jetzt jeden Mann.« Rieke sah sich um. »Hier gibt's keine Autos, mit denen wir die Startbahn blockieren können.« Sie wandte sich an Mareike. »Kannst du eure Rettungsfahrzeuge hierher beordern?«

»Ich versuch's.« Die Polizistin zog ihr Handy aus der Tasche und wählte. »Moin, Knud. Mareike hier. Wir brauchen die Rettungswagen am Flugplatz. Beide. Nein, es ist nichts passiert. Jedenfalls noch nicht. Es geht um einen Polizeieinsatz. Ja, es ist dringend. Beeilt euch! Aber ohne Fackel und Musik.«

Rieke sah sie fragend an. »Sie kommen?«

»Mit beiden Fahrzeugen. Allerdings wissen sie noch nicht, was wir von ihnen wollen.«

»Gut so.« Rieke schlüpfte aus ihrem Friesennerz. »Wir sollten uns jetzt unsichtbar machen. Steiner und Yvonne Hilbrich werden bald hier auftauchen. Wenn sie in Sichtweite sind, kannst du Uwe anrufen. Er und Hinnerk sollen ebenfalls herkommen.« Sie deutete zum Tower. »Ich gehe da rauf.«

»Moin. Ich bin Frieso«, war alles, was der Flugleiter antwortete, nachdem Rieke sich vorgestellt und die Situation erläutert hatte.

»Wir sorgen dafür, dass niemand gefährdet wird«, fügte sie hinzu. »Der mutmaßliche Täter wird versuchen, Langeoog auf dem Luftweg zu verlassen. Wir gehen davon aus, dass Stefan Hilbrich ihn ausfliegen soll. Die Geisel wird er freilassen, sobald er das Flugzeug erreicht hat. Wir warten mit dem Zugriff, bis sie in Sicherheit ist und er in der Maschine sitzt.«

Frieso nickte nachdenklich. »Und wenn die einfach starten?«

»Das werden wir verhindern.«

Der Flugleiter warf ihr einen skeptischen Blick zu. »Da bin ich gespannt«, murmelte er und deutete auf einen Bürostuhl.

Rieke setzte sich und sah sich um. Durch die großzügige Verglasung hatte sie einen guten Überblick über den Platz und die Start- und Landebahn aus Betonsteinen. Vor ihr auf dem Tisch stand ein Fernglas. Sie griff danach. »Darf ich?«

Frieso nickte wortlos.

Plötzlich knatterte ein Lautsprecher los. »Moin, Langeoog. Delta-Golf-Lima-Sierra-Hotel.«

»Sierra-Hotel, das ist Stefan Hilbrich«, erklärte Frieso.

Dann antwortete er dem Piloten, gab Landebahn, Luftdruck, Windstärke und -richtung an und wandte sich wieder an Rieke. »In sechs bis sieben Minuten schlägt er auf.«

»Okay. Danke.« Rieke spürte, wie sich ihr Puls beschleunigte. Hoffentlich sind die Rettungswagen rechtzeitig hier, dachte sie. Wenn es Hilbrich gelingt, mit Steiner an Bord abzuheben, bleibt wenig Hoffnung, sie noch zu erwischen. Vor ihrem inneren Auge sah sie Steiner am Flughafen Amsterdam-Schiphol einen Linienflug in die Schweiz buchen. Sicher nicht unter diesem Namen. Vermutlich besaß er mehr als einen gefälschten Pass. Und Hilbrich würden sie den Mordauftrag nicht nachweisen können, wenn der Schweizer verschwand. Ihre einzige Chance bestand darin, die beiden Männer gegeneinander auszuspielen. Steiner würde die Tat nicht gestehen. Hilbrich war zwar ein eiskalter Geschäftsmann, aber dem Druck eines Mordvorwurfs würde er nicht standhalten.

Es hielt sie nicht auf ihrem Stuhl. Unruhig wanderte sie auf und ab, zog ihr Handy hervor, steckte es wieder ein, nahm es erneut zur Hand und wählte Mareikes Nummer. »Hilbrich ist im Anflug«, sagte sie. »Er landet in wenigen Minuten. Sind die Rettungswagen in Sicht?«

»Ich sehe sie noch nicht«, antwortete die Polizistin. »Aber sie dürften gleich hier sein. Mach dir keine Sorgen!«

Rieke legte auf und sah den Flugleiter an. »Können Sie schon Genaueres sagen?«

In dem Augenblick meldete sich Hilbrich erneut über Funk. »Delta-Golf-Lima-Sierra-Hotel. Endanflug zwo-drei.«

Frieso hob eine Hand mit drei ausgestreckten Fingern. »Drei Minuten.« Dann deutete er nach draußen. »Sie können die Maschine sehen. Schauen Sie nach links!«

Gespannt beobachtete Rieke das Flugzeug. Obwohl sich die Propeller drehten, vernahm sie kein Motorengeräusch. In spitzem Winkel näherte sich die Maschine der Landebahn, setzte auf und rollte mit hoher Geschwindigkeit über die Piste. Erst in der zweiten Hälfte reduzierte der Pilot das Tempo, verpasste aber die Abzweigung zu den Rollwegen. Schließlich erreichte er das Ende der Bahn, wendete dort und drehte das Flugzeug in die Richtung, aus der es gekommen war.

Der Flugleiter sprach in sein Mikro. »Moin, Stefan, was soll das werden? Wir haben Mittagszeit. Stell die Maschine ab!«

Hilbrich antwortete nicht.

»Hilbrich wird sofort wieder starten wollen, sobald der Täter da ist«, sagte Rieke.

»Mit Rückenwind?« Frieso schüttelte den Kopf. »Na gut, mit der kaum beladenen Zweimot kann er's schaffen.«

»Wir werden ihn daran hindern.«

Der Flugleiter ging nicht darauf ein, seine skeptische Miene zeigte aber, was er darüber dachte.

Riekes Handy meldete sich. Mareike. »Die RTW sind sofort da. Aber Steiner und Yvonne Hilbrich sind nirgends zu sehen. Sie müssten längst hier sein.«

»Das verstehe ich nicht. Bleib bitte dran!« Sie trat dicht an die Scheibe und musterte das Flugzeug. Es stand noch immer mit laufendem Motor am Ende der Landebahn. Steiner und Stefan Hilbrich mussten sich verständigt haben. Aber wo war der Schweizer mit seiner Geisel? Hatte sie sich geirrt? Hatte sie die Situation falsch eingeschätzt? War das Ganze ein Täuschungsmanöver? Verschwand Steiner gerade über das Wasser, während sie mit ihren Leuten hier auf ihn wartete? »Wir bleiben bei unserem Plan«, entschied sie. »Jan und Gerit sollen die Rettungswagen auf die Startbahn fahren.«

»Gerit ist nicht da«, antwortete Mareike.

Rieke unterdrückte einen Fluch. »Dann musst du das übernehmen. Oder Uwe oder Hinnerk, wenn sie rechtzeitig hier sind. Den Rettungssanitätern können wir das jedenfalls nicht zumuten. Beeilt euch! Wenn Steiner auftaucht und zu Hilbrich ins Flugzeug steigt, muss die Piste blockiert sein.«

»Okay. Ich übernehme das.« Mareike legte auf.

Wieder starrte Rieke auf das wartende Flugzeug. Hinter der gläsernen Kanzel erkannte sie Stefan Hilbrich. In den Klang der Triebwerke und Propeller mischte sich ein anderes Motorengeräusch. Die Rettungsfahrzeuge rollten heran. Rieke trat hinaus auf die schmale Umrandung, die den Raum für die Luftaufsicht umgab, und beugte sich über das Geländer. Jan und Mareike kletterten gerade in die Fahrerkabinen. Im nächsten Augenblick setzten sich die RTW in Bewegung und rollten auf das Flugplatzgelände.

Riekes Blick wanderte zurück zur Piste und zu Hilbrichs Flugzeug. In dem Augenblick entdeckte sie eine Bewegung unter den angrenzenden Bäumen. Ein Mann mit einem Business Trolley trat aus dem Schatten und rannte zur Maschine. Sekunden später wurde die rechte Tür geöffnet. Steiner verschwand im Inneren der Piper Seneca, im nächsten Augenblick drehten die Motoren hoch. Das Flugzeug schien sich aufzurichten. Es wirkte wie ein Raubtier vor dem Sprung, verharrte sekundenlang. Rieke hob das Fernglas an die Augen. Im Cockpit schien es eine Diskussion zu geben. Hilbrich gestikulierte, Steiner hob seine Waffe und richtete sie auf den Piloten.

35

2018

Viel zu langsam fuhren die Rettungsfahrzeuge in Richtung Piste. Der Rollweg führte sie zum Ende des ersten Drittels. Zweihundert Meter würde das Flugzeug bis zu diesem Punkt zurücklegen müssen, schätzte Rieke, hundert die Fahrzeuge. Sie presste unwillkürlich die Zähne aufeinander. »Schneller!«, murmelte sie. »Gebt Gas!« Als hätten Jan und Mareike sie gehört, beschleunigten die RTW und näherten sich zügig der Startbahn.

»Oha«, ließ sich Frieso vernehmen, »das geht nicht gut.«

In dem Augenblick heulten die Motoren der Seneca auf, sie setzte sich in Bewegung, nahm Fahrt auf. Würde sie den kritischen Punkt passieren, bevor die Fahrzeuge die Bahn blockieren konnten? Es ging um Sekunden. Rieke hielt den Atem an. Im spitzen Winkel bewegten sich Flugzeug und Fahrzeuge aufeinander zu. Zu ihrem Entsetzen erkannte Rieke, dass die Maschine zu schnell war. Das schien auch der Fahrer des vorderen RTW zu bemerken. Er riss das Steuer herum, um über die Grasfläche zu fahren und den Weg zur Piste abzukürzen. Doch die Vorderräder sackten ein. Jan – oder Mareike – war offenbar in einen Abschnitt mit weichem Untergrund geraten. Der Fahrer des zweiten Rettungswagens beschleunigte noch einmal. Aber auch er hatte keine Chance.

Rieke stöhnte auf. Machtlos musste sie mit ansehen, wie der Flieger den kritischen Punkt passierte. In wenigen

Sekunden würde er abheben und über der Nordsee verschwinden.

Plötzlich tauchte vor Hilbrichs Maschine ein fliegendes Etwas auf. Auf den zweiten Blick erkannte Rieke, dass es sich um eine Drohne handelte, die von acht Propellern in der Luft gehalten wurde. Sie war etwa so breit wie die Kabine der Seneca, bewegte sich hektisch hin und her, hielt sich dann in Höhe des Cockpits, unmittelbar vor der rollenden Maschine. Unter der Drohne hing ein dunkler, runder Gegenstand, der einem gefüllten Luftballon glich. Plötzlich platzte der Behälter, und über die Frontscheibe des Flugzeugs ergoss sich eine dunkle Flüssigkeit. Die Maschine machte einen Schlenker, geriet auf die Grasnarbe neben der Betonpiste. Obwohl der Pilot die Motoren drosselte, schoss der Flieger weiter voran. Er wurde durch die Unebenheiten des Bodens heftig geschüttelt, verlor an Fahrt. Atemlos beobachtete Rieke das Flugzeug. Offenbar versuchte der Pilot, es wieder auf die Betonpiste zu bekommen. Schließlich gelang es ihm, doch zum Abheben war es zu spät. Trotz qualmender Reifen rollte die Maschine weiter auf das Ende der Piste zu.

»Der landet im Wasser«, murmelte der Flugleiter.

»Im Wasser?«, echote Rieke irritiert.

»Die dunkle Linie da hinten. Das ist ein Wassergraben. Wenn Stefan die Sierra-Hotel nicht zum Halten kriegt ...«

Er schafft es, dachte Rieke. Doch Frieso behielt recht. Die Maschine kam in dem Augenblick zum Stehen, in dem sie den Rand des Grabens erreichte. Dennoch bewegte sie sich. Wie in Zeitlupe. Die Räder des Fahrwerks sanken ein, das Heck hob sich, schließlich kippte das Flugzeug vornüber.

Mareike und Jan waren aus den Rettungswagen gesprungen und rannten zur Unfallstelle. Eine dritte Person bewegte sich ebenfalls auf das Flugzeug zu. Gerit Jensen. Der verrückte Drohnenpilot. Rieke ließ ihren Blick noch einmal über den Flugplatz wandern. Wo war Hilbrichs Frau? Steiner musste sie in unmittelbarer Nähe zurückgelassen haben. Während ihre Augen die Stelle absuchten, an der er aufgetaucht war, trat Yvonne Hilbrich aus dem Schatten der Bäume. Ohne Hast überquerte sie den Platz, steuerte auf die Terrasse des Restaurants zu.

Während Rieke eilig den Raum verließ, griff der Flugleiter zum Telefon. »Frieso hier«, hörte sie noch. »Wir haben einen Flugunfall. Nein, kein Personenschaden. Polizei? Ist schon da.«

Yvonne Hilbrich saß auf der leeren Terrasse und sah sich um. Rieke eilte auf sie zu. »Ist mit Ihnen alles in Ordnung?«

Sie nickte. »Ich brauche einen Friesengeist.«

*

Im Besprechungsraum der Polizeistation wurde es eng, als sich die örtlichen Kollegen, Gerit Jensen, Jan Eilers und Rieke Bernstein dort versammelten. Alle waren guter Dinge, klopften Gerit auf die Schulter, lobten ihn für seinen grandiosen Drohneneinsatz und verlangten nach Einzelheiten über sein Hobby.

Verlegen erklärte er die Funktionsweise der Drohne und die Technik des gezielten Abwurfs von Farbbeuteln.

Rieke goss Wasser in den Wein. »Das hätte auch schiefgehen können. Wir müssen mit einer Untersuchung rechnen.« Sie nickte Gerit zu. »Und du kannst froh sein, wenn die Sache für dich keine ernsten Folgen hat.«

Der Kriminaloberkommissar grinste. »Das ist es mir wert. Die Gesichter von Steiner und Hilbrich hättest du sehen müssen. Sie hatten gleichzeitig Panik und Empörung,

Verzweiflung und Wut in den Augen, als wir sie aus dem Graben geholt haben. Pudelnass und verdreckt sind sie aus dem Wasser gekrochen. Hilbrich hat fast geweint und über den Schaden an seinem Flugzeug gejammert. Erst als ihm klar wurde, dass wir ihn festgenommen haben und er in einer unserer Zellen übernachten würde, ist er verstummt.«

»Und Steiner?«, fragte Mareike. »War der nicht bewaffnet?«

»Der ist Profi«, antwortete Jan. »Gesagt hat er nichts, und wir haben nichts bei ihm gefunden. Wahrscheinlich hat er seine Pistole im Schlamm des Wassergrabens verschwinden lassen. Danach müssen wir noch suchen.«

»Wer ist wir?« Rieke sah fragend in die Runde. Jan und Gerit senkten den Blick.

»Das übernehmen unsere Feuerwehrleute«, meldete sich Uwe Pannebacker zu Wort. »Die machen das gern.«

»Du kümmerst dich darum?«

»Jo.«

»Und wie geht's jetzt weiter?«, fragte Mareike.

»Für euch ist der Fall so gut wie erledigt. Ihr könnt euren normalen Dienst versehen. Oder euch ein bisschen erholen. Je nachdem. Einer müsste sich allerdings noch um Oliver Sulfeld kümmern. Abschließende Vernehmung und Protokoll. Übernimmst du das, Hinnerk?«

Hinnerk nickte. »Mit Vergnügen.«

»Gut«, fuhr Rieke fort. »Staatsanwalt Rasmussen und ich werden Steiner und Hilbrich vernehmen. Die beiden Herren sollen nicht lange nachdenken können, deshalb finden die Vernehmungen hier statt. Rasmussen ist schon auf dem Weg hierher. Außerdem bringt er die Ergebnisse der Kontenprüfung mit. Hannah hatte recht. Um die Finanzen von Hilbrich Holidays steht es offenbar nicht gut. Sobald Rasmussen hier eingetroffen ist, brauchen wir Yvonne Hilbrich als Zeugin. Sie hat angedeutet, dass sie zur Aufklärung des Mordes an Florian Andresen beitragen könne. Würdest du sie dann abholen und herbringen, Mareike?«

»Selbstverständlich.«

»Ihr könnt jetzt gehen.« Rieke deutete auf die Uhr. »Der Staatsanwalt kommt mit der Sechzehn-Uhr-Fähre von Bensersiel. Ich hole ihn ab. Um siebzehn Uhr beginnen wir mit den Vernehmungen. In der Reihenfolge Yvonne Hilbrich, Stefan Hilbrich, Reto Steiner.«

*

Als Rieke zur verabredeten Zeit mit Staatsanwalt Rasmussen in die Polizeistation zurückkehrte, wartete Yvonne Hilbrich bereits auf sie. Mareike hatte der Zeugin ein Glas Wasser hingestellt, das diese jedoch nicht anrührte. Sie legte einen USB-Stick auf den Tisch. »Darauf finden Sie die E-Mail-Korrespondenz meines Mannes mit einem gewissen S. Ich bin mir ziemlich sicher, dass es sich dabei um Reto Steiner handelt. Die Adresse lautet *universal-agentur@swisscom.ch*. Es geht um die kurzfristige Ausführung eines Auftrags der Kategorie *final solution*. Genauer wird der Auftrag nicht beschrieben. Aber mein Mann hat jemanden angefordert, der *zusätzlich* in der Lage ist, eine Yacht zu überführen.«

»Wir schauen uns das an.« Rieke nahm den Stick entgegen, reichte ihn wortlos an Mareike weiter und fixierte die Zeugin. »Warum liefern Sie Ihren Mann ans Messer?«

Yvonne Hilbrich hielt dem Blick stand. »Fragen Sie mich das wirklich?«

Nein, dachte Rieke, ich weiß es.

Mareike brachte Yvonne Hilbrich zur Tür. Sie kehrte rasch

zurück und schob den USB-Stick in eine Buchse am Notebook, das sie für Protokollnotizen vorbereitet hatte. Sekunden später scrollte sie durch die E-Mails, die auf dem Stick gespeichert waren.

»Hohe Beweiskraft haben die nicht«, resümierte Staatsanwalt Rasmussen. »Kein Hinweis auf die Planung des Verbrechens. Genannt werden lediglich die Dringlichkeit und die Überführung der Yacht.«

»Wir kriegen ihn trotzdem«, behauptete Rieke. »Wir konfrontieren ihn mit seinen E-Mails, dem finanziellen Engpass seiner Firma und mit den Informationen über Steiner, die wir von Hannah Holthusen bekommen haben. Das sind erdrückende Indizien, die ihm kaum einen Ausweg lassen. Lange hält er das nicht aus.«

Rasmussen lächelte. »Sie haben freie Hand.«

Stefan Hilbrich schien sich gefangen zu haben. Er wirkte weder weinerlich noch ängstlich. Doch Rieke sah ihm an, unter welchem Druck er stand. Hals und Wangen waren gerötet, die Schläfenarterien pochten, und sein Unterkiefer war unaufhörlich in Bewegung. Er setzte sich und beäugte misstrauisch den Mann neben Mareike.

»Das ist Staatsanwalt Rasmussen«, stellte Rieke vor. »Er leitet das Todesermittlungsverfahren im Fall Andresen.« Sie sah Hilbrich in die Augen, wartete, bis er den Blick senkte. »Sie werden als Beschuldigter vernommen. Wir werfen Ihnen vor, Reto Steiner alias Urs Steinberger alias Daniel Brunner beauftragt zu haben, Florian Andresen aus dem Weg zu räumen. Der junge Reporter war Ihnen und Ihrem Sohn auf die Spur gekommen und hatte herausgefunden, dass Sie im Besitz einer größeren Menge Heroin waren ...«

Sie brauchten weniger als eine halbe Stunde. Nachdem Mareike ihm auf dem Bildschirm seine Mails gezeigt, Rieke ihr Wissen über den Schweizer mitgeteilt und Staatsanwalt Rasmussen Kopien von Kontoauszügen der Hilbrich Holidays auf den Tisch gelegt hatte, sank Stefan Hilbrich in sich zusammen. »Er sollte den Jungen nicht umbringen«, murmelte er kaum hörbar. »Nur vorübergehend aus dem Verkehr ziehen. Bis das ... Geschäft ... abgeschlossen war.« Anschließend gab er seine Darstellung der Ereignisse zu Protokoll. Rieke hielt sie für weitgehend glaubhaft.

Steiner erwies sich als eiskalter Profi, der sich nicht einmal durch Hilbrichs Geständnis erschüttern ließ. Stur verweigerte er die Aussage, gab lediglich seine Personalien an, betonte, dass er Schweizer Staatsbürger sei, und verlangte, einen Botschaftsangehörigen zu sprechen.

»Ihre Botschaft kann nichts für Sie tun«, schloss der Staatsanwalt die Vernehmung. »Sie werden in Deutschland vor Gericht gestellt. Die Anklage lautet Mord. Und ich bin zuversichtlich, dass Sie verurteilt werden.«

Nachdem Steiner abgeführt worden war, packte Fokko Rasmussen seine Unterlagen zusammen und warf einen Blick auf die Uhr. »Das haben Sie toll hingekriegt, Frau Bernstein. Respekt! Und ich bekomme sogar noch die Fähre zum Festland.«

Rieke bedankte sich für das Lob. »Meinen Bericht schicke ich Ihnen so schnell wie möglich«, fügte sie hinzu. »Ich würde die Details gern noch mit den Kollegen besprechen.«

Rasmussen nickte. »Lassen Sie sich ruhig Zeit! Sie haben eine Pause verdient.« Er erhob sich und streckte ihr die Hand hin.

Rieke zögerte ein wenig.

»Ist noch was?«, fragte der Staatsanwalt.

»Ein kleines Problem. Mein Kollege Gerit Jensen hat die Flucht der beiden Tatverdächtigen mithilfe einer Drohne gestoppt. Das könnte als gefährlicher Eingriff in den Luftverkehr angesehen werden. Aber ohne ihn wäre Steiner entkommen. Ich würde es bedauern, wenn Gerit für seinen Einsatz bestraft würde.«

»Das liegt nicht allein in meiner Hand«, erwiderte Rasmussen. »Aber ich werde tun, was ich kann, damit die Sache keine negativen Folgen für Ihren Kollegen hat. Schließlich kann die Begegnung der Luftfahrzeuge unabsichtlich entstanden sein. Außerdem gehe ich davon aus, dass Herr Hilbrich keine Starterlaubnis hatte.«

*

Als sie eine halbe Stunde nach dem Staatsanwalt die Polizeistation verließ, empfand Rieke Erleichterung. Das angeschwemmte Heroin war sichergestellt, der Mord an Florian Andresen aufgeklärt. Zugleich machte sich jetzt die Erschöpfung bemerkbar. Im Rückblick erschien der Aufenthalt auf Langeoog wie ein Marathonlauf. Andererseits fühlte sie sich auf der Insel zu Hause, kannte Straßen, Plätze und Restaurants, hatte sympathische Kollegen kennengelernt. Mareike Cordes, die junge Polizistin, die mit Feuereifer an die Ermittlungen heranging. Der etwas behäbige, aber zuverlässige und mitdenkende Uwe Pannebacker. Der zurückhaltend-kritische Hinnerk Ubbenga. Sie würde sie ebenso vermissen wie Gerit Jensen, den verrückten Drohnenpiloten, und Jan Eilers mit seiner Robert-De-Niro-Stimme.

Aber noch musste sie nicht an Abschied denken. Morgen würde sie mit den Kollegen den Ablauf der Ermittlungen durchgehen, ihren Bericht für Kriminaldirektor Feindt und Staatsanwalt Rasmussen schreiben und mit Hannah Holthusen sprechen. Sie wartete sicher schon ungeduldig auf

Informationen. Die Nachricht von der Aufklärung des Tötungsdelikts würde die Freundin mit Genugtuung aufnehmen. Und sie würde sich darüber freuen, als Erste über das *Friesische Gift*, seine tödlichen Folgen und die Festnahme der mutmaßlichen Täter berichten zu können.

Mit jedem Schritt, der sie in Richtung Ortszentrum führte, tauchte Rieke tiefer in die Ferienstimmung ein, die ringsum herrschte. Kinderlachen und lebensfrohe Stimmen, Musikfetzen und Fahrradgeklingel verbanden sich zu der für den Ort typischen Klangkulisse. Sie sog den Geruch der Seeluft ein, der sich mit dem Duft von Backwaren und Bratfisch mischte, und spürte zunehmende Vorfreude auf die unbeschwerten Urlaubstage auf Langeoog mit Julia. Ihre Hand glitt zur Gesäßtasche und zog das Handy hervor. Ein Finger strich über das Display, berührte das Bild ihrer Freundin.

Julia meldete sich sofort. »Du hast den Täter gefasst?« Die Frage klang mehr nach einer Feststellung.

»Kann man so sagen. Es ist noch Papierkram zu erledigen, aber morgen Mittag ist mein Einsatz beendet.«

»Super!« In Julias Stimme schwang Begeisterung mit. »Dann schlage ich morgen um kurz vor eins auf. Wenn du einverstanden bist.«

»Ich freue mich auf dich. Es wird dir hier gefallen. Das Hotel ist top, der Strand weiß, der Himmel blau. Nur bei der Landung musst du aufpassen. Eventuell gibt's unbekannte Flugobjekte.«

»Ufos?« Julia lachte. »Muss ich das verstehen?«

»Ich erklär's dir morgen.«

ENDE

Ich danke

Jutta Donsbach, Christine Parr und Dr. Lili Seide für die kritische Durchsicht des Manuskripts, Kriminalhauptkommissar Michael Artmann für fachliche Beratung in polizeilichen und ermittlungstechnischen Fragen und Polizeikommissar Benjamin Jung für Informationen zum Einsatz von Spürhunden. Dieter Rhauderwiek danke ich für die Übertragungen ins ostfriesische Platt. Den Damen der Polizeistation Langeoog, die im Sommer 2018 hier ihren Dienst versahen, danke ich für freundlich und hilfsbereit erteilte Informationen zu den örtlichen Gegebenheiten, Herrn Bürgermeister Uwe Garrels für die Erlaubnis, ihn in die Handlung einzubeziehen. Ferner ein Dankeschön an Christoph Seidel für den kurzfristig ermöglichten Flug nach Langeoog für abschließende Recherchen auf der Insel.

Nicht zuletzt danke ich meiner Frau Kristine für begleitende konstruktive Kritik und Unterstützung bei der Arbeit am Manuskript.

Wolf S. Dietrich

Tatort Borkum: der erste Fall für Kommissarin Rieke Bernstein

Wolf S. Dietrich
FRIESISCHE RACHE
Rieke Bernsteins
erster Fall
400 Seiten
ISBN 978-3-404-17152-1

Sie suchen ihre Opfer unter Borkums Feriengästen. 25 Jahre bleiben ihre Taten ungesühnt. Dann jedoch erscheint eine Frau auf der Nordseeinsel, ein Opfer von damals, um jenen Männern den Tod zu bringen, die ihr Leben zerstört haben. Einen der Täter erwischt sie. Das ruft Kommissarin Rieke Bernstein vom LKA auf den Plan, denn der Tote ist der Bruder eines einflussreichen Politikers. Bald gerät sie selbst in das perfide Katz-und-Maus-Spiel von Opfer und Täter – und damit in höchste Gefahr…

Bastei Lübbe

»Auf dem Land kennt man viele Gifte.«
Deutsches Sprichwort

Eva Almstädt
OSTSEERACHE
Kriminalroman
416 Seiten
ISBN 978-3-404-17666-3

In einem beschaulichen Dorf an der Ostsee wird eine junge Frau auf grausame Weise ermordet. Die Dorfbewohner verdächtigen Flora, die als Jugendliche eine Mitschuld am Tod eines Nachbarjungen gehabt haben soll und die nun wieder in ihr Elternhaus zurückgekehrt ist. Die Mordkommission Lübeck ermittelt. Auch Kommissarin Pia Korittki, die gerade ihre Hochzeit plant, sieht einen Zusammenhang zwischen beiden Ereignissen und rollt den früheren Todesfall wieder auf. Schon bald muss sie fürchten, dass es nicht bei diesen zwei Morden bleiben wird …

Bastei Lübbe

Die Community für alle, die Bücher lieben

★ In der Lesejury kannst du Bücher lesen und rezensieren, die noch nicht erschienen sind

★ Gemeinsam mit anderen buchbegeisterten Menschen in Leserunden diskutieren

★ Autoren persönlich kennenlernen

★ An exklusiven Gewinnspielen und Aktionen teilnehmen

★ Bonuspunkte sammeln und diese gegen tolle Prämien eintauschen

Jetzt kostenlos registrieren: www.lesejury.de

Folge uns auf Instagram & Facebook:
www.instagram.com/lesejury
www.facebook.com/lesejury